Ullstein

ÜBER DAS BUCH:

Über zwei Weltkriege erstreckt sich diese Geschichte eines ungewöhnlichen Schiffes – des Monitors *H. M. S. Saracen* – und eines seiner Offiziere. Die Monitore oder Turmschiffe waren ursprünglich für die Unterstützung von Landungsunternehmen geplant. Daher ihr geringer Tiefgang und ihre Langsamkeit. Operierten sie allerdings allein und ohne Schutz eines Flottenverbandes, waren sie äußerst gefährdet. – Kapitän Richard Chesnaye, der seinen Dienst 1915 als Fähnrich auf der *Saracen* begann, kennt die Schwäche des Schiffes nur zu genau. Trotzdem setzt er es 1941 ein, als stünde er auf der Brücke eines schlagkräftigen Kreuzers. Und seine Tollkühnheit erzwingt während der Schlachten um Nordafrika, Griechenland und Malta den Rückzug eines weit überlegenen Gegners.

DER AUTOR:

Alexander Kent kämpfte im Zweiten Weltkrieg als Marineoffizier im Atlantik und im Mittelmeer und erwarb sich danach einen weltweiten Ruf als Verfasser spannender Seekriegsromane. Seine marinehistorische Romanserie um Richard Bolitho machte ihn zum meistgelesenen Autor dieses Genres neben C. S. Forester. Seit 1958 sein erstes Buch erschien *(Schnellbootpatrouille)*, hat er über vierzig Titel veröffentlicht, von denen die meisten bei Ullstein vorliegen. Sie erreichten bisher weltweit eine Gesamtauflage von etwa 20 Millionen und wurden in 14 Sprachen übersetzt. Alexander Kent, dessen wirklicher Name Douglas Reeman lautet, lebt in Surrey, ist Mitglied der Royal Navy Sailing Association und Governor der Fregatte *Foudroyant* in Portsmouth, des ältesten noch schwimmenden britischen Kriegsschiffes.

Alexander Kent

H. M. S. Saracen

Roman

Ullstein

maritim
Ullstein Buch Nr. 23935
im Verlag Ullstein GmbH,
Frankfurt/M – Berlin
Titel der Originalausgabe:
HMS Saracen
Aus dem Englischen
von Uwe D. Minge

Neuauflage der
deutschen Erstausgabe

Umschlaggestaltung:
Hansbernd Lindemann
Umschlagillustration:
Silvia Christoph

Printed in Germany 1996
Gesamtherstellung:
Ebner Ulm
ISBN 3 548 23935 8

August 1996
Gedruckt auf alterungs-
beständigem Papier mit
chlorfrei gebleichtem Zellstoff

Vom selben Autor
in der Reihe
der Ullstein Bücher:

Kanonenboot (23318)
Rendezvous im Südatlantik (23790)
Finale mit Granaten (23691)
Aus der Tiefe kommen wir (23619)
Torpedo läuft! (23688)
Freiwillige vor! (20765)
Feindpeilung steht! (23784)
Der Eiserne Pirat (23695)
H.M.S. Saracen (23935)
Feuer aus der See (22043)
Mittelmeerpartisanen (22081)
Atlantikwölfe (22151)
Die Zerstörer (22219)
Insel im Taifun (23692)
Die weißen Kanonen (22403)
In der Stunde der Gefahr (22509)
Das Wasser am Hals (22647)
Das Netz im Meer (22680)
Die U-Boot-Jäger (22900)
Kurs Hongkong (23779)
Duell in der Tiefe (23781)
Schnellbootpatrouille (23792)
Unter stählernen Fittichen (23793)
Wrack voraus! (23796)

Außerdem 22 marinehistorische
Romane um Richard Bolitho
sowie 3 Romane um die
Blackwood-Familie

Die Deutsche Bibliothek –
CIP-Einheitsaufnahme

Kent, Alexander:
HMS Saracen : Roman / Alexander Kent.
[Aus dem Engl. von Uwe D. Minge]. –
Neuaufl. der Erstausg. – Frankfurt/M ;
Berlin : Ullstein, 1996
(Ullstein-Buch ; Nr. 23935 : Maritim)
ISBN 3-548-23935-8
NE: GT
Vw: Reeman, Douglas [Wirkl. Name] →
Kent, Alexander

Inhalt

Teil I – 1915

Teil II – 1941

Teil I – 1915

1 Das Schiff

Der bitterkalte Nordwind fegte in kurzen harten Stößen über die weiten Ufer des Hafens von Portsmouth. Die ausgerichteten Wellenreihen der auflaufenden Flut wurden von den Böen in ein weißes Durcheinander verwandelt. In der engen Hafeneinfahrt kochte die See und donnerte gewalttätig gegen die verwitterten Steine am Fuß des alten Fort Blockhouse, bevor sie, vom Wind zerrissen, wieder in die andrängende Flut zurückfiel. Es schien, als wolle der Winter sein Szepter noch nicht dem nahen März überlassen, jedenfalls nicht kampflos.

Der Himmel war unendlich hoch und ohne jede Farbe oder Wärme. Seine klare Leere schien das Wasser unter ihm in einen wütenden Schmelztiegel zu verwandeln, auf dessen Oberfläche sich die verankerten Schlachtschiffe, Torpedoboote, Zerstörer und all die unzähligen anderen grauen Schiffe drängten, die auf der Marinereede ein Nachlassen des Sturmes abwarteten.

Es waren nur wenige kleine Boote unterwegs. Mit Ausnahme eines dicken Raddampfers, der mit seinem lahmen Schleppzug von Kohlentendern unterwegs war, lag die sonst so belebte Reede verlassen da. Denn obwohl sich Großbritannien im Krieg befand – und das seit sieben Monaten –, hatte jedes der unruhig dümpelnden Schiffe an diesem Sonntagvormittag den Gottesdienstwimpel gesetzt. Irgendwo in jedem der schimmernden Rümpfe, verborgen durch die von Spritzwasser umwehten Aufbauten, lauschten Tausende von Männern den Worten von Frieden und Liebe.

Richard Chesnaye zog vor dem heftigen Windstoß seinen Kopf ein und bahnte sich erleichtert einen Weg in die kleine grüne Hütte, die am oberen Rand der ausgetretenen Treppenstufen stand, die zum Wasser hinunterführten. Die Hütte war leer, sie roch feucht und nach abgestandenem Zigarettenrauch. Durch die beschlagenen Fensterscheiben konnte er die verwaschenen Umrisse der Schiffe sehen, die auswehenden weißen Kriegsflaggen und das weite graue Panorama der Macht und Gleichgültigkeit.

Er war groß für seine siebzehn Jahre. Seine ruhigen grauen

Augen spiegelten etwas von dem wachsenden Verständnis für seine Umwelt wider, als er über die weißen Wellenköpfe auf sein erstes Schiff blickte. Seine propere Uniform stand im scharfen Kontrast zur abgeblätterten Wand der Hütte und den abgewetzten, blankgescheuerten Bänken, auf denen Generationen von Marineoffizieren auf die Boote gewartet hatten, die sie zu ihren Schiffen zurückbringen sollten. Vielleicht nach einer durchsumpften Nacht müde und reizbar, aber doch erfüllt von der satten Befriedigung, die allen dienstfreien Seeleuten eigen ist. Richard Chesnayes Mundwinkel zogen sich leicht nach unten. Vielleicht waren sie auch auf dem Weg in eine neue Welt – so wie er jetzt. Auf der anderen Seite des Streifens Wasser konnte ihn alles mögliche erwarten. Man schrieb das Jahr 1915, und der Krieg war nicht nach sechs Monaten vorbei gewesen, wie die Zeitungen vorhergesagt hatten. So weit er es übersehen konnte, hatte er im Gegenteil erst richtig angefangen.

Er nahm seine Mütze und schüttelte geistesabwesend die Tropfen ab. Sein Haar war dunkel und fiel in widerspenstigen Locken über die linke Stirnhälfte, dadurch wurde die empfindsame Strenge des Gesichts etwas gemildert.

Er konnte es kaum glauben, daß er hier stand und daß jeden Augenblick ein Boot an den berühmten King's Stairs anlegen und ihn in ein neues Leben bringen würde. Nach den langen Monaten voller Unterricht, Training, Drill und Enttäuschungen war er bereit. Er fragte sich, was wohl aus all den anderen Kadetten geworden war, die er kannte. Sie würden sich als Fähnriche zur See – wie er selber auch – in der Flotte verteilen. Er dachte wieder an den zähen Kampf, den er mit einigen seiner Kameraden hatte ausfechten müssen. Es ging dabei nicht um die Geheimnisse der Seemannschaft oder Navigation, auch nicht um den schwierigen Kult mit Tradition und Zeremoniell; als jüngster Sohn in einer langen Reihe von Marineoffizieren hatte Chesnaye bei diesen Themen kaum hingehört. Nein, es ging um das leidige Geld. Der kleine Zuschuß, den er von zu Hause erhielt, hatte ihn jeden Tag, jede Stunde vor das Problem gestellt, wie er mit den besser betuchten, privilegierten jungen Herren Schritt halten sollte. Alle hatten darauf gebrannt, die Ausbildung zu beenden und noch auf See zu kommen, bevor der Krieg beendet war.

Ein paar in Ölzeug gehüllte Seeleute zogen am Fenster vorbei, die bärtigen Gesichter vor dem Wind gesenkt. Chesnaye verspürte den Wunsch, hinauszulaufen und ihnen zuzurufen, daß er da war, einer von *ihnen*. Er lächelte über den Einfall und blickte den vierschrötigen Gestalten nach, bis sie zwischen den Kränen und Ausrüstungsteilen verschwunden waren.

Als er dem Seemann folgte, der seinen Metallkoffer trug, hatte Chesnaye jedes Schiff erwartungsvoll und halb ängstlich betrachtet, an dem sie vorbeigingen. Aber *H.M.S. Saracen* lag auf Reede, sauber und unberührt, gleichgültig gegenüber den vielen, die sich danach drängten, auf ihr dienen zu dürfen.

Als er erfuhr, daß er auf die *Saracen* kommen sollte, waren seine Gefühle zwiespältig gewesen. Einige seiner Freunde hatten Freudentänze aufgeführt, als sie erfuhren, daß sie auf einen schneidigen Torpedobootzerstörer oder einen der schwer beanspruchten Nordseekreuzer versetzt wurden. Er hatte eher verblüfft seinen Marschbefehl gemustert. Anders als der Großteil der Flotte war die *Saracen* brandneu, kaum älter als der Krieg, außerdem handelte es sich um einen völlig neuen Schiffstyp: einen Monitor. In jedem Krieg brachten bittere Erfahrungen und unterschiedliche Bedingungen neue Schiffstypen hervor: von den Galeeren über die Mörserschiffe bis zu den Flußkanonenbooten. So wie sich die Schlachtfelder verlagerten, so änderten sich die Anforderungen der Royal Navy. Nach langen Jahren der unangefochtenen Seeherrschaft stand England nun vor einer neuen Herausforderung, was sowohl die U-Boote hinter Fort Blockhouse als auch die Monitore hervorgebracht hatte. Dieser Krieg würde mit riesigen Armeen geführt werden, vielleicht mit den größten Landheeren, die die Welt je gesehen hatte. Während letztere den feldgrauen Massen an der Westfront gegenüberstanden, würde die Navy aufs äußerste beansprucht werden, um sie zu unterstützen.

Einer von Chesnayes Ausbildern hatte mit Verachtung auf

seine Frage reagiert: »Ein Monitor? Das ist ein Bastardschiff! Weder Fleisch noch Fisch!«

Chesnaye kniff die Augen zusammen, um auf den großen Schatten zu starren, der sich gegen das schiefergedeckte Durcheinander von Gosport abzeichnete.

Die *Saracen* bot in der Tat einen merkwürdigen Anblick. Obwohl sie fast siebentausend Tonnen verdrängte, also soviel wie die meisten Kreuzer, war sie kaum länger als ein großer Zerstörer. Trotz ihrer verhältnismäßig geringen Länge vermittelte das Schiff den Eindruck enormer Stärke. Wie sein Ausbilder weiter ausgeführt hatte, war sie in erster Linie dafür konstruiert, den Landeinheiten Feuerunterstützung zu geben. Und das hätte sogar jede Landratte nach einem kurzen Blick begriffen. Zwei riesige 38-cm-Kanonen in einem gewaltigen Turm beherrschten auf einer hochgezogenen Barbette das ganze Schiff. Die Brücke dahinter und der massive Dreibeinmast wirkten eher wie Anhängsel. Die beiden Kanonenrohre ragten über den Hafen wie die Stoßzähne eines gepanzerten Monsters. Um der schweren Bewaffnung eine stabile Plattform zu verschaffen, hatten die Konstrukteure statt in die Länge in die Breite gebaut. Ihre Breite von fast 30 m verlieh der *Saracen* den Anschein der Unverletzlichkeit.

Ein kleiner schwarzer Schatten löste sich von der Seite des Monitors und begann, sich durch das weiße Durcheinander zu kämpfen: das Verkehrsboot. Chesnaye konnte schon einen Seemann mit einem Bootshaken im Vorschiff erkennen, während das schwere kleine Dampfboot in weitem Bogen auf die King's Stairs zudrehte. Sie kamen ihn holen.

Chesnaye trat wieder in den Wind hinaus. Sein Magen krampfte sich plötzlich zusammen, ein Zeichen seiner wachsenden Nervosität. Das Boot schor heran, der Bootshaken faßte in die verschlammte Kette, der Maschinentelegraph bimmelte hektisch, unter dem Heck wirbelte der rückwärts laufende Propeller das Wasser auf.

Dann lag das Boot längsseits, und Chesnaye sah, daß der kleine Fähnrich, der am Ruder gestanden und so heftig am Maschinentelegraphen gerissen hatte, ihn aus hellen Augen ungeduldig anblickte.

»Chesnaye?« Seine Stimme war schrill. »Nun kommen Sie schon an Bord, um Himmels willen! Oder warten Sie auf eine Begrüßungsfanfare?«

Chesnaye unterdrückte ein Grinsen und stieg vorsichtig die steilen Stufen hinab. Der Metallkoffer schlug gefährlich gegen seine Beine.

Nach dem Drill auf dem Ausbildungsschiff war er daran gewöhnt, Boote zu besteigen und zu verlassen, trotzdem irritierte es ihn leicht, daß keiner der beiden Matrosen ihm beim Anbordkommen half. Der Fähnrich nickte ihm flüchtig zu.

»Fertig, Morrison. Alles los vorne!« Er riß am Maschinentelegraphen und blickte nach oben zur Uhr auf der Pier. »Guter Gott, schon drei Minuten über die Zeit!« Er rief dem Mann im Vorschiff zu: »Vorne abdrücken!«

Das Boot drehte in den Strom, der Rumpf zitterte und rüttelte, als die Maschine mit voller Kraft lief. Der Fähnrich wirbelte am Messingsteuerrad und holte tief Atem.

»Verzeihen Sie die Hektik. Ich heiße Pickles.« Sein kindliches Gesicht verdüsterte sich. »Aber ich möchte mir keinen Anschnauzer einhandeln!«

Chesnaye grinste und packte die Reling des kleinen, offenen Cockpits.

»Warum die Eile? Gehen wir denn sofort in See?«

Pickles zog eine Grimasse. »Eile? *Alles* wird hier so gemacht! In diesem Augenblick sind mindestens zwei Fernrohre auf unser Boot gerichtet, und die Hölle ist los, wenn ich länger als die vorgegebene Zeit brauche!«

»Aber wenn ich mich nun verspätet hätte?«

Chesnaye beobachtete, wie die kleine Gestalt am Ruder erzitterte. »An dem Tag, an dem Sie sich verspäten, wissen Sie auch die Antwort auf diese Frage!« Pickles lachte nervös auf. »Ich nehme an, daß Sie der Meinung sind, Ihre Ausbildungszeit sei vorbei. Glauben Sie mir, sie hat noch nicht mal angefangen!«

Chesnaye zog die Schultern tiefer in den Mantel und beschloß, nicht zu antworten. Pickles war offensichtlich noch nicht lange an Bord der *Saracen*, aber er schien das Spiel der alten Hasen mit dem Neuling treiben zu wollen. Oder war es etwas anderes? Der Junge schien unter permanentem Streß zu stehen. Chesnaye wandte seine Aufmerksamkeit lieber dem Monitor zu, der plötzlich zum Greifen nahe gekommen war.

Das Schiff dräute auf das kleine vibrierende Verkehrsboot herab. Er konnte den Zwillingsturm gut erkennen, aber auch die Reihe der 10-cm-Geschütze hinter dem Brückenaufbau und viele hundert Details auf dem Oberdeck. Der Schornstein ragte gleich hinter dem großen Dreibeinmast empor. Das Achterschiff wirkte irgendwie leer, als ob damit das Gewicht der schweren Artillerie auf dem Vorschiff ausgeglichen werden sollte. Aus dem Schornstein quoll kein schwarzer Rauch. Chesnaye erinnerte sich daran, daß er auf diesem Schiff von der Tortur des Bekohlens verschont sein würde. Die *Saracen* war modern bis zur letzten Niete, und sie wurde mit Diesel angetrieben.

Er blickte wieder seinen Kollegen an. Pickles trug keinen Ölmantel oder Wachgänger, die Vorderseite seines Hemdes war grau von salzigem Spritzwasser. Zwischen den Zähnen hielt er die Kordel einer Signalpfeife, die um seinen Hals hing. Er flüsterte hektisch die Manöver vor sich hin, die ablaufen mußten, wenn er das 12-m-Dampfboot längsseits bringen wollte.

Es würde nicht einfach sein, erkannte Chesnaye. Ihm war die merkwürdige Ausbuchtung des Rumpfes im Bereich der Wasserlinie schon aufgefallen. Dort sprang die Bordwand nach außen vor wie der Ballasttank eines U-Boots.

Pickles riß die Augen für einen Moment von der Wasserfläche los und blickte ihn an.

»Torpedowülste! Ein Experiment!« Er deutete mit dem Kopf auf die Wasserlinie. »Sie ist so verdammt langsam, daß wir sie gut brauchen können.« Er fing an zu lächeln, wurde aber sofort wieder ernst. »Bitte verraten Sie niemandem, daß ich so etwas Ketzerisches gesagt habe!«

Bevor Chesnaye antworten konnte, riß Pickles schon am Maschinentelegraph, das Boot schüttelte sich heftig, als der Propeller rückwärts drehte, dann rutschte es gefährlich nahe ins Lee des haushohen Rumpfes, wo eine glänzend lackierte

Gangway mit einer Gräting über dem Wasser hing. Hoch oben zeichnete sich die Silhouette eines Leutnants fahl gegen den blassen Himmel ab.

Der Bugmann angelte nach einem Beschlag und verfehlte ihn.

Der Maschinentelegraph klingelte wieder, und das kleine Boot machte einen Satz vorwärts. Am Steven gurgelte der reißende Strom. Durch zusammengebissene Zähne stöhnte Pickles: »Allmächtiger!« Dann lauter: »Morrison, haken Sie endlich ein, um Himmels willen!«

Der große Seemann zuckte mit den Achseln und schwang den Haken nochmals. Diesmal faßte er, und kurz darauf lag das Boot mit der Vorleine an der Gangway.

Eine dünne Stimme quäkte von oben: »Verholen Sie an die Spiere!« Nach einer unangenehmen kurzen Pause fuhr sie fort: »Und dann melden Sie sich bei mir, *Mister* Pickles!« Wieder eine kurze Pause, die Angst im Gesicht des Fähnrichs wuchs. »Eine verdammt *miese* Vorstellung!«

Ein Seemann kam die Gangway heruntergeeilt und schnappte sich den Koffer aus dem Cockpit. Es war still, nur das Quietschen der Fender und das endlose Rauschen des Wassers waren zu hören. Chesnaye fand sich auf der Gangway wieder, er kämpfte sich die Stufen hinauf, der Stimme entgegen.

Als sein Kopf mit dem Deck auf gleicher Höhe war, atmete er noch mal tief durch, sein Herz pochte schmerzhaft gegen die Rippen. Das Achterdeck schien ihm riesig und irgendwie feindselig. Er warf einen schnellen Blick auf die schimmernden Teakplanken, die am runden Heck zusammenliefen, wo eine gigantische weiße Kriegsflagge steif im Wind knatterte. Alles sah neu und perfekt aus. Sogar die Jungs der Gangwaywache, die ihn mit windgeröteten Gesichtern ausdruckslos betrachteten, trugen weiße Handschuhe; auch der Seesoldat, der Quartermaster und die anderen Seeleute an der Gangway sahen aus, als seien sie soeben aus der Kleiderkammer gekommen.

Chesnaye grüßte die Flagge und den langen Leutnant, der dünn wie eine Bohnenstange war.

Leutnant Hogarth blinzelte mit salzgeröteten Augen und starrte den Fähnrich an. »So, so, Sie sind also Chesnaye«, sagte er schließlich, dabei klickte er nervös mit seinem Teleskop. »Ich werde Sie zu Ihrer Unterkunft bringen lassen, dann melden Sie sich beim Commander!« Er wandte den langen Hals zu der stillen Gruppe an der Gangway. »Bootsmannsmaat, bringen Sie das Gepäck dieses Offiziers in seine Unterkunft, und dann zeigen Sie ihm die Messe.« Seine scharfe Stimme folgte dem Mann über das makellose Deck: »Und sagen Sie Mr. Pickles, daß ich ihn sofort zu sehen wünsche!« Halb zu sich selber fügte er hinzu: »Verdammte Rotznasen! Sie sind nicht mal in der Lage, ein blödes Versetzboot zu fahren, und wenn es um ihren Kragen ginge!«

Chesnaye dachte an die hektische Spritztour über den Hafen. »Ich denke, er hat es ganz gut gemacht, Sir.«

Hogarths Mund öffnete und schloß sich synchron mit dem Teleskop.

»*Was*? Wenn ich die Meinung eines vorlauten Fähnrichs zu hören wünsche, lasse ich es Sie wissen!« Ruhiger fuhr er fort: »Ich bin hier der Artillerieoffizier. Auf diesem Schiff der wichtigste Mann!« Er deutete in die Richtung des Geschützturms. »Sie unterstehen meiner Verantwortung. Ohne sie wäre das Schiff vermutlich gar nicht gebaut worden.«

Chesnaye war versucht, laut aufzulachen, riß sich aber zusammen, als er den Ernst in den Augen des Offiziers sah.

»Verstehe, Sir«, antwortete er vorsichtig.

»Jawohl!« Hogarth sprach jetzt zum gesamten Achterdeck. »Die Aufgabe dieses Schiffes besteht darin, dem Feind einzuheizen. Unter *meiner* Leitung haben wir das getan und werden es wieder tun!«

Chesnaye salutierte und wollte dem schnell entschwindenden Schatten des Bootsmannsmaaten folgen.

Hogarth fügte scharf hinzu: »Spielen Sie übrigens Bridge?«

Chesnaye konnte sich ein Grinsen nicht verkneifen, aber Hogarth war glücklicherweise damit beschäftigt, eine vorbeifahrende Sloop durch sein Teleskop zu betrachten.

»Leider nicht, Sir.«

»Hm, wie ich mir schon dachte. Jetzt schicken sie uns den letzten *Bodensatz* an Bord!«

Als Chesnaye an den schlanken Rohren der Mittelartillerie vorbeischlenderte, wäre er beinahe mit Pickles zusammengestoßen, der schlitternd anhielt. Sein Gesicht glänzte vor Schweiß.

»Haben Sie mit ihm gesprochen?«

Chesnaye nickte. Der kleine Fähnrich hatte etwas Rührendes an sich.

Pickles grinste nervös. »Verrückt, Mann, völlig verrückt. Hier werden alle so!«

»Er sagte etwas über seine Artillerie . . .«

Pickles winkte mit schmuddeligen Händen ab. »Hoffnungslos! Außer zur Probe und ein paar schnellen Salven an der belgischen Küste haben wir noch nicht geschossen – und da haben wir das Ziel verfehlt! Der Kommandant machte Hogarth die Hölle heiß.«

»Ich gehe mich jetzt beim Commander melden.«

Pickles zuckte mit den Achseln. »Der ist in Ordnung. Aber der Kommandant stammt aus einer von Dickens' Schauergeschichten. Er haßt alle, besonders aber Fähnriche!«

Hogarths Stimme schrillte mit dem Wind übers Deck: »Mr. Pickles! *Sofort*, habe ich gesagt!«

Chesnaye fand sich völlig verloren und außer Atem zwei Decks tiefer wieder. Er stand im Halbdunkel neben einer geöffneten Stahltür. Der Bootsmannsmaat deutete vage hinein.

»Fähnrichsmesse. Hier wohnen die jungen Herren.«

Es war ein kleiner Raum mit nur einem Bulleye, das so nahe an den brechenden Wellen saß, daß es nur wenig über dem Torpedowulst eingelassen sein konnte. In der Mitte des Raums stand ein langer Tisch mit einem schmutzigen Tischtuch, auf dem zwei Messehelfer die Bestecke für das Mittagessen auslegten. Das Gepäck von fünf anderen Fähnrichen war an einem Schott gestapelt, darüber hinaus gab es nur noch ein festes Möbelstück, das man entweder für ein Sideboard oder eine Bar halten konnte. Außer einigen Stühlen und einem großen Bild des Königs war der Raum leer. Einer der Messehelfer bleckte grinsend die Zähne.

»Sie werden der Neue sein, nicht wahr, Sir?« Er strich sich eine Haarsträhne aus der schmalen Stirn. »Ich heiße Lukey, und das ist Betts. Wir kümmern uns um Sie, um alle sechs jungen Gentlemen, und um den da!«

Er deutete mit dem Daumen auf eine zeltartige Kabine am Ende der Messe.

»Jawohl, Sir. Da wohnt Unterleutnant Pringle, verflucht soll er sein. Er ist Ihr direkter Vorgesetzter, und er genießt es!«

Chesnayes Gesicht blieb ausdruckslos. Er wußte, daß es falsch war, sich die offene Kritik eines einfachen Seemanns an einem Vorgesetzten anzuhören. Aber er hatte auf dem harten Weg gelernt, daß ein loyaler Messehelfer ein äußerst wichtiger Verbündeter sein konnte. Er räusperte sich und sagte schnell: »Ich muß mich beim Commander melden.«

Lukey nickte.

»Ah ja, Sir. Ein wirklicher Gentleman, wenn es je einen gegeben hat. Kann man mehr verlangen?«

»Wohl nicht. Wo ist die Offiziersmesse?«

»Achtern. Auch alle anderen Offiziersunterkünfte. Mit Ausnahme der Decksoffiziere, die wohnen hier gleich daneben.«

Chesnaye speicherte alle diese Fakten im Gedächtnis. Auf einem neuen Schiff konnte man leicht die Orientierung verlieren, bis man nicht mehr wußte, wo Bug und Heck waren oder auf welchem Deck man sich befand.

Lukey rieb sich die Hände.

»Well, Sir, beeilen Sie sich. Heute gibt's Schweinekoteletts und Röstkartoffeln!« Lukey trat mit zwei schnellen Schritten an ihn heran. »Noch paar nützliche Hinweise. Ich hoffe, daß Sie sie mir nicht verübeln, aber es ist besser, die Regeln zu kennen, nicht wahr?«

Chesnaye wartete neugierig, was ihm Lukey mit seiner rauhen Stimme zu sagen hatte.

»Erstens, Sir, tragen Sie niemals ohne ausdrücklichen Befehl einen dicken Mantel. Der Kommandant ist der Meinung, daß die jungen Gentlemen dadurch verhätschelt werden. Zweitens ist Ihr Metallkoffer ein Ausrüstungsstück, das nur Offizieren zusteht. Er wird dem Unterleutnant nicht gefallen. Sie *müssen* den üblichen Fähnrichskoffer haben.«

Chesnaye hörte sich antworten: »Er gehörte meinem Vater.«

»Wunderbar, Sir, aber Sie werden deshalb Ärger bekommen. Mal sehen, ob ich etwas arrangieren kann.« Er blickte Chesnaye direkt in die Augen. »Auf diesem Schiff ist alles perfekt. Der Kommandant sagt, wie etwas aussehen soll, und so sieht es dann auch aus. Halten Sie sich an meine Tips, Sir: schön vorsichtig und keine dummen Fragen.«

Der Bootsmannsmaat brummte: »Der Commander wird schon warten, und daran ist er gar nicht gewöhnt, Sir.«

Lukey grinste. »Auf geht's, Sir, und erinnern Sie sich an das, was ich Ihnen gesagt habe.«

Die Offiziersmesse der *Saracen* lag an Backbord unter dem Achterdeck. Kurz vor dem sonntäglichen Mittagessen herrschte dort eine Mischung aus gelöster Behaglichkeit und lautstarker Erregung. Das langweilige Geschäft der Musterung und des Gottesdienstes war vorbei, die Inspektionen und verkrampften Übungen lagen wieder für eine Woche hinter ihnen. Erleichtert standen die Offiziere um die kleine Eichenbar und nahmen ihren ersten oder zweiten Drink. Die Gläser funkelten anheimelnd im Licht des künstlichen Kamins. Große Bulleyes aus Messing erhellten die Messe. Wenn das Schiff ein wenig um die Boje schwojte, wanderte das Panorama des fernen Hafens von einem Bulleye zum anderen und dann wieder langsam zurück. Auf der Spitze des hohen Signalturms winkten die Arme des Semaphoren* aufgeregt zu den vor Anker liegenden Kriegsschiffen hinüber, aber zumindest die Offiziere in der Messe konnten sich die Freiheit gönnen, sie zu ignorieren.

Die meisten umstanden die massige Figur des Commanders, der Rest lümmelte in bequemen roten Ledersesseln und

* optischer Signalgeber

lauschte dem vielversprechenden Treiben der Stewards hinter dem Vorhang, der teilweise die lange Tafel, das blitzende Silber und die hohen Teakstühle verdeckte.

Commander Godden leerte sein Glas und ließ den Blick über den Halbkreis der Gesichter gleiten. Jetzt waren alle entspannt, aber doch aufgedreht. In ihren schweren Uniformröcken mit den glänzenden Epauletten schienen sie einander fremd geworden zu sein, so daß ihre Stimmen immer lauter und die Gesten immer extravaganter wurden.

Godden zog den Duft des Roastbeefs ein, nickte einem vorbeieilenden Steward zu und fragte mit lauter Baßstimme: »Noch einmal dasselbe, Gentlemen?«

Das war eine Einladung. Er erlaubte sich ein breites Lächeln, als die Gläser nun wie auf Kommando geleert wurden. Godden blickte sich in der geräumigen Messe um und fühlte sich wohl. Ein neues Schiff war schon etwas Schönes. Der pflaumenblaue Spannteppich, der glänzende Lack, das stolze Schiffswappen über dem Kamin, das einen wilden arabischen Krieger mit erhobenem Krummsäbel darstellte: einen Sarazenen. Alles strömte Behaglichkeit aus. Sie waren nur zwölf Offiziere in der Messe, denn einige waren schon abgelöst worden, um die wachsende Flotte zu bemannen. Das brachte zwar etwas mehr Arbeit, erhöhte aber den individuellen Komfort an Bord.

Leutnant Travis, der Navigationsoffizier, sah einem Steward zu, der Angostura in ein Glas träufelte. Gedankenverloren streichelte Travis sein flottes schwarzes Bärtchen. »Wir werden wohl bald auslaufen«, meinte er.

Er hatte niemanden direkt angesprochen, doch war natürlich der Commander gemeint.

Godden blickte den stocksteif dastehenden Major de l'Isle an. Die Uniform der Royal Marines saß auf dessen massigem Körper prall wie ein Seidenhandschuh. Es gab einige, die darüber nachdachten, wie er sich darin bücken, geschweige denn sitzen konnte.

»Wir werden sehen, Gentlemen. Ich habe den Kommandanten für heute vormittag auf einen Drink in die Messe eingeladen, vielleicht erzählt er uns was.«

De l'Isle grunzte und fuhr sich mit dem Finger in den steifen Kragen. »Ach, wozu diese Aufregung?« Der Seesoldat starrte gelangweilt das gegenüberliegende Schott an, sein schmaler blonder Schnurrbart stach grell von dem roten Gesicht ab, das von einem Spinnennetz geplatzter Äderchen durchzogen war: Kennzeichen eines starken Trinkers. »Man könnte meinen, das sei der erste Krieg, in den die Navy verwickelt ist! Alles Quatsch!«

Der Commander ergriff seinen Drink und unterschrieb den Zettel des Stewards. »Aber diesmal könnte er etwas anders laufen als in China, Major. Deutschland ist verdammt mächtig und kampflüstern!«

Leutnant Travis warf nachdenklich ein: »Ich möchte wissen, wo wir das nächste Mal eingesetzt werden.«

»Immer am Grübeln, Pilot* ?« lachte Godden. »Vielleicht machen wir wieder einen Ausflug an die belgische Küste, damit der arme alte Hogarth endlich seinen Wert beweisen kann.«

Gelächter brandete auf. Sogar der Leitende Ingenieur, ein grauhaariger kleiner Mann, der Innes hieß und bisher außerhalb der Gruppe gestanden hatte, schien zum Leben zu erwachen. »Das ist keine Aufgabe für ein Kriegsschiff!«

Erstaunt blickten ihn alle an. Godden betrachtete ihn mit stillem Vergnügen. »Nur weiter, Chief, erzählen Sie uns, was an einem Monitor verkehrt ist.«

Der Ingenieur zuckte mit den Schultern. »Schiffe sollten mit Schiffen kämpfen. Wenn man mit der verdammten Armee kooperieren muß, kann alles mögliche passieren!«

De l'Isle nickte kämpferisch. »Verdammt richtig! Meine Marines könnten allein mit dem ganzen Unsinn fertig werden!«

Der Navigator schwenkte den Gin im Glas und legte die Stirn in Falten. Er war ein stiller, nachdenklicher Mann, der sich von der Lässigkeit, mit der seine Kameraden die andere Waffengattung abwerteten, nicht anstecken ließ. »Die Deutschen werden verdammt hart kämpfen. Unsere See-

* Bordübliche Bezeichnung für den Navigator

herrschaft wird sich einer völlig neuen Bedrohung stellen müssen.«

Godden grinste. »Ach ja, zum Beispiel?«

Travis zuckte die Achseln. »U-Boote. Sogar die deutschen Überwassereinheiten haben sich bis jetzt gut gehalten.«

Der Major der Seesoldaten schluckte schwer. »Verdammter Blödsinn! Bis jetzt haben wir die Jerries* in jeder Schlacht geschlagen. Wir haben ihnen ordentlich das Fell gegerbt!«

»Und wie war das bei Coronel?« De l'Isle schien zu platzen. »Und was war im letzten Dezember bei den Falklands und vor ein paar Monaten bei der Doggerbank?« Er wandte sich triumphierend an die Runde. »Da haben wir es ihnen gezeigt!«

Travis blieb hartnäckig. »Was ich damit sagen will: Es wird keinen leichten Sieg geben.«

Godden leckte sich die Lippen. Die Wärme des Feuers, der Gin und die hitzige Diskussion zeigten die übliche Wirkung. »Da stimme ich dem Chief zu«, sagte er. »Ich halte nichts von dieser Feuerunterstützung fürs Heer. Du schießt auf ein blödes Ziel zehn Meilen landeinwärts, und irgendein dusseliger Stoppelhopser übermittelt dir dann, was er von deinen Bemühungen hält.« Er suchte nach Worten. »Das ist irgendwie nicht sauber, entspricht nicht dem Stil der Navy.«

Ein Steward huschte heran. »Der Kommandant kommt, Sir.«

Godden strich sein Jackett glatt und drehte sich der Tür zu.

Kapitän Lionel Royston-Jones war klein, auf den ersten Blick sogar schmächtig. Aber seine Figur wirkte drahtig neben Goddens Massigkeit. Seine blauen Augen musterten scharf die wartenden Offiziere, sie waren hart und ohne jede Freundlichkeit.

Godden räusperte sich. »Ich freue mich, daß Sie die Einladung angenommen haben, Sir.«

Die formelle Bemerkung schien ihren Zweck verfehlt zu haben, jedenfalls hinterließ sie keinen Eindruck auf den wettergebräunten Zügen des Kommandanten. Jeder wußte, daß ein Kommandant die Offiziersmesse nur auf Einladung be-

* von Germans = Spitzname für Deutsche

suchte. Aber wer wollte einem Mann wie Kapitän Royston-Jones schon irgendwo den Eintritt verbieten? Sein Kopf neigte sich kurz in Richtung des Kaplans, dem sein dunkles Ornat und das in der Mitte gescheitelte Haar das Aussehen einer ängstlichen Krähe verliehen. »Gute Predigt, Padre.«

Kaplan Nutting rieb sich freudig die Hände. »Danke, Sir. Ich bin sehr dankbar.«

Aber Royston-Jones blickte schon den Commander an. »Well, hatten Sie nicht vor, mir einen Drink anzubieten?« Er hatte die Stimme nicht gehoben, aber sie enthielt eine Schroffheit, die sogar diese einfache Bemerkung zur Zurechtweisung werden ließ.

Alle sahen zu, wie er an seinem Sherry nippte, die Augen starr aufs nächste Bulleye gerichtet. Die schwere Uniform mit den glänzenden Epauletten schien seine schmale Gestalt zu erdrücken, er wirkte wie ein Offizier aus einer längst versunkenen Epoche. Das wurde noch durch seine altmodische Frisur unterstrichen. Die Koteletten reichten bis an den unteren Rand der Ohren, und auf den Wangen wuchsen kleine braune Bartbüschel, denen er seinen Spitznamen in den unteren Decks verdankte, auch wenn man ihn nur hinter vorgehaltener Hand gebrauchte: Monkey – Affe.

Schließlich sagte er ruhig: »Ich habe soeben meine Befehle erhalten. Wir laufen morgen aus, morgen früh um sieben Glasen. Commander, vielleicht können Sie nach dem Essen zu mir hereinschauen, um die letzten Vorbereitungen zu besprechen.«

Nur der Kaplan wagte es, die alle quälende Frage zu stellen: »Darf ich nach unserem Bestimmungsort fragen, Sir?«

»Sie dürfen, Padre.« Die kalten Augen wanderten unbarmherzig über die gespannten Gesichter. »Da es keinen Landgang mehr geben wird, kann ich ziemlich sicher sein, daß Geheimhaltung gewährleistet ist.«

Unsicheres Gelächter brandete auf; man war nie ganz sicher, ob der Kommandant etwas im Scherz sagte oder nicht.

»Wir verlegen ins Mittelmeer. Zuerst laufen wir Gibraltar an, dann geht es weiter ins östliche Mittelmeer, zu Operationen gegen die Türken.«

Godden pfiff leise. »Gallipoli, bei Gott!«

Royston-Jones schürzte die Lippen. »Sie haben es erfaßt, Commander: Gallipoli.«

Plötzlich sprachen alle zur gleichen Zeit, nur der Kommandant stand wie ein kleiner Fels in der Brandung, unbewegt und unbeweglich. Innes fuhr sich mit den Fingern durch das graue Haar.

»Nun, Sir, die Maschine ist jedenfalls klar«, lächelte er trocken. »Keine Sorgen mehr wegen der Kohle.«

Royston-Jones strich sich über die kleinen Bartbüschel. »Treibstoff ist unser geringstes Problem.«

»Aber, Sir, ich dachte, der Angriff gegen die Dardanellen wird abgeblasen!« sagte Travis laut, trotz des warnenden Blicks von Godden.

»Dachten Sie das, Travis?« Die blauen Augen betrachteten ihn milde. »Vielleicht teilen Ihre Lordschaften in der Admiralität aber nicht Ihre Ansicht.«

Goddens großer Körper schob sich schützend vor den verwirrten jungen Offizier.

»Ich glaube zu wissen, was unser Pilot meint, Sir. Man erzählt sich, daß das Geschwader, das die türkischen Befestigungen entlang der Dardanellen beschießen sollte, nicht stark genug war, um eine Einfahrt in die Meerenge zu erzwingen. Weiter hört man, daß die Minensucher durch direkten Beschuß vertrieben wurden. Die Schlachtschiffe mußten allein sehen, wie sie mit den feindlichen Minenfeldern klarkamen. Es war eine Sackgasse – eine gute Idee, die an der Ausführung scheiterte.«

Der Kommandant stellte sein Glas vorsichtig auf den Tisch. »Es handelt sich um einen Feldzug und nicht um irgendein Vorpostengeplänkel, Commander!« Er sprach völlig emotionslos, trotzdem erschienen auf Goddens Wangen zwei rote Flecken, als sei er mit wüsten Obszönitäten beschimpft worden. »Außerdem ist der Zweck dieser Operation die *Eroberung* der Meerenge und nicht ein – wenn auch dringend notwendiges – Übungsschießen für die Artillerieoffiziere. Sind erst die Dardanellen besetzt, ist die Türkei zweigeteilt, und unser Verbündeter Rußland kann seine südlichen Häfen wieder öffnen. Zusammen können wir dann einen entscheidenden Angriff auf Konstantinopel führen. Alle Rüstungsbetriebe der Türken sind dort konzentriert. Wenn wir die Hauptstadt und die Industriezentren in unsere Hand bekommen, wird die Türkei schnell zusammenbrechen. Deutschland wird ohne Verbündeten dastehen, und alle Neutralen, die jetzt noch mit dem Gedanken spielen, ihr Schicksal mit dem Kaiser zu verbinden, werden sich das wohlweislich überlegen. Außerdem ist dann die Hintertür Europas in unseren Händen.«

Der Major der Seesoldaten atmete geräuschvoll aus. »Mein Gott, was für ein Plan!«

Royston-Jones musterte scharf das Glas in de l'Isles Hand. »Genau, Major. Er wird unseren ganzen Einsatz fordern und ein viel umfangreicherer Feldzug sein, als Mr. Churchill zunächst plante. Gebraucht werden nicht nur Schiffe, nein, auch Truppen! Mehrere tausend Soldaten müssen mit ihrer Ausrüstung an Land gebracht und dort weiter unterstützt werden.«

Godden sagte leise: »Sicherlich haben sich die Türken inzwischen von den ersten Angriffen erholt. Sie werden sich eingegraben haben und unsere Truppen erwarten.«

Royston-Jones lächelte milde. »Ich sehe, Commander, daß Sie die Situation richtig erfaßt haben. Und da kommen wir ins Bild: eine neue Waffe. Eine schwimmende Batterie, die bis dicht an den Strand herankann. Nicht mehr das Ballett zickzackfahrender Schlachtschiffe unter den Mündungen vorbereiteter Küstenbatterien. Diese Einheiten hatten entweder zuviel Tiefgang, um nahe genug heran zu kommen, oder sie waren zu klein, um wirksame Hilfe auf größere Entfernung leisten zu können. Aber die *Saracen* wird Geschichte machen!« Er blickte scharf zur Küste hinüber. »Wir werden das Land hinter uns lassen, werden uns auf unsere Aufgabe konzentrieren können, bevor wir mit dem schlecht ausgebildeten Bodensatz der Kasernen vollgestopft werden oder gar mit diesen scheußlichen Reservisten.« Er bewegte sich auf die Tür zu. »Lassen Sie das Schiff sofort in Alarmbereitschaft versetzen, Commander, Sie kennen ja den Ablauf.«

Godden nickte. »Aye, aye, Sir! Wir werden eine prima Schau hinlegen.«

Die kleine Figur erstarrte. »Ich fürchte, daß der Begriff ›Schau‹, wie Sie es zu nennen belieben, nicht mit dem übereinstimmt, was *ich* im Sinn habe!«

Die Tür schlug zu. Zurück blieb lähmende Stille.

Godden grinste die anderen an, aber keiner reagierte. Heftig setzte er sein Glas ab und winkte den Steward heran.

»Bei allen Teufeln der Hölle!« fluchte er.

Richard Chesnaye kuschelte sich in der engen Hängematte zurecht und starrte die Rohre an, die nur wenige Zentimeter über seinem Gesicht kreuz und quer an der dunklen Decke verliefen. In dem stickigen Raum brannte nur ein blaues Nachtlicht, das die Fremdheit seiner Umgebung noch betonte und Chesnaye seine Einsamkeit deutlicher fühlen ließ.

Sein erster Tag auf der *Saracen* war lang gewesen. Er war so mit Ereignissen, Gesichtern und neuen Situationen ausgefüllt gewesen, daß er erst jetzt, in der Sicherheit der Hängematte, daran gehen konnte, seine Eindrücke zu ordnen.

Er hatte sich beim Commander in der Offiziersmesse gemeldet, oder besser am äußersten Rande derselben. Er hatte die Gespräche und das Gelächter auf der anderen Seite des Vorhangs gehört und konnte sich kaum vorstellen, daß auch er einmal dazugehören sollte. Auf dem Tisch neben ihm lagen die Mützen, Waffengurte und Degen der Offiziere. Die Mützen glichen seiner eigenen, nur die des Commanders hatte am Schirm die Eichenlaubverzierung. Trotzdem kamen ihm alle fremdartig vor. Auf dem Ausbildungsschiff hatte es nur zwei Gruppen gegeben: Kadetten und Ausbilder. Hier schien jeder in unterschiedliche Schubfächer und Messen sortiert zu sein. Die Leutnants und höheren Offiziere hatten ihre Messe, die Unterleutnants eine andere. Auch die Decksoffiziere und Fähnriche wohnten getrennt. Danach kamen die Unteroffiziere und schließlich die Männer der Besatzung. Alle waren gesondert verstaut, ohne Verbindung zueinander, aber immer auf Status und Autorität bedacht.

Commander Godden war jedenfalls freundlich zu ihm gewesen. Jovial und aufmunternd, aber doch so distanziert, als sei er in Gedanken woanders.

Schließlich war Chesnaye wieder in seiner eigenen Messe gelandet, wo seine Kameraden gerade mit dem Mittagsmahl begannen. Er hatte auf seinem Metallkoffer sitzen müssen, weil die Stühle nicht reichten, aber das hatte ihn nicht gekümmert. Er war zu sehr damit beschäftigt, sich umzuschauen und zuzuhören.

Da war Beaushears gewesen, der jetzt zwei Fuß entfernt fürchterlich schnarchte: ein großer, nur scheinbar gleichgültiger junger Mann mit den scharfen Augen eines Abenteurers. Er hatte die anderen lässig vorgestellt.

»Der Stille da ist Bob Maintland. Er spielt gut Squash, aber falls Sie eine Schwester haben sollten, behalten Sie ihn besser im Auge.« Mit der Gabel hatte er dann auf einen vergnügten Zwerg gedeutet, der Chesnaye gegenübersaß. »Das ist ›Eggy‹ Bacon. Er spricht erst, dann denkt er!«

Der so Bezeichnete hatte schwach gegrinst und dabei eine Reihe kleiner spitzer Zähne gezeigt; dann hatte er sich sofort wieder in ein Notizheft vertieft, das er offensichtlich auswendig lernte. Auch Beaushears hatte das bemerkt.

»Pack lieber das Buch weg, Eggy, bevor der große Meister erscheint. Er kann es nicht leiden, wenn ihn irgendwas von seiner faszinierenden Konversation ablenkt.« Gelassen fuhr er fort: »Hier, das ist ›Ticky‹ White. Er heißt so, weil er den Tick mit dem Kratzen hat.«

White hatte Wache auf dem Achterdeck gehabt, als Chesnaye angekommen war. Man sah immer noch den Mützenstreifen auf seiner Stirn. Er war ein bleicher, unsicherer Junge mit pechrabenschwarzem Haar und tiefliegenden, unsteten Augen. Nun zuckte er mit den Schultern und nickte Chesnaye zu.

»Ich bin zu müde, um mir darauf eine witzige Antwort auszudenken. Ein paar Stunden mit diesem verrückten Hogarth schaffen einen total.«

Beaushears lächelte. »Und natürlich haben Sie schon unser Bordgenie Keith Pickles kennengelernt.«

Chesnaye sah, wie der kleine Fähnrich zusammenzuckte, aus seinen Gedanken auffuhr und ihn zerstreut anblickte.

»O ja. Ich hoffe, Sie haben sich schon etwas eingewöhnt?«

Er wollte noch etwas hinzufügen, aber da war der Unterleutnant eingetreten.

Jetzt, in der Sicherheit seiner Hängematte, versuchte Chesnaye noch einmal, sich ein Bild von Pringle zu machen. Er hatte die Figur und die Bewegungen eines Rugbyspielers, war sehr groß, strotzte vor Gesundheit und bewegte sich überraschend schnell.

»Alles setzen!«

Pringle warf sich auf den großen Stuhl an der Stirnseite des Tisches. Sein Blick fixierte schon Chesnaye.

»Aha, der neue Junge. Gut. Es ist üblich, sich bei mir zu melden, sobald man an Bord gekommen ist.« Er sprach in einem scharfen, atemlosen Stakkato. »Das konnten Sie zwar nicht wissen, aber auf diesem Schiff ist Unwissen keine Entschuldigung.«

Er griff sich einen Löffel und begann gierig zu essen, noch bevor der Messehelfer Lukey den Teller richtig vor ihm abgestellt hatte. Zwischen der geräuschvoll verschwindenden Suppe fuhr er mit derselben ausdruckslosen Stimme fort: »Also, was kommt jetzt?« Theatralisch hob er die blonden Augenbrauen. »Ah *ja*!« Er drehte sich zu Pickles um und starrte ihn an. »Eine weitere Beschwerde von Leutnant Hogarth; dilettantische Handhabung des Verkehrsboots!« Er schüttelte den Kopf, daß das Deckenlicht auf seinen kurzgeschorenen blonden Borsten glitzerte. »Ts, ts, die Ehre dieser Messe ist schon wieder besudelt!«

Chesnaye wollte grinsen, merkte aber, daß die anderen wie versteinert vor sich hinstarrten oder emsig ihre Suppe löffelten. Alle außer Pickles, der starrte Pringle wie ein hypnotisiertes Kaninchen an.

Pringle fuhr fort: »Sie sind wirklich ein hoffnungsloser Fall! Aber wir können es nicht zulassen, daß unser neuer Kamerad gleich einen falschen Eindruck bekommt.« Im Plauderton fragte er, als habe die ganze Sache keine große Bedeutung. »Na, was soll's denn diesmal sein?«

Das Schweigen lastete im Raum, sogar das Tellerklappern in der Pantry hatte aufgehört. Chesnaye konnte sich vorstellen, daß Lukey und Betts gespannt lauschten.

Pringle warf den Kopf zurück. »Nun, Pickles, keine Antwort? Wollen Sie Ihre Dummheit mit Boxhandschuhen wiedergutmachen? Wenn ja, können wir das gleich nachher erledigen.«

Chesnaye glaubte, sich verhört zu haben: Ein Kleiderschrank wie Pringle schlug der halben Portion Pickles einen Boxkampf vor? Den konnte er doch mit verbundenen Augen und einer Hand töten!

Nach einiger Zeit nickte Pringle gleichmütig und sagte mit offensichtlicher Befriedigung: »Also gut, dann Strafe Nummer zwei, gleich nach dem Essen.«

Chesnaye starrte mit weit aufgerissenen Augen in die Dunkelheit. Strafe Nummer zwei hatte sich als brutale, systematische Prügel mit der Lederscheide eines Fähnrichsdolches entpuppt. Pickles hatte sich vor Pringle über den Tisch beugen müssen, und jeder Fähnrich hatte ihm drei Schläge mit der Lederscheide über den Hintern gezogen.

Als Chesnaye an der Reihe war, hatte Pringle gleichmütig gesagt: »Schlagen Sie richtig zu, Chesnaye, andernfalls machen wir noch ein paar Runden, bis ich zufrieden bin.«

Chesnaye meinte, den Schmerz dieser Hiebe zu spüren, als sei er selber geschlagen worden.

Später hatte er versucht, mit Pickles zu sprechen, doch der war immer noch mit dem Verkehrsboot unterwegs.

Der Monitor war auslaufbereit. Das hätte der große Moment sein sollen, auf den Chesnaye so lange gewartet hatte, fort vom Land, weg von zu Hause und allem, was damit zusammenhing.

Statt dessen versuchte er, das Erlebte zu verdrängen – vergeblich. Er wollte sich einreden, daß Pickles eben ein Versager war. Aber in seinem Innersten wußte er, daß dieser sich im Grunde von keinem der anderen Fähnriche unterschied, die plötzlich in das harte System der Kriegsmarine gestoßen wurden.

Jenseits der stählernen Platten gurgelte das Wasser, oben

an Deck patrouillierten die Posten. Morgen war ein neuer Tag. Vielleicht wurde auf See ja alles anders? Aber Chesnaye sah Pickles' Gesicht vor sich und ließ diese Hoffnung fahren.

2 Keine Überlebenden

Richard Chesnaye blieb an der untersten Stufe der stählernen Brückentreppe stehen und blickte einen Augenblick zum bedeckten Himmel auf. Sechs Glasen der Morgenwache waren gerade angeschlagen worden. Er fühlte die Erregung, die durch die Decks des immer noch stilliegenden Monitors pulsierte. Der Hafen war in tiefe Dunkelheit gehüllt, und die eisigkalte Morgenluft biß in die Lungen. Der Wind war abgeflaut. Unten war die auflaufende Tide gerade noch an den Bordwänden sichtbar, ölig, aber stark gurgelte sie vorbei.

Über Chesnaye zeichnete sich, fahlgrau gegen die dunklen Wolken, der Brückenaufbau wie ein überhängendes Kliff ab. Je höher er stieg, desto mehr anonyme Gestalten sah er in den Abteilungen und auf den Plattformen arbeiten, alle mit den Vorbereitungen zum Auslaufen beschäftigt. Bald werde ich diese Gesichter kennen, dachte er.

Die durchdringenden Töne eines Horns hatten die Männer auf ihre Stationen gerufen. Die Mannschaft hatte sich in dem leise vibrierenden Rumpf verteilt, jeder ein Rädchen in der großen, fein abgestimmten Maschinerie.

Er erreichte die Brücke und schlüpfte über die Nock in die kleine Welt, in der alles ruhig und wohlgeordnet ablief.

Vom ersten Augenblick nach dem Wecken war Chesnaye unterwegs gewesen, auf Unterleutnant Pringles Fersen, der ihm die vielen Stellen zeigte, die für einen neuen Fähnrich von Wichtigkeit waren. Es gab viel, was er sich merken mußte.

Beim Ein- und Auslaufen war Chesnayes Station auf der Brücke. Er sollte lernen, dem Wachoffizier zur Hand zu gehen und sich nützlich zu machen. Seine Gefechtsstation war ebenfalls die Brücke, aber dann war er der Signalabteilung und den Spezialisten zugeteilt, die den Artillerieoffizier unterstützten.

Denn anders als auf normalen Kriegsschiffen wurden hier zusätzliche Artilleriebeobachter benötigt, die mit den Einheiten an Land Verbindung hielten, wenn der Monitor Küstenziele beschoß.

Im Hafen kommandierte Chesnaye einen der Riemenkutter. Pringle hatte auf den schlanken Rumpf gezeigt, der hoch oben in seinen Davits hing, und lässig gesagt: »Sie sollten ihn leicht beherrschen, aber wenn Pickles nicht besser wird, werden Sie das Verkehrsboot übernehmen müssen.«

Eine Gestalt löste sich aus der Dunkelheit: Fähnrich Beaushears, der ebenfalls seine Station auf der Brücke hatte: »Sie haben also den Weg auch allein gefunden, Dick.« Seine lässige Stimme war rauh, sein Atem stand wie eine Dampfwolke in der Luft.

»Was passiert jetzt?« flüsterte Chesnaye.

»Verhalten Sie sich ruhig und laufen Sie niemandem vor die Füße!«

Chesnaye zog sich in den Hintergrund zurück und beobachtete die Gestalten auf der offenen Brücke. Nachdem sich seine Augen an die Dunkelheit gewöhnt hatten, machte er Einzelheiten aus. Er wußte, daß er sie bald auch in tiefster Dunkelheit finden mußte.

Die Brücke war fast quadratisch, in der Mitte befand sich die erhöhte Kompaßplattform. An der Vorderfront und den Seiten standen ganze Batterien von Sprachrohren, aus denen unaufhörlich Geschnatter drang. An beiden Brückennocken waren große Scheinwerfer befestigt. Hinter ihm öffnete sich der schwach beleuchtete Kartenraum, in dem sich Leutnant Travis mit einem Messingzirkel in der Hand über einen mit Glas abgedeckten Tisch beugte. Sein Bärtchen berührte fast die Glasplatte.

Über Chesnaye ragte wie eine zweite Brücke die graue Stahlmasse des Oberen Gefechtsstands empor, von allen drei Beinen des Großmasts gehalten. Dort oben würde im Gefecht die Artillerieleitstelle jede Salve verfolgen und notieren, jeden Treffer und jeden Fehlschuß, ganz gleich, was für ein Blutbad unter ihnen angerichtet wurde.

Commander Godden stand auf einer frisch gescheuerten

Gräting, die Hände auf der vorderen Brüstung. Sein Kopf und Oberkörper ragten ein gutes Stück über die schmale Persenning hinaus, die noch mit einer dünnen Reifschicht bedeckt war. Er wirkte so massig und schwer wie das Schiff unter seinen gespreizten Beinen.

Ohne Vorwarnung blitzte ein grauer Lichtschimmer über den Hafen, ein schwacher Versuch der Sonne, die Nacht zu vertreiben. Die Umrisse des Schiffs wurden schärfer, und die Gesichter gewannen ihre Individualität zurück.

Chesnaye wagte einen Blick über die Brückennock. Unter ihm zeichnete sich – wie auf der anderen Seite der Brücke auch – die Signalplattform ab. Er sah den aufmerksamen Signalgast und die Gestelle mit den ordentlich aufgetuchten Signalflaggen. Ein großer Signalmeister blickte durch sein Fernrohr zum Hafen hinüber.

Es war erstaunlich, wie gewaltig das Schiff von hier oben wirkte. Die fahlen Flächen der frisch geschrubbten Decks schienen sich in der Ferne zu verlieren. Das letzte Boot wurde mit dem großen Kran an Bord gehievt. Die Bojenspringer waren damit von der Festmacherboje geholt worden. Die Kette war also schon abgeschäkelt, jetzt verband sie nur noch eine dünne, auf Slip gesetzte Drahttrosse mit der Boje.

Weit vor den Mündungen der beiden großen Geschütze konnte er schwach die Vordecksmannschaft ausmachen. Die steife Gestalt Leutnant Hogarths zeichnete sich gegen die Reling ab, sein weißes Gesicht war der Brücke zugewandt.

Plötzlich klingelte eine Glocke wichtigtuerisch, und ein Seemann meldete: »Maschine klar, Sir!«

Godden nickte abwesend. »Danke.«

Chesnaye fühlte, daß ihn die Aufregung wie Sekt belebte. Godden blickte auf seine Uhr.

»Lassen Sie den Bootsmann ›klar vorn und achtern‹ pfeifen!« Nach einer kurzen Pause fuhr er fort: »Mr. Beaushears, teilen Sie dem Kommandanten mit, daß wir in zehn Minuten die Leine slippen können.«

Chesnaye sah, wie sein Kamerad wegeilte. Eine andere Stimme war zu hören: »Alle Mann klar zum Ablegen, Sir.«

Godden zuckte die Achseln und erwiderte gereizt: »Das will ich auch hoffen, zum Teufel!«

Chesnaye fühlte, daß das Deck stärker vibrierte. Er drehte sich um und sah, daß eine dicke schwarze Qualmwolke aus dem Schornstein quoll. Eine plötzliche Bö drückte den Qualm herunter. Chesnaye mußte husten, und seine Augen tränten. Diesel oder Kohle, dachte er, beides schmeckt scheußlich.

Nach kurzem Hin und Her herrschte plötzlich Ruhe. Ohne sich umzudrehen, wußte Chesnaye, daß der Kommandant jetzt auf die Brücke kam. Vorsichtig beobachtete er die Gestalt, die zur Vorderseite der Brücke schritt und genau in der Mitte stehenblieb.

»Schiff ist klar zum Ablegen, Sir!« Goddens Stimme hatte nun einen anderen Klang.

»Sehr gut. Lassen Sie Front blasen!«

Chesnaye hörte nicht, daß der Befehl weitergegeben wurde, aber unter ihm begann ein Horn über den dunklen Hafen zu quäken. Nackte Füße klatschten über die Decks, als die Besatzung Aufstellung nahm.

»Signal vom Turm, Sir!« Die Stimme des Signalmaaten war gut zu verstehen.

»Ablegen!«

Godden hüstelte leise. »Ich habe zwei Schlepper bestellt, Sir. Sie stehen in Bereitschaft.«

Royston-Jones wandte langsam den Kopf. Zuerst musterte er die beiden gedrungenen Schatten, die im Spritzwasser ihre Paddelräder warteten, dann starrte er den Commander an.

»Schlepper?« Seine Stimme war leise, aber so scharf, daß sogar Chesnaye ihn verstand. »Wann habe ich nach *Schleppern* verlangt?«

Zögernd erwiderte Godden: »Heute morgen haben wir starken Strom, Sir, und sehr wenig Licht.« Er verstummte beleidigt.

»Das sehe ich, danke. Der Gefechtsrudergänger steht am Ruder. Er weiß, was zu tun ist, auch ohne daß er mit Kommandos bombardiert wird!«

Chesnaye biß sich auf die Lippen. Wieder ein schlechter Beginn. Der Kommandant rückte das Fernglas zurecht.

»Stand by!«

Er hob das Glas an die Augen und blickte nach achtern zur Pier, die um sie herumzuschwingen schien. Zusammenhanglos fuhr er fort: »Ein Mann der Achterdeckswache ist falsch angezogen, Commander! Lassen Sie seinen Namen feststellen!«

Chesnaye platzte fast vor unterdrückter Erregung. Wie konnte sich dieser Mann in so einem Augenblick mit derartigen Lappalien belasten? Ein Unteroffizier eilte fort, um sich den Unglücklichen vorzunehmen, der das Auge des Kommandanten beleidigt hatte.

»Beide Maschinen langsam voraus!«

Die Glocken schrillten, und die Brücke begann zu erzittern.

»Los die Vorleine!«

Auf dem Vordeck erklangen ein paar laute Befehle. Chesnaye hörte das Klatschen, als die letzte Leine durch den Bojenring rauschte und ins Wasser fiel. Hastig wurde sie eingeholt. Schwach, aber deutlich vernahm er Hogarths Stimme vom Vordeck: »Alles los vorne, Sir!«

Der Strom erfaßte den breiten Rumpf. Das Heck zeigte bereits auf Gosport, der Bug schwang schnell über die Hafeneinfahrt hinweg. Ein Läufer neben Chesnaye saugte heftig die Luft ein. »Jesus!«

Royston-Jones beugte sich über ein Sprachrohr. »Stütz, Rudergänger!«

Chesnaye wußte, daß in schwierigen Situationen der Gefechtsrudergänger ans Ruder geholt wurde. Ohne besondere Befehle steuerte er auf dem kürzesten Weg zum Hafenausgang, das ersparte den Zeitverlust beim Übermitteln und Bestätigen der Befehle.

Godden trat unsicher von einem Fuß auf den anderen. »Sie fällt weiter ab, Sir!«

Der Kommandant grunzte: »Backbordmaschine halbe Kraft voraus!«

Die zusätzliche Kraft ließ das Kielwasser aufschäumen. Nach einigen Augenblicken der Unsicherheit schwang der Bug zurück, auf die schmale Hafenausfahrt zu.

»Beide Maschinen langsam voraus!« Royston-Jones' rechter Fuß klopfte leise auf die Gräting. »Signalisieren Sie unserer Eskorte, daß sie in dreißig Minuten ihre Station einnehmen soll!«

Irgendwo achteraus würden sich schon zwei Zerstörer auf den Weg gemacht haben, begleitet von spöttischen Bemerkungen ihrer zurückbleibenden Kameraden. Godden sah die hellen Wälle von Fort Blockhouse vorbeigleiten, fast zum Anfassen nahe. Schnell blickte er ins ausdruckslose Gesicht des Kommandanten. Ließ er absichtlich so dicht unter Land steuern? Jedes andere Kriegsschiff vergleichbarer Tonnage hätte schon Bekanntschaft mit den schwarzen spitzen Uferfelsen gemacht.

Godden beobachtete die schnell steigende Flut, die durch die glänzenden Fangzähne unterhalb des Forts strudelte. »Vorschiff ist seeklar, Sir.«

»Gut. Lassen Sie wegtreten. Danach wollen wir Probealarm für ›Alle Mann auf Gefechtsstation‹ geben. Ich möchte, daß jeder auf seiner Station überprüft wird!«

»Ist schon gemacht worden, Sir.« Das lag im Aufgabenbereich des Commanders, seine Stimme klang trotzig.

»Prima, dann machen sie es *noch mal*!« Der Kommandant hievte sich in den hohen hölzernen Stuhl, der im vorderen Teil der Brücke festgeschraubt war. »Ach ja, Commander, und vergessen Sie nicht, Ihre Schlepper zu entlassen.« Es folgte eine kurze Pause. »Sonst fahren die mir noch bis Gibraltar hinterher!«

Drei Tage nach dem Auslaufen in Portsmouth stand die *Saracen* in der Biskaya und hatte die westliche Spitze Spaniens etwa einhundert Meilen an Backbord. Die Überquerung des Golfs war unangenehm, aber nicht wirklich hart gewesen. Steife Winde aus wechselnden nördlichen Richtungen erzeugten eine hohe achterliche See, die den topplastigen Monitor umhertaumeln ließ. Sogar seine ungewöhnliche Breite konnte die zeitweise sehr harten Bewegungen nicht mildern. Manchmal legte sich das Schiff so weit über, daß man daran zweifeln konnte, ob es sich jemals wieder aufrichten würde. Die von achtern heranrollenden Brecher hoben das abgerundete Heck so hoch, bis man den Eindruck hatte, das Achterdeck befinde sich auf einer Höhe mit der Brücke, die Bewegungen wie ein Korkenzieher vollführte. Dann rutschte der flache Schiffsboden über den Wellenkamm und fiel in das nächste Tal. Die Seeleute zogen sich mühsam über das Oberdeck, wo sie die widerspenstige Ausrüstung überprüften und neu festlaschten. Die Freiwache lag zusammengekrümmt in den Hängematten und schloß die Augen, damit sie das Ölzeug und andere lose Ausrüstungsgegenstände nicht sah, die unnatürlich schräg von den Schotten abstanden, endlose Sekunden scheinbar schwerelos so hingen, um dann zurückzufallen.

Richard Chesnaye verkeilte sich mit den Schultern an einem Davit und ließ sich das kalte Spritzwasser ins Gesicht peitschen. Kaum konnte man das Kielwasser erkennen. Das war eine Folge der mickrigen zehn Knoten, die sie seit dem Auslaufen in England abspulten. Achteraus fuhr ihr einziger Begleitzerstörer seine Zickzackkurse in der brechenden See. Er verschwand zeitweise in einer Wolke von Spritzwasser. Chesnaye überlegte, daß es denen da drüben noch schlechter gehen mußte. Um die zugewiesene Station zu halten, mußte der Zerstörer wie eine Schnecke dahinkriechen. Seine engen Decks und niedrigen Rümpfe waren offen für alles, was die See in ihre Richtung warf. Im einen Augenblick konnte Chesnaye in die drei schmalen Schornsteine hineinsehen, im nächsten sah er das Wasser vom Schlingerkiel abfließen. Das kleine Schiff rollte wie verrückt. Aber nachdem der zweite Zerstörer einen Tag nach Verlassen des Hafens wegen Maschinenschaden hatte umkehren müssen, schien der zweite unter allen Umständen bei ihnen bleiben zu wollen.

Chesnaye hielt eine Hand schützend über die Augen und blickte zur Brücke hinauf, die sich schwarz vom kalten grauen Himmel abzeichnete. Er sah die weißen Gesichter der Ausguckposten, die mit ihren Ferngläsern die See absuchten; die Maschinengewehrposten warteten an ihren Waffen darauf, daß sich in der schäumenden See ein Periskop zeigte.

Chesnaye biß sich auf die Lippen. In der Theorie war die Sache ganz einfach: Sollte ein U-Boot sein Periskop auch nur für eine Sekunde herausschieben, konnte es mit einer Salve geblendet werden. Der verborgene Feind wurde dadurch angeblich gezwungen aufzutauchen, wo man ihn dann mit Geschützfeuer erledigen konnte. Chesnaye schüttelte sich. Ein schwacher Trost, daß man von den U-Booten sagte, auch für sie sei derartiges Wetter schwierig.

Er hörte neben sich die Matrosen die Ausrüstung des Bootes kontrollieren. In den vergangenen drei Tagen hatte er kaum alle an Bord kennengelernt. Es waren Gesichter, die sofort versteinerten, wenn er sie ansprach. Als er die Leute auf dem Oberdeck bei der Arbeit beobachtete, hatte er oft den Impuls verspürt, sich einzumischen, nur um ihnen zu zeigen, daß er aus Fleisch und Blut war. Aber jedesmal war ein alter Unteroffizier brummend dazwischengetreten: »Überlassen Sie das mir, Sir«, sagte er oder: »Auf *diesem* Schiff ist das nicht üblich, Sir!«

Ein großer Brecher klatschte kraftlos gegen ihre Luvseite, das Spritzwasser fegte über die hellen Planken. Schaumtröpfchen hingen an Chesnayes Hose. Er war froh, daß er kein Opfer der Seekrankheit wurde wie so viele andere. Unterleutnant Pringle rügte jede Schwäche mit bitterem Sarkasmus.

Am ersten Tag auf See war er mit betrübtem Gesicht an Chesnaye herangetreten. »Ihre Seekiste«, er wiegte sich auf den Ballen wie ein Boxer, »entspricht leider nicht den Vorschriften.«

Danach hatte er einen langen Vortrag über die Notwendigkeit von Einheitlichkeit und Disziplin gehalten und natürlich auch über die Vorbildfunktion eines Fähnrichs. Chesnaye war überrascht, daß ihn dieser erste Zusammenstoß kaltgelassen hatte. Pringle mußte Theater spielen. Sogar seine langen Monologe wirkten sorgfältig vorbereitet und geprobt, so daß sie Chesnaye eher verlegen machten, als ihn zu beeindrucken. Er hatte das einmal angesprochen, als er zusammen mit Beaushears Wache ging. Aber der erfahrene Fähnrich war nicht sehr interessiert gewesen.

»So ist das ganze System, Dick. Ebenso notwendig wie sinnlos.« Gleichmütig hatte er hinzugesetzt: »Sie müssen sich damit abfinden, bis Sie an der Reihe sind, ein Pringle zu sein.«

Chesnaye lächelte schief in sich hinein. »Da sei Gott vor!«

Ein Horn ertönte, wie ein Mann ließen die Matrosen die Arbeit liegen und eilten nach vorne, um schnell eine Zigarette zu rauchen und eine Tasse Tee zu trinken. Chesnaye ging zur Reling und blickte zum Horizont. War es vorstellbar, daß sie jemals wieder die Landmasse Europas erreichen würden? Kaum zu glauben, daß sich ein paar hundert Kilometer landeinwärts, in Flandern, zwei riesige Armeen hinter Sandsäcken und Stacheldrahtverhauen gegenüberlagen. Noch bevor die Matrosen zu ihrer Arbeit zurückkehrten, konnten dort Hunderte von Soldaten getötet oder verwundet worden sein. Tausende warteten voller Angst darauf, daß ein neuer Angriff befohlen wurde.

Da war es schon besser, ins Mittelmeer zu fahren. Das war neu, sauber und erfrischend. Zu Hause in England wurde die Kriegsbegeisterung durch die langen Verlustlisten und die elenden Krüppel gedämpft, die von den Bahnhöfen ausgespuckt wurden oder auf Krankenwagen warteten. Trotzdem hatten die Verwundeten einen fröhlichen Eindruck gemacht. Je schwerer die Verwundung, desto zufriedener wirkten sie.

Chesnaye hatte einen Subalternoffizier darauf angesprochen, den er in der Waterloo Station traf. Der junge Mann hatte Chesnaye kalt angestarrt und dann bitter gelächelt. »Sie wissen eben, daß man sie nicht wieder hinausschicken kann.«

Hier draußen war das anders. Das Schiff war zwar jetzt ungemütlich, aber das würde sich bald ändern. Chesnayes Pflichten waren vielfältig und kompliziert, und es schien aussichtslos, es jemandem recht machen zu wollen. Trotzdem war es ein befriedigendes Gefühl, Teil dieses mächtigen Goliaths zu sein.

Er fragte sich, ob ihm seine Mutter schon geschrieben hatte. Wie wohl das Leben in dem ruhigen Haus in Surrey weiterging? Er versuchte, nicht an seinen Vater zu denken, denn die Erinnerung an ihr letztes Zusammentreffen lag ihm wie ein Stein im Magen.

Während seiner Ausbildung hatte Dick wenig von Commander James Chesnaye gesehen. Am letzten Abend zu Hause, als der Sturm an den Fensterläden rüttelte, hatte er sich gezwungen, stillzusitzen und seinem Vater zuzuhören, der über die Navy schwadronierte. Wie sie gewesen war, wie sie sein sollte. Dick hatte es irgendwann aufgegeben zu zählen, wie oft sein Vater sich Gin nachschenkte. Aber die Wirkung zeigte sich deutlich in seiner schleppenden, undeutlichen Sprechweise.

Jedem, der sie hören wollte oder auch nicht, erzählte er immer dieselbe alte Geschichte. Es war ein Fehler gewesen, aber nicht er hatte den Fehler gemacht. Als sein Schiff, die Korvette *Kelpie*, sich den Rumpf auf einer Untiefe vor dem chinesischen Festland aufgerissen hatte, war er, Commander James Chesnaye, in seiner Seekabine gewesen. Der Erste Offizier war schuld. In den Monaten und Jahren, die der Kriegsgerichtsverhandlung folgten, verteilte sich die Verantwortung auf immer mehr: Der Rudergänger war unzuverlässig, der Navigationsoffizier war ein heimlicher Neider, die Seekarten waren fehlerhaft gewesen. Jedesmal, wenn Dick vom Ausbildungsschiff nach Hause gekommen war, hatte er seine Mutter etwas mehr gealtert vorgefunden und seinen Vater etwas sicherer, was die Ursache des Totalverlustes der *Kelpie* und das Ende seiner Karriere anging.

Während des letzten Urlaubs, mit dem Marschbefehl schon in der Tasche, war Dick mit dem neuesten Rückschlag konfrontiert worden. Als der Krieg immer länger dauerte, hatte sich sein Vater entschlossen, zur Admiralität zu gehen und ohne Murren auch das kleinste Kommando anzunehmen. Aber die Admiralität hatte ihm überhaupt nichts angeboten. Offenbar hatte ein Blick in seine Akte genügt, ihn unverrichteterdinge wieder heimzuschicken.

Chesnaye überlegte, wie ehrlich er mit sich selber war. Er hätte seinem Vater so gern geglaubt, aber all die Jahre hatte ihn der nagende Zweifel nie verlassen. Warum war sein Vater jetzt so freimütig gewesen? Etwa wegen der schmählichen Ablehnung durch die Admiralität, die wohl gewußt hatte, daß der Kommandant der unglücklichen *Kelpie* zu betrunken gewesen war, um mit einer Situation fertig zu werden, für die er zwanzig Jahre lang ausgebildet worden war?

Chesnaye dachte an den Metallkoffer, der noch immer in der Messe stand. Er hatte nicht die Absicht, sich um Pringles willen davon zu trennen. Als Junge hatte er diese Kiste aus Indien, China, Malta und all den anderen Stützpunkten, wo sein Vater gedient hatte, nach Hause kommen sehen. Der zerkratzte Anhänger trug immer noch Spuren von Namen und Rang des ursprünglichen Besitzers. Die Kiste war für Dick zum Symbol geworden.

Gegen Ende des langen Abends war sein Vater immer schweigsamer geworden. Seine Augen waren rotgerändert, er hatte mit schweren Lidern seinen ernsten Sohn angeblinzelt und schließlich gesagt: »Vertraue niemandem, Dick!«

Als Chesnaye an diesen Moment zurückdachte, wurden seine Augen vor Rührung feucht.

»Vertraue niemandem – oder es wird dir wie mir ergehen!«

Er fühlte, daß jemand neben ihn trat, und blickte auf. Pickles sah ihn ausdruckslos an. Chesnaye schüttelte die unangenehmen Gedanken ab und brachte ein Lächeln zustande. Es war schmerzlich zu sehen, wie Pickles von Pringle gedemütigt wurde, aber es war gefährlich, Mitleid zu zeigen. Jedes Zeichen von Widerstand schien Pringle nur noch einfallsreicher zu machen, natürlich immer zu Lasten des unglücklichen Pickles.

»Hallo, Keith, du siehst so aus, als ob du die Faxen dicke hättest.«

Pickles verzog den Mund. »Das kannst du mir glauben, Dick, ich habe von diesem Schiff und der ganzen Marine die Schnauze gestrichen voll!«

Chesnaye blickte wieder hinaus auf die See. Leise sagte er: »Deine Zeit wird auch noch kommen, Keith. Bleib bei der Stange. Bald wird das Schiff so beschäftigt sein, daß Pringle keine Zeit mehr zum Schikanieren finden wird.«

Unbewußt hatte er Haß in die letzten Worte gelegt. Pickles starrte ihn überrascht an.

»Ich wußte gar nicht, daß *du* auch so denkst. Er macht mir das Leben zur Hölle. Auch wenn ich ungeschickt bin und bei der Arbeit nicht viel tauge, bin ich doch nicht der einzige, der Fehler macht.« Er blickte verloren über das nasse Deck. »Wenn du nur wüßtest!«

Chesnaye sagte bedächtig: »An deiner Stelle würde ich ihm raten, sich zum Teufel zu scheren.«

Pickles grinste gequält.

»Das glaube ich dir sogar!« In einem plötzlichen Impuls packte er Chesnayes Ärmel. »Ich bin verdammt froh, daß du an Bord bist, Dick. Irgendwie bist du anders als der Rest. Ich bin eigentlich ein Bücherwurm und mit ihrer Art nicht vertraut. Ein paar von ihnen sind so gemein«, er suchte nach dem richtigen Wort, »so falsch. Für sie scheint das alles ein Spiel zu sein, während es für mich schrecklich ernst ist.« Er blickte Chesnaye fest an. »Mein Vater hat ein Geschäft in Bristol. Es war schwer, einen Ausbildungsplatz als Kadett zu bekommen.«

Chesnaye blickte weg. Schwer? Es mußte nahezu unmöglich gewesen sein.

Pickles fuhr fort: »In meiner Familie bin ich der erste, der das erreicht hat. Aber ich vermute, daß du aus einer alten Marinefamilie stammst?« Als Chesnaye nicht antwortete, bohrte er weiter: »Was macht dein Vater, ist er immer noch aktiv?«

»Er ist tot!«

Das erschrockene Gesicht Pickles' paßte zu Chesnayes eigenen Gefühlen. Überrascht merkte er, wie leicht ihm die Lüge über die Lippen gekommen war. Er ärgerte und schämte sich gleichzeitig. Warum hatte er das gesagt? War es besser, einen toten Vater zu haben als einen unehrenhaft verabschiedeten?

So standen sie noch eine Weile und blickten auf die See hinaus, ohne sie zu sehen. Schließlich sagte Pickles: »Es wird Ende März werden, bevor wir unseren Einsatzort erreichen. Dann ist die ganze Dardanellen-Affäre bestimmt schon vorbei. Ich vermute, wir werden dann einfach umkehren und nach Portsmouth zurückwackeln.«

Chesnaye fragte schnell: »Wie war das damals bei der Beschießung der belgischen Küste?«

Irgendwie mußte er Pickles ablenken.

»Laut!« Pickles lächelte über die Einfachheit seiner Antwort. »Die großen 38er jagten drei Dutzend Granaten hinüber. Aber alles, was wir sahen, war eine braune Wolke über den Wäldern.« Er schüttelte sich. »Nach der Feuereinstellung müssen die Soldaten angegriffen haben. Es hörte überhaupt nicht auf: Gewehre, Millionen von Gewehren knatterten, als ob sie nie mehr schweigen wollten.« Er blickte in Chesnayes nachdenkliches Gesicht. »Ich glaube, daß ich den Infanteriekrieg nicht aushalten würde. Er ist dreckig und persönlich!«

Ein hastiges Klappern ließ sie zur Brücke aufsehen. Chesnaye merkte überrascht, daß der nächststehende Scheinwerfer aufgeregt morste.

»Sie signalisieren dem Zerstörer!« Pickles' Stimme klang verwundert, er blickte nach achtern zu dem stampfenden Geleitschiff. »Merkwürdig, normalerweise wird so etwas mit Winksprüchen erledigt.«

Chesnaye stand stocksteif da, seine Lippen bewegten sich lautlos, als er die Nachricht mitlas. Er fühlte, wie es ihm eiskalt über den Rücken lief.

»Sie haben eine Mine recht voraus!«

Er wiederholte die Nachricht laut, dann fuhr er herum, um den Zerstörer zu beobachten. Natürlich konnte man von der hohen und vergleichsweise ruhigen Brücke der *Saracen* aus eine treibende Seemine besser ausmachen.

Ein Licht zuckte kurz auf der fernen Brücke, aber ob es eine Bestätigung oder eine Nachfrage war, sollte Chesnaye nie erfahren. Ein heller, orangegelber Blitz leuchtete unter dem Vorschiff des stampfenden Schiffes auf, dann rollte der dumpfe Donner einer Explosion über das Wasser. Es gab nur wenig Rauch. Aber der Zerstörer kam zu einem abrupten Stopp, sackte breitseits in ein Wellental und begann bereits zu kentern.

Chesnaye hörte Pickles' Schluchzen. Wie lange hatte es gedauert, zehn Sekunden? Das schlanke Heck hob sich schon aus dem Wasser, die kleinen blanken Propeller quirlten in der Luft wie bei einem Spielzeugschiff.

Der Monitor schüttelte sich, als ihn die Druckwelle unter Wasser erreichte, dann begann er auf den überspülten Rumpf zuzuhalten, der zusehends verschwand. Ein Horn quäkte, und plötzlich waren die verlassenen Decks mit geschäftigen Menschen übersät.

Bootsmannsmaaten trieben die Seeleute vorwärts, ihre Pfeifen zwitscherten aufgeregt.

»Erster und zweiter Kutter zu Wasser!«

Der Ruf pflanzte sich über das ganze Schiff fort, ehe Chesnaye begriff, daß auch er handeln mußte. Der zweite Kutter war sein Boot. Als er nach achtern stolperte, sah er, daß er schon ausgeschwungen wurde, die fünf Ruderer und der Bootssteurer kletterten hinein und fielen in den engen Rumpf. Weitere Befehle und Schreie waren zu hören, er sah, daß der erste Kutter auf der anderen Seite bereits weggefiert wurde; die Fallen quietschten in den Blöcken wie gemarterte Tiere.

Harte Hände packten ihn und schoben ihn über die Seite, daß er dem Bootssteurer vor die Füße fiel.

»Fier weg!«

Jetzt war die Reling des Monitors über ihm, die Wellen kamen näher und wirkten einschüchternd hoch. Die *Saracen* machte noch immer Fahrt voraus. Dann wurden die Fallen geslippt, das Boot klatschte mit einem unangenehmen Knall ins Wasser und schor sofort vom Mutterschiff weg.

Chesnaye rang nach Luft, das Boot bockte unter seinen Füßen. Schock und Panik machten einer dumpfen Verzweiflung Platz. Er hörte sich selber brüllen: »Riemen bei!«

Während die Männer die Riemen einlegten, entstand eine beklemmende Pause, alle starrten ihn an.

»Ruder an überall!«

Die Männer beugten sich vor und zogen die Riemen durch, das Boot schoß in den nächsten Wasserberg. Der Steurer, ein Vollmatrose namens Tobias, rief: »Kurs auf Zerstörer, Sir?«

Chesnaye biß sich auf die Lippen und versuchte, das Zittern unter Kontrolle zu bekommen. Er hätte das Boot glatt ins Nirgendwo geschickt und blickte jetzt schnell Tobias an, ob der ihn wegen seiner Dummheit verachtete. Aber der Mann mit den dicken Augenbrauen blieb unbewegt ernst.

»Ja – danke!«

Der Steurer ging auf Kurs, während Chesnaye sich aufrappelte, um über die hohen weißen Kämme nach vorn zu spähen. Aber die Wellenzüge verdeckten den Horizont. Wenn das Boot in ein besonders tiefes Tal sackte, erschrak Chesnaye über die plötzliche Windstille. Wieder fühlte er Panik in sich aufsteigen: So mußte einem Ertrinkenden zumute sein.

Wenn er achteraus sah, erkannte er nur den Dreibeinmast mit dem oberen Artillerieleitstand. Fast schien es, als würde die *Saracen* versinken. Wie sollte dieses kleine zerbrechliche Boot jemals wieder seinen sicheren Platz zwischen den Davits einnehmen, geschweige denn er selber wieder in der geordneten Welt der Messe sitzen?

Tobias trieb die Leute an: »Holt durch die Lose, ihr faulen Hunde!«

Er begann, laut den Takt anzusagen, trotzdem schien es Chesnaye, als ob das Boot bewegungslos verharre, ganz gleich, wie sehr sich die Männer auch anstrengten. Er sah, daß sich die Riemen im Wasser bogen, und fühlte, wie sich das Boot schüttelte, wenn der Bug in eine Welle stieß und von Spritzwasser übergossen wurde, das auf die gekrümmten Rücken der Männer klatschte.

Tobias befahl: »In den Bug!«

Ein Mann holte geschickt seinen Riemen ein und kletterte nach vorn. Dort hockte er geduckt, als ob er die nächste Welle auf den Buckel nehmen wollte.

Tobias sagte ruhig: »Wir sind da, Sir.« Die Riemen strichen langsamer durchs Wasser.

Chesnaye wußte nicht, wie der Mann die Stelle gefunden hatte, wo der Zerstörer tödlich getroffen worden war. Aber er hegte keinen Zweifel, fühlte nur Entsetzen und Verlust.

Aus einer glasigen Wellenflanke schoß eine gebrochene Spiere wie ein Torpedo, die scharfe Bruchstelle glänzte gefährlich weiß im grauen Wasser. Sie näherte sich dem Boot, aber der Bugmann schob sie geschickt mit seinem Bootshaken zur Seite. Das Holz trieb vorbei, eine vollgesogene Kriegsflagge hinter sich herziehend. Die Männer ruderten weiter, lauschten konzentriert auf Hilferufe.

Schließlich spuckte Tobias über die Seite: »Der muß wie'n Stein abgesoffen sein. Diese Zerstörer sind wie Blechbüchsen mit'm bißchen Farbe, viel mehr is da nich'.«

Chesnaye schluckte hart. Genau wie der Bugmann hatte auch er die mit ausgebreiteten Armen treibende Leiche gesehen. Gesicht und Hände stachen unnatürlich weiß von der unruhigen Wasserfläche ab.

Tobias hielt ihn zurück: »Lassen Sie ihn, Sir, lassen Sie ihn!«

Der Tote begann schon unterzugehen, die schweren Seestiefel, die ihren Besitzer noch vor wenigen Minuten warmgehalten hatten, zogen ihn jetzt unter Wasser. Chesnaye schwankte und wäre umgefallen, wenn ihn Tobias nicht festgehalten hätte. Er hatte gewußt, daß es im Krieg Tote gab, aber das hier war etwas anderes: ein stiller, gesichtsloser Niemand, der vorbeitrieb und schon vergessen war.

Tobias' versteinertes Gesicht war dem seinen sehr nah. »Nehmen Sie's nich' so schwer, Sir. Es kommt noch schlimmer, bevor dieser ganze Mist vorbei ist.«

Der Brechreiz ging vorüber, Chesnaye blickte den Bootssteurer an. Wieder konnte er weder Geringschätzung noch Ärger in dessen Gesicht erkennen, Chesnaye begriff, daß er in diesem Augenblick Tobias zum ersten Mal wirklich sah. Nicht als tüchtigen, obszön fluchenden Untergebenen, sondern als Mensch.

Der Bugmann sagte müde: »Die *Saracen* signalisiert, Sir: ›Rückruf!‹«

Chesnaye blickte Tobias an, der mit den Achseln zuckte.

»Die können das von da oben besser überblicken. Es wird eben nix mehr übrig sein, Sir.«

Schweigend pullten die Männer zum Schiff. Sie blickten zurück, wo sie hinter Tobias' Schulter den saugenden Trichter sahen – oder zu sehen glaubten –, der das Grab des Zerstörers geworden war.

Commander Godden ging mit verbissenem Gesicht auf der Brücke nach vorne. »Beide Boote sind an Bord und gesichert, Sir.«

Der Kommandant saß kerzengerade in seinem Brückenstuhl, seine Augen blickten starr auf einen Punkt am Horizont.

»Gut. Kurs und Geschwindigkeit wiederaufnehmen, die Ausguckposten sollen ihre Wachsamkeit verdoppeln!«

»Soll ich einen Funkspruch nach Gibraltar schicken? Ein Geleitschiff könnte uns von dort entgegenkommen.«

Er sah, wie sich die Hände des Kommandanten verkrampften. Royston-Jones wandte den Kopf, aber seine Augen blickten durch ihn hindurch in weite Fernen.

»Ich kannte den Kommandanten des Zerstörers gut. Ein sehr vielversprechender Mann.« Dann fuhr er in schärferem Ton fort: »Nein, wir schicken kein Telegramm. Wenn wir die Funkstille brechen, laden wir uns nur neue ungebetene Gäste ein.«

»Jawohl, Sir.«

Godden wollte sich umdrehen, da nagelte ihn die Stimme des Kommandanten fest.

»Die Boote haben viel zu lange gebraucht, Commander. Der zweite Kutter war erst nach sechs Minuten aus den Fallen. Es dürfte höchstens drei Minuten dauern. Kümmern Sie sich darum!«

Hogarth, der Wachoffizier, meldete: »Kurs liegt an, Geschwindigkeit ist wiederaufgenommen, Sir.«

»Gut.« Royston-Jones schien sie vergessen zu haben.

Godden sagte schwer: »Der Fähnrich des zweiten Kutters soll sich bei mir melden.«

Leutnant Travis kam aus dem Kartenhaus und stellte sich neben ihn. »Verdammte Minen! Wahrscheinlich schon sehr alt. Vielleicht vom Hilfskreuzer *Kap Trafalgar* vor Monaten auf dem Weg nach Süden gelegt.«

»Arme Teufel.« Godden steckte die Hände tief in seine Taschen. »Ich kannte alle Offiziere des Zerstörers.« Er blickte schnell zum Rücken von Royston-Jones hinüber. »Und nicht nur den Kommandanten.«

Travis zuckte mit den Achseln. »Das ist das Lästige an dieser Firma. Wir sind wie eine große Familie.« Er blickte zum Himmel auf und ging dann zum Niedergang, wo gerade Chesnayes Kopf erschien. »Ach, was soll's! Hier kommt der jüngste Offizier des Schiffes. Vielleicht taugt er ja dazu, *unsere* Last zu tragen.«

Godden öffnete den Mund, behielt dann aber die ärgerliche Antwort für sich. Travis war schon ein komischer Vogel. Man wußte nie, ob er sich über seine Vorgesetzten lustig machte. Aber seine leicht hingeworfene Bemerkung hatte ins

Schwarze getroffen, und Godden war ihm fast dankbar. Der Kommandant versuchte ständig, ihm Fehler und Versäumnisse anzukreiden. Travis hatte recht, Chesnaye hätte beinahe einen Teil von Goddens Bürde abbekommen.

Nun blickte er ruhig in Chesnayes windgerötetes Gesicht. »Sie waren zu langsam«, sagte er gedehnt. »Sie müssen das Boot in der Hälfte der Zeit zu Wasser haben.«

»Verstehe, Sir.« Chesnaye war bestürzt.

»Die Motorboote sind bei diesem Wetter nutzlos, außerdem würde es zu lange dauern, sie mit dem großen Ladebaum auszubringen. Die Kutter waren dazu am besten geeignet.« Godden seufzte. »Aber diese armen Teufel hätte wohl nichts mehr retten können, fürchte ich.«

Royston-Jones unterbrach sie scharf: »Kommen Sie her!«

Chesnaye ging zu dem hohen Stuhl hinüber und salutierte. »Sir?«

Einen Moment starrte der Kommandant den Fähnrich mit kalten, ausdruckslosen Augen an.

»Chesnaye?« Langsam nickte er mit dem kleinen Kopf. »Ich habe Ihren Vater in China gekannt.« Die kalten Augen schienen Chesnaye durchbohren zu wollen. »Er hat seinerzeit die *Kelpie* kommandiert, nicht wahr?«

»Jawohl, Sir.« Die Brücke schien sich unter Chesnayes Füßen zu drehen.

Royston-Jones blickte wieder zum Horizont. »Die Chinastation, das war schon ein tolles Leben.« Seine Stimme hatte etwas von ihrer Schärfe verloren, so daß Chesnaye einen schnellen Blick wagte. »Ob bei Flotenregatten oder Hetzjagden auf chinesische Piraten, es war immer dasselbe: kein Spielraum für Fehler, Junge. Ein erstklassiges Geschwader!« Der Kommandant nickte wieder. »Ein Jammer, daß wir nicht dorthin beordert sind.«

Er wandte sich ab, seine Augen wurden wieder stechend scharf.

»Na, dann stehen Sie hier nicht so rum!« Er schlug mit der flachen Hand auf die Stuhllehne. »*Schnelligkeit* ist das Wichtigste!«

Chesnaye stand stramm und trat zurück. Er war sich bewußt, daß alle Augen auf ihn gerichtet waren. »Verstehe, Sir.«

Godden klopfte ihm den Arm, als Chesnaye auf die Leiter steigen wollte. »Gut gemacht, Junge. Ich glaube, er mag Sie.«

Sein Lächeln schwand, als die scharfe Stimme bellte: »Auf meiner Brücke wird zuviel geschwatzt! Wir halten vor dem Mittagessen einen zusätzlichen Gefechtsdrill ab, damit alle munter werden!«

Auf dem Hauptdeck wurde Chesnaye von Pringle erwartet.

»Wo zum Teufel sind Sie so lange gewesen?« Pringle hatte seine großen Hände in die Hüften gestemmt und das Kinn kampflustig vorgeschoben.

»Auf der Brücke, Sir.«

Chesnaye versuchte, nicht in die Augen des anderen zu blicken. Man konnte ihnen buchstäblich ansehen, wie es dahinter arbeitete. »Brücke? In den Hintern gekrochen, vermute ich. Bei Gott, ihr Fähnriche bringt mich zum Speien. Regt euch schon ein kleiner Bootsausflug so auf?« Pringles Stimme sank zu einem gehässigen Flüstern ab. »Vielleicht haben Sie Angst, Blut zu sehen?«

Chesnaye fühlte seine Knie schwach werden. Es war ein Spiel, aber es erregte Übelkeit. Er dachte an den treibenden Leichnam und biß die Zähne zusammen.

»Warten Sie nur ab, bis Sie etwas mehr vom Krieg gesehen haben.« Pringle lief rot an. »Dann haben Sie was, worüber Sie weinen können!«

Chesnaye atmete langsam aus. »Wieviel vom Krieg haben Sie denn gesehen?«

»*Was* haben Sie gesagt?« Pringle starrte ihn ungläubig an. »Bei Gott, Sie wollen es nicht anders!«

Chesnaye leckte sich die trockenen Lippen. Er hatte sich festgelegt. Wieder und wieder hatte er sich zurückgehalten, aber das jetzt war zuviel gewesen.

»Unterleutnant Pringle«, er hielt seine Stimme unter Kontrolle, »ich werde Sie nicht bekämpfen, aber wenn Sie mich noch einmal bedrohen, gehe ich auf der Stelle zum Commander!«

Pringle fiel die Kinnlade herab, sein Mund blieb offenstehen.

»Sie sind mein Vorgesetzter, und ich habe Ihnen zu gehorchen«, fuhr Chesnaye fort. »Aber da wir unter uns sind, kann ich Ihnen sagen, daß Sie in meinen Augen ein Feigling, ein Lügner und ein Sadist sind!«

Er trat einen Schritt zurück, halb in der Erwartung, daß sich Pringle mit beiden Fäusten auf ihn stürzen würde. Doch Pringle stand da und war unfähig, Luft zu holen. Er stotterte, seine Wangen bekamen rote Flecken und glänzten vor Erregung.

»Warten Sie's ab, Chesnaye! Das wird Ihnen noch leid tun! Dafür werden Sie mir bezahlen!«

Einige Matrosen liefen auf dem nahen Deck vorbei, und Pringle schien sich etwas zu fangen.

»Scheren Sie sich jetzt wieder auf Ihren Posten. Beeilung!«

Chesnaye tippte an seine Mütze und lächelte kalt. »Jawohl, Sir.«

Später, als er Tobias und seine Männer den Boden des Bootes schrubben sah, überdachte er den Zusammenstoß mit Pringle und verfluchte sich selber. Er mußte Pickles auf alle Fälle warnen. Unwillkürlich blickte er nach achtern, als erwarte er, dort den kleinen, zuverlässigen Zerstörer zu sehen. Aber da tanzte nur wie zum Hohn die See ihr wildes Ballett. Plötzlich kam ihm die *Saracen* trotz Pringle und der Bemerkungen des Kommandanten über seinen Vater wie eine sichere Zuflucht vor. Er trat an den Kutter heran und sagte schnell: »Kann ich irgendwie helfen, Tobias?«

Die ungewöhnliche Klarheit seiner Stimme ließ den Seeman überrascht aufblicken. Dann lächelte Tobias langsam. Wenn neue Fähnriche begannen, ihren eigenen Weg zu gehen, konnten sie sich unterschiedlich entwickeln. Falls nichts dazwischenkam, würde man es mit diesem vielleicht aushalten können.

»Eine zusätzliche Hand schadet nie, Sir.«

Bei Einbruch der Nacht dampfte die *Saracen* an der portugiesischen Küste entlang nach Süden. Hinter ihr, irgendwo auf dem Grund des Atlantiks, ruhte der Rumpf des Zerstörers auf seinem letzten Liegeplatz.

3 Ein Mädchen namens Helen

Der Himmel über Gibraltar war von klarer Durchsichtigkeit, der schroffe Felsen selber aber von feinem Nachmittagsdunst verhüllt. Eine stetige Atlantikbrise verhinderte, daß es auf der geschützten Reede zu warm wurde. Die Sonne zauberte verspielte Reflexe zwischen die ordentlich ausgerichteten Linien der verankerten Schiffe. Über allem thronte die schützende Felsenfestung. Die Stadt strahlte und glitzerte in unzähligen Farben und bildete einen freundlichen Hintergrund für die grauen Symbole der Macht und Zuverlässigkeit.

Etwas von den anderen Schiffen abgesetzt, lag das Flaggschiff in einsamer Größe. Die Flagge des Vizeadmirals flatterte lustig im Wind. In der Hafeneinfahrt schwebten die letzten Reste braunen Rauchs über dem einzigen in Fahrt befindlichen Schiff. Den Beobachtern klang noch der letzte seiner neunzehn Salutschüsse in den Ohren.

Der Vizeadmiral verließ den schmalen Umgang am Heck und betrat wieder seine komfortabel möblierte Tageskajüte. Sein Flaggkapitän blieb noch einen Augenblick im hellen Sonnenlicht stehen und folgte mit dem Fernglas dem langsam fahrenden Schiff.

»Ein häßlicher Eimer, nicht wahr, Sir?«

Der Vizeadmiral hob den Blick von dem Stapel Telegramme, die seinen Schreibtisch bedeckten, und sah den anderen Offizier an. »Die *Saracen* kann aber sehr nützlich werden.«

Seine Augen wanderten zu einem der glänzenden Bulleyes, in dem der stumpfe Bug des Monitors gerade wieder auftauchte. Er sah die angetretenen Seeleute auf dem Vordeck. Trotz ihrer Ungeschlachtheit wirkte die *Saracen* irgendwie trotzig, dachte er.

»Wie ist Ihr Kommandant, Sir?«

Der Vizeadmiral zuckte mit den Schultern. Er beobachtete, wie der breite Rumpf des Monitors langsam durchs Wasser glitt. »Royston-Jones? Auf alle Fälle sehr tüchtig.« Er runzelte die Stirn. »Aber stur und verdammt engstirnig!«

»Sind nicht alle Kommandanten so, Sir? Der Weg nach

oben ist so mühselig und dauert so lange, daß viele Männer das Ziel aus den Augen verlieren.«

»Mag sein. Der Salut zum Beispiel, haben Sie's bemerkt?«

»Natürlich. Aber vielleicht hat er nicht an den neuen Befehl gedacht. Die Admiralität hat zwar für die Dauer des Krieges das Salutschießen verboten, doch könnte ich mir vorstellen, daß Royston-Jones jetzt andere Dinge im Kopf hat. Den Verlust des Begleitzerstörers, zum Beispiel.«

Der Vizeadmiral lächelte freudlos. »Er kennt den Befehl ganz genau! Aber das ist es, was mir bei ihm Sorgen macht. Er ist einer von der alten Schule, hat früher immer für den Gouverneur hier Salut geschossen. Und jetzt sieht er nicht ein, warum das nicht mehr so sein soll.«

Der Kommandant wandte den Kopf. »Jetzt hat er geankert, Sir.«

Am Bug des Monitors spritzte Wasser hoch, gleichzeitig entfaltete sich die Gösch am Flaggenstock vorn im Bug. Und wie von Geisterhand stieg am Heck eine neue Kriegsflagge hoch. Es hatte den Anschein, als ob das Schiff selber handelte und die ameisengleichen Figuren auf den weißen Decks überflüssig wären. Der große Ladebaum kam in Bewegung, und noch ehe das Schiff eingeschwojt war, wurde eine Barkasse ausgesetzt; eine weitere folgte gleich darauf.

Der Admiral zog eine Grimasse. »Er ist ein verdammt guter Kommandant, das will ich nicht abstreiten. Ich möchte wetten, daß sein ganzes Schiff wie ein frisch geöltes Uhrwerk funktioniert.«

»Sie meinen, das reicht nicht, Sir?«

»Haben Sie die Berichte gelesen?« Der Admiral deutete auf den Schreibtisch. »Das Dardanellenprojekt sprengt alle Proportionen. Wenn man bedenkt, daß unsere Seeleute vor einer Woche schon *auf* türkischem Boden standen und seelenruhig Geschützstellungen in die Luft jagten . . .« Unruhig begann er, auf und ab zu laufen. »Aber es gibt Verzögerungen und noch mehr Verzögerungen! Jetzt ist eine kombinierte Operation geplant: Infanterie, Landungstruppen und was sonst noch. Inzwischen graben sich die Türken ein und bereiten sich vor. Es wird verdammt blutig werden, bevor wir damit durch sind.«

»Jetzt ist auch noch die arme *Inflexible* außer Gefecht gesetzt, Sir.«

Der Vizeadmiral trat an das Bulleye und blickte der herankurvenden schmucken Barkasse entgegen. »Ja. Ein guter neuer Schlachtkreuzer, bei dieser sinnlosen Beschießung verheizt. Verdammte Verschwendung, besonders nachdem sie sich bei den Falklands so tapfer geschlagen hat. Es wird Monate dauern, bis sie wieder einsatzbereit ist!« Mit plötzlichem Ärger fügte er hinzu: »Die verdammten Schreibtischstrategen zu Hause machen mich krank!«

Ein Fähnrich, wie aus dem Ei gepellt, erschien in der Tür. »Mit den besten Empfehlungen vom Commander, Sir: Der Kommandant der *Saracen* kommt an Bord.«

Er hatte seinem Kommandanten gemeldet, aber seine angestrengt geradeaus starrenden Augen verrieten, daß er sich der Anwesenheit des Admirals sehr bewußt war.

Der Vizeadmiral wartete, bis der junge Mann verschwunden war. »Erwähnen Sie bitte diese leidige Salutgeschichte nicht gegenüber Royston-Jones.«

»Jawohl, Sir.« Der Kommandant war etwas erstaunt. Aber der Admiral hatte sich offenbar entschieden.

»Ich benötige seine ungeteilte Loyalität. Seit Trafalgar sind wir kaum herausgefordert worden, wir wurden allseits als die größte Seemacht anerkannt. Aber jetzt befinden wir uns im Krieg, in einem *richtigen* Krieg! Einige von uns sind so lange an der Spitze gewesen, daß sie vergessen haben, worum es eigentlich geht. Wir sind zu *reich*, zu überheblich geworden.« Er blickte auf den Tisch hinunter. »Jetzt müssen wir den Preis dafür bezahlen, auch mit diesem dummen Angriff, der geplatzt ist, weil unsere Spitzenleute sich nicht einigen können.«

Der Kommandant lauschte mit einem Ohr auf die Geräusche der sich nähernden Barkasse, aber der Ausbruch seines Vorgesetzten war ein Vertrauensbeweis, den er nicht unbeachtet lassen konnte.

»Winston Churchill jedenfalls ist der Meinung, daß die Flotte die Dardanellen nehmen kann. Man muß nur energisch anklopfen, dann wird das Tor schon aufgetan!« spottete der Admiral. »Etwas schlaue Kartenarbeit, verbunden mit blitzschnellem Denken, dazu eine energische Beschießung und ein paar der neuen Aufklärungsflugzeuge, dann erledigt sich die ganze Angelegenheit wie von selbst!«

»Nun, Sir, noch ist Zeit.«

Doch der Admiral ignorierte den vorsichtigen Einwand seines Flaggkapitäns. »Und was haben wir dazu bekommen? Eine Handvoll veralteter Schlachtschiffe und ein paar Flugzeuge, die kaum vom Boden hochkommen. Dieser Narr Kitchener kriegt in Frankreich kalte Füße und lehnt es ab, Truppen für uns freizustellen. Und die Regierung unterstützt ihn auch noch darin.«

»Die Verluste an der Westfront sind eben sehr hoch gewesen, Sir.«

»Solange verblödete alte Männer an der Spitze stehen, wird sich daran auch nichts ändern.« Der Admiral blickte zur *Saracen* hinüber, die friedlich vor Anker lag. »Neue Ideen sind wichtig! Manchmal denke ich, es wäre besser gewesen, wir wären nicht so lange so stark geblieben.« Er wandte sich dem Kommandanten zu. »Ein Hungernder läßt sich allemal mehr einfallen, um an die Wurst zu kommen, als jemand, der satt und umsorgt ist.«

Etwas später, als die Bootsmannspfeifen zwitscherten und die Marineinfanteristen die Gewehre präsentierten, hatte der Kommandant Zeit, über die Worte des Vizeadmirals nachzudenken. Er sah Royston-Jones' gepflegten Kopf über der Reling erscheinen, die Hand grüßend an den Mützenschirm gelegt. Darunter musterten die stechenden Augen blitzschnell die Gangwaymannschaft des Flaggschiffs. Der Flaggkapitän streckte die Hand aus und begrüßte sein Gegenüber. Irgendwie schien ihm Royston-Jones nicht zur Befehlsentgegennahme, sondern eher zur Besichtigung an Bord gekommen zu sein.

Royston-Jones musterte die weitläufigen Decks und die turmhohen Aufbauten. So eingerahmt von den Geschützen des Flaggschiffs sah die *Saracen* klein und häßlich aus.

Der Mund des Flaggkapitäns wurde weicher. Es mußte für einen alten Vollkapitän kein Spaß sein, auf einen Monitor abgeschoben zu werden.

»Das Äußere ist nicht alles, sage ich immer«, meinte er tröstend.

Royston-Jones nickte heftig. »Ganz recht! Da kann ich Ihnen nur zustimmen!« Scharf musterte er den Flaggkapitän, die Augen unter dem Mützenschirm verborgen. »Trotzdem würde es mich nicht wundern, wenn die *Saracen* dieses Museumsstück hier jederzeit aus dem Wasser pusten könnte.«

Richard Chesnaye ließ sich von dem Menschenstrom ziellos durch die engen Gassen treiben. Obwohl der Nachmittag sich neigte, war es noch immer warm, fast drückend nach der Kälte in England und auf dem Atlantik. Er war allein an Land gegangen, weil Gibraltar neu für ihn war und er vor den anderen keine Schwäche zeigen wollte. Pickles hatte Dienst mit dem Verkehrsboot, und die meisten anderen Fähnriche waren zusammen auf einer Party.

Chesnaye musterte die fremdartigen Läden, die mit allem möglichen Plunder und wertlosen Souvenirs vollgestopft waren. Unter dem Arm trug er ein Päckchen mit einem bunten Schal, den ihm ein Händler schon wenige Minuten nach dem Betreten des Landes aufgeschwatzt hatte. Den wollte er seiner Mutter schicken. Sie würde sich darüber freuen, ihn aber wahrscheinlich niemals tragen.

Chesnaye wußte nicht, wohin er ging, jede Gasse schien ein Abbild der anderen zu sein. Alle waren voller Seeleute. Von Zeit zu Zeit sah er ein bekanntes Gesicht von der *Saracen*, schon vom Alkohol gerötet und enthemmt.

Müde betrat er ein kleines Café. Alles schien hier billig zu sein, trotzdem mußte er mit seinem Geld haushalten. Das Café war an den Felsen gebaut, von seiner Terrasse konnte man einen Teil des Hafens überblicken. Er rührte in seinem Kaffee und musterte die verankerten Schiffe: große häßliche Truppentransporter, mit khakifarbenen Figuren bevölkert. An ihren Aufbauten hingen Leinen mit frischgewaschenen Hemden und Unterwäsche.

Plötzlich drangen zwei Stimmen hinter ihm in Chesnayes Bewußtsein. Er drehte sich vorsichtig um und versuchte, einen Blick auf das Mädchen zu werfen, das da sprach. Erst jetzt fiel ihm auf, wie wenige Frauen er auf dem Felsen gesehen hatte.

Sie mußte ungefähr sein Alter haben. Sie war sonnengebräunt, mit so dunklem Haar, daß er überlegte, ob sie vielleicht eine Spanierin war. Sie unterhielt sich mit einem jungen Unterleutnant des Heeres, offenbar ihrem Bruder. Der Mann trug die Abzeichen der Royal Engineers an seiner zerknitterten Uniform. Chesnaye schloß daraus, daß er von einem der Truppentransporter kam und nicht zur Garnison gehörte.

Einmal blickte das Mädchen in Chesnayes Richtung, wahrscheinlich hatte es seinen Blick gefühlt. Ihre Augen waren dunkel und sehr groß, sie sah Chesnaye mehrere Sekunden lang offen an, dann sprach sie leise mit dem Soldaten, der sich daraufhin umdrehte.

Chesnaye trank schnell seinen Kaffee aus und griff nach seinem Päckchen, verwirrt und wütend auf sich selber. Er dachte, daß nun alle im Café ihn anstarren würden.

Der Unterleutnant rief durch den Raum: »Warum setzen Sie sich nicht zu uns?«

Das kam so überraschend, daß Chesnaye verzweifelt nach einer plausiblen Entschuldigung suchte, um der Einladung nicht folgen zu müssen. Trotzdem setzte er sich an den Tisch und sagte unbeholfen: »Verzeihen Sie. Es ist mein erster Besuch in Gibraltar, ich bin noch fast ein Tourist.«

Der Soldat lachte. »Das hätten wir nie vermutet!«

Das Mädchen runzelte die Stirn, als es die wachsende Unsicherheit Chesnayes bemerkte. Sie reichte ihm eine kleine, wohlgeformte Hand. »Achten Sie nicht auf meinen Bruder. Ich bin Helen Driscoll, und das ist Bob.«

Chesnaye stellte sich ebenfalls vor. Ihr Händedruck war warm und fest, fast wie der eines Jungen, die Haut aber sehr weich. Schnell fragte er: »Leben Sie hier?«

Lächelnd erwiderte sie: »Noch ein paar Tage. Unser Vater ist hier Verpflegungsoffizier. Wir kehren bald nach England zurück.«

»Vorsicht, Helen, keine leichtfertigen Reden!« Der Bruder grinste Chesnaye an. »Dieser Bursche könnte auch ein Spion sein.«

»Quatsch! Dafür ist er viel zu britisch!« Energisch schüttelte sie den Kopf, und das Licht spielte auf ihrem langen Haar. Chesnaye fühlte, daß sein Herz laut zu pochen begann, und verfluchte seine Dummheit. Heute abend würde er wieder an Bord der *Saracen* sein, und in wenigen Minuten würde das Mädchen aufstehen und gehen. Betont gleichgültig fragte er den Soldaten: »Wohin sind Sie denn bestimmt?«

Er sah, wie das freundliche Leuchten in den Augen des Soldaten erstarb. Auch das Mädchen hatte aufgehört zu lächeln. Plötzlich wußte Chesnaye, warum sie ihn herübergeholt hatten. Der Soldat kam von einem der Transporter, und Chesnaye hatte gehört, wie sich Commander Godden mit dem Navigator darüber unterhielt, daß die *Saracen* nach dem Auslaufen der Transporter ihren Liegeplatz wechseln sollte. Die Truppen liefen um Mitternacht aus – nach Osten! Das konnte nur eins bedeuten: die Dardanellen!

Chesnaye sagte bedrückt: »Es ist wohl besser, wenn ich mich jetzt verabschiede. Tut mir leid, daß ich Sie vorhin so unverschämt angestarrt habe.«

Beide sahen ihn an, er fühlte, daß ihr Blick ihn streichelte.

»Bitte gehen Sie nicht«, sagte sie. »Es war Bobs Idee, Sie herüberzuholen, damit ich mir keine Sorgen mehr um ihn mache. Er dachte, Sie würden mich ablenken.«

Ihr Bruder blickte über Chesnayes Schulter auf den in Dunkelheit versinkenden Hafen. »Hört!« Er wies mit dem Kopf in Richtung der fernen Trompetensignale, die über das Wasser klangen.

Chesnaye nickte. »Sonnenuntergang.«

Irgendwo dort drüben wurde jetzt die Kriegsflagge der *Saracen* in perfektem Gleichmaß mit den vielen anderen Schiffen niedergeholt. Merkwürdig, die abendliche Flaggenparade bewegte ihn immer besonders mit ihren getragenen Trompetensignalen und dem Frieden, den ein Schiff vor Anker ausstrahlte.

Der Soldat sagte unvermittelt: »Ja, ich weiß, wo es hingeht. Vermutlich haben wir beide dasselbe Ziel.« Er lächelte trokken. »Allerdings dürften Sie mit etwas mehr Komfort reisen.«

Das Mädchen stand auf. »Wir wollen gehen.« Es machte eine vage Handbewegung. »Kommen Sie mit uns nach Hause, Richard?«

Der Gebrauch seines Vornamens erregte Chesnaye. Er wußte, daß sie ihn nur einlud, damit die schlimmen Stunden bis zur Abfahrt ihres Bruders schneller vergingen, aber das mußte ihm reichen. Er griff nach seiner Mütze. »Danke, gern.«

Draußen war es plötzlich dunkel geworden. Lampengirlanden funkelten am Fuß des Felsens, und im Hafen leuchteten einladend die Ankerlichter der Schiffe. Ihr Schein wurde vom schwarzen Wasser reflektiert und vervielfältigt. Seeleute schoben sich in Gruppen vorbei. Sie drehten sich bewundernd nach dem jungen schwarzhaarigen Mädchen um und beneideten offenbar die beiden Offiziere, bei denen es sich eingehakt hatte. Chesnaye hätte singen mögen, aber die Traurigkeit seiner beiden Begleiter bremste ihn.

Es wurde ein kurzer, aber unvergeßlicher Abend. Das sonst so ruhige Haus hallte wider von lebhafter Konversation und Gelächter.

Dann mußten sich Chesnaye und der junge Unterleutnant verabschieden. Als sie im Hausflur standen, umarmte das Mädchen ihren Bruder und strich seine zerknitterte Uniform glatt. Chesnaye sah ihre Augen im Lampenlicht feucht glänzen und wollte sich umdrehen. Aber da kam sie zu ihm und legte ihm die Hände auf die Schultern.

»Danke, Dick.« Sie zog sich an ihm empor und küßte ihn sehr zart auf die Lippen, dann drehte sie sich um und war verschwunden.

Das Zubringerboot tanzte über das dunkle Wasser. Chesnaye saß gedankenversunken im Cockpit, das betrunkene Grölen der Seeleute erreichte ihn nicht. Er versuchte, die verankerten Truppentransporter auszumachen, aber es war zu dunkel.

Am nächsten Morgen, als er den Männern beim Schrubben und Deckspülen zuschaute, blickte er wieder nach ihnen aus, aber die Liegeplätze waren leer.

Er dachte an Helen Driscoll und berührte seinen Mund mit

den Fingern. Die abendliche Flaggenparade würde ihn nun immer an sie erinnern.

»Ein weiteres Boot nähert sich, Sir!« Der Quartermaster folgte mit gelangweiltem Blick dem tanzenden Licht, das sich seinen Weg zum ankernden Monitor suchte.

Chesnaye riß sich aus seinen Träumen und blickte sich schnell um. Die Gangwaywache war zur Stelle und wurde von dem Sonnenbrenner über ihnen grell angestrahlt. Die Decks waren mit bunten Lichtergirlanden geschmückt, die das Schiff in einen schwimmenden Rummelplatz verwandelten.

Das weite Achterdeck war fast völlig von makellos sauberem Segeltuch umkleidet, so daß die dichtgedrängt stehenden Gäste nicht der kalten Abendbrise ausgesetzt waren. Die kleine Kapelle der Marineinfanterie bildete den leuchtenden Mittelpunkt der bunten Gesellschaft. Auf beiden Seiten des Decks waren lange Tische aufgestellt, an denen eine Armee von Stewards Drinks und Leckerbissen verteilte.

Chesnaye zog die ungewohnte Jacke seiner Galauniform zurecht, als die neuen Gäste sich der Gangway näherten. Er hatte versucht, in die richtige fröhliche Stimmung zu kommen, konnte aber ein merkwürdiges Gefühl der Verbitterung, ja des Abscheus nicht unterdrücken. Eine hektische Lustigkeit, eine fast heidnische Erregung herrschte auf dem Schiff, die ihn tief betroffen machte. Alles hatte sich verändert. Sogar die Gesichter, die ihm schon vertraut gewesen waren, wirkten wieder fremd. Dazu das Glitzern der Galauniformen, die strahlend weißen Hemden, kunstvoll gebundenen Fliegen, goldenen Litzen und funkelnden Orden. Besonders fremdartig wirkten auf ihn die Frauen, die das Achterdeck so lautstark mit Beschlag belegten. Chesnaye hatte Frauen noch nie so erregt gesehen. Wenn er sie mit seiner kleinen Mannschaft an der Gangway begrüßte, wurde er ganz benommen von den geschminkten, lachenden Mündern, den tief ausgeschnittenen Kleidern, den herausfordernden, hungrigen Augen.

Die Gangway zitterte, und eine weitere Gruppe betrat das Deck. Den kurzen Begrüßungsfloskeln folgte lautstarke Freude, wenn die Menge auf dem Achterdeck entdeckt wurde.

Zwei Frauen verstummten kurz, als sie näher kamen. Chesnaye betrachtete sie argwöhnisch, aber sein Gesicht blieb unbewegt. Sie blickten sich mit glänzenden Augen neugierig um. Eine hatte schöne Brüste, die von ihrem flammendroten Kleid kaum bedeckt wurden. Aus den Augenwinkeln sah Chesnaye, wie der Korporal an der Gangway einen heißen, hungrigen Blick über ihren schlanken Körper gleiten ließ.

Ihm schien, daß diese Frauen und auch viele andere sich bewußt so herausfordernd benahmen. Sie mußten ihre Wirkung auf die sonst so steifen Seeleute und Marineinfanteristen kennen. Die Gewißheit, daß sie für immer außerhalb der Reichweite dieser Männer bleiben würden, verschaffte ihnen zusätzliche Befriedigung.

Travis, dessen gepflegtes Bärtchen ihn wie ein Relikt aus dem vorigen Jahrhundert erscheinen ließ, trieb die Damen vor sich her. Seine Bemerkungen waren schmeichlerisch, sogar unverschämt, als er mit ihnen in der Menge verschwand.

Noch ein Boot und noch eins. Grüße, schnell ausgetauschte Floskeln, dann war Chesnaye wieder allein. Schließlich verebbte die Flut, es war auch unwahrscheinlich, daß noch mehr Gäste Platz gefunden hätten. Die Offiziere der *Saracen,* zuerst eine deutliche Mehrheit, waren längst im Getümmel untergegangen. Auch das war anders, denn sonst hielten sich die einzelnen Gruppen der Offiziere eher getrennt. Aber diese wilde Nacht zeigte Chesnaye auch seine Vorgesetzten in einem ganz neuen Licht.

Commander Godden spielte seine Rolle gut: den geschäftigen, jovialen Gastgeber. Er wurde dabei vom Chief und von mehreren Leutnants unterstützt.

Die Decksoffiziere, harte, professionelle Seeleute, denen trotz ihrer langjährigen Fahrenszeit das Leben in der Offiziersmesse bei weitem nicht so vertraut war wie das Treiben im Zwischendeck, bildeten einen geschlossenen Haufen. Sie hatten rote Köpfe und waren ziemlich laut, fanden aber keinen Anschluß an ihre jüngeren Vorgesetzten. Mr. Porteous, der Bootsmann, dessen Glatze von einer einzigen Haarsträhne gekrönt war, wurde von Stückmeister Tweed und Torpedomaat Jay flankiert. Der bleiche Zahlmeister, Mr. Holroyd, und Dr. Mildmay, der Schiffsarzt, standen daneben. Letzterer war ein vertrockneter kleiner Waliser, der kaum zu arbeiten schien. Chesnaye hatte ihn oft im Lazarett lesend angetroffen, während seine Sanitätsgasten die mit Blutergüssen, Schnitten und anderen Verletzungen wartenden Seeleute versorgten.

Sogar Nutting, der Kaplan, war animiert. Sein schmaler Kopf mit dem unmöglichen Mittelscheitel ruckte beim Reden vor und zurück, so daß er einem grotesken Vogel ähnelte. Der Major der Seesoldaten war bereits jenseits von Gut und Böse. Er stand stocksteif da, und sein Gesicht war fast so scharlachrot wie seine Uniformjacke. Von Zeit zu Zeit stieß er eine Beleidigung aus und wartete auf Resultate. Das war ein Spiel, das er des öfteren trieb, weil er glaubte, daß Frauen diese Form der Annäherung gefiel. Sie bewunderten seine Stärke, seine offensichtliche Virilität, und brauchten nur noch eine verbale Herausforderung, um ihm rettungslos zu verfallen, meinte er. Bedauerlicherweise wurde diese Überzeugung aber von niemand anderem geteilt. So kippte er noch weitere Drinks, um sich seinen Glauben nicht nehmen zu lassen.

»Guten Abend, Dick.« Pickles stand vor ihm, seine Uniform glitzerte vor Spritzwasser. »Ich glaube, das Boot wird ein paar Minuten nicht gebraucht. Kann ich meine Leute für eine Verschnaufpause nach unten schicken?«

Chesnaye grinste. Leutnant Travis hatte ihn angewiesen, an der Gangway selbst zu entscheiden, wenn er nicht anwesend war. »Tu das, Keith.«

Er wartete ab, bis der kleine Fähnrich die in der Dunkelheit wartenden Gestalten entlassen hatte, dann fuhr er fort: »Die haben dich ganz schön auf Trab gehalten, wie?«

Pickles blies seine Backen auf. »Wie wilde Tiere in der Brunftzeit!« Er machte eine Handbewegung in Richtung des Felsens. »Heute findest du keine Frau unter Sechzig an Land.«

Chesnaye roch Pickles' Bierfahne. »Hast du dir einen auf die Nase gekippt, Keith?« Er drohte ihm mit gespieltem Ernst. »Und nichts für die arme Bordwache!«

Pickles grinste ungerührt. »An der Landgangsstation steht ein ganzer Trupp Unteroffiziere, die sind nicht zu stolz, einem armen Fähnrich auch mal was abzugeben.« Er zwinkerte. »Aber weil du mein Blutsbruder bist, habe ich dir dies hier mitgebracht.« Er griff in seine Jacke und holte schwungvoll eine große Flasche Portwein hervor. Zum Quartermaster gewandt, fragte er: »Gläser?«

Der Quartermaster starrte mit hungrigen Augen auf die Flasche. »Nur Tassen, Sir.«

Pickles schüttelte sich.

»Das geht nicht. Wir brauchen richtige Gläser für diesen guten alten Port. Der Vizeadmiral hat ihn in seiner Pinasse vergessen.« Sein Blick wurde traurig. »Wirklich ein Jammer, nicht wahr?« Dann fuhr er in schärferem Ton fort: »Also, Korporal, hauen Sie schon ab und suchen Sie da am Rand des Windschutzes nach abgestellten Gläsern!«

Chesnaye lächelte. Erstaunlich, was für Energie Pickles mit etwas Bier im Bauch entwickelte. Offensichtlich konnten ihn die Männer gut leiden, hatten wohl auch Mitleid mit ihm, denn Pringles Tyrannei war im Zwischendeck bekannt.

Der Korporal der Gangwaywache blickte die Flasche an. »Wie viele Gläser, Sir?«

»Na, für jeden eins natürlich«, grinste Pickles.

Die Gesichter an der Gangway leuchteten auf. Aber Chesnaye fragte sich, was passieren würde, wenn nun Travis unerwartet zurückkam. Er fühlte sich nackt unter dem gleißenden Licht. Doch der Marineinfanterist war schnell mit einem Sortiment Gläser wieder da, und der Portwein des Admirals wurde so hastig ausgeschenkt wie billiger Apfelwein. Pickles trank mit offensichtlichem Behagen. Etwas Wein lief ihm aus dem Mundwinkel und hinterließ auf seinem Hemd einen roten Fleck; er sah aus wie Blut. Grinsend sagte er: »Jedenfalls brauche ich mir keine Gedanken über den verdammten Pringle zu machen. Er ist mit der süßesten Maus beschäftigt, die ich jemals zu Gesicht bekommen habe.«

»Das muß ich sehen!«

Der Portwein floß wie heißes Öl in Chesnayes leeren Magen. Gefolgt von Pickles ging er zu einem Schlitz in der Segeltuchverkleidung und blickte in das schwitzende Durcheinander. Die nackten Schultern der Frauen glänzten hell unter den bunten Lichtern, ihre Begleiter kämpften mit den Ellbogen um gute Plätze. Chesnaye konnte Major de l'Isles massige Gestalt sofort ausmachen, aber der Kommandant war nicht zu sehen. Da fiel sein Blick auf Pringles kurz geschnittenes blondes Haar. Offensichtlich versuchte er, nach den dürftigen Klängen des schwitzenden Orchesters zu tanzen. Seine breiten Schultern waren wie Rammböcke. Pickles grinste gefühllos: »Die Kleine verdient einen Orden. Sie hält uns diesen Affen vom Hals!«

Chesnaye hörte ihn kaum. Denn als Pringle unter einer Lampe tanzte, sah er das nach oben gewandte Gesicht seiner Partnerin. Es war Helen Driscoll.

Zum ersten Mal seit dem Auslaufen der *Saracen* spürten sie die Kraft der Sonne richtig. Der graue Atlantik war vergessen. Das klare Wasser leuchtete in allen möglichen Blauschattierungen und reflektierte die Sonnenstrahlen wie Millionen glitzernde Spiegel.

Der Monitor legte sich leicht über, als ob er die Temperatur des einladenden Wassers prüfen wolle. Hinter seinem Heck zeichnete das Schraubenwasser einen Bogen in die See, bis das Schiff seine Kursänderung beendet hatte. Die Schiffe achteraus folgten ihm gemächlich.

Richard Chesnaye stand auf den Brückengrätings und blickte durchs Fernglas. Er meinte noch immer, den dräuenden Umriß des Felsens von Gibraltar sehen zu können, war aber nicht mehr sicher. Dort hinten verlor sich der Horizont in Dunst und Wasserspiegelungen. Er unterstützte das Glas mit beiden Armen und ließ es über die Ansammlung von Schiffen gleiten, die dem Monitor folgten. Sie waren in aller Frühe ausgelaufen, als die Stadt noch schlief und die Sterne noch nicht verblaßt waren. Wie zwei weiße Gespenster durchschnitten die Rümpfe der Lazarettschiffe das Wasser. Ihre Eleganz und Anmut verriet die ehemaligen Passagierdampfer im Atlantikverkehr. Hinter ihnen dampften drei Kohlenschiffe und ein Munitionstransporter, und auf jeder Seite des zusammengewürfelten Verbandes hetzte eine wachsame Korvette mit der nimmermüden Geduld eines Schäferhundes hin und her. Weit achteraus, ihr Umriß war kaum noch auszumachen, hielt eine weitere Korvette ein wachsames Auge auf die Nachzügler.

Chesnaye zwinkerte, als ein Lichtreflex in sein Fernrohr fiel. Er fühlte das gleichmäßige Pulsieren der Maschinen, ihre Kraft übertrug sich bis in die letzte Ecke, in jede Niete des Rumpfes. Er senkte das Glas und blickte über die sonnenhelle Brücke.

Royston-Jones auf seinem hohen Stuhl hatte den Kopf gedreht, um die nachfolgenden Schiffe besser beobachten zu können. Sein Mützenschirm saß tief in der Stirn, aber Chesnaye konnte das Glitzern in den Augen des Kommandanten sehen, der jede Bewegung genau verfolgte.

»Signal an die Korvette *Mystic*«, befahl er. »Halten Sie Ihre Position vier Meilen hinter dem Konvoi! Melden Sie unverzüglich andere Schiffe!«

Der Signalgast schrieb schnell auf seiner Tafel mit, der Stift quietschte dabei fürchterlich. Leutnant Travis blickte von der Kompaßplattform herunter und rieb sich die Augen. Gegen den klaren Himmel sah er bleich und müde aus. Es schien Chesnaye, daß er sich immer noch nicht von der Woche in Gibraltar erholt hatte.

»Kurs Süd siebzig Ost, Sir.«

Travis wartete. Er sah, daß der Fuß des Kommandanten lässig auf die Gräting tippte. Royston-Jones schien nicht sonderlich interessiert zu sein.

»Sehr gut.«

»Die Geschwindigkeit des Verbandes beträgt acht Knoten, Sir.« Bitter fügte Travis hinzu: »Kein Wunder, daß uns der Admiral diesem Haufen zugeteilt hat.«

Das Gros der Kriegsschiffe war vor ihnen ausgelaufen, ein tolles Bild, selbst bei Nacht. Die Schlachtschiffe aus Gibraltar, dazu ein schneidiges Kreuzergeschwader und drei Zerstörer, deren scharfe Vorschiffe fast von den hohen Bugwellen verdeckt wurden, dampften in die Dunkelheit und verschwanden so schnell, als habe das Meer sie verschluckt. Der Monitor war zu langsam, um mit dieser Flotte Schritt zu halten, folglich mußte Royston-Jones mit dem zweiten Konvoi nach Osten fahren. Obwohl er der kommandierende Offizier war, verfluchten ihn bestimmt die Kommandanten der Korvetten, denn sie mußten auf den langsamen Monitor genauso aufpassen wie auf die übrigen Schiffe. Auch für die Lazarettschiffe war die langsame Fahrt bestimmt eine Qual. Sie konnten ohne große Anstrengung dreiundzwanzig Knoten laufen, mußten sich aber jetzt nach dem langsamsten Schiff richten, und das lief acht Knoten.

Commander Godden nahm seine Mütze ab und wischte das Schweißband mit einem Taschentuch trocken. »Die Lazarettschiffe sind meiner Meinung nach reine Verschwendung. Bei soviel zahlenmäßiger Überlegenheit wird alles in ein, zwei Tagen vorüber sein.« Er blickte die Schultern des Kommandanten an. »Sollte mich nicht wundern, wenn es vorbei wäre, bevor wir ankommen.«

Royston-Jones schlug die Beine übereinander und rückte sich in seinem Sessel zurecht.

»Wir werden den Vormittag mit Geschützexerzieren und Lecksicherungsübungen verbringen, Commander. Alle Abteilungsleiter gelten als ausgefallen, die Untergebenen treten an ihre Stelle.« Scharf fügte er hinzu: »Selbst wenn wir diesmal zu spät kommen, wird es noch ein sehr langer Krieg.«

Die Geschützmannschaften des Monitors tappten beim Exerzieren von einer Krise in die andere, je höher die Sonne stieg. Hogarth stand hilflos daneben, als sein Assistent, ein babygesichtiger Leutnant namens Yates, schwitzend und fluchend die Männer in die Situationen einwies, die sich Royston-Jones mühelos einfallen ließ. Die Mittelartillerie war angewiesen, Scheinangriffe auf die anderen Schiffe des Konvois zu üben, während der riesige Turm den kleinen Schemen der achteraus sichernden Korvette beschießen sollte. Da sie nur kurzzeitig hinter den Aufbauten zu sehen war, mußten die schweren Geschütze so schnell und so weit wie möglich an der einen Seite der Aufbauten vorbei nach achtern zielen. In der nächsten Minute verschwand die Korvette wieder, und der Turm mußte um fast zweihundertachtzig Grad gedreht werden.

Einmal hatte Hogarth händeringend protestiert: »Dafür

sind sie nicht konstruiert, Sir! Wir sollen stationäre Ziele beschießen!«

Royston-Jones blieb unbeeindruckt. »Stellen Sie sich vor, daß die türkische Flotte aus der Meerenge ausbricht.« Sein Blick war mitleidlos. »Was soll ich dann Ihrer Meinung nach machen? Den Major mit seinen Seesoldaten zum Entern hinüberschicken?«

Einmal hatte der Drehmechanismus des Turms versagt, so daß die Rohre sinnlos auf den leeren Horizont zeigten. Royston-Jones hatte Befehle gebellt, die immer wütender wurden, je mehr Zeit verging. Der ›tote‹ Godden fragte halberstickt: »Soll ich ›Ausscheiden‹ pfeifen lassen, Sir?«

»*Natürlich nicht!* Mr. Chesnaye, gehen Sie nach vorn und finden Sie heraus, was da schiefgelaufen ist!«

Chesnaye war froh, wenigstens für ein paar Minuten verschwinden zu können. Er haßte es, der ständigen Konfrontation zwischen dem Kommandanten und dem Commander beiwohnen zu müssen, obwohl es nie zur offenen Auseinandersetzung kam. War der Kommandant nicht da, dann war der Commander ganz er selbst. Aber trafen beide zusammen, schienen sie nie einer Meinung zu sein. Chesnaye wünschte sich, Godden mit seiner menschlichen und verständnisvollen Art würde das Schiff führen.

Zitternd kletterte er die gerade Leiter an der Barbette empor, auf der der große Turm ruhte. Er fühlte, wie ihm der Schweiß den Rücken hinunterlief, seine Uniformbluse klebte am Körper fest. Ob er keine Kondition mehr hatte? Auf dem Ausbildungsschiff war sehr darauf geachtet worden, die Kadetten wurden täglich trainiert. Aber hier, in dieser komplizierten Riesenorganisation, fühlte er sich verkrampft und beengt.

Er war noch nie zuvor im Turm gewesen. Nun kniff er die Augen zusammen, um sich an das grelle elektrische Licht zu gewöhnen. Zum ersten Mal kam ihm die geballte Macht der Schiffsartillerie zu Bewußtsein. Der Turm war größer als Brücke und Schornstein zusammen. Die zwei gigantischen Verschlüsse dominierten das Bild. Sie waren geöffnet, das ferne Sonnenlicht glänzte in den perfekten Rohrzügen. Das weißgestrichene Turminnere war mit Ausrüstung vollgestopft. Messingräder, Skalen, Sprachrohre und Taljen, die durch runde Luken in den Eingeweiden des Schiffes verschwanden, waren überall. An den Verschlüssen lehnten halbnackt und vor Erschöpfung zitternd die Artilleristen wie Sklaven, die vor einem mechanischen Altar opferten. Die Richtschützen, Ladeschützen und alle anderen blickten den Turmkommandanten an: Unterleutnant Lucas. Seine schmale Gestalt war mit glänzenden Instrumenten behangen, so daß er aussah wie ein Chirurg. Von seinem hohen Stuhl sah er gereizt auf Chesnaye herab.

»Was zum Teufel wollen Sie?«

Chesnaye grinste. »Der Kommandant möchte wissen . . .« Aber er konnte den Satz nicht beenden.

»Heilige Mutter Gottes, was *erwartet* er?« Der Offizier blickte zu seinen Männern hinüber. »Wenn er sie weiter so schindet, sind sie tot, bevor wir Gallipoli erreicht haben!«

Ein ölverschmierter Unteroffizier trat aus dem Dunkeln. »Der Fehler ist lokalisiert, Sir.« Er blickte Chesnaye an wie ein Wesen von einem anderen Stern. »Eine Klaue in der Richtkupplung ist abgeschoren. Mr. Tweed repariert den Schaden.«

Der Turmkommandant sagte ernsthaft: »Mr. Tweed ist zwar ›tot‹, aber schließlich muß das ja niemand wissen.« Er seufzte erleichtert.

»Was soll ich dem Kommandanten melden, Sir?« Chesnaye wartete.

Der Turmkommandant, dessen Vater halb Cornwall gehörte, sagte formell: »Melden Sie ihm, daß das Ziel unser Feuer erwidert hat. Wir haben einen Volltreffer erhalten. Der Turm ist außer Gefecht gesetzt!«

Chesnaye lief zurück auf die sonnenüberflutete Brücke und lieferte die freche Meldung ab. Er hörte, wie Godden der Atem stockte, Hogarth sah aus, als ob ihm schlecht würde. Doch Royston-Jones rieb sich die Hände und kicherte.

»Sehr gut! Ein aufgeweckter junger Mann.«

Das Brückenpersonal entspannte sich. Doch nach einer Pause fuhr der Kommandant fort: »Alarmieren Sie das Lazarettpersonal, es hat Verluste gegeben. Der Turmkommandant hat mehrere Knochenbrüche! Ich möchte, daß er entsprechend geschient und verbunden wird. Danach soll er in seine Kammer gebracht werden. Seine Leute können dann Pause machen.« Er grinste befriedigt. »Na, wie ist das?«

Chesnaye wandte sich ab. Es war aussichtslos, Royston-Jones hereinlegen zu wollen.

Die Hängematten quietschten leise bei jedem Überholen des Rumpfes. Chesnaye konnte nicht einschlafen, weil es an frischer Luft mangelte. Die Messe lag in fast völliger Dunkelheit, weil auch das Nachtlicht von einem Paar Unterhosen teilweise verdeckt war. Er griff nach oben zum Ventilationshebel, um zu kontrollieren, ob er richtig eingestellt war. Trotzdem stand die Luft bewegungslos und roch nach Öl und Farbe.

Er verschränkte die Arme unter dem Kopf und holte tief Luft. Die Decke hatte er zur Seite geworfen. Neben sich hörte er Ticky White kichern, merkte aber, daß der andere nur intensiv träumte. Vor zwei Tagen hatten sie Gibraltar verlassen, und das waren zwei Tage voller Übungen und Drill gewesen. Zuerst hatte die Mannschaft auf jeden Fingerzeig willig reagiert, aber mit der Zeit war sie abgestumpft, die fixe Bereitschaft war tölpelhafter Ungeschicklichkeit gewichen. Alles lief schief. Je mehr sich Royston-Jones bemühte, sie mit den unmöglichsten Einfällen zu traktieren, desto schwerfälliger wurden die Reaktionen.

Chesnaye dachte an Gibraltar zurück, und wieder regte sich Verzweiflung in ihm. Es würde noch eine Woche dauern, bis die *Saracen* ihr Ziel erreicht hatte. Wahrscheinlich war das die griechische Insel Mudros, wo sich ein Teil der Angriffsverbände sammelte. Aber er wußte, daß er sich bei jeder Schraubenumdrehung über sein Verhalten an jenem Abend in Gibraltar ärgern würde.

Bei dem großen Bordfest hatte er Helen mit Pringle tanzen gesehen. Er hätte sich umdrehen, das Mädchen aus seinem Gedächtnis streichen und seine Enttäuschung niemanden, auch nicht Pickles, merken lassen sollen. Statt dessen hatte er verletzt an der Gangway ausgeharrt, bis Helen und ihr Vater das Schiff verlassen wollten. Als sie endlich kam, hatte sie nur verlegen weggeblickt und gesagt: »Ein sehr netter Abend.« Dann war sie traurig gegangen. Er hatte etwas gemurmelt, was, wußte er nicht mehr. Es war auch egal nach dem, was er später von Pickles erfahren hatte.

Er war in die Messe gestolpert, wo Pickles gerade seine Hose unter die Matratze legte, damit sie am nächsten Morgen wie frisch gebügelt aussah. Heiser fragte er: »Es war also dein Mädchen?«

Chesnaye antwortete nicht. Es ärgerte ihn, daß er seine Gefühle so offen gezeigt hatte.

»Es geht mich zwar nichts an, Dick, aber ...« Pickles wandte sich ihm zu, seine Augen blickten traurig. »Pringle war gerade hier und prahlte mit dem, was er mit ihr gemacht habe ...« Er verstummte.

Chesnaye hieb verzweifelt mit der Faust in die Hängematte. »Er hat gelogen! Sie haben das Schiff nicht gemeinsam verlassen!«

»Das meine ich nicht, Dick. Pringle erzählte, daß sie nach *dir* gefragt hat ...«

Chesnaye wurde es unbehaglich. »Ja und?«

»Nun, Pringle gab sich freundlich, du weißt ja, wie er ist. Dann hat er ihr etwas über dich vorgelogen.« Pickles schluckte heftig. »*Damit* hat er vorhin angegeben.«

»Um Himmels willen, komm zur Sache! *Was* hat er ihr erzählt?«

»Er hat sie vor dir gewarnt. Du hättest dich öffentlich damit gebrüstet, was du alles mit ihr angestellt hättest ...«

Chesnaye verstand nichts mehr, eine Woge des Zorns schlug über ihm zusammen. Pringle hatte seine Revanche bekommen, wie vorausgesagt. Außerdem hatte er es so eingerichtet, daß Chesnaye an keinem der folgenden Tage an Land gehen konnte.

Noch jetzt fühlte Chesnaye Zorn in sich aufsteigen. Was machte Männer wie Pringle zu dem, was sie waren? Er sammelte stückchenweise Informationen und nutzte sie aus wie ein Erpresser. Klar, daß er so auch Pickles unter Druck setzte.

Als Chesnaye den Kleinen darauf ansprach, schwor dieser Stein und Bein, daß es nichts dergleichen gebe. Doch sein rundes Gesicht glich dabei einer angstverzerrten Maske.

Die Lüfter surrten gleichmäßig. Zwei Decks über Chesnayes Kopf blickten die Wachgänger in die schwarze, samtige Finsternis. Chesnaye zwang sich dazu, die Augen zu schließen. Bestimmt hatte sein Vater mit der Ansicht unrecht, daß man niemandem trauen dürfte. Das war sinnlos und dumm. Doch dann dachte er an Pringle und entdeckte, daß er die Bedeutung des Wortes Haß zu verstehen begann.

4 Gallipoli

Die große Offiziersmesse der *Saracen* war überfüllt. Die Offiziere drängten sich erwartungsvoll auf den sorgfältig ausgerichteten Stuhlreihen. Die Abendluft war warm und schwer. Die Ventilatoren an der Decke konnten die Schwüle nicht vertreiben, sondern sorgten nur dafür, daß die eingedrungenen Fliegen ständig in Bewegung blieben, sehr zum Mißfallen der versammelten Offiziere.

Draußen brach die Dämmerung über die Reede von Mudros herein. Leichter und Barkassen schwärmten noch immer geschäftig um die verankerten Kriegsschiffe und Truppentransporter. Auf der ganzen Flotte lastete schwer die Spannung.

Richard Chesnaye musterte die Anwesenden nacheinander. Er wußte, daß nur ein Unteroffizier die Gangwaywache übernommen hatte, alle Offiziere waren hier zur letzten Lagebesprechung anwesend. Wie die anderen war er erleichtert, daß das lange Warten endlich vorbei war. Seine Pflichten hatten es ihm nicht erlaubt, in Mudros an Land zu gehen, aber die Insel schien ihm auch nicht sehr interessant mit ihren Zeltreihen, Munitionslagern und Feldlazaretten. Die Invasionsstreitkräfte hatten sich über ganz Mudros verteilt. Zwei Wochen lag die *Saracen* schon hier vor Anker, die erzwungene Unbeweglichkeit ließ Enttäuschung und nervöse Spannung aufkommen. Aber jetzt, da der April sich seinem Ende zuneigte, schien die große Offensive endlich zu beginnen.

Der Kommandant trat ohne Ankündigung in den Raum, begleitet von Commander Godden und einem unbekannten Heeresoffizier.

Royston-Jones wartete neben dem Tisch, bis sich die Offiziere, die bei seinem Eintritt geräuschvoll aufgesprungen waren, wieder gesetzt hatten. Dann legte er seine Mütze sorgfältig auf einen Stuhl. Seine kalten Augen flogen kurz über die versammelten Gesichter, wie um sich zu vergewissern, daß weder eines fehlte, noch ein falsches darunter war. Dann zog er die Karte auf, die bisher zusammengerollt an der Wand gehangen hatte.

»Alle anwesend?«

»Jawohl, Sir.« Godden blickte bedeutungsvoll auf die verschlossene Tür der Pantry. »Ich habe die Stewards nach vorne geschickt.«

Royston-Jones lächelte trocken. »Zweifellos werden sich die Ergebnisse dieser Zusammenkunft trotzdem wie ein Lauffeuer in allen Decks verbreiten, ganz gleich, welche Vorsichtsmaßnahmen wir ergreifen.« Unsicheres Gelächter folgte seinen Worten. »Selbstverständlich ...« Das Gelächter erstarb sofort. »Selbstverständlich verlange ich von Ihnen, daß Sie strenge Geheimhaltung wahren. Die ganze Unternehmung kann durch Gerüchte gefährdet werden.«

Die Offiziere bewegten sich unruhig. Einige hielten unangezündete Pfeifen oder Zigaretten in der Hand, sie hatten offensichtlich angenommen, daß der Kommandant das Rauchen gestatten würde.

Chesnaye wandte seine Aufmerksamkeit der Karte zu, als Royston-Jones fortfuhr. Sie zeigte den langen Umriß der Halbinsel Gallipolli und war mit kleinen farbigen Markierungen und gefährlich wirkenden Pfeilen bedeckt.

»Gentlemen, der alliierte Angriff beginnt in achtundvierzig Stunden, von morgen früh an gerechnet.« Der Kommandant wartete, bis das aufgeregte Murmeln verstummt war. »Die Hauptlandezonen liegen an der Spitze der Halbinsel, die Strände werden V, X und W genannt. Die Streitkräfte aus Australien und Neuseeland landen unabhängig von uns hier im Nordwesten.« Seine braune Hand bewegte sich langsam an der Küstenlinie nach oben. »Sie werden zu einer Zersplitterung des Gegners beitragen.«

Beaushears flüsterte aus dem Mundwinkel: »Jedenfalls hoffen wir das!«

Royston-Jones' Augen flackerten im hellen Licht.

»Die *Saracen* wird bei der letzten Operation mitwirken. Sie wird die Landetruppen durch Artilleriefeuer unterstützen und später, wenn die Australier die Strände und die beherrschenden Höhen erobert haben, auf Anforderung Feuerschutz geben.«

Chesnaye versuchte sich vorzustellen, was sich hinter den lakonischen Worten des Kommandanten verbarg. Seit Tagen hatten sie den Berichten der Männer auf den Zerstörern gelauscht, die Tag und Nacht die türkischen Vorbereitungen an der Küste beobachteten. Was sie erzählten, klang nicht gerade ermutigend. Offensichtlich hatte der Gegner die Verzögerung zu umfangreichen Gegenmaßnahmen genutzt. Wie vermutet, waren viele tausend neue Soldaten herangeführt worden, die sich eingruben, Geschützstellungen ausbauten und Klippen, Strände und das Wasser selber mit Stacheldrahtverhauen überzogen. Außerdem wußte man, daß die Meerenge und ihre Umgebung mit Minen verseucht waren, die teilweise schon Opfer gefordert hatten. Bei der Beschießung Anfang März, als die *Saracen* noch in Gibraltar gelegen hatte, war das französische Schlachtschiff *Bouvet* auf eine Mine gelaufen und innerhalb weniger Minuten gekentert. Nur zwei Stunden später war ihr das Schlachtschiff *Ocean* auf den Meeresgrund gefolgt, außerdem war der schneidige Kreuzer *Inflexible* schwer beschädigt worden.

Royston-Jones fuhr mit seinem Vortrag fort: »Die Landungen werden frühmorgens, aber aus naheliegenden Gründen nicht bei völliger Dunkelheit erfolgen. Wir müssen damit rechnen, daß die Truppen in den direkten Beschuß von Kanonen aller Kaliber geraten.«

Chesnaye musterte das Gesicht des Infanterieoffiziers. Es war eine so ausdruckslose Maske, als setze er voraus, daß alle Anwesenden ohnehin das gleiche dachten wie er.

»Unsere Pflicht ist damit klar. Wir müssen ausgewählte

Ziele mit gleichmäßigem Feuer belegen, damit der Feind niedergehalten wird und unseren Truppen nicht den Vormarsch ins Landesinnere verwehren kann. Das Gebiet ist von Bergketten und Schluchten durchzogen, an denen sich der Angriff totlaufen könnte. Wir werden aller Voraussicht nach auf Ziele schießen müssen, die hinter diesen Bergen liegen. Deshalb werde ich einen Beobachtertrupp anlanden, der in Zusammenarbeit mit der Signalabteilung der Royal Engineers für ununterbrochenen Informationsfluß zu sorgen hat!« Er blickte den Commander scharf an. »Kontrollieren Sie diese Artilleriebeobachter persönlich, es könnte sein, daß sie mehrere Tage vom Schiff abgeschnitten sind.«

Chesnaye konnte ein Zittern nicht unterdrücken. Zusammen mit Pickles und Beaushears war er schon für diese Aufgabe eingeteilt worden. Seit Tagen hatten sie mit Booten und Männern geübt, mal in rabenschwarzer Nacht, mal bei gleißender Mittagssonne. Ferngläser und Uhren hatten jede Phase ihrer Manöver kontrolliert.

Gut, daß das Warten vorüber war. Nicht einmal der Drill und die Hetze der Vorbereitungen hatten ihn von Helen Driscoll abgelenkt. Er hatte sich einzureden versucht, daß ihr Zusammentreffen nur eine Episode war, aber es war aussichtslos. Je mehr er der Zeit in Gibraltar nachtrauerte und je stärker seine Gefühle für Helen wurden, desto heftiger wurde sein Zorn auf Pringle.

Die stickige Luft in der Messe machte ihn benommen, er mußte sich zusammenreißen, um dem Offizier zu folgen, der über Landezonen, Landmarken und Zielgebiete referierte. Die Offiziere machten sich Notizen, aber die Fähnriche mußten nur zuhören. Ihre Arbeit war schon eingeteilt. Chesnaye blickte zum Kommandanten hinüber und versuchte sich vorzustellen, was er fühlte. Die Verantwortung für das ganze Schiff, für die zweihundert Offiziere und Matrosen, für die ganze bevorstehende Operation lag auf seinen schmalen Schultern. Trotzdem zeigte er keine Unsicherheit. Wie hätte wohl sein Vater in diesem Moment reagiert? Bedauern durchzuckte ihn, als er an dessen gerötetes, ärgerliches Gesicht dachte. Vielleicht hätte er sich mehr Mühe geben müssen, ihn zu verstehen? Er hatte sich nur Sorgen über die Auswirkung seines Versagens auf seine eigene Karriere gemacht.

Royston-Jones stand ungeduldig auf und blickte die Versammelten an. »Wir stehen am Kreuzweg, Gentlemen. Die Karten liegen nun auf dem Tisch. Sowie die Sonne über den Stränden aufgeht, werden wir alle unsere Pflicht erfüllen.« Er trat vor, eine schmächtige Gestalt, die sich hell von der dunklen Karte abhob, und deutete auf das Wappen des Schiffes über dem leeren Kamin. Das wilde Gesicht des Sarazenen leuchtete im Lampenlicht. »Erinnern Sie sich an unseren Wahlspruch: Mit Mut und Rechtschaffenheit – vorwärts! Das eine ist ohne das andere nutzlos, auf diesem Schiff wie in der ganzen Navy!«

Er nickte dem Commander kurz zu, dann war er verschwunden. Ein paar Offiziere griffen nach ihren kalten Pfeifen, hielten aber inne, als sie die andächtige Stille bemerkten. Der Kaplan nahm als erster das Wort: »Möge Gott mit uns sein!«

Major de l'Isle verschränkte die Arme vor der Brust und blickte den schwarzgekleideten Kaplan tadelnd an. »Halten Sie an sich, Padre!« Er wandte sich an die Messe im ganzen. »Ich denke, daß jetzt eine letzte Party angezeigt ist. Die verdammte Infanterie wird uns später noch genug in Trab halten.«

Beaushears zwinkerte Chesnaye zu. »Zeit für uns zu gehen, Dick.« Er warf einen letzten Blick auf die Karte. »Wollen hoffen, daß die ganze Chose nicht so in die Hose geht wie in Flandern!«

Vor seinem geistigen Auge sah Chesnaye eine riesige Armee, erstarrt, ohne Bewegungsmöglichkeit, im Rücken die See. »Es ist schwerer, als ich dachte.«

Beaushears zuckte mit den Achseln. »Ein schöner Spruch. Laß ihn dir auf den Grabstein meißeln.«

»Kurs Nord fünfundachtzig Ost liegt an, Sir.« Travis' Stimme war im betriebsamen Lärm des Schiffes kaum zu hören. Die *Saracen* schlich mit sechs Knoten vorwärts.

»Danke.« Royston-Jones glitt von seinem Stuhl. Obwohl

See und Himmel noch immer dunkel waren, begannen die Sterne schon blaß zu werden. Eine schwache, aber gleichmäßige Brise wehte, als ob die Dämmerung Luft hole.

Chesnaye ignorierte die Kälte in seinen Knochen und blickte über die Backbordseite. Eine schwarze, formlose Masse lief querab auf Parallelkurs, dahinter eine weitere und noch eine. Er wußte, daß dort die stählerne Armada ihrem festgelegten Kurs folgte. Irgendwo vor ihnen lag die Halbinsel. Bei diesem Gedanken spürte er einen Kloß im Hals. Wegen seiner geringen Marschgeschwindigkeit war der Monitor vor den anderen Invasionsstreitkräften ausgelaufen und hatte irgendwann zwei Kolonnen von Truppentransportern passiert. Chesnaye würde diesen Moment nicht vergessen, solange er lebte. Die Sonne hatte hoch am strahlendblauen Himmel gestanden, die Truppentransporter mit ihren hohen Schornsteinen spiegelten sich im glitzernden Wasser. Bis auf das Pochen der Maschinen war es sehr still, fast feiertäglich. Auf den Decks der Transporter standen die Soldaten in ihren Khakiuniformen in Doppel- und Dreierreihen und schauten zu ihnen herüber. Aber irgend etwas schien zu fehlen. Der Commander hatte gesagt: »Eine merkwürdige Art, in den Krieg zu ziehen. Das erinnert doch eher an einen Ausflug zu Pfingsten.«

Royston-Jones saß auf seinem Stuhl und schien vor sich hin zu träumen. Sein Befehl kam unerwartet: »Lassen Sie bitte die Kapelle der Seesoldaten auf dem Achterdeck antreten, Commander.«

»*Jetzt,* Sir?«

»Sofort! Sagen Sie dem Kapellmeister, er soll sein ganzes Repertoire abspulen, bis diese Schiffe dort außer Sicht sind.«

Es war eindrucksvoll und seltsam unwirklich gewesen. Über dem kriegerischen Rumpf des Monitors wehte die große weiße Kriegsflagge, auf dem geschrubbten Achterdeck stand die Kapelle ausgerichtet wie auf dem Paradeplatz. Ihre Instrumente glänzten golden, die Tropenhelme schimmerten weiß, der Tombourmajor schwang sein Stöckchen. So hatten sie Schiff auf Schiff passiert, zu den Klängen von »Hearts of Oak« und »A Life on the Ocean Wave«.

Vielleicht hatten die Leute später über Royston-Jones gewitzelt, aber in seinem Innersten wußte Chesnaye, daß jeder, der dabeigewesen war, seine Entscheidung richtig fand. Ein Schiff nach dem anderen war zum Leben erwacht, auf den Oberdecks standen plötzlich winkende Reihen mit lachenden Gesichtern. Hochrufe hallten über die See, bis Wasser und Luft zu schwingen schienen.

Das war erst gestern gewesen. Dieselben Soldaten hockten jetzt, ihre Gewehre umklammernd, in der Dunkelheit und versuchten, ihre Bauchmuskeln zu beherrschen.

»Noch fünfzehn Minuten, Sir.« Travis beugte sich über den Kompaß.

»Sehr gut.« Der Kommandant antwortete, als sei er in Gedanken woanders. Leutnant Hogarth bahnte sich einen Weg durch die überfüllte Brücke und blieb vor den Fähnrichen stehen.

»Die erste Landungswelle passiert jetzt den äußeren Zerstörerschirm. Sie werden mit der zweiten Welle landen – verstanden?«

Chesnaye fühlte, daß er nickte. Plötzlich schien sein Kopf mit tausend Fragen und Zweifeln angefüllt zu sein. Hatte er denn alles vergessen, was man ihm eingetrichtert hatte?

Hogarth rieb sich die Hände. »Gut! Dann werden wir den Türken mal zeigen, was eine Harke ist.« Er blickte dabei nach vorn, als spreche er zu seinen Kanonen. Deren beide Rohre hoben sich langsam bis zu einem Winkel von fünfundvierzig Grad. Hogarth murmelte etwas und begann, die Leiter zum oberen Artillerieleitstand hinaufzuklettern. Das Schiff war schon klar zum Gefecht, aber aus den Sprachrohren und Telefonen erklang noch pausenloses Geplapper.

»Feuereröffnung in elf Minuten, Sir.«

»In Ordnung.« Der Kommandant kletterte auf seinen Stuhl. »Ohrenschützer, bitte!«

Chesnaye erinnerte sich an seine eigenen Ohrenschützer. Es wäre ein schlechter Start, wenn er mit geplatzten Trommelfellen an Land gehen würde.

Ein leichtes Summen war zu hören, der Turm schwang langsam nach Backbord. An Deck lagen durchlöcherte Wasserschläuche, die die Beplankung feucht hielten, damit sie bei der Beschießung nicht splitterte. Stundenlang hatten Maschinisten und Handwerker Türen abgeschraubt, Geschirr verstaut und hölzerne Paneele abgebaut, um das Schiff auf die Funktion vorzubereiten, für die es gebaut worden war.

»Fünf Minuten, Sir.«

Royston-Jones meinte: »Wollen hoffen, daß die auf den Schlachtschiffen wissen, was sie tun. Es wäre doch peinlich, wenn ihre Salven auf *unseren* Köpfen landen würden.«

Der Monitor hatte vor einiger Zeit die Reihe der Schlachtschiffe passiert, die parallel zur unsichtbaren Küste dampften. Deren lange Geschütze waren schon auf das Land gerichtet, sie würden aus einer Entfernung von ungefähr zwanzigtausend Metern über die Landetruppen hinwegschießen.

»Morgendämmerung, Sir.« Ein Signalgast sagte es wie unbeabsichtigt, wohl um seine Nerven zu beruhigen. Chesnaye sah den silbergrauen Streifen im Osten mit Überraschung. Erstaunlich, wie schnell es hier hell wurde. Am unteren Rand, dort wo der Horizont hätte sein müssen, war die schwarze Linie ungleichmäßig durchbrochen: die Küste.

Noch konnte man nicht die vielen hundert Boote sehen, die auf die fernen Strände zuhielten, aber Chesnaye wußte, daß sie unterwegs waren: Barkassen, Pinassen, Beiboote jeder Art und Größe, dazu Dampfboote als Schlepper. An Bord saßen dichtgedrängt die Soldaten, warteten schwitzend und schweigend. Es roch nach Angst, trotzdem hofften alle, daß es bald losgehen würde. Auch die *Saracen* hatte einige Boote mit den Fähnrichen Bacon, Maintland und Ticky White abgestellt.

Über ihren Köpfen quietschte leise der Entfernungsmesser, als er in seinem gepanzerten Turm gedreht wurde. Chesnaye hörte aus einem Sprachrohr Wortfetzen.

»Sprenggranaten! Laden . . . laden . . . laden!«

Godden sagte laut: »Wie üblich, immer im letzten Augenblick.«

»Eine Minute, Sir.«

Der junge Signalgast neben Chesnaye kreuzte die Arme vor der Brust. »Dieses blöde Warten!«

»Achtung, Sir!«

»Danke. Steuerbord zehn!« befahl der Kommandant ruhig.

Das Schiff erzitterte und legte sich bei der Kursänderung leicht über, die hohe Brücke knarrte. Ein Bleistift rollte vom Tisch und fiel vor ihre Füße, krachend wie ein gefällter Baum. Irgendwo hustete ein Mann, ein anderer pfiff lautlos vor sich hin.

»Null, Sir!«

»Feuer frei!«

Sofort explodierte der Horizont hinter ihnen in roten und orangegelben Blitzen. Die Schlachtschiffe hatten das Feuer eröffnet. Sekunden verrannen, dann röhrte hoch über ihren Köpfen mit dem nervtötenden Kreischen eines Schnellzugs die erste Salve Richtung Land. Der Signalgast griff sich an die Schläfen und stammelte: »Guter Gott, Sir, was für ein Geräusch . . .«

Seine ängstlichen Worte wurden verschluckt, als ihre eigenen schweren Geschütze das Ziel aufgefaßt hatten und feuerten. Es war nicht so laut, wie Chesnaye befürchtet hatte, trotzdem stand er nach dem Abschuß wie taub und gelähmt da. Die Luft auf der Brücke war drückend wie heißer Sand, und als die Rohre in die Rückstoßfedern ruckten, erzitterte das Schiff in allen Verbänden, als hätten sie selbst einen Treffer erhalten. Er hustete, weil Pulverdampf über die Brücke zog. In den letzten Sekunden war es deutlich heller geworden, er konnte schon den Umriß eines Zerstörers in ihrer Nähe unterscheiden und die harten Konturen der Küste voraus.

Die Beschießung wurde heftiger. Granaten orgelten in endloser Folge über ihre Köpfe hinweg, der Lärm war fürchterlich. Chesnaye konnte die Wirkung nicht abschätzen, nur gelegentlich sah er einen Einschlag an der Küste aufblitzen. Aber hinter den Hügeln mußten Tonnen und Abertonnen Sprengstoff auf die wartenden Türken herabregnen. Wenn sie wirklich dort waren, mußte es die Hölle sein.

»Feuer!«

Wieder donnerten die Geschütze des Monitors und ruckten zurück. Chesnaye konnte sich vorstellen, wie der Turmkommandant den Kanonieren seine Befehle zuschrie und auf Hogarths Anweisungen aus dem Leitstand lauschte.

Das Krachen war entsetzlich, endlos und erbarmungslos. Chesnaye verlor jedes Zeitgefühl. Gelegentlich befahl Royston-Jones eine Kursänderung, dann kroch Leutnant Travis auf die Kompaßplattform.

Die Sonne stieg über die Hügelkette, hell und neugierig, ein furchtloser Zuschauer. Die Klippen und schmutzigbraunen Hügel schienen plötzlich zum Greifen nahe, die schmalen Strände erstreckten sich halbmondförmig am Fuß hoher Felsen. Die Landeboote verschmolzen mit dem Ufer. Der Vormarsch der Infanterie war nur am gelegentlichen Aufblitzen ihrer Gewehre zu erkennen. Wie klein und ungefährlich wirkten diese Blitze gegen das Feuer des Monitors, dachte Chesnaye.

Zwei Wasserfontänen stiegen plötzlich neben der Bordwand der *Saracen* empor. Unwillkürlich duckte sich Chesnaye, als etwas über die Brücke zischte, das wie reißende Seide klang.

»Feindbatterie peilt Rot vier-fünf!« meldete ein Ausguckposten zwischen den Abschüssen.

Royston-Jones drehte sich um. »Befehl an Leitstand! Mittelartillerie sofort Feuer eröffnen!«

Ein Unteroffizier mit Telefon meldete: »Der Artillerieoffizier hat die Batterie unterhalb der östlichen Landspitze georttet, Sir.«

Unter der Brücke schwangen die schlanken 10-cm-Rohre schon in Richtung Ufer.

»Gut!« Der Kommandant schien ärgerlich zu sein. »Gehen Sie bitte auf halbe Kraft voraus, Mr. Travis. Wir wollen näher an die Küste heran und konzentrieren uns auf die Strandbatterie. Die Hügelkette dort ist für einen Beschuß zu hoch, wenn wir erst dichter unter Land sind.« Er hob sein Fernglas. »Aber wir können *sie* treffen!«

Wieder sprangen zwei Fontänen in die Höhe, diesmal schon viel näher. Chesnaye zuckte zusammen, als ihre Mittelartillerie feuerte. Sie hörte sich anders an, ein scharfes Belfern. Irgendwie hatte er nicht erwartet, daß zurückgeschossen würde. Er konnte nichts Auffälliges an diesen Klippen erkennen, nur die tödlichen Wasserfontänen waren zu sehen. Der

Signalgast zog seine Mütze in die Stirn, als die Sonne höher stieg. Er deutete auf den Wasservorhang, der hinter dem Schiff zusammenfiel.

»Ziemlich großes Kaliber«, meinte er langsam, »22 cm oder mehr.« Plötzlich grinste er breit, seine weißen Zähne blitzten im gebräunten Gesicht. »Verdammte Felsen!«

»Backbord zehn!«

Der Kommandant kauerte wie ein kleines Scheusal im Stuhl und starrte in das weiße, brodelnde Wasser, das den Einschlag der letzten Salve markierte. Der Monitor änderte willig den Kurs, bis ihn ein neuer Befehl wieder in Richtung Küste drehte.

Die verborgene türkische Batterie setzte zwei weitere Granaten dicht an ihre Steuerbordseite – dorthin, wo die *Saracen* gestanden hätte, wenn Royston-Jones nicht plötzlich Kurs geändert hätte. Wieder das fallende Spritzwasser und der Pulvergestank. Fasziniert starrte Chesnaye noch die Wassersäulen an, als die schweren Geschütze der *Saracen* schon wieder aufbrüllten. Es war ein Wunder, daß der Turm nicht von der Barbette gerissen wurde, daß das Schiff nicht in Stücke fiel.

Dann schlugen keine türkischen Granaten mehr ein. Royston-Jones drehte sich um und blickte zum Artillerieleitstand auf. Fast übermütig nahm er seine Mütze ab und lächelte nach oben. Hogarth, der durch die Sehschlitze der Panzerung spähte wie ein Ritter in der Schlacht, sah die Geste und fühlte so etwas wie Befriedigung.

Wieder ernst, wandte sich Royston-Jones an die Fähnriche. »Ab dafür! Achtung bei den Booten, die Artilleriebeobachter sollen an Bord gehen!«

Chesnaye riß sich von den kalten Augen des Kommandanten los. Plötzlich begriff er, daß es für ihn nicht vorbei war. Für ihn fing es erst jetzt richtig an.

Ein Dampfboot zog die beiden Kutter der *Saracen* bis auf eine halbe Seemeile an den Strand heran, dann warf es die Schleppleinen los. Ein Unterleutnant im Heck rief ihnen durchs Megaphon zu: »Pullt wie die Teufel zu eurem Landeplatz! Hier geht's ziemlich heiß her.«

Wie um seine Worte zu unterstreichen, explodierte eine kleine Granate in der Nähe und schickte eine Splitterwolke über ihre Köpfe. Chesnaye biß die Zähne zusammen und blickte über die Ruderer nach vorne. Die nahe Klippe war wie eine Miniaturausgabe des Felsens von Gibraltar. Sie verdeckte die tiefstehende Sonne und warf einen schwarzen Schatten auf die schaukelnden Kutter.

»Ruder an überall!«

Seine Stimme klang erstaunlich fest. Er zwang sich dazu, Tobias anzublicken, der sich wegen der zusätzlichen Passagiere hinten quer ins Boot quetschen mußte, die Beine über der Pinne. Tobias sah Chesnayes Blick und grinste.

»Wie ein Ausflug in Brighton, Sir!«

Im Heck saß Leutnant Thornton zwischen einem Sammelsurium aus Lederkästen, die Teleskope und anderes Gerät enthielten. Sein Gesicht war maskenhaft. Neben ihm kauerte Pickles und starrte auf den dunklen Schatten der Klippe. Die Ruderer arbeiteten kräftig und gleichmäßig, sie beobachteten aus den Augenwinkeln das zweite Boot, das nur wenige Meter entfernt war. Dort stand Beaushears im Heck und blickte gelegentlich herüber. Sein Gesicht war verschlossen und ungewöhnlich energisch.

Wahrscheinlich sehe ich genauso aus, dachte Chesnaye. Wir haben mehr Angst davor, Angst zu zeigen, als Angst vor dem Kommenden.

Er kniff die Augen zusammen. Die Kühle im Schatten der Klippe kam ihm zu Bewußtsein.

»Da hinüber!«

Die Pinne quietschte gehorsam. Es ist zu ruhig, dachte er. Entfernt und gedämpft hörte man nur von Zeit zu Zeit das Knattern von Handfeuerwaffen und das Rasseln der Maschinengewehre. Aber das war weit weg und ging ihn eigentlich nichts an. Einmal sah er achteraus: Die *Saracen* lag mit steil nach oben gerichteten Rohren da und sah aus, als schnüffelten ihre Geschütze nach neuen Zielen. Viele andere Schiffe zeichneten sich am Horizont ab, aber die Beschießung hatte aufgehört. Offensichtlich wartete man ab, wie die Soldaten an Land vorankamen.

Als ob er seine Gedanken gelesen hätte, sagte Pickles atemlos: »Sieht aus, als wäre hier schon alles vorbei.«

Chesnaye nickte abwesend. »Achtung, Tobias! Voraus scheinen irgendwelche Untiefen zu sein.«

Er hatte etwas gesehen, das wie flache, sandbedeckte Steine aussah. Tobias entgegnete gepreßt: »Das sind keine Untiefen, Sir.«

Das Boot näherte sich schnell dem Ufer, die Ruderer beobachteten Chesnaye neugierig. Er hielt den Atem an, um eine aufsteigende Übelkeit zu unterdrücken. Denn jetzt konnte er deutlich sehen, woraus die Hindernisse bestanden, die ihnen im Weg lagen. Sie hoben und senkten sich langsam in den Wellen, die khakifarbenen Glieder bewegten sich, als ob ihre Besitzer noch am Leben wären.

Er hörte Pickles heftig schlucken, dann stieß das Boot an die ersten Toten. Jetzt konnten auch die Ruderer die treibenden Gefallenen und die dümpelnden Ausrüstungsgegenstände sehen. Sofort kamen sie aus dem Takt, Chesnaye befahl barsch: »Auf Riemen! Klar zum Landen!«

Er wußte nicht, wie er es fertigbrachte, den Befehl zu geben, auch erkannte er seine eigene Stimme nicht wieder. Das Boot lief auf den Sand auf, das zweite landete gleichzeitig nicht weit entfernt.

Ein paar Soldaten lebten noch am Fuß der Klippe, mehrere kleine Zelte mit dem Roten Kreuz waren errichtet worden. Aber Chesnayes Blicke wurden von den Toten am Strand angezogen. Es waren Australier, Neuseeländer und ein paar Briten, die Gesichter schon fahl und ausdruckslos im salzigen Gischt. Zwischen ihnen sah er die glänzenden Fangzähne des Stacheldrahts, der bis weit ins Wasser hinein verlegt worden war. Er hielt ein paar Leichen wie überreife Früchte fest. Überall trockneten Blutflecken im Sand, vom Wasser bis zum Fuß des Felsens. Ein Sergeant lag auf dem Rücken, die Hände auf den Bauch gepreßt, den Mund zu einem letzten verzweifelten Schrei geöffnet. Seine Uniform war von der Schulter bis zum Unterleib von einer Maschinengewehrsalve durchlöchert.

Leutnant Thornton sprang über die Seite. »Beeilung! Die Bootsanker ausbringen und dann in Deckung!«

Die Männer sprangen ihm nach. Plötzlich spritzte vor ihren Füßen der Sand in die Höhe, die Luft war erfüllt vom Pfeifen der Querschläger. Ein Soldat rief ihnen zu: »Hierher, ihr Trottel! Hier sind doch überall versteckte Scharfschützen!«

Eine Kugel schlug neben Chesnaye in die Bordwand, da sprintete er den Strand hinauf. Als er sich umdrehte, um Leutnant Thornton etwas zuzurufen, sah er, wie der Leutnant zurückgeworfen wurde und die Hände vors Gesicht schlug. Blind taumelte er schreiend im Kreis, der Sand spritzte um ihn herum.

Ein australischer Korporal tauchte zwischen den Felsen auf, den Buschhut tief in die Stirn gezogen. Wortlos stieß er Chesnaye zur Seite und ließ sein Gewehr fallen. Mit drei Sprüngen war er bei dem Marineoffizier. Aber bevor er ihn packen konnte, brach Thornton zusammen und rollte auf den Rücken. Sein Gesicht war eine breiige Masse, die sich grellrot vom hellen Sand abhob.

Chesnaye rappelte sich auf, die Seeleute sammelten sich um ihn. Tobias trug die Lederkästen. Der Korporal kam zurück und griff nach seinem Gewehr. »Blutige Anfänger einer wie der andere!« Er zog eine Zigarette aus dem Hut und blinzelte zum Kliff hinauf. »Ziemlich ruhige Angelegenheit bis jetzt. Aber die Jungs werden in einer Schlucht da hinten aufgehalten.« Er deutete vage in die Richtung.

Beaushears kam im Schutz des Felsens heran und blickte Chesnaye an. »Jetzt liegt's an uns, Dick. Alles in Ordnung bei dir?«

Chesnaye nickte verstört.

»Ich richte hier die Signalstation ein, Dick.« Beaushears sprach wie aufgezogen. »Du mußt Thorntons Aufgabe übernehmen, bis Ersatz von der *Saracen* eintrifft.« Grimmig blickte er ihn an. »Oder soll ich das machen?«

Chesnaye schüttelte den Kopf. »Nein, ich gehe.«

Er hätte schreien mögen. Dieses idiotische Geschwätz! Ein Mann, den er gut gekannt hatte, lag tot ein paar Schritte von ihm entfernt, das Gesicht eine blutige Masse. Der Australier rauchte seine Zigarette, die Augen auf den fernen Monitor gerichtet. Alles war so unwirklich.

Tobias sagte vorsichtig: »Wir machen uns besser auf den Weg, Sir. Es kann lange dauern, bis wir diese Burschen von der Infanterie finden.«

»Wie? Äh, ja.« Chesnaye blickte in Pickles' verstörtes Gesicht. »Schaffst du es bis oben?«

Pickles riß sich zusammen. »Es geht schon, Dick, wenn wir nur zusammenbleiben.«

Dann begannen sie zu klettern. Der Korporal lehnte noch immer an den Felsen, die Augen zusammengekniffen, als sei er tief in Gedanken versunken.

Chesnaye brauchte über eine Stunde, um seinen kleinen Trupp auf einem schmalen Pfad zur Spitze des Kliffs zu führen. Die Sonne stand schon hoch, jeder Schritt auf dem ausgedörrten Felsboden ließ ihn in Schweiß ausbrechen. Mehrfach mußte er stehenbleiben und sich das Gesicht mit dem Ärmel trocknen. Schließlich machte der Pfad einen scharfen Knick und verschwand in einer tiefen Felsspalte. Das Terrain ragte an beiden Seiten steil in die Höhe, es hatte den Anschein, als ob das schiere Gewicht des Gesteins hier den Berg gespalten hätte. Die Luft stand flirrend über dem Land und verwischte die Konturen der wenigen Bäume.

Beinahe wäre Chesnaye in eine Gruppe Soldaten hineingestolpert, die vor einer engen Höhle lagerten.

Ein erschöpfter Unterleutnant erhob sich. »Also ihr seid die Artilleriebeobachter?« Er grinste kameradschaftlich und zog seinen Gürtel mit dem schweren Revolver zurecht. »Gerade zur rechten Zeit!«

Chesnaye blickte sich um. Hinter dem V-förmigen Einschnitt konnte er den Rücken eines langen Hügelzugs sehen. Er wirkte sehr nahe, aber Chesnaye wußte aus der Karte, daß dazwischen eine tiefe Senke lag. Hinter diesem Hügelzug erhob sich eine weit höhere Kette und dahinter noch eine und noch eine. Obwohl man das Meer nicht mehr sah, hörte man das Klatschen der Brandung. Immer wieder wurde es übertönt vom Donnern der Artillerie und vom Stakkato der Maschinengewehre. Der Staub in der Luft war salzgesättigt. Eine Handvoll ärgerlicher Möwen zog kreischend ihre Kreise über ihnen.

Der Unterleutnant deutete auf den Einschnitt in der Klippe. »Unsere Jungs sind ganz gut vorangekommen. Zum Glück gab es am Strand nicht viel Widerstand.«

Chesnaye mußte an die treibenden Leichen im flachen Wasser denken. »Für mich sah es schlimm genug aus«, meinte er leise.

»Aber nein!« Der Akzent des Australiers klang seltsam schnodderig. »Wir haben gehört, daß es bei der Hauptinvasion unten im Süden viel schlimmer zugegangen ist. Dort haben sie in den ersten Minuten Hunderte von Soldaten verloren.« Er schnitt eine Grimasse. »Im Kreuzfeuer! Die Türken hatten den ganzen Strand unter Beschuß.«

Chesnaye blickte den schwer atmenden Pickles an und seine schweigenden Seeleute. In ihren staubigen Uniformen wirkten sie deplaciert, verloren und hoffnungslos. Chesnaye biß sich auf die Lippen. Und dabei hatten sie noch gar nicht mit ihrer Arbeit begonnen. Er überlegte, wie sich wohl Thornton in dieser Situation verhalten hätte. Zweifellos genauso lakonisch wie der australische Offizier vor ihm.

»Können wir weiter vorgehen?«

Chesnaye sah, wie sich Pickles bei dieser Frage versteifte.

Der Unterleutnant winkte einem der hockenden Soldaten. »Melder! Bring diese Spaßvögel zum Beobachtungsposten. Wenn er noch da ist.« Er grinste weiter.

Chesnaye hob den Arm. »Vorwärts, Leute!« Er war zu müde, um sie anzusehen. »Wir rasten, wenn wir am Ziel sind.«

Der Unterleutnant rief ihnen nach: »Nehmt die Köpfe runter, wenn ihr das erste Tal durchquert. Da sind überall Scharfschützen!«

Sie erreichten das Ende des Pfades. Chesnaye starrte fasziniert die Leichen an, die in der tiefen Senke auf einem Haufen lagen. Das sind keine Menschen mehr, sagte er sich, nur Sachen: Khakiuniformen und Gewehre, schwere Stiefel, die noch immer feucht vom Seewasser sind, verkrampfte Finger, die sich im Todeskampf in den steinigen Boden krallen. Getrocknetes Blut und leere Gesichter, über denen schon jetzt viele hundert Fliegen kreisen.

Der Melder packte sein Gewehr fester und deutete auf ein tiefes Loch, das in die Oberfläche des Felsens geschlagen war.

»Vorsicht!« warnte er kurz. »Irgendwo in den Hügeln dort oben steckt ein Scharfschütze. Er feuert immer wieder, wenn irgendein armer Hund diese Stelle passiert. Seine Chancen sind gut, denn das hier ist der einzige Weg vom Strand herauf.«

Ein scharfer Knall peitschte über die Senke, eine Sandwolke stieg aus dem Loch auf. Die Kugel mußte in den Leichenhaufen gefahren sein, denn einer der Toten rollte auf die Seite wie ein Schläfer, der durch Lärm gestört wird.

»Jetzt!« Der Melder duckte sich und rannte los.

Chesnaye klopfte auf Pickles' Arm und sagte: »Los! Hinter ihm her!«

Verstört taumelten die Seeleute über das freie Gelände. Chesnaye sah sie im Schatten der großen Felsblöcke verschwinden und blickte sich um. Nichts bewegte sich. Trotzdem hatte er das Gefühl, daß ihn die Augen der Toten beobachteten. Wieder spritzten Steine auf, und der Melder rief: »Los jetzt, Kamerad!«

Gern wäre Chesnaye gelassen an den stillen Figuren vorbeimarschiert, um seiner kleinen Gruppe mehr Zuversicht zu geben. Aber als er in das helle Sonnenlicht trat, mußte er plötzlich sehr intensiv an den verborgenen Schützen denken. Vielleicht hatte der schon jetzt seinen Rücken im Visier? Er sah sich schon mit ausgebreiteten Armen auf dem Leichenhaufen liegen und hatte dabei die Vorstellung, daß sich der Tote mit den aufgerissenen Augen darüber freuen würde. Da rannte er.

Höher und höher kletterten sie, bei jedem Schritt lösten sich Steine, Staubwolken stiegen auf. Die *Saracen* schien in einer anderen Welt zu existieren, ihre Aufgabe war nur noch Erinnerung.

Der Beobachtungsposten bestand aus einem natürlichen Felswall, der sich zwischen den verkrüppelten Bäumen hinzog, die Chesnaye schon von unten gesehen hatte. Sie gaben keinen Sonnenschutz. Der eindrucksvolle Blick über das weite Tal und die Hügelketten dahinter wurde durch die flimmernde Hitze beeinträchtigt. Auf dem Hügel blitzte Mündungsfeuer auf, und unterhalb waren erste, schnell ausgehobene Schützenlöcher zu erkennen.

Der Melder wischte sich den Schweiß von der Stirn und kroch dankbar hinter den Felswall.

»Hier ist die engste Stelle der Halbinsel«, erläuterte er. »Die große Hügelkette links heißt Sari Bair, dahinter sind es nur noch vier Meilen bis zur Durchfahrt.« Er lächelte traurig. »Wenn wir hier durchbrechen könnten, wären die Türken im Süden abgeschnitten.« Instinktiv duckte er sich, als eine Granate über ihre Köpfe hinwegorgelte. »Paßt auf diese Dinger auf! Dort drüben, hinter dem braunen Hügel, haben die Türken ein schweres Geschütz stehen. Es verschießt meist Schrapnell. Heute morgen hat es schon ein paar Kameraden erwischt.« Er riß sich zusammen. »Ah, hier kommen eure Kollegen. Ich gehe besser wieder zum Befehlsstand zurück.«

Mit einem aufmunternden Nicken war er verschwunden, seine behenden Beine trugen ihn wie die einer Bergziege nach unten.

Chesnaye wandte sich dem jungen Offizier zu. Dieser hielt sich so gerade, als ob er sich nur mit Mühe bewegen könne. Ungläubig starrten sich beide an. Chesnayes Angst ließ nach.

»Bob Driscoll!«

Für ein paar Augenblicke vergaß er seine Einsamkeit und die Hoffnungslosigkeit, als er sah, wie die Verlorenheit aus dem Gesicht des anderen schwand. Sie schüttelten sich die Hände, und Driscoll sagte: »Schön, Sie zu sehen. Hier oben ist die Hölle los.«

Die Seeleute suchten Deckung. Chesnaye kroch neben Driscoll und fühlte Unsicherheit in sich aufsteigen, als er dessen verstaubtes Gesicht studierte. Der gleiche Mund, die gleichen ernsten Augen wie Helen. Es war nervtötend.

Driscoll blickte Pickles an. »Meine Pioniere sind dabei, eine Telegraphenleitung zum Strand zu verlegen. Sobald sie fertig sind, senden sie ein Morsesignal zu meinem Kameraden hier.« Er deutete auf einen kleinen Soldaten, der in einem Haufen Fernmeldegerät vor einer Morsetaste saß. »Sie werden ja wohl eine Entfernungskarte haben. Ich denke, daß wir nach den ersten Schüssen ein paar Korrekturen durchgeben müssen.«

Chesnaye nickte und sammelte seine Gedanken. Der Monitor stand hinter den Klippen, würde seine Gegenwart nur durch schwere Granaten zeigen. Der erste Schuß würde fast ins Blaue gehen, war nicht mehr als eine Kompaßpeilung. Aber Chesnaye und Pickles mußten den Einschlag beobachten und die Korrekturen in Entfernung und Seitenrichtung dem Mann an der Morsetaste zurufen. Die Nachricht würde dann über die schnell verlegte Leitung zu Beaushears gelangen, dessen Signalgasten sie der wartenden *Saracen* zu übermitteln hatten. Chesnaye schluckte. Es klang ganz einfach.

Driscoll sagte: »Sie müssen ja ziemlich wichtig sein, Dick.« Seine Zähne blitzten, als er grimmig lächelte. »Ich hätte gedacht, daß der Kommandant einen etwas dienstälteren Offizier für diesen Job schickt.«

Zum ersten Mal sprach Pickles, seine Stimme klang noch immer geschockt: »Der wurde am Strand getötet.«

»Verstehe.« Driscoll stützte seine Ellbogen auf einen Stein und blickte durch sein Fernglas.

»Nehmen Sie Ihr Fernglas, Dick, dann zeige ich Ihnen die türkische Batterie.«

Er zuckte zusammen, als eine Granate über sie hinwegflog. »Das war nur eine kleine Nummer, wahrscheinlich Gebirgsartillerie. Die ganze verdammte Gegend ist voller Türken, aber ich habe noch keinen zu Gesicht bekommen.« Er lachte bitter. »Das muß man sich vorstellen! Ich habe heute morgen meinen Sergeanten durch Kopfschuß verloren – peng! –, aber bis jetzt haben wir keinen Feind gesehen.«

Chesnaye holte sich die Hügelkette in der Vergrößerung heran. Er sah den verräterischen Rauch, als die türkischen Kanonen wieder feuerten. Rechts unter ihm flogen Steine in die Luft, und er meinte, die Erschütterung zu fühlen.

Driscoll nahm die Mütze ab und wischte sich das Gesicht. »Langsam schießen sie sich ein!«

Er zeigte auf die Hügelflanke, wo sich ein paar rennende Soldaten für wenige Sekunden gezeigt hatten.

»Wenn die Türken unsere rechte Flanke aufreiben können,

kommen wir hier in Teufels Küche. In der Nacht werden sie versuchen, durch das Tal vorzustoßen und uns zu teilen. Ihre Leute müssen dann Infanterie spielen!«

Der Telegraphist meldete: »Wir sind durch, Sir. Kontakt mit der Strandabteilung.«

Driscoll setzte die Mütze auf. »Nun gut, Dick. Alles hängt von Ihnen ab. Wollen doch mal sehen, was die Marine kann!«

Chesnaye blickte durchs Teleskop und beobachtete den fernen Höhenzug. Wenn er einen Fehler machte, dann würden die eigenen Granaten auf die Stellungen der Australier unter ihm fallen. Er biß die Zähne zusammen.

»Alles klar! Meldung an *Saracen:* erste Salve abfeuern!«

Er preßte die Schenkel zusammen. Jetzt gab es keinen Ausweg mehr, er war festgelegt.

5 Der Feind

Die *Saracen* erzitterte, als die beiden schweren Geschütze wuchtig zurückliefen. Die doppelte Detonation rollte über das ruhige Wasser. Der ohrenbetäubende Lärm wurde von der Steilküste zurückgeworfen, so daß der Kanonendonner das Schiff wie ein endloses tropisches Gewitter einhüllte. Die Rohre waren inzwischen vorne mehrere Meter weit schwarz verfärbt. Eine Pulverdampfwolke hing unbeweglich über der Brücke.

Commander Godden hustete laut in sein Taschentuch und musterte dann voller Abscheu die schwarzen Flecke auf seiner ehemals makellos weißen Uniform.

»Wie lange noch, Sir?«

Royston-Jones stand vor seinem Stuhl an der Brückenreling und blickte angestrengt durchs Fernglas zur Küste. Das Licht wurde bereits schlechter, und am Kap von Kaba Tepe zeigten sich purpurrote Flecken. Er zuckte nur mit den Schultern.

Ein Signalgast überquerte wie benommen die Brücke, Mütze und Schultern mit Farbsplittern bedeckt. »Meldung von Land, Sir: Feuer einstellen. Türkische Batterie zum Schweigen gebracht, begleitende Infanterie zerstreut.«

Royston-Jones winkte ungeduldig ab. »Schon gut. Feuer einstellen und Geschütze sichern!«

Gedämpft erklang der Gong im Turm. Die schwitzenden, fast tauben Kanoniere waren zu erschöpft, um ihre Plätze sofort zu verlassen. Der Turmkommandant würde seine liebe Not haben, wenn er sie wieder in Gefechtsbereitschaft versetzen mußte. Godden seufzte erleichtert, als der Turm langsam zur Mitte in Ruhelage schwang; die Rohre senkten sich leise in die Horizontale, ihre dunklen Mündungen rauchten immer noch ärgerlich.

»Meldung vom Admiral, Sir.« Der Signalgast blickte den Kommandanten an. »Das Geschwader zieht sich nach Einbruch der Dunkelheit zurück, um den südlichen Landeabschnitt zu verstärken. Nur die *Saracen* bleibt mit zwei Begleitzerstörern hier, bis sie abgelöst wird. Größte Anstrengungen sind zu unternehmen, um die Verwundeten am Strand im Schutz der Dunkelheit zu bergen.« Der Signalgast blickte von seiner Tafel auf. »Ende der Meldung, Sir.«

Godden grunzte. »Wieder mal allein!« Er blinzelte. »Was zum Teufel soll ein Kriegsschiff mit so vielen Verwundeten anfangen?«

Royston-Jones sagte gepreßt: »Ich denke, wir haben einen Arzt an Bord? Lassen Sie die Boote vorbereiten und führen Sie die Befehle aus!«

Leutnant Travis kletterte von der Kompaßplattform herunter und streckte vorsichtig die steifen Beine. Behutsam zog er die Ohrschützer heraus und blinzelte durch den Qualm. »Sind wir hier nicht ziemlich exponiert, Sir?«

Royston-Jones ließ sich von seinem Stuhl herab. »Weil wir vor Bug- und Heckanker liegen?«

»Nun ja, Sir . . .«

»Schon richtig, Mr. Travis.« Das Schiff war während der Beschießung stets auf derselben Position geblieben. Hätten die Türken eine Kanone in Stellung gebracht, hätten sie Scheibenschießen veranstalten können. Aber das eigene schwere Feuer und die hohe Klippe hatten die *Saracen* geschützt. Royston-Jones zuckte mit den Achseln. »Daran kann ich nichts ändern. Wir müssen die Stellung für Hogarth halten. Er hat sich übrigens wirklich bewährt.«

Travis lächelte. »Das gilt auch für die jungen Burschen, Sir.«

Der Kommandant schüttelte sich wie ein nasser Vogel. »Ja. Schade um Leutnant Thornton. Guter Offizier, muß an seinen Vater schreiben. Großer Verlust.«

Hogarth erschien erschöpft grinsend. »Geschütze sind gesichert, Sir. Können die Männer wegtreten?«

Godden nickte, mit einem Auge auf dem Kommandanten. Royston-Jones drehte sich langsam um.

»Ah, Hogarth, Sie haben heute wohl recht gut geschossen.«

Hogarth verbeugte sich leicht. »Achtzig Salven mit den 38ern.« Mißmutig zog er die Mundwinkel herunter. »Natürlich überwiegend Schrapnell, aber man kann nicht alles haben.«

Royston-Jones nickte ernst. »Tut mir leid, daß wir Ihnen keine erfahrenen Artilleriebeobachter zur Verfügung stellen konnten. Dafür waren wir zu sehr im Druck.«

Hogarth lächelte trotz seiner Müdigkeit. Während das ganze Schiff gespannt darauf gewartet hatte, daß die Beobachter in Stellung gingen, hatte eine bisher unentdeckte türkische Batterie die *Saracen* beschossen. Einige Granaten waren unweit vom Schiff in der kleinen Bucht niedergegangen. Die Batterie schoß blind, schien aber genau zu wissen, worauf sie aus war. Hochrufe erklangen an Deck, als bekannt wurde, daß der Kontakt mit Fähnrich Beaushears am Strand hergestellt war. Innerhalb einer Viertelstunde war die türkische Batterie dann mit einem Hagel von Schrapnells und ein paar Sprenggranaten zum Schweigen gebracht worden. Von da an hatte die *Saracen* ihr Feuer auf das Hinterland gerichtet, entsprechend den Meldungen vom Strand.

Godden kaute auf seiner Unterlippe. Thornton war also tot. Aber er war nicht der erste Gefallene gewesen. Fähnrich Maintland war mit seiner Pinasse von einer verirrten Granate in Stücke gerissen worden, als er sich schon auf der

Rückfahrt befunden hatte. Mit ihm war seine Mannschaft verlorengegangen. Wie ein Mahnmal trieb der zerfetzte Bug des Bootes noch immer in der Nähe des Monitors umher.

Im Schiff zwitscherten die Bootsmannspfeifen, und innerhalb weniger Sekunden füllten sich die Decks mit Männern, die bis jetzt hinter Schutzschilden und Kanonen wachsam ausgeharrt hatten. Noch immer taub von der langen Beschießung, alberten sie wie Kinder herum.

Royston-Jones runzelte die Stirn. »Beide Wachen, Commander! Lassen Sie Taljen anschlagen, mit denen die Verwundeten an Bord gehievt werden können. Ein Wachboot soll ständig um das Schiff rudern!« Er gähnte ausgiebig. »Und schicken Sie meinen Steward auf die Brücke. Ich gehe für ein paar Minuten in meine Seekabine.«

Godden kochte innerlich. Das bedeutete, daß er selber auf der Brücke bleiben mußte. Dabei brauchte er dringend einen ruhigen Platz zum Hinsitzen und Nachdenken – und einen steifen Drink dazu. Der schnelle Ablauf der Ereignisse hatte dazu geführt, daß er sich alt und hilflos fühlte. Diese Erkenntnis entnervte ihn.

Auch Hogarth wollte die Brücke verlassen. »Sollen die Beobachter für die Nacht zurück an Bord kommen?«

Godden schüttelte sein Selbstmitleid ab. »Nein. Sollen bleiben, wo sie sind. Das wird ihnen mal ganz guttun!«

Hogarth grinste. »Höchstens haben sie's dort ein bißchen unwohnlich, Sir, nicht?«

Godden drehte sich wortlos um, müde und verwirrt wie ein Elefant nach schwerer Dressur. Aus den Sprachrohren kamen schon wieder Wortfetzen, und tief unten an Deck hörte man die deftigen Flüche der Unteroffiziere, die ihre Leute einteilten.

Hogarth verließ die Brücke, hielt aber einen Augenblick inne, um den großen Geschützturm zu mustern. Es war sein Triumph gewesen, eine Beschießung wie aus dem Lehrbuch. Er fragte sich, warum Godden so verbiestert war. Vielleicht war seine Generation schon nicht mehr flexibel genug, um sich auf diese neue Art der Kriegführung einzustellen.

An Deck erwartete ihn der Turmkommandant mit pulvergeschwärztem Gesicht. »Heute waren wir doch ganz gut«, grinste er.

Hogarth funkelte ihn mit gerunzelten Brauen an. »Es war verdammt *mies*, Lucas!« Er sah das Gesicht des Leutnants länger werden. »Morgen muß das alles viel besser klappen.« Damit spazierte er über Deck davon, die Lippen zu einem lautlosen Pfeifen gespitzt. Es brachte nichts, wenn man seine Lorbeeren mit anderen teilte, dachte er vergnügt.

Im kleinen Unterstand rührte sich kein Luftzug. Chesnaye erwachte mit der Plötzlichkeit eines Opfers, das im Schlaf erdrosselt werden soll, und blickte wild um sich. Robert Driscoll saß gebeugt an einem Tisch aus Munitionskisten. Obwohl der junge Infanterist auf eine vor ihm ausgebreitete Karte niederstarrte, waren seine Augen leer ins Nichts gerichtet. Im Hintergrund schlief Pickles, den Kopf auf seiner Mütze. Eine Decke hing vor dem schmalen Eingang. Zwei Kerzen flackerten in der verbrauchten Luft und warfen unruhige Muster auf die hastig aufgeschütteten Wände. Überall standen Munitionskisten, Nachrichtengerät und Schanzwerkzeug herum. Chesnaye starrte das alles wie betäubt an, nur langsam kehrte die Erinnerung in sein schlaftrunkenes Hirn zurück.

Driscoll wandte den Kopf. »Sie haben gut drei Stunden lang geschnarcht«, sagte er leise.

Chesnaye setzte sich auf, alle Knochen schmerzten ihn. Die Erde war kühl und feucht, aber sein Gesicht brannte noch immer von der sengenden Sonne. Die Haut um seine Augen war wund vom Okular des Feuerleitteleskops. Er leckte sich die trockenen Lippen. »Sind Sie gerade hereingekommen?«

»Vor einer Stunde.« Driscoll kramte in einer offenen Kiste zu seinen Füßen. »Einen Drink?«

Er wartete die Antwort nicht ab, sondern goß sorgfältig zwei Blechnäpfe voll. Die Flüssigkeit leuchtete im Kerzenlicht wie Bernstein.

»Brandy«, sagte er kurz, »der letzte. Von morgen an gibt es nur noch Rum wie für die anderen – wenn wir Glück haben.«

Chesnaye nahm einen ordentlichen Schluck. Heiß lief der Alkohol in seinen Magen. »Ist draußen was los?«

»Alles ruhig. Eine verdammte Wildnis!« Driscoll stand auf, sein Schatten sprang an der Wand hoch wie ein Phantom. »Kommen Sie mit hinaus, ich kann nicht schlafen.«

Geduckt traten sie aus dem schmalen Eingang und blickten auf das schwarze Hügelland. Irgendwo dort oben wartete der improvisierte Feuerleitstand, seine dicken Felswälle würden jetzt kühl und verlassen daliegen. Aber morgen . . . Chesnaye schüttelte sich.

Ihre Füße knirschten auf dem Kies, als sie die Runde machten. Schultern und Bajonette der Wachtposten zeichneten sich gegen die Sterne ab. Ihre Kameraden lagen unbeweglich in Mäntel oder Decken gerollt, das Gewehr zur Hand, und schliefen fest.

Chesnaye hatte am Nachmittag die Tragbahren gesehen, die den schmalen Pfad zum Strand hinuntergetragen wurden, als es eine Feuerpause gab. Für die meisten Verwundeten kam jede Hilfe zu spät. Morgen würden die Sanitäter mit den Tragbahren wiederkommen und andere holen. Für immer.

Leise sagte Driscoll: »Draußen ist ein Trupp mit dem Verlegen von Stacheldraht beschäftigt. Mieser Job! Der Boden ist zu hart zum Graben . . .«

Chesnaye zuckte zusammen, als eine blaue Leuchtkugel zu seiner Linken explodierte und scheinbar unbeweglich in der Luft hing.

»Türkisch«, stellte Driscoll leise fest.

Das unwirkliche Licht machte die Nacht zum Tage und die Landschaft völlig irreal. Kleinere Gegenstände zeichneten sich deutlich ab, während die Hügelflanke und die tiefe Senke miteinander verschmolzen.

Chesnaye fühlte sich nackt und hilflos, denn die Sandsäcke reichten ihm kaum bis zur Brust. Das Licht glitzerte auf den scharfen Zähnen des Stacheldrahts und beleuchtete die tiefen Granattrichter. Da draußen warteten jetzt ihre Männer geduckt darauf, daß das gnadenlose Licht erlöschen würde. Die kleinste Bewegung konnte ihr Ende bedeuten. Das Licht verglimmte. Weiter rechts zuckte am dunklen Nachthimmel plötzlich ein roter Widerschein auf, und nach einiger Zeit rollte der ferne Donner heran. Er schien nie wieder verstummen zu wollen. Chesnaye blickte unverwandt gen Himmel, aber er konzentrierte sich auf die Sterne, als ob diese ihm eine Antwort auf seine Fragen geben könnten.

»Irgend jemand da unten im Süden bekommt's jetzt dicke«, kommentierte Driscoll lakonisch. »Nachtangriff. Bald werden wir an der Reihe sein.«

Sie traten wieder in den Unterstand, Chesnaye streckte sich dankbar auf den leeren Sandsäcken aus. »Noch ein paar Stündchen Schlaf . . .«

Als er sich auf die Seite drehen wollte, hörte er Driscolls Stimme rauh und scharf fragen: »Mögen Sie meine Schwester, Dick?«

Chesnaye wollte sich ihm zuwenden.

»Nein, nicht hersehen, nur antworten!«

Chesnaye starrte die Erdwand vor seinem Gesicht an. Plötzlich war er ganz ruhig. Er kannte Helen zwar kaum, erinnerte sich aber ganz deutlich an sie.

»Ja, Bob. Ich glaube, ich liebe sie.«

Dann herrschte Stille. Der Unterstand versank in Dunkelheit, als Driscoll die Kerzen ausblies. Er meinte leise: »Das wollte ich nur wissen.«

»Warum fragen Sie?« Chesnaye hörte, wie der andere sich in einer Ecke zusammenkauerte.

»Weil ich's wissen mußte. Es ist gut, wenn man hier draußen etwas hat, woran man sich halten kann.«

Danach lag Chesnaye lange wach und starrte in die Dunkelheit. Er lauschte den regelmäßigen Atemzügen Driscolls und dem fernen Rollen des Kanonendonners.

Die erste Granate schlug in den Hügel über dem Schützengraben, als das frühe Licht des Morgens ins Tal fiel. Der Boden des Unterstands bebte so heftig, daß Richard Chesnaye sich schmerzhaft verkrampfte. Er erwachte keuchend und hustend. Der Unterstand war voll Staub und Rauch, der Vorhang am Eingang wurde wie von unsichtbarer Hand weggerissen.

Im engen Schützengraben waren Getrappel und laute Rufe zu hören. Als sich Chesnaye aufrappelte, schlug die zweite

Granate ein. Seine Ohren, die eben noch taub gewesen waren, konnten schlagartig wieder hören, so daß er ein durchdringendes Schluchzen vernahm. Suchend blickte er sich um und sah Pickles mit entsetztem Gesicht auf allen vieren herumkriechen. Einen Augenblick dachte er, daß er von einem verirrten Splitter getroffen sei, aber als er auf die zitternde Gestalt zuging, kreischte Pickles: »Lieber Gott, hilf mir! Ich muß hier raus!«

Chesnaye packte ihn an der Uniformjacke und zog ihn auf die Füße; ihre Gesichter berührten sich beinahe. Schwankend standen sie aneinandergepreßt, während der Unterstand von den Explosionen durchgerüttelt wurde. Chesnaye war plötzlich eiskalt. Die Angst und Verzweiflung nach den ersten Einschlägen war verschwunden. Stumme Wut erfüllte ihn und der dringende Wunsch, möglichst schnell aus diesem Unterstand herauszukommen. Eine barsche Stimme mit australischem Akzent überschrie das Donnern: »Bleibt unten, Leute! Jetzt kommen sie bald!«

Pickles wimmerte und preßte den Kopf an Chesnayes Schulter. »Ich kann nicht raus, Dick! *Bitte,* zwing mich nicht da hinaus!«

Chesnaye blickte auf ihn hinab, schwankend zwischen Abscheu und Mitleid. Er löste Pickles Finger von seinem Arm. »Reiß dich zusammen! Es ist nur eine vorbereitende Beschießung. Die Türken werden erst angreifen, wenn die Kanonade aufhört!«

Angriff und Gegenangriff, Vorprellen und Nachstoßen. An der Westfront hatten sie das bis zur Neige erlitten.

Pickles sank in sich zusammen, klein und zitternd. »Ich will aber nicht. Es ist nicht fair!« Er starrte Chesnaye fast haßerfüllt an. »Wir sollten nicht hier sein! Wir gehören nicht hierher!«

Chesnaye sah plötzlich den Monitor vor sich, sauber und unberührt, die Kanonen hilflos schweigend. Die *Saracen* konnte keinen einzigen Schuß abgeben, ohne daß ihr Feuer von Land geleitet wurde. Von ihm geleitet wurde.

Er griff nach seiner Mütze, hängte sich das Teleskop und den ledernen Kasten um.

»Wir gehen jetzt, Keith«, sagte er ruhig. »An Bord verlassen sie sich auf uns.«

Ohne Widerrede ließ sich Pickles ins Freie führen. Überall hing Staub und Qualm. Die enge Verteidigungsstellung war voll khakifarbener Gestalten, die sich mit ihren Waffen an die Verschanzung drückten. Kaum vorstellbar, daß derselbe Ort noch vor ein paar Stunden still und verlassen dagelegen hatte. Ein langer australischer Leutnant mit wilden Augen und unrasierten Wangen stieß mit ihm zusammen, als Chesnaye über die steinerne Brüstung zur Hügelspitze blickte. Irgendwo da oben mußte der verlassene Beobachtungsstand liegen.

Chesnaye fühlte, daß er am Arm gerüttelt wurde. Der Mund des Leutnants bewegte sich, er beugte sich zu ihm. »Mach dich lieber unsichtbar, Seemann!« Der Mann blickte in Pickles entsetztes Gesicht. »Die Hunde greifen jeden Moment an!«

Als eine Granate dicht über sie hinwegheulte, duckte er sich und hielt den Atem an. Die Luft schien voll zwitschernder Splitter zu sein. Eine drängende Stimme schrie nach Sanitätern. Draußen im schwarzen Rauch war ein klagender Chor unmenschlicher Schreie zu hören. Der Ruf nach Tragbahren pflanzte sich durch den Schützengraben fort. Chesnaye fühlte, daß der Sand aus dem Sack vor ihm langsam auslief. Ein dampfender Splitter ragte heraus, konnte ihn nur um Zentimeter verfehlt haben. Er hörte sich sagen: »Ich muß da hinauf! Wir sind die einzige Artillerieunterstützung, die ihr in diesem Bereich habt!«

Der Leutnant wischte sich den Mund. »Was ist mit dem Rest der Flotte?«

Chesnaye zuckte mit den Schultern. »Wahrscheinlich abgedampft, um die anderen Landeabschnitte zu unterstützen.«

Der Australier lachte bitter. »Was für eine Scheiße!«

Nicht weit entfernt übergab sich ein Soldat, seine Kameraden sahen ihm mit glasigen Augen zu. Alle schienen von dem Dauerbeschuß schockiert zu sein, die Gesichter waren ausdruckslos.

»Das schaffen Sie niemals, Junge!« Der Australier blinzelte hinauf zum Hügel, sein Blick folgte dem Chesnayes. »Die Türken halten das ganze Gelände unter Schrapnellbeschuß. Ich dachte, die Navy hat ihre Batterien alle außer Gefecht gesetzt?« fügte er bitter hinzu.

Chesnaye entdeckte Tobias in der Krümmung des Schützengrabens und winkte ihn energisch herbei. Ihm war klar, was zu geschehen hatte. Mit merkwürdig fremder Stimme sagte er: »Wir gehen jetzt, Tobias. Sowie das Feuer zurückverlagert wird, rennen wir los!«

Er wartete auf ein Zeichen der Zustimmung, aber Tobias grunzte bloß. Chesnaye setzte hinzu: »Suchen Sie unsere Leute zusammen und überprüfen Sie die Gewehre.«

Tobias preßte sich gegen die Wand des Schützengrabens, als wieder zwei Granaten einschlugen. Lose Steine polterten in den Schützengraben. Ein Mann schrie schrill auf wie ein Tier, dann war er plötzlich still. Tobias sagte gepreßt: »Die Männer werden das nicht mögen, Mr. Chesnaye. Sie sind keine Infanteristen.«

Chesnaye fuhr ihn an: »Sie müssen es auch nicht mögen! Gehen Sie und sagen Sie's ihnen!«

Er sah Tobias nach, dann wandte er sich wieder dem Leutnant zu, der sich hingehockt hatte und einen Meldezettel las. Er blickte in Chesnayes grimmiges Gesicht.

»Es ist schlimmer, als ich dachte. Die Türken haben Höhe fünfundsiebzig überrannt. Unsere ganze rechte Flanke ist offen wie ein Scheunentor.«

Chesnaye tastete nach seiner Karte, aber dann erinnerte er sich. Höhe fünfundsiebzig lag rechts von ihnen am Ende einer langen, niedrigen Bergkette. Der Hügel hinter ihnen war der einzige mit einer beherrschenden Position, der noch in britischen Händen war. Sollte auch er fallen, dann konnte der Feind bis zum Meer durchstoßen und die verbleibenden Verteidigungsstellungen wie einen alten Teppich aufrollen. Er schluckte.

»Dann gilt noch mehr, was ich sagte.«

Der Australier blickte ihn überrascht an. »Na ja, jedenfalls war es ein Gewinn, Sie kennengelernt zu haben, Junge.« Er brach ab und hustete. Eine beißende Rauchwolke wälzte sich durch den Schützengraben.

Ein braungebrannter Sergeant drängte sich durch die kauernden Soldaten, musterte ärgerlich die beiden Fähnriche und fixierte dann seinen Offizier. »Die Hunde haben das Unterholz in Brand gesteckt! Die ganze Hügelflanke steht in Flammen.« Er zeigte mit dem Gewehr in die Richtung.

Tobias kam mit einem bärtigen Vollmatrosen namens Wellard zurück. »Fertig, Sir.«

In diesem Augenblick hörte das Trommelfeuer auf, das Echo der Explosionen rollte das Tal hinab wie ein abziehender Taifun. Plötzlich war es sehr still. Chesnaye fühlte, wie seine Beine zitterten, und hatte Angst, daß sie ihm den Dienst versagen würden. Er blickte Pickles an, in dessen Augen nackte Angst stand.

Wellard spuckte in den Sand. »Das hier ist nicht unser Job!« Er deutete mit dem Kopf auf den immer dichter werdenden Rauch. »Wir sollten uns auf den Weg zum Strand machen.«

Chesnaye wußte, daß die anderen Seeleute hinter der nächsten Kurve gespannt lauschten. Pickles war keine Hilfe und Tobias neutral. Er fühlte sich allein gelassen und verraten. Da hörte er sich selber scharf sagen: »Sagen Sie ›Sir‹, wenn Sie mit mir sprechen, Wellard!«

Der Seemann strich sich den schwarzen Bart und blickte den Fähnrich schief an. »Aye, aye, Sir.« Und an Tobias gewandt: »Aber findest du nicht auch, Hookey, daß das ein verdammter Blödsinn ist?«

Tobias nahm sein Gewehr und betrachtete es, als ob er es zum ersten Mal sähe. Dann schaute er in Chesnayes verzweifeltes Gesicht. »Hier ist alles Blödsinn, Wellard.« Er grinste kurz. »Aber jetzt tu, was man dir sagt, und sieh zu, daß du's schaffst.«

Chesnaye wollte etwas sagen, aber ein durchdringendes Pfeifen machte ihn beinahe taub. Der australische Offizier stand hochaufgereckt und wachsam, das Gesicht voll gespannter Aufmerksamkeit. Eine silberne Pfeife glänzte in seiner Hand, mit der anderen öffnete er die Pistolentasche. »Auf, auf, ihr Aussiebastards!« Seine Stimme durchdrang das zunehmende Gewehrfeuer wie eine scharfe Säge.

Folgsam und benommen wie dressierte Tiere nahmen die

Soldaten ihre Feuerstellungen ein. Der Leutnant blieb noch unten stehen, seine Augen kontrollierten die Reihen ausgerichteter Gewehre.

»Pflanzt auf das Bajonett!«

Ein Zischen und Klappern lief die khakifarbene Linie entlang. Chesnaye sah fasziniert zu, wie die langen Klingen befestigt wurden und dann hinter den Sandsäcken verschwanden. Der Leutnant hustete im Rauch und spannte seinen Revolver.

»Nun geht's los, Sportsfreund. Also, immer den Hügel hoch, wie ein Kaninchen aus Queensland! Viel Glück!«

Ein merkwürdiges Geheul, wie es Chesnaye noch nie gehört hatte, ertönte im Tal und schwappte in den Graben. Er versuchte es einzuordnen. Es klang nach Hundegebell, aber auch wie Meeresbrandung. Man konnte es unmöglich beschreiben.

Der Leutnant rief scharf: »Da kommen sie! Sie rufen den Namen Allahs an, damit er sie beschütze.« Er kletterte zu seinen Männern hinauf, die Seeleute hinter sich hatte er schon vergessen.

Chesnaye rannte zum Rand des Grabens und sprang über die losen Steine hinauf. Jetzt oder nie! Wenn er noch eine Sekunde zögerte, würde ihn das fürchterliche Geschrei lähmen. Wie aus weiter Ferne hörte er den Leutnant brüllen: »Einhundert Meter, fünf Salven Schnellfeuer . . . *Feuer!*«

Die Luft erzitterte unter dem Knattern der Gewehre, von den Flanken fielen hektisch belfernd die Maschinengewehre ein.

Chesnaye kam auf die Füße und spürte seine kleine Abteilung hinter sich. Die Hügelkuppe schien unendlich weit entfernt zu sein. Als er sich gegen einen Wall aus Feldsteinen duckte, erkannte er die sich nähernde Flammenwand. Das Tal war unter Rauch verschwunden, aber der Feind mochte schon näher als hundert Meter vor der Verteidigungslinie stehen. Er mußte am Drahtverhau sein, hatte ihn vielleicht bereits überwunden. Er hörte sich schreien: »Schneller, schneller!«

Ein Seemann setzte zum Überholen an, seine Gamaschenstiefel trugen ihn schnell vorwärts. Das Maschinengewehrfeuer wurde lauter. Chesnaye begriff mit plötzlicher Panik, daß sie vom anderen Hügel herüberschossen. Heiser rief er: »Runter! In Deckung!«

Der Seemann drehte sich um, die Zähne vor Anstrengung gefletscht. »Selber in Deckung!«

Er wollte weiterlaufen, aber da hatte ihn das Maschinengewehrfeuer erreicht. Er wurde von den Beinen gerissen und rollte den Hang hinunter, das Maschinengewehrfeuer folgte ihm. Aus dem rennenden Menschen war ein lebloses Bündel geworden, ein zerfetztes, blutrotes Etwas.

Tobias schob sich an Chesnayes Seite. »Hier können sie uns niederhalten, Sir!«

Chesnaye verdrängte das Krachen und Belfern der Gewehre, die heiseren Schreie, das Klappern der Gewehrschlösser. Er mußte sich entscheiden. Maschinengewehrgarben fegten über seinen Kopf wie Wind durch die Luft, er hörte seine Männer fluchen und beten, während sie sich in die Erde preßten.

Da fühlte er warmes Sonnenlicht im Nacken. Ein Käfer krabbelte neben seiner Wange davon. Er starrte die Risse in seinen Händen an, die er sich beim Überklettern der Brustwehr zugezogen hatte. Vielleicht hatten seine Leute ja recht, es war nichts als eine leere Geste, die sie bereits einen Mann gekostet hatte. Aber dann mußte er wieder an die Infanteristen denken, die verzweifelt um ihr Leben kämpften. Sie wußten nicht, was geschah oder warum sie überhaupt hier waren. Sie wußten nur, daß sich die ganze Front schon in Auflösung befand und der Feind sie zum letzten mörderischen Gefecht stellen wollte.

Er schüttelte den Kopf, um die quälenden Gedanken zu verscheuchen, und keuchte: »Wir arbeiten uns bis hinter diese kleine Bodenerhebung vor, Tobias. Dort haben wir Deckung. Dann überwinden wir die letzten hundert Meter in kurzen Sprüngen. Hier dürfen wir jedenfalls nicht bleiben.«

Der Weg zur Hügelkuppe wurde ein Alptraum. Aber der Qualm rettete sie. Die feindlichen Maschinengewehrschützen schossen lange Feuergarben in die treibenden schwarzen Wolken, konnten jedoch nicht zielen. Schließlich fanden sich die beiden Fähnriche und die fünf Matrosen im Beobachtungsstand wieder. Der Einschnitt im Felsen war durch Granaten beschädigt, die Steine vom Feuer geschwärzt.

Drei Soldaten lehnten an den Sandsäcken vor dem Funkgerät. Einer war tot, der zweite war kreidebleich und an beiden Beinen verletzt. Der dritte saß an seiner Morsetaste und rauchte eine Zigarette.

»Morgen, Gentlemen. Ich nehme an, daß Sie gleich anfangen möchten?«

Es dauerte fast eine halbe Stunde, bevor Chesnaye die Hauptstoßrichtung des Feindes ausmachen konnte. Der Rauch verflüchtigte sich langsam, änderte im Schein der Mündungsfeuer und später im Blitzen der Handgranaten ständig seine Farbe. Einmal riß der Rauchvorhang weit auf, und Chesnaye verlor wichtige Sekunden beim Betrachten des Schlachtenpanoramas.

Zum ersten Mal sah er den Feind. Nicht als einzelne Individuen, sondern als Masse. Die Welle der Türken stürmte über den schmalen Streifen Stacheldraht, eine Reihe nach der anderen wurde von Maschinengewehrfeuer niedergemäht. Zerfetzt hingen die Körper in den Verhauen. Aber immer neue Wellen stürmten vor, bis die Soldaten unten nicht mehr schießen konnten, aus den Schützengräben sprangen und den Gegner im Nahkampf stellten. Die Masse wogte vor und zurück, die Bajonette blitzten, schrilles Geschrei ertönte.

Chesnaye hielt den Atem an, als eine türkische Abteilung den Schützengraben überwand und den Hang heraufstürmte. Doch ein anderes Maschinengewehr begann zu feuern und zerfetzte die kleinen Gestalten mit systematischer Gründlichkeit. Sie blieben rings um den toten Seemann liegen. Chesnaye konnte auch den australischen Leutnant erkennen, der ohne Hut neben einem Haufen Leichen focht. Er hielt seinen Revolver wie eine Keule, Türken drangen von allen Seiten auf ihn ein. Schon strömte Verstärkung aus dem eingestürzten Laufgraben, aber da traf ein Bajonett den Leutnant in den Bauch, er schrie auf und fiel zu Boden.

Übelkeit überkam Chesnaye. Hinter ihm meldete der Telegraphist: »Kontakt mit dem Strand, Sir.«

Chesnaye hatte seine Meldung mit Entfernung und Richtung schon längst auf einen Zettel gekritzelt. Ohne hinzusehen, gab er sie an den Mann weiter.

Wie konnte er sicher sein, das Richtige getan zu haben? Leutnant Thornton hätte es gewußt, aber er war tot. Wo steckte Robert Driscoll? Auch er hätte es gewußt. Chesnaye starrte in den Rauch, als die Morsetaste zu klappern begann. Wahrscheinlich lag Driscoll tot mit den anderen da unten.

Alles hatte sich so einfach angehört: ein Befehl, ein paar Improvisationen vielleicht. Aber dann würden die schweren Geschütze die Arbeit sauber erledigen. Nur – so war der Krieg nicht, ganz und gar nicht. *Das* hier war die Wirklichkeit.

Der Angriff der Türken kam zum Stehen und flutete hinter den Schützengraben zurück. Sofort setzten die Australier nach. Kampfeslustig stürmten sie den Hang hinunter, aber nur um in ein fürchterliches Kreuzfeuer gutgetarnter Maschinengewehre zu laufen. Wenn die Offiziere gefallen waren, übernahmen die Sergeanten das Kommando. Nach einer Stunde waren auch die Sergeanten gefallen, und die jungen Korporale kommandierten.

Am oberen Ende des Tals warteten die türkischen Reserven auf ihren Einsatzbefehl. Dort war der Himmel klar und ohne Rauch. Alles wirkte friedlich und dem Zugriff des Krieges entzogen. Dann schien eine heftige Sturmbö durch das Tal zu pfeifen. Es verdunkelte sich. Chesnaye beobachtete den plötzlichen Wechsel im Fernglas mit kalter Befriedigung. Die *Saracen* hatte ihre erste Salve ins Ziel gesetzt.

Tobias rollte sich neben ihn und blickte zum Himmel auf, als die nächsten Granaten über sie hinwegdröhnten.

»Gerade noch rechtzeitig. Sie haben gute Arbeit geleistet, Sir.«

Chesnaye antwortete nicht. Er blickte hinunter auf die von Granaten umgepflügten Verteidigungsstellungen, die zerfetzten Leiber, an denen sich hier und dort noch eine Hand oder ein Fuß bewegte. Ein Hornsignal ertönte, und die Australier zogen sich zurück. Einige schossen noch immer, andere zogen Verwundete hinter sich her. Er sah die weißen Armbinden mit dem Roten Kreuz aufleuchten, die Tragbahren mit den Blutflecken. Das alles registrierte er mit dem stummen Entsetzen eines Mannes, der ein Panorama des Todes vor sich hat: Männer ohne Gesicht oder Arme, Männer, die blind im Kreis herumliefen, andere wimmernd wie Tiere. Sogar die Toten waren ohne Würde, dachte er. Zerrissen und aufgeschlitzt, mit verzerrten Gesichtern, zerbrochen und vergessen. Ihr Blut mischte sich mit dem der Gegner.

Chesnaye mußte würgen und lehnte den Kopf gegen den sonnenwarmen Felsen.

Ein Melder kam den Hügel hochgerannt, seine Jacke war klatschnaß vom Schweiß. »Feuerpause, Sir!« Er übergab Chesnaye eine kurze Mitteilung. »Von der Brigade.« Ohne besonderes Interesse musterte er den Toten.

Die Meldung besagte, daß dieser Abschnitt umgruppiert wurde und Verstärkungen im Anmarsch waren. Der Melder löste das Bajonett von seinem Gewehr und bückte sich, um es am Ginster abzuwischen. Erst jetzt fiel Chesnaye auf, daß die Klinge mit hellroten Flecken bedeckt war. Dankbar nahm der Mann eine Zigarette von Tobias an und sog den Rauch tief ein. Als er ausatmete, begannen seine Beine zu zittern. Tobias drehte sich um, als schäme er sich, das mit angesehen zu haben.

Der Melder wischte sich mit dem Ärmel über die Augen. »Ich habe zwei Freunde verloren.« Blicklos starrte er sein Bajonett an. »Es war das reine Abschlachten!« Er schluckte und sagte dann rauh: »Danke für den Smoke.«

Sie sahen ihm nach, wie er den Hügel hinunterrannte: ein Individuum, das sich für kurze Zeit von der Masse abgehoben hatte.

Der Gegenangriff der Australier begann am späten Nachmittag. Die *Saracen* wurde jetzt durch ein weit entferntes Schlachtschiff und zwei Zerstörer unterstützt. Sie legten einen Feuervorhang, der die Türken niederhielt. Bei Einbruch der Nacht hatte der Feind die Höhe fünfundsiebzig wieder verloren, dazu anderthalb Meilen des Tals. Doch zwischen Morgengrauen und Abenddämmerung bezahlten dreitausend Tote und Verwundete für diesen Bodengewinn. Als die Sterne über der höchsten Bergkette aufblitzten, war die neue Stellung gefestigt.

Chesnaye folgte seinen Männern den Hügel hinunter. Seine Jacke war bis zur Hüfte aufgeknöpft, die Nachtluft kühlte seine dampfende Haut. Wenn sie an einem der vielen Toten vorbeikamen, wandte er nicht den Kopf. Er war mit seinen Leuten zum Strand zurückbeordert worden, sollte zum Monitor zurückkehren. Aber er konnte sich kaum vorstellen, daß er diese Welt des Elends wieder verlassen sollte.

Da sprang eine Gestalt aus dem Dunkel und packte seine Hand. Chesnaye fuhr herum und hörte Driscolls Stimme.

»Freut mich, daß du's geschafft hast, Dick! Du hast dich prima geschlagen!«

Noch unten am Strand, wo sich die Reihen der stöhnenden Verwundeten ins Endlose zu erstrecken schienen, meinte er, den warmen Händedruck zu spüren. Seine Gedanken begannen sich zu verwirren, bis er Tobias' festen Griff an seinem Ellbogen fühlte.

»Geht es Ihnen gut, Sir?«

Das Gesicht des Mannes schien vor dem Sternenhimmel zu schwimmen. Da fügte er hinzu: »Ich sehe ein Boot kommen, Sir. Das ist bestimmt für uns.«

Er sprach mit der inbrünstigen Hoffnung eines Mannes, der sich in der Fremde verirrt hat. Doch als der Kutter an den Strand stieß und die Ruderer die Riemen einholten, bedauerte Chesnaye, daß er gehen mußte.

Er fiel halb in das Boot. Das letzte, was er hörte, bevor er vor Erschöpfung zusammenbrach, war die Stimme eines Matrosen: »Macht Platz da, Leute! Laßt ihn schlafen!«

Dann sagte er mit einer Stimme, in der Bewunderung schwang: »Ein toller kleiner Tiger, dieser Mr. Chesnaye. Ihr hättet ihn *sehen* sollen!«

6 Treibholz

Die Insel Mudros lag wie ein schlafender Wal achteraus, ihre Umrisse verschwammen purpurn mit dem schimmernden Horizont. Die Sonne stand hoch, auf dem Oberdeck des Monitors gab es keinen Schutz vor ihren sengenden Strahlen.

Chesnayes kleine Arbeitsgruppe rührte halbherzig mit den Farbpinseln in ihren Töpfen herum. Sie strichen das Schutzschild einer Schnellfeuerkanone unterhalb des hohen Schornsteins neu an. In wenigen Minuten würden sie von dieser Arbeit erlöst sein und in das stickige Zwischendeck auf einen Becher Rum mit Wasser verschwinden.

Doch nach dem Lunch würde das Schiff langsam wieder zur Halbinsel zurückfahren, zurück zum Trommelfeuer und den wachsenden Enttäuschungen. Chesnaye seufzte, als die Sonne auf seinem Nacken brannte. Das Schiff war zu langsam, kein Lufthauch strich über die Decks, jede Bewegung bedeutete Anstrengung. Kaum vorstellbar, daß sie erst vor drei Wochen den dunklen Strand verlassen und an Bord zurückgefunden hatten. Der Monitor ging fast sofort danach ankerauf und kehrte nach Mudros zurück. Dort hatten sie die Verwundeten an Land gegeben. Viele waren auf der Überfahrt gestorben, der Kommandant hatte sie auf See bestatten lassen. Es war Anfang Mai, und bei der Hitze konnten Leichen auf einem überfüllten Kriegsschiff nicht mitgeführt werden.

Chesnaye wußte nicht mehr, wann er das letzte Mal eine ganze Nacht durchgeschlafen hatte. Irgend etwas war immer losgewesen. Ausrüstung und Munition mußten von den Versorgern übernommen werden, Treibstoff von einem dicken Tanker. Mißmut machte sich breit. Die Seeleute überzogen ihren Landurlaub und nahmen die Strafe dafür mit Gleichmut hin.

Noch zweimal war der Monitor zur Halbinsel zurückgekehrt, er hatte ein Schlachtschiff und mehrere Zerstörer begleitet. Aber Artilleriebeobachter wurden nicht mehr an Land gesetzt. Chesnaye hatte auf der Brücke gestanden, die gequälten Ohren mit Stopfen geschützt, und lag im Geiste an Land hinter den Hügeln. Er stellte sich die ameisengleichen Soldaten auf den Hängen vor und das Hin und Her der Angriffswellen, all das, was man nicht mit dem Fernglas sehen konnte. Der Abstand ließ die Soldaten zu Insekten werden, aber er konnte ihre Leiden jetzt verstehen.

Die *Saracen* war nach Mudros zurückgewackelt und hatte wieder dreihundert zerfleischte Körper an Land gespuckt. Sie nahm noch mehr Ausrüstung an Bord und fuhr jetzt wieder zum Einsatz. Es war nur schwer faßbar, daß der verlustreiche, energische Angriff auf die Dardanellen sich festgefahren hatte. Tag für Tag patrouillierten schlagkräftige Schiffe an der Küste wie hungrige Hunde, die ein angeschossenes Stück Wild hetzten, konnten aber keinen entscheidenden Durchbruch erzielen. Achtzehn Schlachtschiffe, zwölf Kreuzer, zwanzig Zerstörer, acht U-Boote sowie eine Armada von Hilfstendern hatten Angriffe vorgetragen, Ausbrüche des Gegners verhindert, unzählige Landeunternehmen unterstützt, aber die Türken hatten sich gut verteidigt und die Angreifer wieder und wieder zurückgeschlagen.

Die *Saracen* war immer dabeigewesen, häßlich und ungeliebt. Sie war zu langsam und schwerfällig, um mit den Zerstörern und Schlachtschiffen zu operieren. So mußte sie bei ihren Einsätzen Löcher stopfen, für die andere Schiffe zu wertvoll waren. Auch die Besatzung spürte die Benachteiligung. Der Kommandant hielt die Männer ständig beschäftigt, damit die Disziplin nicht litt.

Immerhin hatte es auch einen Lichtblick gegeben: Post in Mudros. Chesnaye hatte zwei Briefe von seiner Mutter erhalten. Seinem Vater ging es offensichtlich sehr schlecht, seine Depressionen wurden immer schlimmer. Zwischen den nichtssagenden Sätzen erkannte Chesnaye die tiefe Verzweiflung seiner Mutter. Hilflos durch die weite Entfernung von der Heimat, hatte er seine Antwort sorgfältig formuliert.

Noch mehr Mühe gab er sich mit seinem Brief an Helen, fragte sich aber, ob er sie je erreichen würde.

Ein Horn gab das Signal zur Pause, ein weiteres ungenießbares Mittagessen – Eintopf oder zähes Rindfleisch – stand bevor. Pringle würde es vor Gesundheit strotzend gierig in sich hineinschlingen, während die Fähnriche insgeheim hofften, daß er daran ersticken möge. In der kleinen Messe war jetzt mehr Platz. Maintland war tot, und die Aussicht auf weitere Verluste ließ die Fähnriche auseinanderrücken. Am meisten hatte sich Pickles verändert. Mürrisch, mit verschlossenem Gesicht, ertrug er Pringles Sticheleien, ohne mit der Wimper zu zucken. Er hatte sich ganz in sich selber zurückgezogen.

Chesnaye hatte versucht, die gespannte Atmosphäre zu ignorieren, aber auf die Dauer ging sie ihm doch auf die Nerven. Fast schuldbewußt hörte er jetzt neben sich Pringles Stimme: »Was zum Teufel machen diese Faulpelze? Wer hat ihnen erlaubt, das Werkzeug zusammenzupacken?«

Pringle hatte diese Frage an den bärtigen Vollmatrosen Wellard gerichtet. Der Seemann versteifte sich. »Mr. Chesnaye, Sir.«

Pringle blickte Chesnaye ausdruckslos an. »So?«

Chesnaye zuckte überdrüssig die Schultern. »Sie sind fertig. Es ist nur noch eine Minute oder so bis zur Mittagspause.«

Pringle wandte sich wieder an die Umstehenden: »Nutzt niemals die Unerfahrenheit eines jungen Offiziers aus! Los, wieder an die Arbeit!«

Wellard blickte finster unter seinen buschigen Augenbrauen hervor. »Wir sind hier fertig!«

Das Horn erklang, aber Pringle tippte sich mit dem Zeigefinger an die Nase und grinste.

»Nun, dann machen Sie eben fünfzehn Minuten Strafdienst für Ihre Faulheit. *An die Arbeit!*«

Er zog Chesnaye beiseite und sagte: »Diese Horde dreckiger Schweine muß man ständig beschäftigt halten!«

»Da stimme ich Ihnen nicht zu, Sir.« Chesnayes Wangen glühten vor Zorn, weil Pringle ihn vor den Männern gemaßregelt hatte.

»So? Na, das überrascht mich nicht!« Pringle wiegte sich auf den Fußballen. »Sie wollen sich wohl bei ihnen lieb Kind machen? Aber merken Sie sich, was ich Ihnen jetzt sage: Es ist der Abschaum der Menschheit, und der versteht nur Härte und Disziplin!«

Chesnaye fühlte die Hitze wellenförmig in seinen Kopf steigen. »Ich denke, daß ich mir darüber selber ein Bild machen kann.«

Pringle hatte sich entfernen wollen, fuhr aber nun ärgerlich herum. »Dachte ich's mir doch: Der Apfel fällt nicht weit vom Stamm! Kein Wunder, daß Ihr Alter geschaßt wurde!«

Die Welt um Chesnaye schien zu explodieren. Im Unterbewußtsein nahm er wahr, daß die Matrosen plötzlich sehr aufmerksam wurden, daß die Sonne heiß auf seinen Nacken brannte und daß Pringles niederträchtige Stimme plötzlich verstummte. Dann spürte er den Schmerz in seinen Fingerknöcheln und einen Schock im Arm, der bis zum Ellenbogen hochwanderte. Sein Blick wurde wieder klar. Er sah auf Pringle herab, der ihn von unten anschaute, eine Hand vor den Mund gepreßt. Zwischen seinen Fingern quoll es rot hervor.

Matrose Wellard ließ den Pinsel sinken und sagte trocken: »Bei Gott, jetzt hat er dem Sack eins aufs Maul gehauen!«

Kapitän Lionel Royston-Jones biß sich auf die Unterlippe, was er bei steigendem Ärger immer tat, und irritiert war er immer, wenn er Zahlmeister Holroyd bei der Arbeit zusah. Letzterer hockte nervös in der geräumigen Kajüte des Kommandanten und war mit zahllosen Geschäftspapieren beschäftigt. Royston-Jones schlug die Beine übereinander, um sich zu entspannen. Den ganzen Vormittag hatte er Holroyds Vorträgen lauschen müssen. Währenddessen kroch die *Saracen* immer weiter auf die Halbinsel zu. Bald würde er die komfortable Tageskajüte verlassen und wieder mit der spartanischen Kammer auf der Brücke vorliebnehmen müssen. Royston-Jones blickte finster vor sich hin, und Holroyd, ein kahlköpfiger, sorgenvoller Mann, fiel förmlich in sich zusammen. Er hustete nervös und reichte dem Kommandanten ein paar Dokumente zur Unterschrift.

»Alles vollständig, Sir.« Der kleine Mann blinzelte nervös.

Royston-Jones griff nach seinem Federhalter, der exakt senkrecht in einem silbernen Tintenfaß steckte. Es war wie ein Delphin geformt und trug am Fuß die Widmung: »Für Unterleutnant Lionel Royston-Jones, H.M.S. *Jury*, 1893, Flottenregatta des Singapur-Geschwaders«.

Royston-Jones' Vorfreude auf Sherry und Lunch schwand, als ihm einfiel, daß Commander Godden darauf wartete, vorgelassen zu werden. Mißmutig unterzeichnete er die sechs Dokumente und legte den Federhalter wieder weg. Holroyd erhob sich ungeschickt, aber voller Genugtuung. Fast hätte Royston-Jones gelächelt. Was der Zahlmeister wohl sagen würde, wenn er erführe, daß sein Kommandant so kurzsichtig war wie ein Maulwurf? Die meisten Schriftstücke waren für ihn nicht viel mehr als unleserliches Geflimmer. Zum Lesen trug er zwar eine dicke Stahlbrille, aber nur wenige hatten ihn je damit gesehen. Sein Steward MacKay bewahrte das Geheimnis, deshalb war er schon seit vielen Jahren bei ihm. Royston-Jones griff nach der Klingel. Dem enteilenden Zahlmeister rief er noch hinterher: »Einige dieser Proviantrechnungen scheinen mir doch sehr merkwürdig, Holroyd. Überprüfen Sie das doch bitte noch einmal!«

Mit kalter Befriedigung sah er die aufsteigende Panik des Mannes. »Aye, aye, Sir.«

Der gebeutelte Zahlmeister zog sich mit einer Verbeugung zurück, und MacKay erschien mit einem kleinen silbernen Tablett. Darauf standen ein Glas, eine Sherrykaraffe und ein Schälchen mit Keksen. Royston-Jones seufzte.

»Holen Sie ein zweites Glas und bitten Sie den Commander herein!«

Er verabscheute allzu große Menschen, und übergewichtige Offiziere waren ihm besonders zuwider. Vielleicht hatte er deshalb von Anfang an zu Godden nicht den richtigen Draht gefunden.

Der Commander betrat die Kajüte und wartete schweigend, bis MacKay in seine Pantry verschwunden war. Royston-Jones' Fuß begann auf den Boden zu klopfen. Ungeduldig sagte er: »Nehmen Sie Ihre Mütze ab und schenken Sie sich einen Sherry ein.«

»Wenn es Ihnen nichts ausmacht, Sir«, Goddens Blick war grimmig, »dann habe ich Ihnen eine ernste Angelegenheit vorzutragen.«

»Es *macht* mir etwas aus!« Royston-Jones nippte an seinem Sherry, dann stellte er das Glas hart auf den Tisch. Die Laune war ihm verdorben. »Kommen Sie zur Sache, Mann!«

»Ich fürchte, daß wir ein Kriegsgericht einberufen müssen, Sir!« Godden schluckte trocken. »Leutnant Pringle ist tätlich angegriffen worden!«

Der Kommandant fragte langsam: »Von wem?«

»Von einem Offiziersanwärter, Sir. Fähnrich Chesnaye.«

Royston-Jones stand auf, ging zum nächsten Bulleye und blickte den weißen Möwen nach, die das Schiff umschwebten. »Verstehe.« Über die Schulter fragte er: »Darf ich erfahren, was Sie in dieser Angelegenheit bisher unternommen haben?«

»Ich habe Chesnaye in seine Unterkunft geschickt. Pringle wartet draußen. Ich hätte ihn eher zu Ihnen gebracht, aber seine Lippe blutete noch.«

Wie zu sich selber meinte Royston-Jones kalt: »Ich hätte auch darauf gewettet, daß Pringles Mund mit der Sache zu tun hat!« Er drehte sich um. »Und das ist eine ernste Sache, glauben Sie?« Er wartete. Die Absurdität und Gefährlichkeit der Situation trieb ihm das Blut in die Wangen.

»*Nun?*« Er sah Godden beim Klang seiner Stimme förmlich hochspringen. »Ist das alles?«

»Ich dachte, daß Sie es wissen sollten, Sir ...« Goddens Gesicht glänzte vor Schweiß.

»Ach, dachten Sie das?« Der lang aufgestaute Ärger brach durch. Royston-Jones würde ihm eine Weile freie Bahn lassen und jede Sekunde davon genießen.

»Sie fänden es wirklich viel angenehmer, wenn kein Krieg wäre, nicht wahr, Commander? Nur der übliche stinklangweilige Dienst, dazwischen Regatten, Flottenbälle, Inspektionen – und alles stets endend in einem See von Gin. Das kann ich mir nur zu gut vorstellen!«

Mit plötzlichem Mut erwiderte Godden, vor Zorn zitternd: »Sie sind unfair, Sir!«

»Wagen Sie ja nicht, mich zu unterbrechen! Nur schade, daß Sie nicht den gleichen Eifer für Ihre Arbeit aufbringen wie für diese selbstgerechte wichtigtuerische Entrüstung!« Er schritt schnell auf und ab. »Ihre Aufgabe, Commander, ist es, mir das Schiff in arbeitsfähigem Zustand zu präsentieren. Sie erreichen dieses Ziel nicht einmal annähernd. Sie sind hier ein Passagier, fast schon eine Gefahr!«

Goddens Gesicht wurde kreideweiß. »Aber, Sir, wie hätte ich diesen Zwischenfall vermeiden können?«

Die Augen des Kommandanten glitzerten gelb in der Sonne.

»*Diesen* Zwischenfall? Ich habe Sie vor einem Desaster nach dem anderen bewahrt, seit Sie an Bord sind! Ich weiß, was Sie wollen: *Ich* soll mich mit diesem sogenannten tätlichen Angriff auf einen Offizier befassen, damit Sie sich Ihre joviale Gemütlichkeit bewahren können. Ganz der freundliche Puffer zwischen unterdrückter Offiziersmesse und tyrannischem Kommandanten, richtig?« Er beobachtete Goddens Reaktion. »Aber ich werde Ihr Ausweichen nicht mehr akzeptieren, es macht mich krank. Ich dulde es nicht länger!«

Godden sagte nichts, sah nur so drein, als ob er sich übergeben müsse. Royston-Jones fuhr ruhiger fort: »Wir haben Krieg. Noch nie war die Royal Navy so gefordert. Seit über einem Jahrhundert hat uns niemand angerührt, hat uns niemand bedroht – und jetzt stehen wir mitten in der Schlacht. Wir alle sind von Männern ausgebildet worden, die nur Friedenszeiten kannten.« Er machte eine weitausholende Handbewegung. »Nehmen wir dieses Schiff, *mein* Schiff. Es ist absolut neu, eine neue Waffe in einem neuartigen Krieg. Warum, meinen Sie, habe ich hier das Kommando bekommen? Ich will es Ihnen sagen: Weil ein paar großmächtige Laffen in der Admiralität befürchten, daß die *Saracen* ein weißer Elefant, ein Fehlschlag werden könnte. Folglich brauchen sie für alle Fälle einen Sündenbock!« Er tippte sich mit dem Zeigefinger auf die Brust. »Mich! Einen Kapitän mit makelloser Laufbahn, aber ohne Einfluß und ohne Verbindungen, damit man ihn wie eine heiße Kartoffel fallen lassen kann.« Er lächelte kalt. »Da staunen Sie, was, Commander? Aber ich kann Ihnen versichern, daß ich dieses Schiff zum Erfolg führen werde, und wenn ich es dazu auf Grund setzen muß!«

Schwach erwiderte Godden: »Und Chesnaye, Sir?«

Völlig beherrscht drehte Royston-Jones einen Keks in seinen schlanken Fingern. »Ach ja, Chesnaye. Was empfehlen Sie?«

Durch den Angriff geschockt, antwortete Godden ziemlich unzusammenhängend: »Nun, Sir, Pringle ist ein kleiner Tyrann, das weiß ich. Aber Chesnaye hat ihn niedergeschlagen, zumindest ein Matrose hat es gesehen.«

»Wer?«

»Vollmatrose Wellard.«

»Ah, dieser bärtige Dummkopf.« Royston-Jones nickte, das Gesicht des Mannes stand vor seinem inneren Auge. »Guter Boxer. Er hat doch mal einen Pokal für das Schiff gewonnen?«

»Jawohl, Sir.«

»Und Sie meinen, daß man Pringle Genugtuung verschaffen muß?«

»Nun, es tut mir für den Fähnrich leid, Sir, aber da mußten wir alle mal durch.«

»Das macht es noch nicht richtiger, Commander. Jedenfalls darf es so nicht weitergehen. Was war der Grund für den Zwischenfall?«

»Pringle hat eine Bemerkung über Chesnayes Vater gemacht.«

»*Was?*« Royston-Jones starrte Godden verblüfft an. »Warum haben Sie mir das nicht gleich gesagt?«

»Nun, Sir, ich dachte ... Es stimmte schließlich, was er sagte ...«

»Glauben Sie?«

Der Kommandant wandte sich wieder dem Bulleye zu und schaute aufs Meer hinaus. »Ich kannte Chesnayes Vater, einen guten Offizier. Vielleicht war auch *er* ein Sündenbock. Wie dem auch sei, das alles ändert nichts an der Tatsache, daß der junge Chesnaye jetzt unser einziger Offizier mit Kampferfahrung an Land ist.« Er lachte humorlos. »Lächerlich, wie? Ein junger Fähnrich, ein halbes Kind, und schon ein wertvoller Aktivposten!« Er rieb sich die Hände. »Wellard überlasse ich Ihnen. Aber dieser Krieg wird lange dauern und schwer zu gewinnen sein. Da lasse ich nicht zu, daß der Nutzen des Schiffes gefährdet wird, weil Wellards Illusionen erschüttert wurden. Ich bin absolut sicher, daß er auch schon vorher keinen Funken Ehrfurcht vor einer Goldlitze hatte.«

»Verstehe, Sir.« Goddens Stimme klang gepreßt. »Und was wird mit Chesnaye?«

»Ich spreche mit beiden Offizieren getrennt, heute irgendwann während der Hundewache. Arrangieren Sie das bitte. Es schadet nicht, wenn die beiden bis dahin Fracksausen haben.«

»Noch etwas, Sir?«

Royston-Jones nahm sein Glas und rollte den schlanken Stiel zwischen den Fingern.

»Ja. Wir haben Befehl, südlich der Anzacstrände zu landen und die Stellungen dort zu bombardieren.«

»Wen unterstützen wir, Sir?«

Royston-Jones machte eine Pause. »Niemanden«, sagte er dann. »Wir werden allein sein, Commander!«

Er drehte sich um, die Wirkung dieser Neuigkeit zu beobachten. »Ganz allein. Ihre Lordschaften haben in ihrer großen Weisheit entschieden, daß das Schlachtschiff *Queen Elizabeth* und einige andere Einheiten hier abgezogen werden.«

Er ließ sich ein paar Tropfen Sherry über die Lippen rinnen. »Wir anderen sind anscheinend schon abgeschrieben.«

Leutnant Hogarth, der Artillerieoffizier, hob sein schweres Nachtglas und suchte den Bereich vor dem Bug der *Saracen* sorgfältig ab. Von der hohen Brücke hatte er einen freien Blick. Der Himmel schien mit der See zu verschmelzen, die von keinem Windhauch bewegt wurde; gleichmäßig hob und senkte sie sich in einer langen Dünung. Am Heck des Monitors war kaum Schraubenwasser zu sehen, die Kraft der wirbelnden Propeller drang nicht bis an die Oberfläche.

Hogarth ließ den Blick schnell über die Brücke schweifen, um sich zu vergewissern, daß alle Ausguckleute wachsam waren. Irgendwo unten auf dem Hauptdeck ging Unterleutnant Pringle seine Runde. Bald würde er auf der Brücke erscheinen und mit seiner Unruhe der Wache einheizen. Hogarth erschrak, als eine Gestalt aus dem Kartenraum auftauchte und sich neben ihn gesellte. Aber es war nicht der Kommandant, sondern nur der Navigator.

»Können Sie nicht schlafen, Travis?«

»Ich kontrolliere nur meine Karten.«

Sie unterhielten sich gedämpft, ihre Stimmen verschmolzen mit den Geräuschen des Schiffs. Nachts schien es noch mächtiger, noch kraftvoller zu sein.

Hogarth gähnte gelangweilt. »Also, morgen früh vor Sonnenaufgang werden wir wieder vor der Küste stehen?«

»Wir laufen, oder besser gesagt *kriechen,* genau nach Fahrplan.« Das klang verbittert.

Hogarth nickte und konzentrierte sich auf die Probleme, mit denen er morgen konfrontiert werden würde. »Ein schnelles Trommelfeuer, dann die Landetruppen an den Strand setzen und mit gezieltem Feuer die Flanke des Gegners aufrollen. Klingt einfach, nicht?«

»Es macht mich krank!« Travis packte ärgerlich die Brükkenverschanzung. »Diese ganze Operation zahlt sich für uns nicht aus!«

»Wie meinen Sie das?« Hogarth war nicht ehrlich interessiert, aber Travis' plötzlicher Gefühlsausbruch beeindruckte ihn.

»Nun, Sie wissen doch, daß Fisher als Erster Seelord abgelöst wurde.« Er wartete keine Antwort ab. »Churchill macht man nun Feuer unter dem Hintern, weil er das Desaster hier draußen zu verantworten habe.«

»Na und? Was bedeutet das für uns?«

»Es bedeutet, daß die herrschenden Kräfte das Interesse an einem schnellen Sieg verloren haben. Wahrscheinlich haben sie die ganze Operation schon abgeschrieben!«

»Um Himmels willen . . .« Hogarth brach ab, weil ein Telefon in der Dunkelheit klingelte. Gepreßt meldete er sich: »Brücke. Wachoffizier.«

Wie aus großer Ferne meldete Pringle: »Ronde beendet, Sir. Alles klar.«

»Danke.« Er hängte wieder ein und fügte geistesabwesend hinzu: »Unser Angriff morgen ist aber ernster zu nehmen.«

Travis wandte sich offensichtlich enttäuscht ab. »Na, Sie werden das Kind schon schaukeln.«

»Wie meinen Sie das?«

Travis rückte wieder näher und versuchte es noch einmal. »Bedenken Sie doch – wenn das Landeunternehmen von Gallipoli eine Zeitverschwendung war, dann müßte man uns das jetzt sagen. Man kann doch nicht einfach eine ganze Armee verrotten lassen und nichts tun!«

»Ich tue meine Pflicht und sonst nichts«, erwiderte Hogarth steif. Es klang so verletzt, daß Travis lachen mußte.

»Gut gebrüllt, Löwe! So spricht ein wahrer Gentleman.«

Doch Hogarth blieb ernst. »Nein, darüber mache ich keine Witze. Wir müssen unsere hohen Wertmaßstäbe auch im Krieg behalten. Zum Beispiel glaube ich, daß der Kommandant bei dem Zwischenfall mit Chesnaye einen Fehler gemacht hat, auch wenn Pringle ein Dummkopf ist. Aber er muß um seiner Stellung willen unterstützt werden. Da gebe ich dem Commander recht.«

»Ach, Godden hat mit Ihnen darüber gesprochen?« Travis schien interessiert.

»Ja, kurz. Er scheint die Schnauze ziemlich voll zu haben.«

»Pech für ihn. Aber erst mal müssen wir bei Tagesanbruch einen ziemlich miesen Job erledigen.«

»Ach, den blöden Türken werden wir schon das Laufen beibringen.«

Aus dem Dunkel tauchte Pringle auf und ging zur anderen Seite der Brücke.

Travis fragte leise, aber gefühllos: »Wie geht's dem Kinn, Leutnant?«

»Darüber rede ich nicht!« Pringles Stimme klang ziemlich wütend.

»Tja, das haben Sie wohl herausgefordert.« Travis drehte sich um. »Ich gehe ein paar Stunden pennen, weckt mich nur, wenn das Schiff kentert.«

Er verließ die Brücke, und Hogarth blieb mit seinen Gedanken allein zurück. Was, wenn Travis recht hatte? Im Kampf zu fallen, war eine Sache, aber sinnlos zu sterben eine völlig andere.

Unterleutnant Pringle hatte andere Sorgen. Er kam einfach nicht über die grausamen Worte des Kommandanten hinweg, die ihm dieser am Nachmittag förmlich um die Ohren geschlagen hatte. Pringle war seiner so sicher gewesen, hatte fast erwartet, daß der Kommandant ihn zu seiner übermenschlichen Selbstbeherrschung beglückwünschen würde. Statt dessen war Royston-Jones wie ein Wirbelsturm über ihn hereingebrochen. Seine letzten Worte klangen immer noch in Pringles Ohren: »Merken Sie sich das eine,

Pringle! Im Krieg übersteigt die Nachfrage das Angebot, junge und jüngste Berufsoffiziere werden bald ihr Gewicht in Gold wert sein. Sogar wir werden bald Reserveoffiziere und Dienstverpflichtete aufnehmen müssen. Jeder Berufssoldat muß ohne Ansehen von Rang und Können seine ganze Kraft daran setzen, daß der Borddienst glattläuft!«

Der Kommandant hielt inne, um den schwitzenden Offizier kalt zu mustern.

»Sogar Sie könnten es im Lauf der Jahre zum Kapitän bringen, *wenn* Sie vorsichtig sind. Aber ich lasse nicht zu, daß Sie sich weiter so unverantwortlich benehmen. Sie haben den Fähnrich beleidigt! Er hat auf die einzige Art reagiert, die ihm in diesem Augenblick blieb. Er stand seit Wochen unter höchstem Streß, er bewältigte unter Lebensgefahr eine Aufgabe, für die ein sehr viel älterer Offizier vorgesehen war. Ich warne Sie: Ihr Benehmen wird in Zukunft nicht mehr toleriert!«

Seit diesem Anpfiff vom Kommandanten hatte er Chesnaye nicht mehr gesehen. Pringle fragte sich, wie der wohl in der Achterkajüte abgeschnitten hatte, wahrscheinlich hatte ihn der Kommandant noch getröstet, statt ihn unter Arrest zu stellen. Alle versuchten, ihn schlechtzumachen, nur weil er besser war!

Eine Stimme unterbrach die Stille: »Treibholz an Steuerbord voraus, Sir!«

Hogarth trat an die Verschanzung und blickte in die Dunkelheit. Ein paar Stücke vollgesogenen Holzes dümpelten in der Bugwelle des Monitors und verschwanden achteraus. Merkwürdig, daß in diesem gezeitenfreien Gewässer immer wieder so viel Treibholz und Wrackteile zu finden waren. Querab stieg ein kurzer Funkenregen auf, der die Position ihres Begleitzerstörers verriet. Zweifellos waren die Heizer dort mit Feuertrimmen beschäftigt. Zum Glück fuhr die *Saracen* mit Diesel, das zumindest war ein Vorteil.

»Übernehmen Sie, Pringle«, sagte Hogarth. »Ich überprüfe mal unsere Position!«

Pringle ging zur Mitte der Brücke, sein Blut kochte immer noch vor Zorn auf Chesnaye. Fast gelangweilt unterbrach der

Backbordausguck seine Betrachtungen: »Gegenstand an Backbord voraus!«

Pringle zuckte zusammen, bissig bellte er: »Worum handelt es sich, Mann?«

»Vielleicht um ein Stück Treibholz, Sir.« Der Ausguckposten war wegen des ungerechten Anpfiffs sauer.

»Achtet auf *wichtige* Sachen, ihr Narren! Nicht immer wieder auf dieses blöde Treibholz!«

Der Ausguckposten bestätigte eingeschnappt: »Aye, aye, Sir!«

Pringle schnaufte zornig und griff nach seinem Fernglas. Diese Matrosen waren allesamt Trottel. Er mußte erst die Schärfe seines Teleskops nachstellen, dann blickte er zur Backbordseite des Vorschiffs. Sein Herz krampfte sich zusammen. Harmlos dümpelte dort eine Seemine! Ihre gefährlichen Hörner sahen fast niedlich aus.

»Hart Steuerbord! Mine an Backbord voraus!« befahl er heiser.

Er wurde fast von den Füßen gerissen, als Hogarth ans Sprachrohr sprang: »Kommando zurück! Backbord fünfzehn!« Wütend fauchte er über die Schulter: »So drehen Sie das Heck genau auf die Mine zu, Sie Idiot!«

Er beugte sich über die Brückenverschanzung und rief einem heraufstarrenden Unteroffizier zu: »Die unteren Decks räumen! Sofort!«

Die Mine schwamm jetzt querab von der Brücke. Einmal sah es so aus, als ob sie gegen den dicken Torpedowulst prallen würde, aber eine launische Strömung wirbelte sie wieder von der Bordwand fort.

Ein Alarmhorn begann durchdringend zu quäken. Läufer und Bootsmannsgehilfen stürmten mit zwitschernden Pfeifen die Niedergänge hinunter: »Unterdecks räumen! Wasserdichte Schotts schließen! Bullaugen schließen!«

Bevor der Hornist richtig Luft geholt hatte, war der Kommandant schon auf der Brücke. Als er an Hogarths Seite trat, spülte eine andere unberechenbare Strömung die Mine wieder auf das Heck der *Saracen* zu. Ein, zwei Meter weiter wäre sie harmlos im Schraubenwasser davongetrieben. Sachte stieß sie an die stählerne Außenhaut, der Kontakt ließ die teuflischen Hörner lustig rotieren – bis eines die Bordwand berührte und abbrach.

Richard Chesnaye wußte später nicht mehr, wie er auf die Brücke gekommen war. Die letzten Minuten waren ein unbeschreibliches Durcheinander von Hornsignalen, gebrüllten Kommandos und Pfiffen gewesen. Eben noch hatte er in seiner Hängematte gelegen, im nächsten Moment rannte er barfuß zur nächsten Leiter. Er hatte nur seine Drillichhose an, die Jacke trug er zerknüllt unter dem Arm. Dann kam die Explosion. Der gesamte stählerne Rumpf hatte vibriert wie ein leeres Ölfaß, auf das ein riesiger Hammer einschlug. Rennende Seeleute waren gestolpert oder gestürzt, dann hatte sich der Rumpf lange heftig geschüttelt. Was nicht niet- und nagelfest war, polterte auf die verstörten Männer herunter. Als sie wieder auf die Füße kamen und weiter hasteten, fiel das Licht aus. Chesnaye schätzte, daß er sich durch mindestens zwei stockdunkle Decks gekämpft hatte, bis er ins Freie kam.

An Deck waren die Männer in alle Richtungen auseinandergespritzt. Harsche Kommandos wurden gebrüllt, Namen lauthals gerufen. Chesnaye roch verbrannte Farbe und merkte, daß die Maschinen gestoppt hatten. Atemlos erreichte er die Brücke und hörte Royston-Jones scharf sagen: »Alle Männer durchmustern! Danach soll der Bootsmann die Boote ausschwingen und die Rettungsflöße checken lassen!«

»Ein Backbordbeiboot ist zerstört, Sir!«

»Danke! Melden Sie sofort, wenn die Schadensberichte vom Lecksicherungskommando und aus dem Maschinenraum einlaufen!«

Chesnaye sah einen großen Rauchballen über dem Achterdeck schweben und bemerkte, wie schwerfällig sich der Rumpf in der Dünung bewegte.

Leutnant Travis, der am Sprachrohr zum Ruderhaus stand, meldete: »Schiff steuert nicht mehr, Sir, keine Fahrt im Schiff!«

Der Kommandant nickte. »Sie haben die Maschinen unten rechtzeitig gestoppt. Auch Sie haben sich völlig richtig verhalten, Mr. Hogarth.«

»Bericht vom achteren Lecksicherungstrupp, Sir!«

Royston-Jones ging schnell zum Telefon. »Ja?«

Goddens Stimme klang durch den großen Abstand verzerrt. »Der hintere Rudermaschinenraum und der untere Lagerraum sind überflutet, Sir. Der Feuerstoßtrupp bekämpft einen ausbrechenden Brand im zweiten Farbenlager. Alle wasserdichten Schotts sind dicht und halten.«

»Sehr gut.«

Chesnaye spitzte die Ohren, um irgendeine Gemütsbewegung in den Worten des Kommandanten zu hören, aber nichts verriet dessen Gedanken.

Ein Sprachrohr piepte, und der Kommandant beugte sich lauschend vor.

Tief unten im Dschungel aus Messingrädern und Stahlröhren räusperte sich Innes, der Leitende Ingenieur. »Alle Pumpen arbeiten gut, Sir, aber ich fürchte, daß ich die Backbordmaschine nicht wieder hinkriege.«

Royston-Jones blieb über das Sprachrohr gebeugt, seine Augen waren halb geschlossen, während er sich klarzumachen suchte, was diese dürren Worte im Klartext bedeuteten.

»Wie stark ist sie beschädigt?«

»Kann ich nicht sagen, Sir. Meine Leute räumen erst mal den Schrott weg, danach haben wir einen besseren Überblick. Meiner Meinung nach hat der Backbordpropeller einen ordentlichen Schlag wegbekommen, vielleicht hat er sogar einen Flügel verloren.« Entschiedener fuhr er fort: »Auf jeden Fall ist es eine Sache für die Werft, Sir. Wir hatten noch Glück, daß uns die Mine nicht den Achtersteven aufgerissen hat.«

»Glück, Chief? Das ist doch wohl relativ!« Er knallte den Verschluß über das Sprachrohr und richtete sich auf.

Travis, der in der Nähe gewartet hatte, berichtete ruhig: »Das Feuer ist gelöscht, Sir, der Wassereinbruch unter Kontrolle.«

Chesnaye lauschte aufmerksam und versuchte sich aus diesen bruchstückhaften Informationen ein Bild über den Zustand des Schiffes zu machen. Der Monitor schien so groß, so unverletzlich zu sein. Trotzdem war unübersehbar, daß das Heck tiefer im Wasser lag und daß er im querlaufenden Schwell heftig rollte.

Als Chesnaye todmüde in seine Hängematte gesunken war, hatte er an nichts anderes als an seine Unterredung mit dem Kommandanten gedacht. Seine Worte waren harsch und schneidend, aber genau überlegt gewesen. Jetzt war das alles vergessen, und die Ereignisse, die zu dieser Unterredung geführt hatten, verblaßten. Der scharfe Verstand des kleinen Mannes, der scheinbar ungerührt inmitten dieses Durcheinanders stand, war jetzt ihre einzige Waffe. Ein falsches Wort konnte das Ende des Schiffes bedeuten.

»Morsesignal vom Begleitzerstörer, Sir!«

»Ja?«

»Erwarten Instruktionen, Sir. Bereiten alles vor, um Sie bei Tagesanbruch in Schlepp zu nehmen. Erbitten Genehmigung, Verstärkung anzufordern. Ende der Nachricht, Sir.«

Beaushears, der neben Chesnaye aufgetaucht war, flüsterte: »Das dürfte das Ende unserer Lande-Operation bedeuten!«

Chesnaye achtete nicht auf ihn, sondern beobachtete fasziniert, wie sich der Kommandant mit Dr. Mildmay, dem Arzt, unterhielt.

»Zehn Verletzte, Sir, und ein Vermißter. Wahrscheinlich über Bord gegangen.«

»Wer war das?«

»Ein Leichtmatrose namens Colt.«

»Hm, ja, Vordecksmannschaft. Schade um ihn.«

Wie um Gottes willen konnte sich der Kommandant in einem solchen Augenblick an ein Gesicht erinnern? fragte sich Chesnaye.

»Blinkspruch an Eskorte« fuhr der Kommandant fort. »Auf Station bleiben! Genehmigung verweigert! Beabsichtige, mit *einem* Propeller ins Operationsgebiet zu laufen!«

»Aber, Sir . . .« unterbrach ihn Travis, verstummte jedoch.

Die weiße Gestalt bewegte sich fast unmerklich. »Ja?«

»Tja, Sir. Ich möchte Sie keinesfalls kritisieren, aber unsere Befehle sind eindeutig: Wir müssen vor Tagesanbruch in Position sein, damit uns die Landbatterien nicht Maß nehmen, bevor wir sie bekämpfen können. Aber mit einem Propeller laufen wir nur knapp drei Knoten!« Seine Stimme wurde dringlicher. »Wir geben eine Zielscheibe für den Feind ab!«

»Völlig richtig. Leider bleibt uns keine andere Wahl. Ohne uns haben die Truppen in diesem Abschnitt keine Feuerunterstützung. Sie verlassen sich auf unseren Flankenangriff.«

Travis entgegnete gepreßt: »Wir könnten schnell in einen Zustand kommen, in dem wir niemanden mehr unterstützen können, Sir.«

Doch Royston-Jones schien ihn vergessen zu haben. »Lassen Sie das Schiff gefechtsklar machen und dann ein kräftiges Frühstück ausgeben. Ich brauche eine draufgängerische, effiziente Besatzung!«

Commander Godden kam auf die Brücke, Rauchspuren im Gesicht. »Sie liegt zwei Fuß tiefer, Sir. Wir können dort achtern kein Lecksegel riggen, außerdem sind allem Anschein nach einige Spanten eingebeult. Wenn wir die nächste Werft erreicht haben, können wir uns ein besseres Bild über die Schäden machen.«

Royston-Jones blieb gelassen.

»Sie haben völlig recht, allerdings müssen wir vorher noch diesen Einsatz erledigen. Ich möchte in einer Stunde alle Ressortchefs sprechen, besonders den Kommandeur der Seesoldaten. Uns fehlt ein Beiboot. Um die anderen Boote zu entlasten, sollten Sie die großen Rettungsflöße zum Wegfieren vorbereiten. Ich denke doch, daß man darauf ein paar Seesoldaten an Land schleppen kann?«

Godden schien nicht richtig verstanden zu haben. »Sie wollen die Operation doch wohl nicht durchziehen, Sir? Nach allem, was passiert ist?«

»Ich führe diese Respektlosigkeit auf Ihre Beanspruchung zurück, Commander. Sie wissen, daß wir festgelegt sind. Ich werde den Kleingläubigen keine Gelegenheit geben, am Wert dieses Schiffes oder seiner Besatzung zu zweifeln. Ich dachte, dieser Punkt sei zwischen uns hinreichend klargestellt? Jedenfalls erwarte ich von jedem Mann, daß er . . . Äh . . .« Er unterbrach sich, lächelte und fuhr fort: »Ich wollte sagen: Ich erwarte von jedem Mann, daß er seine Pflicht tut. Aber dann fiel mir ein, daß sich so schon ein anderer verdienter Offizier* unter günstigeren Bedingungen ausgedrückt hat. Und zwar besser!«

Unter ihnen im gepanzerten Ruderhaus beugte sich der Gefechtsrudergänger, Oberbootsmann Ashburton, über das polierte Messingrad und schüttelte tiefsinnig den Kopf, als eine Lachsalve aus dem Sprachrohr dröhnte. Der Maschinentelegraph für die Steuerbordmaschine ging auf »Voraus Langsam«, aber das Gelächter hörte nicht auf. Der Oberbootsmann sah zum Kompaßgehäuse und sagte leise zu dem verständnislos lauschenden Mann am Maschinentelegraphen: »Hör dir das bloß an! Die verdammten Offiziere sind alle total verrückt geworden!«

7 Pickles

Richard Chesnaye ging zwischen den dicken Ankerketten auf dem breiten Vorschiff langsam nach vorne und blieb erst am Flaggenstock der Gösch stehen. Alles war ruhig, die kleine Bugwelle gurgelte kaum bei der geringen Fahrt. Die *Saracen* schob sich langsam auf den dunklen Streifen zu, der sich vom purpurnen Horizont abhob. Noch spendete die tiefstehende Sonne keine Wärme, der klare Himmel versprach aber wieder einen heißen Tag. Chesnaye war steif nach den Anstrengungen der Nacht, sein Gesicht eine Maske der Erschöpfung. Er lehnte sich gegen den Flaggenmast und blickte zur Brücke, die zwischen den beiden riesigen Kanonenrohren und dem hochaufragenden Großmast aufgehängt schien. Im zunehmenden Sonnenlicht schimmerte alles wie vergoldet. Von seiner Position aus konnte Chesnaye gut erkennen, daß das Schiff erhebliche Schlagseite nach Backbord hatte, auch waren bei dieser Beleuchtung bereits die Brandspuren an den Aufbauten und

* gemeint ist Nelson

das gesplitterte Deck zu sehen. Die *Saracen* kroch wie ein verwundetes Vorzeitmonster dahin. Der Vortrieb des einen Propellers mußte durch harte Arbeit des Rudergängers in die richtige Richtung gelenkt werden. Zu beiden Seiten, aber weit voraus, preschten die flachen Silhouetten der Zerstörer schon mit hoher Fahrt auf das verfluchte Land los. Chesnaye fühlte sich sehr einsam.

Er sollte überprüfen, ob das Vorschiff einsatzbereit war, aber ein scharfäugiger Unteroffizier erledigte das schon, so daß für ihn nichts zu tun blieb. Das Schiff war bereit. Es hatte seine erste Wunde erhalten und witterte jetzt den Gegner wie ein verletztes wildes Tier. Die Boote waren ausgeschwungen oder standen unter dem Dampfkran bereit. Die Seesoldaten hatten auf dem Achterdeck sauber Aufstellung genommen, kaum wiederzuerkennen unter Sturmgepäck, Schanzzeug, Wasserflaschen und Gewehren. Chesnaye blickte auf seine Uhr. Es wurde Zeit, zurückzugehen. Zeit, die Maske wieder anzulegen und seine Gefühle zu verbergen.

Oberbootsmann Tobias, mit Gurten und Bajonett behangen, grüßte ihn, als er wieder auf die Brücke trat.

»Unsere Leute sind klar, Sir!«

»Danke. Achten Sie darauf, daß alle in Deckung bleiben, bis wir das Schiff verlassen.«

Die See war so leer, als seien niemals andere Schiffe dagewesen: Schlachtschiffe, Kreuzer, Korvetten und Hilfstender. Die größte Flotte der Welt war wie durch Zauberkunst von der Meeresfläche verschwunden.

Was mußten die angelandeten Truppen denken? Ihre majestätische Armada, jener graue Schutzschild, auf den jeder Brite per Geburt ein Anrecht zu haben glaubte, war weg, wie von einem Seebeben verschluckt. Chesnaye versuchte, die Gründe zu verstehen, konnte aber den bitteren Geschmack nicht loswerden. Natürlich gab es in dieser Gegend deutsche U-Boote, aber das war doch vorauszusehen gewesen, oder nicht?

Man erzählte sich, daß schon ein Schlachtschiff von U-Boot-Torpedos versenkt worden sei, und zwar genau vor den Stränden der Australier und Neuseeländer, wo auch die *Saracen* eingesetzt war.

Vielleicht wußten die Türken noch nichts von der neuerlichen Annäherung des Monitors, vielleicht war sie ihnen sogar gleichgültig. Diesen Teil der Küste trennte ein hohes, vorspringendes Kap von anderen Landungsplätzen im Nordosten. Die Brückenköpfe im Süden lagen sogar noch weiter entfernt. *Saracens* Einsatzgebiet war eine einsame Steilküste mit tiefen Schluchten und hohen Bergen dahinter. Kein Wunder, daß die Türken sich hier sicher fühlten.

In Gedanken sah Chesnaye die vielen tausend Soldaten vor sich, die dort drüben auf Feuerunterstützung gegen die Flanke des Feindes warteten. Sie würde ihnen Entlastung verschaffen, Luft für einen neuen Vorstoß. Er schloß die Augen und sah wieder den Stacheldraht und die kleinen rennenden Gestalten. Fast glaubte er, den Gestank nach verbranntem Fleisch in der Nase zu haben, der jedes Schlachtfeld wie ein Tuch bedeckte.

Vollmatrose Wellard kam angepoltert und nickte in Richtung der Zerstörer. »Die gehen aber ganz schön nah ran, Sir.«

Chesnaye antwortete nicht. Der Monitor war noch sechs Meilen von Land entfernt. Die beiden Begleitzerstörer mußten schon gefährlich dicht vor dem Strand stehen. Wie zur Bestätigung leuchtete es über den Hügeln zweimal orangerot auf. Sekunden später war einer der beiden Zerstörer von zwei hohen weißen Fontänen eingegabelt, die eine kleine Ewigkeit lang in den Himmel zu sprudeln schienen, ehe sie zusammenbrachen.

Wellard löste seinen Gewehrriemen und blickte zur Brücke hinauf. »Jetzt geht's los. Ich hoffe nur, der Alte weiß, was er tut.«

Chesnaye warf einen letzten forschenden Blick in Tobias' Gesicht und begann die Stahlleiter hinaufzuklettern. Tobias würde nicht zusammenbrechen. Er war keine Führerpersönlichkeit, aber zuverlässig.

Auf der Brücke war es überraschend ruhig. Alle Offiziere starrten durch ihre Ferngläser, die Brückenwache stand neben den Sprachrohren und Telefonen. Der Kommandant saß auf seinem Stuhl, die Ellbogen auf die Verschanzung gestützt, und hatte die Mütze tief in die Stirn gezogen. Er wandte den Kopf: »Gefechtsflaggen setzen!«

Chesnaye mußte schlucken, als er die riesigen Flaggen an den Masten emporsteigen sah. Nur schade, daß die See so leer war, daß niemand zusah und applaudierte. Hier gab es nur den verborgenen Feind.

»Die Zerstörer haben das Feuer eröffnet, Sir.«

Travis blickte auf die schmalen Schultern des Kommandanten hinab. Über das ruhige Meer drang deutlich das peitschende Krachen der 10-cm-Kanonen. Aufkommender Dunst und das helle Sonnenlicht verhinderten aber die Beobachtung der Einschläge.

Der große Geschützturm ächzte leise, als die beiden dicken Rohre sich um ein paar Zentimeter hoben. Hinter der starken Panzerung mußten der Turmkommandant und seine Crew mit vibrierenden Nerven warten. Ein Zündversager, ein Unfall – und die Rolle des Monitors war ausgespielt, das Leben seiner Männer ausgelöscht.

Ein Telefon summte. »Elftausend Meter, Sir.«

»Danke.«

Weiter nichts. Beaushears sagte heiser: »Sie beginnen sich einzunebeln.«

Die beiden kleinen Geleitzerstörer wieselten parallel zum Strand vor der *Saracen* hin und her. Aus ihren kurzen Schornsteinen quoll dicker schwarzer Rauch, den die Sonne nicht durchdringen konnte. Chesnaye richtete sich steil auf, als aus der Nebelwand wieder weiße Fontänen stiegen, diesmal sechs oder sieben. Über der Brücke im Artillerieleitstand würde jetzt gespannte Aufmerksamkeit herrschen. Es konnte nicht mehr lange dauern. Der Kommandant befahl: »Klar zum Fieren der Boote!«

Der Befehl wurde weitergegeben, löste hektische Aktivität aus.

»Ruderboote zuerst! Sie können dann mit den Flößen in Schlepp genommen werden.«

Er setzte sich in seinem Stuhl zurecht und blickte die Fähnriche an. »Nun, ab mit euch!« Er wartete ihren Gruß ab und fügte dann hinzu: »Und viel Glück.«

Während er sich durch die bereitstehenden Seesoldaten drängte, fühlte Chesnaye, wie sich seine Bauchmuskeln verkrampften. Die halbe Nacht hatten sie das Manöver geübt, aber jetzt schien alles in einem Desaster enden zu wollen. Commander Godden stand finster an der Reling und beobachtete, wie das erste Boot mit quietschenden Fallen zu Wasser ging. Es tauchte ein und war bald frei von der Bordwand des dahinschleichenden Monitors. Die Flöße wurden sofort in Schlepp genommen. Als auch die großen Boote im Wasser waren, stiegen von diesen Männer auf die Flöße über.

Chesnaye entdeckte Tobias und dann Pickles neben Major de l'Isle. Der Kommandeur der Seesoldaten brüllte mit hochrotem Kopf zu seinem Sergeant hinüber, der in einem anderen Boot saß: »Halten Sie die Männer ruhig! Sie sollen auf der Stelle erblinden, wenn ich noch *ein* Wort höre!«

Er ließ sich neben Chesnaye auf die Ducht fallen und klopfte sich mit dem lederbezogenen Stöckchen gegen den Stiefel. Dabei schnaubte er: »Sie werden ihre Kräfte noch brauchen.«

Qualmend und stinkend sammelten die Motorboote die Pinassen, Flöße und Beiboote ein. Auf ein Signal von de l'Isle formierten sie sich in Reihen und hielten auf die Küste zu. Sie kamen gut voran, so daß der Umriß der *Saracen* schon nach wenigen Minuten achteraus im Dunst verschwand.

Plötzlich war ein röhrendes Heulen zu vernehmen. Einen Moment dachte Chesnaye, daß die *Saracen* Feuer eröffnet hätte. Doch als er den Kopf wandte, sah er eine blendende Explosion auf der Position des Monitors.

De l'Isle erholte sich am schnellsten von der Überraschung. »Ein großes Kaliber, würde ich sagen, mindestens 35 cm!«

Chesnayes Mut sank. Kein Wunder, daß sich die Türken um diesen Küstenabschnitt keine Sorgen machten. Wenn ein Geschütz dieser Größe eine gute Feuerleitung hatte, dann war es nur eine Frage der Zeit, bis die *Saracen* versenkt wurde. Er krampfte die Finger um das warme Dollbord, als wieder eine Wassersäule bei der *Saracen* emporwuchs. Der Monitor erwiderte das Feuer noch immer nicht.

Mühsam drehte sich Chesnaye im Gewühl um und blickte zu Pickles hinüber. Es überraschte ihn, daß der Junge so ruhig wirkte. Oder hatte er bereits resigniert? Seine Lippen bewegten sich, Chesnaye sah, daß er ihm etwas sagen wollte. Aber das Geheul der nächsten Granate machte jede Unterhaltung unmöglich. Deshalb drückte er lediglich Pickles' Hand, dann drehte er sich weiter um und beobachtete die Boote. Noch lange, nachdem er Pickles' Hand losgelassen hatte, waren seine Finger von der Berührung eiskalt.

Der Strand am Fuß des braunen Kliffs war schmaler, als es aus der Entfernung den Anschein gehabt hatte. Er bestand nicht aus Sand, sondern aus Geröll, das über Jahrhunderte aus der Steilküste gewaschen worden war. Das Ufer fiel ziemlich steil ins tiefe Wasser ab.

Die Boote konnten nur einzeln oder paarweise anlanden. Die Männer sprangen auf die schlüpfrigen Steine und stolperten ans Ufer, behindert von der schweren Ausrüstung. Über ihnen hingen immer noch Reste des Rauchschleiers, den die Zerstörer gelegt hatten, der aber jetzt von einer frischen Landbrise schnell verweht wurde.

Einige Leute husteten, andere fluchten entsetzlich, während sie die vorgesehenen Positionen auf dem Strand zu erreichen suchten. Die Sonne stand viel höher, aber im Schatten des Kliffs schien die Luft noch eiskalt zu sein. Einige Seesoldaten stampften mit den Füßen, um die Kälte zu vertreiben.

Keith Pickles fühlte, wie ihm das Seewasser aus der Hose lief, während er unsicher auf die braune Felswand zurannte, an deren Fuß Major de l'Isle mit der Hälfte seiner Männer stand. Wieder versuchte er, sich über seine Gefühle klarzuwerden. Aber er empfand nichts. Es war wie im Traum, wenn man beschwingt von einer Phase in die nächste gleitet. Zeit und Distanz schienen aufgehoben.

Pickles beobachtete, wie eine Abteilung Seesoldaten unter Leutnant Keats, Major de l'Isles schlankem Stellvertreter, um eine Felsnase verschwand und den Aufstieg begann. Ihre Silhouetten zeichneten sich wie die von Bergsteigern von den hellen Farben der Nachbarbucht ab. Major de l'Isle sagte laut, ohne sich an jemand im besonderen zu wenden: »Prima Landung! Keine Verluste! Wir müssen die Kümmeltürken mit heruntergelassenen Hosen erwischt haben.«

Ein paar Männer lachten so nervös, als wären sie außer Atem. Pickles betrachtete sie näher und sah, wie sie an ihren Gewehren fingerten und hinter den kletternden Seesoldaten herblickten: mehr als nervös, vielleicht sogar ängstlich. Überlaut rief Pringle zu den dümpelnden Booten zurück: »Freihalten vom Strand! Weitere Befehle abwarten!«

Merkwürdig, Pickles konnte auch Pringles Stimme jetzt mit kalter Distanziertheit hören. Seine Befehle schienen ihm bedeutungslos, völlig unnötig. Noch nie war ihm aufgefallen, wieviel von Pringles Gehabe reines Theater war. Vielleicht hatte auch er Angst? Er beobachtete das gerötete, ärgerliche Gesicht des Mannes und wunderte sich.

De l'Isle winkte mit seinem Lederstöckchen, rasch versammelten sich Offiziere und Unteroffiziere um ihn. Er sprach schnell und scharf. »Wir haben keine Zeit zu verlieren. Die zweite Abteilung rückt nach links vor! Sergeant Barnes!«

Der große Sergeant sah so proper aus wie vor einer Besichtigung durch den Admiral. Er riß die Hacken zusammen. »Sir?«

»Sie übernehmen das Kommando! Die Türken haben unseren kleinen Haufen nicht erwartet, aber das wird sie nicht daran hindern, bald Verstärkung zu schicken.« Seine vorquellenden Augen funkelten. »Unser Befehl lautet, die örtlichen Kräfte so lange niederzuhalten, bis unsere Artilleriebeobachter den Beschuß auf die gegnerische Flanke gelenkt haben!« Er wandte sich an die gesamte Gruppe. »Das 35-cm-Geschütz, das gerade versucht, die arme *Saracen* zu den Fischen zu schicken, beharkt wahrscheinlich sonst unseren Brückenkopf im Norden. Es muß ebenso wie jede andere Batterie ausgeschaltet werden, und das schnell!«

Der Sergeant war über 1,90 m groß und breit wie ein Kleiderschrank. Sein grobknochiges Gesicht zierte ein rotblonder, nach oben gezwirbelter Bart. Völlig unbewegt hatte er sich die Rede seines Vorgesetzten angehört. Auf ein Nicken des Majors hin machte er nun zackig kehrt und warf sich das Gewehr über die Schulter. Seine harten Augen suchten schon seine Gruppe zusammen. Als die Abteilung an Pickles vorbeimarschierte, hörte er den Sergeanten ärgerlich fauchen: »Abstand halten! Drängelt euch nicht zusammen wie eine Hand Ballettratten!«

Dann waren sie verschwunden, und der Strand wirkte schon viel leerer. De I'Isle blickte die Offiziere an. »Fertig?«

Pringle räusperte sich. »Ich bleibe hier und beaufsichtige die Strandabteilung.«

Der Major lachte freudlos. »Das glauben *Sie*, Junge! Sie gehen mit den beiden Fähnrichen auf die Klippe und zwar plötzlich, wenn ich bitten darf!«

Pickles fühlte, wie sein Herz heftig zu schlagen begann. Er blickte Chesnaye an, doch dessen Gesicht war ernst und ausdruckslos. »Meine Befehle sehen aber vor, daß ich bleibe, Sir«, sagte Pringle.

»Schmieren Sie sich Ihre Befehle sonstwohin, hier befehle ich!« Der Major lehnte sich vor, seine glänzenden Stiefel knirschten leise. »Ich habe mehr Feldzüge mitgemacht, als Sie Schweinekoteletts gegessen haben. Die Männer meinen vielleicht, daß dies hier ein Picknick wird. *Ich* bin nicht dieser Meinung! Es kann durchaus sein, daß wir oben auf dem Kliff in offene Messer laufen. Dann würde die Hälfte unserer Männer sofort ausgelöscht!« Er wandte sich ab, offensichtlich schon mit anderen Dingen beschäftigt. Lässig fügte er hinzu: »Außerdem sind Sie der Erfahrenste, also tun Sie Ihre Pflicht!«

Pringle blickte die beiden Fähnriche nicht an. Durch die Zähne zischte er: »Also los und nicht dünnemachen, Pickles!« Aber seine Stimme war ohne Biß.

Von der rechten Flanke war plötzlich das Hämmern eines Maschinengewehrs zu hören, dem Schreie und eine Gewehrsalve folgten. De I'Isle fluchte leise und befahl: »Korporal, bringen Sie die Männer auf das Kliff, gleich hier an dieser Stelle!« Er deutete auf die drohende Wand. »Los, Leute, sie beißt nicht!«

Er wartete ungeduldig, bis der erste Soldat mit dem Aufstieg begann, dann sagte er zu Pringle: »Auch Sie! Sonst könnte es sein, daß man uns Beine macht!«

Pickles fühlte, wie ihm Steine und Geröll auf Kopf und Schultern fielen, losgetreten von den schweren Stiefeln der

Seesoldaten über ihm. Aber er war völlig mit seinen neuen Gedanken beschäftigt. Als er sich einmal umblickte und die Handvoll Matrosen unten am Strand sah, hätte er am liebsten laut aufgelacht. Es war, als hätte ihn plötzlich jeder Zweifel verlassen. Er wußte, daß er fallen würde, und das machte alles leichter. Bei der ersten Landung war alles anders gewesen, da hatte es eine kleine Hoffnung auf Überleben gegeben. Diese minimale Chance hatte ihm das Denken zur Hölle gemacht. Doch sogar das Leben auf der *Saracen* war nur eine Vorbereitung auf diesen Augenblick gewesen. Jetzt gab es keine Rückkehr mehr, die Zukunft war klar und von wundervoller Gewißheit.

Er hielt sich an einem Ginsterbusch fest und blickte hinaus zur *Saracen*. Der Monitor lag fahl und klein unter einem Rauchschleier. Er wußte nicht, ob es Rauch von den Geschützen des Schiffes war, von den Kanonen des Gegners oder ein Rest des Rauchschleiers, den die Zerstörer gelegt hatten. Sie rasten noch immer an der Küste hin und her. Der eine schien in Brand zu stehen, aber seine Geschütze feuerten weiter, seine hohe Bugwelle machte einen imponierenden Eindruck.

Pickles studierte die *Saracen*, als sähe er sie zum ersten Mal. Es hätte alles ganz anders laufen können. Oder vielleicht doch nicht? Endlich konnte er kühl über seine Probleme nachdenken. Pringle hatte sein Elend auf die Spitze getrieben, aber den Boden dazu hatte er selbst mit seiner Dummheit und seinem verbohrten Stolz vorbereitet. Er hatte versucht, eine Rolle zu spielen, die eine Nummer zu groß für ihn war. Nach zwei Wochen an Bord ging ihm das Geld aus. Zu der Zeit jagte eine Party die andere auf dem neuen Schiff. Er hatte sich von einem Schneider in Portsmouth zehn Pfund geliehen, und den ersten Schulden waren weitere gefolgt, bis der kleine Schneider an Bord gekommen war, um sein Geld zu fordern. Es wäre besser gewesen, wenn der Mann zum Commander gegangen wäre, aber er war an Pringle geraten, der ihm arrogant das Geld gegeben und ihn von Bord gewiesen hatte. Von diesem Augenblick an hatte er Pickles das Leben zur Hölle gemacht. Er ließ eine Erniedrigung der anderen folgen, jedesmal mit dem Hinweis auf die niedere Herkunft Pickles'. Die anderen Fähnriche schwiegen und sahen zu. Keiner ergriff seine Partei, offensichtlich waren sie einer Meinung mit Pringle.

Dann war Chesnaye an Bord gekommen, und in Pickles' Herz war wieder ein Fünkchen Hoffnung eingekehrt. Es ging das Gerücht, daß Chesnayes Karriere unter keinem guten Stern stand, weil sein Vater irgendwann einen Fehler gemacht hatte. Zudem stammte auch er aus keiner reichen Familie. Er hatte so etwas wie Liebe für den großen ernsten Fähnrich gefühlt, als dieser Pringle entgegentrat. Aber noch in dieses Gefühl hatte sich Eifersucht gemischt, weil die anderen Fähnriche Chesnaye sofort als einen der Ihren erkannten und akzeptierten. *Er* gehörte dazu, was er auch verbockte.

Zu seiner Rechten waren plötzlich Geräusche zu hören. Pickles wandte den Kopf und sah die erste Abteilung Seesoldaten an der Kante eines Felsenabhangs auftauchen. Sie waren bereits hundert Meter entfernt, trotzdem konnte er die plötzliche Hektik ihrer Bewegungen erkennen.

Eine Maschinengewehrgarbe jagte helle Staubwölkchen in die Luft. Drei Seesoldaten rollten blutig und zerrissen den Abhang hinunter. Der junge Leutnant Keats sah seine Leute fallen und die anderen von der sonnenhellen Kante zurückweichen. Er sprang vor, winkte mit seinem Stöckchen und rief: »Vorwärts, Jungs! Mir nach, Seesoldaten!«

Er stolperte und fiel, als ihn die nächste Maschinengewehrgarbe fand.

De l'Isle hob sein Fernglas. »Gott, was für eine Scheiße!« Lauter fuhr er fort: »Nach links, Männer! Bringt das Maschinengewehr in Stellung und bestreicht den Hang da drüben!«

Mehrere Seesoldaten liefen geduckt los. Einige schafften es, andere wurden von dem unsichtbaren Schnitter umgemäht, der in der staubigen Luft sein schauriges Lied pfiff.

Zu zweit und zu dritt erreichten sie die Kante des Kliffs und warfen sich in eine Mulde. Das Maschinengewehr begann zu hämmern. Einige Männer riefen den an der rechten Flanke festgenagelten Soldaten aufmunternd zu.

De l'Isle atmete schwer, als er sein Fernglas ausrichtete.

Zu Pringle gewandt, sagte er scharf: »Kümmern Sie sich nicht um uns! Nehmen Sie Ihre Leute und bringen Sie sie auf den Hügel dort drüben!«

Pickles schob sich neben die schwitzenden Seesoldaten. Der lange Bergkamm auf der anderen Seite des Tals hatte eine flache Kuppe, an deren einem Ende eine steile Felszinne stand. Sie wirkte wie der Glockenturm einer versteinerten Kirche. An ihrem Fuß duckte sich eine kleine steinerne Hütte mit eingefallenem Dach. Er hörte de l'Isles Befehl: »Von da oben haben Sie einen guten Überblick auf das nächste Tal. Also los!«

Das Panorama der Schluchten und Bergkämme verlief in Nord-Süd-Richtung: ein unwegsames, ungeliebtes Land voll Ginster, verkrüppelter Bäume und ewigem Staub. Irgendwo dort warteten die Truppen. Eine Kugel flog über sie hinweg hinaus auf die See. Vielleicht ein Scharfschütze? Es hieß, daß sie überall wären, auf jedem Hügel, jedem Bergkamm. Niemand konnte hier ohne Deckung überleben. Trotzdem mußten sie dort hinüber – drei Offiziere und drei Matrosen. Wie aus großer Entfernung hörte Pickles den Sergeant rufen: »Fertig, Sir!«

Major de l'Isle wischte sich den Schweiß aus den Augen, stieß kräftig in seine Pfeife und sprang auf. Die Kette der Seesoldaten richtete sich aus der Deckung auf und begann vorwärts zu stürmen. Zuerst langsam und dann, als nichts geschah, immer schneller und wilder. Ein paar Gewehrschüsse peitschten auf, und wieder lagen drei Seesoldaten in ihrem Blut. Völlig unerwartet quoll vor ihnen eine Handvoll blaugrauer Gestalten aus den Felsen. Ihre fremden Uniformen und dunklen Gesichter waren plötzlich sehr nah. Die Seesoldaten zögerten, aber de l'Isle schwang seinen Stock und schrie: »Auf sie! *Auf sie!*«

Zwei türkische Soldaten knieten sich hin und begannen mit ihren langläufigen Gewehren so schnell zu schießen, wie sie nachladen konnten. Pickles sah, daß einer dieser merkwürdig realen Feinde genau auf seinem Weg war, aber er konnte nicht aufhören zu laufen. Die Mündung spuckte Feuer. Ein Seesoldat schrie unmenschlich auf, als ihn die Kugel in den Bauch traf, zusammengekrümmt sank er nach vorn. Aber ein anderer Soldat drang auf den plötzlich wie gelähmten Türken ein und jagte ihm das Bajonett in den Hals. Der Türke rollte gurgelnd aufs Gesicht. Aufschluchzend hob der Seesoldat das Bajonett noch einmal, um den Mann wie ein Insekt auf den Boden zu spießen, aber der Sergeant bellte: »Die fünf Zentimeter reichen! Mach kein Schlachtfest draus!«

Der Seesoldat wurde durch den Kasernenhofton aus seinem Blutrausch gerissen und lief hinter den Kameraden her. Der Türke, der neben den Leichen der anderen lag, war schon vergessen.

Wie wilde Tiere fielen die Seesoldaten in den verlassenen Vorposten ein, für den Augenblick alle Angst abschüttelnd. Weiter rechts explodierten Handgranaten, und Hurrageschrei zeigte das Ende des verborgenen MG-Trupps an. De l'Isle sagte unbewegt: »Immerhin ein Anfang.«

Ein schweres Kaliber flog über sie hinweg und dann noch eines. Fern hinter dem Bergkamm wuchsen zwei Säulen aus Pulverqualm und Staub empor. Endlich hatte der Monitor das Feuer eröffnet, auch wenn es nur zwei ungezielte Schüsse ins Blaue waren, um dem Gegner etwas zum Nachdenken zu geben. Die Seesoldaten lehnten sich gegen die Felsen und stellten ihre Visiere neu ein. Sergeant Barnes marschierte auf den Major zu und meldete: »Fünfzehn Tote, zehn Verletzte, Sir.« Seine blauen Augen verrieten etwas wie Gemütsbewegung. »Ich fürchte, auch einer der jungen Herren hat etwas abbekommen, Sir.«

Pickles, der noch immer nach Luft rang, sprang bei diesen Worten auf. Alles, was Chesnaye gesagt und getan hatte, all die aufgestauten Ängste und Wünsche der vergangenen Wochen wirbelten durch seinen Kopf, als er Barnes sagen hörte: »Es muß ihn gleich erwischt haben, als wir ankamen.«

Pickles begann über das offene Gelände zurückzulaufen. Eine Kugel pfiff an seinem Kopf vorbei, aber er lief weiter. Er hörte weder sie noch die Rufe seiner Kameraden. Vielleicht hatte alles so kommen müssen. Er zog den Kopf zwischen die Schultern und lief noch schneller.

Richard Chesnaye zwang sich still zu liegen, bis die erste

Schmerzwelle abgeflaut war. Dann versuchte er sich vorsichtig zu bewegen. Langsam verlagerte er sein Gewicht auf die Hände und drückte sich in eine sitzende Position. Der Schmerz ließ ihn aufschreien. Voller Angst zwang er sich, den dunklen Streifen zu mustern, der von seiner rechten Hüfte ausging und die trockenen Steine neben ihm färbte. Seine Kehle war ausgedörrt.

Er blickte sich in der kleinen Mulde um, in die er gefallen war. Zum ersten Mal wurde er sich der absoluten Stille ringsum bewußt, ein Gefühl totaler Einsamkeit überkam ihn. Er knirschte mit den Zähnen, um den Schmerz zu unterdrükken. Dann wandte er den Kopf und betrachtete den klaren Himmel, das unbewegliche Gras am Rand der Mulde und ein Büschel verblühtes Springkraut. Verwirrt starrte er die braune, verkrallte Hand an, die neben seinem Kopf über den Rand der Mulde hing. Auf dem getrockneten Blut tummelten sich bereits Fliegen.

Er versuchte, sich zu konzentrieren: Wann war er bei dem verzweifelten Spurt über das offene Gelände niedergeschossen worden? Er hob den linken Arm, aber seine Uhr war zerbrochen. Waren Minuten oder Stunden vergangen? Die hochstehende Sonne verriet ihm nichts. Er erstarrte, als fernes Maschinengewehrfeuer an sein Ohr drang. Also waren noch nicht alle tot. Jetzt konnte er auch andere Geräusche unterscheiden: das Donnern schwerer Geschütze, den Lärm eines Gefechts. Er ließ sich wieder auf die warme Erde zurückgleiten und schloß die Augen vor der gleißenden Sonne. Sein Verstand riet ihm, sich wieder zu bewegen, aber er konnte nicht. In Wellen flutete der Schmerz über ihn hinweg. Vor seinem inneren Auge sah er plötzlich seinen Vater auf dem tiefgrünen englischen Rasen vor sich und die Reihen der ledergebundenen Bücher in seinem Zimmer. Er zuckte zusammen, als ein Querschläger neben ihm in den Sand schlug. Wieder versuchte er, seine Gedanken zu ordnen. War das Schiff noch vor der Küste, schwamm es überhaupt noch? Plötzlich erinnerte er sich an die türkischen Soldaten, das Blitzen der Bajonette, kurz bevor er getroffen worden war. Bald würden sie wieder auftauchen. Er fühlte, wie sich seine

Bauchmuskeln spannten, als er sich ihre Silhouetten am Rand seines Verstecks vorstellte, den Moment der Entdeckung – und dann die Bajonette.

Wieder peitschte ein Feuerstoß durch die Luft, Stimmen riefen, das Feuer wurde heftiger. Sein Rücken spürte das Getrappel eiliger Füße. Wie im Traum meinte er, den keuchenden Atem eines Läufers zu hören, der näher und näher kam.

Plötzlich wußte er, daß er um jeden Preis weiterleben wollte. Angesichts der näher kommenden Gefahr schaffte er es, sich auf die Seite zu rollen und mit blutigen Fingern an der Revolvertasche zu nesteln. Wimmernd und fluchend versuchte er, sie zu öffnen. Die Schmerzen wurden fast unerträglich, aber das Gefühl drohender Gefahr ließ ihn durchhalten.

Gerade als er die Klappe geöffnet hatte, fiel ein Schatten über ihn. Er schloß die Augen und wartete mit verkrampften Muskeln auf die tödliche Kugel oder den mörderischen Stahl. Wie im Wahn hörte er Pickles' Stimme: »Gott sei Dank, Dick! Laß mich mal sehen.«

Chesnaye rollte sich wieder auf den Rücken. Er konnte noch immer nicht glauben, was er sah. Pickles schien zwar außer Atem, aber das runde Gesicht war völlig konzentriert, als er Chesnayes blutige Hose aufriß. Heißer Schmerz, als seine Hände die Wunde fanden, dann das angenehme Gefühl des Verbandpäckchens und der Bandage, die die stechende Sonne und die gierigen Fliegen fernhielt.

Pickles hockte sich hin. »Zwar verstehe ich nicht viel davon, Dick, aber ich glaube, daß die Kugel keinen Knochen getroffen hat.« Er grinste: »Ich *wußte*, daß ich dich finde, wenn ich nur weit genug laufe.«

Eine Granate flog über sie hinweg. »Wir müssen hier raus«, fuhr Pickles fort. »Der Rest unserer Leute liegt nur hundert Meter entfernt am Bergkamm.«

Chesnaye fühlte, daß Erleichterung ihn durchströmte wie Brandy. »Ich bin bereit.«

Pickles setzte sich auf und witterte wie ein Jagdhund. »Es scheint etwas ruhiger geworden zu sein. Wir sollten es wagen.«

Zusammen krochen sie über den Rand der Mulde, Gras

kratzte sie im Gesicht. Chesnaye hatte den rechten Arm um Pickles' Schulter gelegt und zog das verletzte Bein zwischen ihnen nach. So krochen die beiden Fähnriche in Richtung des Bergkamms, der jetzt nicht mehr dunkel war, sondern im hellen Sonnenlicht wie eine braune Koralle leuchtete. Sie legten eine kurze Pause ein, und Chesnaye sagte leise: »Danke, Keith, das werde ich dir nie vergessen!«

Pickles seufzte erleichtert, als drei Seesoldaten aus der Dekkung hasteten und sie hinter geborstenen Felstrümmern in Sicherheit brachten. Während er den Staub von seiner Hose klopfte, meinte er lakonisch: »Ich bin ganz sicher, daß es *mir* genauso unvergeßlich bleiben wird.«

Major de l'Isle begrüßte Chesnaye mit einem freudlosen Grinsen. »Gut gemacht. Wir werden Sie noch brauchen, sobald meine Ordonnanz Sie zusammengeflickt hat. Meinen Sie, daß Sie es bis da oben schaffen?« Als Chesnaye nickte, deutete er eine Verbeugung an, dann drehte er sich zu Pickles um und brummte: »Sie sollten für dieses Husarenstück erschossen werden! Sie sind völlig verrückt, Mann, absolut verrückt!«

Pickles stand in der Mitte seiner Seesoldaten, die ihn bewundernd anstarrten, und fühlte, wie ihn ein wunderbares Gefühl durchströmte. Zum ersten Mal, seit er den Fuß auf das Deck der *Saracen* gesetzt hatte, war er glücklich. Er blickte in Chesnayes schmerzverzerrtes Gesicht und meinte: »Vielleicht kann ich nur schneller rennen als ihr alle.«

8 Die Zinne

Die fernen Hügel tanzten wie in einem Zerrspiegel vor dem Doppelokular des Fernglases. Chesnaye mußte es immer wieder nachjustieren, was ihn wertvolle Zeit kostete. Mit jeder Sekunde wuchs der Schmerz in seinem Bein, trotz der Bandagen. Je länger er durch das Glas starrte, desto hoffnungsloser schien ihm ihre Aufgabe.

Es war ruhig auf der Spitze des Berges, sehr ruhig und fast deckungslos. Pringle, die zwei Fähnriche und die drei Matrosen waren über die freie Fläche von fünfzig mal zwanzig Meter gekrochen, die höchste Stelle des Berges, ausgenommen die Zinne.

Chesnaye hob wieder das Glas und beobachtete zwei Granateinschläge im Norden. Von ihrem Bergkamm aus konnte man das Gebiet, wo der Gegner seine Batterien aufgestellt hatte, hervorragend einsehen, aber das Schiff war verdeckt. Die Felszinne bildete einen Fixpunkt für den Monitor, ihre Position war bekannt aus den Karten und Gitternetzen der Artillerie. Sie war ungefähr zwanzig Meter hoch und wies knapp unterhalb der Spitze eine tiefe Kerbe auf. Chesnayes Herz schlug schneller, als er Leutnant Pringle anblickte, der zwischen einigen großen Felsen saß, den Rücken an die Steine der verfallenen Hütte gelehnt. Sein gerötetes Gesicht war besorgt und nachdenklich.

Chesnaye räusperte sich. »Wir sollten einen Melder zum Strand schicken.« Er fand Pringles Schweigen unmöglich, fast noch schlimmer als seine lautstarken Proteste nach der Landung. »Was meinen Sie dazu?«

Pringle riß sich aus seinen Gedanken. In seinen Augen glomm wieder die alte Arroganz auf. »Warum die Eile? Wahrscheinlich vergeuden wir hier ohnehin nur unsere Zeit!«

Pickles fragte schnell: »Soll ich gehen?«

Chesnaye schrieb etwas auf seinen Meldeblock und übergab die zusammengefaltete Nachricht einem Matrosen. »Nein, Keith. Wir beide klettern auf diese Zinne da.«

Pickles zog eine Grimasse. »Oh!« Besorgt fuhr er fort: »Wirst du's schaffen? Ich hätte doch gedacht, *er* könnte das machen.« Er sprach laut genug, daß Pringle ihn hören konnte.

Pringle sprang auf, in seinem Gesicht zuckte es. »Das reicht! Nur weil Sie heute die Helden gespielt haben, lasse ich mir noch nicht alles bieten! Immerhin weiß *ich* ein paar interessante Dinge von Ihnen! Und außerdem habe ich genug von euch allen!« Sein Gesicht war vor Wut völlig entstellt.

Chesnaye nickte dem gaffenden Matrosen zu, der sich nun vom Anblick des gestikulierenden Pringle losriß und über die Kante zu klettern begann. Die Seesoldaten in ihren Stellungen unten sahen ihm interessiert zu. Beim peitschenden Schuß des Scharfschützen flogen die Vögel erschreckt auf und kreischten protestierend. Chesnaye hatte diesen Knall schon oft gehört. Der Seemann hielt sich noch einen Augenblick fest, die Augen auf die Zinne über ihm geheftet, dann rollte er den Abhang hinunter. In den Hügeln widerhallte das Echo der Maschinengewehrgarben, als die Seesoldaten den verborgenen Scharfschützen unter Feuer nahmen. Dann herrschte wieder Stille.

Chesnaye biß sich entschlossen auf die Lippen. Er hängte sich das Glas um und humpelte zum Fuß der Zinne. Mühsam begann er, in einer schmalen Spalte nach oben zu klettern. Jede Bewegung bereitete ihm unsägliche Schmerzen, aber er war so von der Wichtigkeit der Aufgabe überzeugt, daß er es schaffte. Außerdem erschütterte ihn die Tatsache, daß er eben einen Mann für nichts und wieder nichts in den Tod geschickt hatte.

Als sich die beiden Fähnriche von ihm abwandten, verlor Pringle die Nerven. Er schüttelte beide Fäuste und schrie: »Was geht hier vor, um Himmels willen? Laßt uns bloß abhauen!«

Pickles hielt vor Chesnaye inne und reichte ihm helfend eine Hand. Heiser meinte er: »Zur Abwechslung weiß ich mal, wie ihm zumute ist.«

Chesnaye rang sich ein Lächeln ab und zog sich in dem engen Steinspalt höher. Wenn ich oben bin, ist es aus mit mir, dachte er. Er spürte, daß seine Bandage durchblutete, sein rechter Fuß war völlig gefühllos. Eine Kugel schlug in die Zinne ein, kleine Steinsplitter umsummten ihn. Stöhnend zog ihn Pickles in den Schatten.

Nur mit Schwierigkeiten trank er aus Pickles' Wasserflasche, aber das warme Naß fühlte sich wundervoll an. Pickles verstaute die Feldflasche und bemühte sich, es Chesnaye bequem zu machen. Wie lange würden sie beide noch leben? Plötzlich war es Chesnaye sehr wichtig, daß Pickles eine Fortsetzung dieses Alptraumes erspart blieb.

Überrascht deutete Pickles zur Küste. »Schau, Dick, das Schiff!«

Tatsächlich war die *Saracen* nun gut sichtbar. Sie hatte Schlagseite und war von Rauchschwaden umgeben, lag aber jetzt viel näher. Pickles erhob sich, um besser sehen zu können, doch als wieder eine Kugel an ihm vorbeipfiff, duckte er sich schnell.

»Verdammt, die haben es auf *uns* abgesehen!« Er zog eine lange Signalpistole aus dem Gürtel.

Grimmig nickte Chesnaye. Es war verabredet, daß zunächst ein blinder Schuß abgefeuert werden sollte, wenn sie genaue Werte nicht signalisieren konnten. Pickles öffnete die Pistole und schob eine Patrone hinein, dann sagte er leise: »Da sind Türken auf dem Hügel.«

Chesnaye drehte sich noch rechtzeitig um, so daß er den blitzenden Sonnenreflex auf Metall sehen konnte. Hastige Bewegungen verrieten die Angreifer zwischen den Felsen des nächsten Hügels. Sie setzten gewiß alles daran, um die Artilleriebeobachter auszuschalten.

Die Signalpistole bellte auf und schickte ihr grelles Licht über den Bergkamm. Wie ein grünes Auge hing es eine Zeitlang am klaren Himmel. Ein paar Seesoldaten schrien hurra.

»Achte auf das Schiff!«

Chesnaye stützte sich auf die Ellenbogen und konzentrierte sich auf die ungefähr vier Meilen entfernte braune Hügelkette, bei der die feindliche Hauptkampflinie vermutet wurde. Erregt sagte Pickles: »Jetzt!«

Trotz der Abdeckung durch die Steilküste klang die Stimme des Monitors beeindruckend. Chesnaye wartete, der Schweiß rann ihm in die Augen, während er die Sekunden zählte. Sein Mut sank, als er die beiden weißen Explosionswolken sah.

»Sie liegen um Meilen daneben!« stöhnte er. »Sie feuern beinahe auf unsere eigenen Linien!«

Pickles beugte sich über die Kante und rief hinunter: »Sie *müssen* einen Melder zum Strand schicken! Es war ein Weitschuß!«

Pringle starrte mit roten Augen zu ihnen auf. »Da kommt niemand durch. Überall sind Scharfschützen!«

Von unten erklangen Feuerstöße und Major de I'Isles

schrille Pfeife. Chesnaye schloß die Augen und versuchte sich zu konzentrieren. Der Monitor wartete nun auf eine zweite Rakete, um dann die eigentliche Beschießung zu beginnen. Er stellte sich das beschädigte Schiff mit den ungeduldigen Kanonieren hinter der sonnenheißen Panzerung vor. Vielleicht würden sie gar nicht warten. Es war schon öfter vorgekommen, daß Schiffe die eigenen Leute beschossen. Aber doch nicht die *Saracen*! Jede ihrer riesigen Granaten wog beinahe eine Tonne. Er schüttelte sich ärgerlich. Es brachte nichts, sich den Kopf zu zerbrechen. Fest sagte er: »Sag Pringle, daß er hier hochkommen und sich selbst ein Bild von der Lage machen soll!«

Doch Pringle hörte nicht mal zu. Er schlug die Hände über die Ohren und rannte in die dachlose Steinhütte. Ein Matrose kroch aus der Deckung und brüllte ärgerlich: »He, Sir, kommen Sie da raus!«

Statt einer Antwort bekam er eine Kugel. Er fiel auf den Rücken, um ihn herum breitete sich ein Blutfleck aus. Chesnaye glaubte, speien zu müssen.

»Hilf mir auf, Keith!«

Überrascht sah Pickles ihn an, dann begriff er, als Chesnaye das gesunde Bein unter sich anwinkelte. Dabei ließ er keinen Blick von der *Saracen*. Pickles folgte seinem Blick und wurde bleich. Er erhob sich.

»Ich mache das! Ich signalisiere ihnen die Peilwerte.«

Wie hinter Nebel sah Chesnaye die Zahlen auf seinem Block, die er mit zitternden Händen niederschrieb. Sie mußten signalisieren, es war der einzige Weg. Er fühlte, wie ihn Haß auf Pringle durchflutete, der sich unten in der Hütte feige verbarg.

Er reichte Pickles die Notiz. »Hier, Keith. Gib nur die ersten vier Zahlen mit Winkspruch durch. Das muß ihnen reichen.«

Von unten rief eine Stimme: »Empfehlung des Majors, Sir, und könnten Sie sich etwas beeilen? Die Hunde versuchen, uns vom Strand abzuschneiden!«

Chesnaye antwortete nicht, es gab zuviel, was er noch sagen wollte. Statt dessen ergriff er Pickles' Hand. »Sei vorsichtig, Keith!«

Mit einem Abschiedsgrinsen zog sich Pickles aus der schützenden Spalte und kletterte behende zur Spitze der Zinne. Steinsplitter umsummten ihn, als ihn die Scharfschützen unter Feuer nahmen. Kurz blickte er nach unten zu Chesnaye, dann wandte er den feindlichen Hügeln den Rücken zu und begann mit den Armen seinen Winkspruch an das Spielzeugschiff in der Ferne durchzugeben.

Sofort leuchtete der starke Scheinwerfer der *Saracen* auf. Pickles signalisierte weiter. Chesnaye konnte sich die Hektik im großen Geschützturm vorstellen, Peilung und Höhenwinkel wurden korrigiert, die großen Rohre schwenkten in die neue Richtung.

»Fertig!« jubelte Pickles und warf seine Mütze in die Luft. »Sie eröffnen das Feuer!«

Dann fiel er. Ohne Aufschrei rollte er in den Spalt hinab und landete auf Chesnaye, der entsetzt den immer größer werdenden roten Fleck auf der Brust des Jungen anstarrte. Pickles' Augen waren immer noch vor Erregung weit geöffnet, aber leer. Aufschluchzend zog ihn Chesnaye an seine Brust. Er mußte an den Griff der eiskalten Hände im Boot und an die plötzliche verrückte Tapferkeit des Jungen denken.

Über ihm röhrten die großen Granaten der *Saracen* durch die Luft, aber Chesnaye bemerkte es nicht. Er betrachtete seinen toten Freund und mußte an die Nacht der Party in Gibraltar denken, wo alles begonnen hatte. Pickles' Hemd war damals mit Portwein genauso rot bespritzt gewesen.

Er konnte noch immer nicht glauben, was geschehen war. Aber das Pfeifen der Granaten zeigte ihm, daß es stimmte: Pickles hatte sie alle überrascht.

»Signal vom Schlepper *Crusader*, Sir.«

Der Signalgast hustete unbehaglich. Einen Augenblick dachte er, der Kommandant sei auf seinem Stuhl auf der verwaisten Brücke eingeschlafen. Als er schon nachsehen wollte, machte Royston-Jones eine vage Handbewegung.

»Kommen in einer halben Stunde längsseits«, fuhr der Signalgast fort. »Sind Sie bereit zur Übergabe der Trosse?«

Er folgte dem Blick des Kommandanten zu dem hochbordigen Lazarettschiff, das zwei Kabellängen entfernt verankert lag. Weiß und elegant stach es von den niedrigen Hügeln und Krüppelbäumen von Mudros ab.

»Ende des Signals, Sir.«

»Danke. Bestätigen.«

Royston-Jones hielt sich kerzengerade, bis der Signalgast wieder auf die Signalplattform hinuntergeklettert war, dann ließ er seine schmalen Schultern sinken. Es mußte soviel getan werden, aber noch rebellierte sein Kopf dagegen, die Brücke zu verlassen. Die Sonne brannte heiß auf seiner rauchgeschwärzten Uniform. In der feuchten Luft hing der Geruch nach Kordit und verbrannter Farbe. Es schien ihm unglaublich, daß das Schiff so ruhig lag, daß die große Rohre, von dem Dauerfeuer geschwärzt und abgeblättert, nun schwiegen. Er richtete sich auf, als ein buntes Flaggensignal an der Rah des Lazarettschiffs ausgerissen wurde: Er würde gleich auslaufen. Man brauchte nicht viel Phantasie, um sich das Elend und die Schmerzen vorzustellen, die durch den schönen weißen Rumpf verdeckt wurden.

Widerwillig stand er auf und schritt zum achteren Teil der Brücke. Fast zärtlich streichelte er die zerkratzte Teakreling, dann blickte er zu dem von zahllosen Splittern durchlöcherten Schornstein hoch. Unten auf dem Hauptdeck, wo sich noch vor ein paar Stunden die Kartuschen der Mittelartillerie und die zerschlagenen Überreste der Boote gehäuft hatten, schrubbten die Männer jetzt das ehemals weiße, makellose Deck. Das Schiff hatte noch immer Schlagseite nach Backbord, würde aber in wenigen Minuten auslaufen. Diesmal in Begleitung eines Schleppers, der sie den langen Weg nach Alexandria ziehen sollte. Und dann? Royston-Jones schüttelte sich, als ihn wieder das Gefühl des Ekels und der Schwäche überkommen wollte.

Leise Schritte neben ihm, schnell drehte er sich um. Oberleutnant Hogarth salutierte und musterte kurz den abgeknickten Toppmast über der Brücke.

»Ich habe die Wachen neu eingeteilt, Sir. Der Bootsmann ist angewiesen, in fünfzehn Minuten mit dem Ankerhieven zu beginnen.«

Royston-Jones blinzelte. Es war merkwürdig, Hogarth über die Organisation des Schiffes sprechen zu hören und nicht über seine Geschütze. Das wäre Goddens Aufgabe gewesen, aber der lag natürlich schon auf dem Hospitalschiff. Ein gebrochener Arm war seine Fahrkarte in die Heimat.

»Danke. Sonst noch was?« Er zwang sich, in Hogarths ernstes Gesicht zu schauen.

Hogarth verdrängte die Gedanken an das Geschehen der letzten Stunden und räusperte sich. »Ich möchte vorschlagen, daß Sie jetzt nach achtern in Ihre Kajüte gehen, Sir«, sagte er vorsichtig. »Ich habe Ihren Steward angewiesen, Ihnen eine leichte Mahlzeit vorzubereiten.« Als der Kommandant nicht antwortete, fuhr er selbstsicherer fort: »Sie haben mehr als genug für uns getan, Sir!«

Royston-Jones grunzte: »Sie reden schon wie ein Commander, Hogarth.« Er umfaßte den Handlauf, als wolle er die Reaktionen des zerschlagenen Schiffes erfühlen. Alles blieb still. Er seufzte. »Es gab Augenblicke, in denen ich nicht mehr daran glaubte, daß wir Mudros jemals wiedersehen würden – oder irgendeinen anderen Hafen.«

Schweigend starrte er zum Hospitalschiff hinüber. Alle bemühten sich um ihn, aber er wußte, daß Essen und Ruhe nicht das richtige Rezept waren. Wenn er sich entspannte, würden ihn die Bilder wieder einholen: die Beschießung, die Verwüstungen durch die türkischen Kanonen, die zurückkehrenden Boote, halb leer und der Rest überwiegend Verwundete. Die Erinnerung an Major de l'Isles Bericht war das Schlimmste.

Der Major hatte mit leerem Gesicht die verwüstete Brücke und die herumliegenden Toten angestarrt. Royston-Jones saß still in seinem Stuhl und nahm seinen Bericht entgegen. Fast hatte er Angst, dem Kommandeur der Seesoldaten ins Gesicht zu schauen.

De l'Isle kam auch auf Unterleutnant Pringle zu sprechen. »Er wurde beim letzten Angriff der Türken erschossen, Sir . . . In den Rücken, Sir.«

Pringles Tod bildete einen bösen Gegensatz zum verzweifelten Mut und Leiden der anderen Männer. Über die Hälfte des Landetrupps war gefallen, viele in dem bitteren Bewußtsein, belogen und betrogen worden zu sein.

Äußerlich unbewegt hörte der Kommandant auch de l'Isles Bericht über Pickles' Tod an, aber insgeheim fragte er, wieviel er noch ertragen konnte. Auch die Stimme des Majors war brüchig geworden.

»Sergeant Barnes mußte schließlich zu den beiden Fähnrichen emporklettern, Sir. Chesnaye war in so schlechter Verfassung, daß wir dachten, er wäre hinüber. Trotzdem wehrte er sich gegen Barnes.«

Royston-Jones' Hirn war so abgestumpft, daß er nicht gleich begriff. »Wieso?«

»Er wollte den jungen Pickles nicht zurücklassen, Sir. Er klammerte sich an dem Toten fest und lehnte es ab, ohne ihn zu gehen.« Plötzlich war es mit de l'Isles Beherrschung vorbei. »Mein Gott, was bin ich stolz auf die Kerle, Sir! Auf *alle*!«

Nun war das vorüber, und bald würde die *Saracen* wieder auf See sein. Vielleicht konnte er es dann de l'Isle und den anderen eröffnen. Vielleicht konnte er ihnen draußen von dem Telegramm erzählen. Bis jetzt wußte es nur Godden, und der würde daraus seine Schlüsse ziehen, sobald der Schmerz nachgelassen hatte.

Ihr Einsatz, all das Leid, die vielen Opfer waren umsonst – buchstäblich wertlos – gewesen. Im letzten Moment hatte das Oberkommando den Angriff abgesagt.

Während Pickles auf einer kahlen Felszinne starb, Chesnaye seinen privaten Kampf gegen die Schmerzen führte und sogar als Pringle von einem unbekannten Schützen in den Rücken geschossen wurde, als er feige weglief; während die *Saracen* von einem Symbol britischer Seeherrschaft in einen Schrotthaufen verwandelt wurde, weil sie die Beschießung aufrechterhielt, standen die Infanteristen tatenlos in den Schützengräben und lauschten. Manche waren froh, andere beschämt. Alle fragten sich, wie so etwas passieren konnte.

Royston-Jones hatte die Brücke nicht verlassen, seit sie Anker geworfen hatten. Er wußte, daß er Angst vor dem hatte, was er in den Augen seiner Männer lesen würde: vergebens. Alles umsonst!

Hogarths Stimme riß ihn aus seinem Brüten. »Das Lazarettschiff hat Anker gelichtet, Sir.«

Wie ein weißes Geisterschiff begann es zwischen den verankerten Einheiten hindurchzugleiten. Royston-Jones sah auch, daß sich der bullige Schlepper näherte.

»Bitten Sie Leutnant Travis auf die Brücke«, befahl er einem Melder.

Der junge Seemann starrte ihn an, bis Hogarth ihn mit einer Handbewegung wegschickte. Dann sagte er leise: »Travis ist gefallen, Sir.«

Der Kommandant rieb sich das Gesicht. »Ah ja. Danke.« Er wandte sich ab, fuhr jedoch gleich wieder erstaunt herum, weil Hochrufe über das Wasser klangen. »Was soll das?«

»Es kommt vom Lazarettschiff, Sir. Die Männer auf dem Oberdeck grüßen die alte *Saracen*!«

Royston-Jones blinzelte. »Sie grüßen *uns*?«

»Jawohl, Sir!«

Hogarth musterte traurig den kleinen Mann in der verschmutzten Uniform, der ungläubig an ihm vorbeischaute. Dann schien er seine alte Energie wiederzufinden. Er trat in die Brückennock und schwenkte die Mütze hoch über dem Kopf. Als sein Arm müde wurde, wechselte er die Mütze in die andere Hand. Seine Augen blinzelten, wohl von der Sonne geblendet.

Noch lange, nachdem sich das Heckwasser des Lazarettschiffs auf der ruhigen Reede wieder verlaufen hatte, stand er da und salutierte vor seinen Männern – und seiner Erinnerung.

Anders als die Maschinen eines Kriegsschiffs, wirkten die des Lazarettschiffs weit entfernt und gedämpft. Das sanfte Zittern, das zuerst fast unmerklich durch den Rumpf gelaufen war, schien fast nur in der Einbildung zu existieren.

Chesnaye verfluchte seine Schwäche und versuchte nochmals, sich auf dem schmalen, fleckenlos weißen Bett aufzurichten. Er hatte keine Ahnung, in welchem Teil des Schiffes er lag, es war ihm auch egal. Jedenfalls war der große Raum mit Verwundeten überfüllt, die nach England gebracht werden sollten. Über seinem Kopf drehte sich geräuschlos ein großer Ventilator. Ein breites, rechteckiges Fenster gab den Blick frei auf die sonnenüberflutete Reede. Wenn er jeden Muskel anspannte und den brennenden Schmerz in seiner Hüfte ignorierte, konnte er den Kopf weit genug heben, um den Toppmast eines Kreuzers zu erkennen. Der Kommandantenwimpel hing schlaff herunter, aus den hohen Schornsteinen stieg kein Rauchwölkchen. Dahinter lagen die runden Hügel, die ihm jetzt fremd und feindlich vorkamen.

Die fernen Vibrationen verstärkten sich, die Emaillegefäße auf dem Tisch neben der Koje begannen leise zu klappern. Weit entfernt konnte Chesnaye Kommandos und eiliges Getrappel vernehmen. Bald würden sie das Mittelmeer verlassen haben, vielleicht für immer. Er ließ sich zurücksinken und biß sich auf die Lippen, um die Qual zu unterdrücken. Wie unfertige Bilder überfluteten ihn die Erinnerungen an die Erlebnisse auf der Halbinsel: Pickles, die Einsamkeit der Zinne und das triumphierende Krachen des Scharfschützengewehrs. Dann sein schwacher Widerstand gegen Sergeant Barnes, der irgendwie zu ihnen hinaufgeklettert war und ihn in Sicherheit gebracht hatte. Bruchstückhaft sah er rennende Marineinfanteristen vor sich, in den Augen Angst und Raserei, die Münder aufgerissen, heiße Gewehre schwingend, die wieder und wieder auf den unsichtbaren Feind abgeschossen wurden. Und am Ende war da noch einmal ein fürchterlich klares Bild.

Als er hilflos in einer kleinen Bodenfalte lag, kam Oberbootsmann Tobias zu ihm gekrochen. Das Gesicht des Mannes leuchtete freudig auf, als er ihn entdeckte. Dann erstarrte es in Ungläubigkeit, als er sah, wie Pringle aus der Deckung aufsprang und blindlings in Richtung Strand lief. Chesnaye fragte sich, wie viele Überlebende das Folgende beobachtet hatten. Vollmatrose Wellard, aus vielen Wunden blutend, hatte sich mühsam hinter ein paar Felsbrocken aufgerichtet, die Zähne in dem bärtigen Gesicht vor Anstrengung gebleckt. Um ihn herum schlugen Kugeln ein, als er mit letzter Kraft sein Gewehr hob. Dann schoß er, und Pringle stürzte. Wellard warf sein Gewehr weg und streifte das Meer mit einem letzten Blick. Dann sank er zusammen.

Wahrscheinlich, dachte Chesnaye, hatte danach Morphium sein Erinnerungsvermögen getrübt. Als er die Augen wieder öffnete, lag er an Bord der *Saracen*. Die Kanonen hatten geschwiegen, es hatte nicht mehr nach Rauch gestunken, nur Schmerz und Verzweiflung waren geblieben.

Der Kommandant hatte ihn besucht, auch Beaushears war auf einen Moment vorbeigekommen und hatte Chesnayes verworrene Fragen geduldig beantwortet.

Jetzt, nachdem sich der Nebel gelichtet hatte, konnte er die Informationen zu einem Bild zusammensetzen: Gesichter, die er nie wiedersehen würde, Verwundete, die sich hier auf diesem Schiff befanden. Leutnant Travis, der ein Bein verloren hatte, aber auf der Brücke blieb, bis er starb. Nutting, der Kaplan, der durchgedreht hatte, während er von Leiche zu Leiche kroch, seine Gebete brabbelnd, die in dieser Welt bedeutungslos waren. Commander Godden, trotz seiner Verwundung glücklicher und entspannter denn je. Beaushears sagte bitter: »Er freut sich, weg vom Fenster zu sein, und denkt, daß sich der Kommandant falsch verhalten hat.« Müde zuckte der Fähnrich mit den Schultern. »Wenn ich bedenke, daß ich ihn früher für einen besseren Mann als Royston-Jones gehalten habe . . .«

Chesnaye erinnerte sich auch an de l'Isles Worte, als dieser ihn und die verwundeten Seesoldaten besucht hatte: »Es hätte ein großer Feldzug werden können, Junge! Er wurde von einem Genie geplant, aber von verdammten Narren ausgeführt!«

Vielleicht war das die passende Inschrift für einen Grabstein.

Neben seinem Bett erklangen Schritte, Chesnaye öffnete die Augen. Mehrere Sekunden lang starrte er den Soldaten an, der, auf einen Stock gestützt, zu ihm herabblickte. Robert Driscoll holte tief Luft und brachte sein bandagiertes Bein in eine günstigere Position. Vorsichtig sagte er: »Ich wußte, daß ich dich finden würde, Dick, wenn ich nur lange genug suche.«

Driscoll sah schmal und gealtert aus. Seine Uniform hing an ihm wie an einer Vogelscheuche. Nach einer Pause fuhr er fort: »Nun können wir Helen zusammen besuchen.«

Während das Lazarettschiff ankerauf ging, setzte sich Driscoll auf Chesnayes Bett. Beide hingen ihren Gedanken nach, die der weit entfernten Halbinsel galten. Sie wußten, daß sie sie ihr ganzes Leben lang nicht würden vergessen können. Driscolls plötzliches Erscheinen hatte Wärme in Chesnayes Herz gebracht, aber auch Traurigkeit. Denn Pickles hatte sich so ähnlich ausgedrückt: »Ich wußte, daß ich dich finden würde, wenn ich nur weit genug laufe.« Vielleicht lag er jetzt immer noch oben auf der Zinne, die Augen weit offen?

Plötzlich waren Hurrarufe zu hören. Chesnaye erwachte aus seiner Depression. Mit überraschender Energie stieß er hervor: »Hilf mir, Bob! Hilf mir auf!«

Seine Augen blickten starr zum weit offenen Fenster, als Driscolls Arm ihn hochhob. Einen Augenblick dachte er, daß die anderen Schiffe führen, bis ihm klar wurde, daß ihr Lazarettschiff Fahrt aufgenommen hatte und von der Reede glitt. Er blinzelte, damit ihm auch nicht das kleinste Detail entging.

Die hohe, häßliche Brücke, der Dreibeinmast, der große, ungeschlachte Geschützturm und die zersplitterten Decks, die einmal weiß und neu gewesen waren. Im Geiste sah er wieder die drei großen Gefechtsflaggen und die Reihen der winkenden Soldaten auf dem Truppentransporter. Driscoll meinte leise: »Ich habe mein Fernglas hier, Dick.«

Chesnaye schüttelte den Kopf. Die *Saracen* war schon fast eine andere Welt. Er wollte in die Rufe einstimmen, brachte aber keinen Ton heraus.

Das Bild des geschwärzten Schiffes mit Schlagseite verschwand.

Robert Driscoll erhob sich und hinkte zum offenen Fenster, dabei fühlte er die erste sanfte Bewegungen in der Dünung. Er beugte sich hinaus und sog die frische Luft ein.

Er versuchte, seine Gedanken auf einen Nenner zu bringen, aber alles, was blieb, war das Gefühl eines unersetzlichen Verlustes. Im drohenden Schatten des Achi-Baba, zwischen Schützengräben und Stacheldraht, hatte er Kameradschaft kennengelernt, Angst, Stolz und Dreck, aber auch völlige Ahnungslosigkeit, was die Zukunft betraf.

Er drehte der See den Rücken zu und blickte in Chesnayes blasses Gesicht. Letzteres stimmte vielleicht doch nicht ganz.

Teil II – 1941

1 Der Kapitän

Es war April geworden, der schönste Monat auf Malta. Nach der Hitze des Tages war die Nachtluft erfrischend kühl. Aber man schrieb April 1941. Die ungewöhnlich tiefhängenden Wolken, welche die Sterne über der gequälten Insel verdeckten, wurden durch den nächtlichen Luftangriff von unten beleuchtet. Das Bombardement nahm ständig an Stärke zu.

Gelegentlich konnte man durch das Belfern der Flak und das Getöse der einstürzenden Gebäude das Brummen der Flugzeugmotoren hören. Waren es Dutzende oder Hunderte? Schwer zu sagen. Das Geräusch kannte keine Pause, keine Modulation, sondern blieb eine ständige Bedrohung. Es schien sich über das pausenlose Sperrfeuer lustig zu machen.

Von der Reede stieg ein endloser Strom Leuchtspurgeschosse in den Himmel. Auf dem Binnenland feuerten die schweren Batterien, ihre Granaten explodierten unter den Wolken und illuminierten malerisch deren Bäuche.

Straßen, die während des Tages sauber und voller Menschen gewesen waren, hatten sich in Täler voll Schutt und verbranntem Holz verwandelt. Dazwischen kauerten Zivilisten, während verzweifelte Soldaten und Hilfstrupps in den Trümmern nach Verschütteten suchten, deren Schreie immer leiser wurden.

Es war wie ein Unwetter aus gebündelten Blitzen. Allnächtlich gab es eine Wiederholung, mit einem kleinen Unterschied: Jedesmal wurde es ein wenig schlimmer.

Der Einsatzleiter in einem der vielen Marinebunker knirschte mit den Zähnen, als wieder eine dumpfe Detonation die nackte Glühlampe an der Decke tanzen ließ und eine neue Staubwolke auf die schon dickbemehlten Aktenschränke, Tische und Menschen herabrieselte. Die angelaufenen Streifen auf seiner Uniform wiesen ihn als Kapitänleutnant aus, aber sein müdes, überanstrengtes Gesicht, das bei jeder Explosion nervös zuckte, schien zu alt für diesen Rang zu sein.

Durch die massive Tür hörte er das unaufhörliche Klingeln der Telefone und das Geratter der Fernschreiber: Meldungen, Anfragen, Befehle. Das Chaos hörte niemals auf. Sein Blick fiel auf eine Zeitung aus England, die schon eine Woche alt war. Die Schlagzeile sprach von Malta als der »stolzen Inselfestung« und dem »Dorn im Unterleib Italiens«. Wieder eine heftige Detonation, die Lichter flackerten sekundenlang.

Ein Unteroffizier kam durch den Staub geschlurft und stellte eine angeschlagene Teetasse auf den Tisch des Offiziers. »Gut, daß wir hier unten sind, Sir«, meinte er.

Der Einsatzleiter nahm die Tasse und sah, daß sie in seinen Händen zitterte. Verbittert erwiderte er: »Vor Hunderten von Jahren von Sklaven gebaut. Damals hatte man noch die richtigen Ideen!«

Ein Matrose steckte den Kopf durch die Tür. »Bombenreihenwurf auf der Parlatoria-Werft, Sir.«

Der Offizier blickte zu Boden. »Schon wieder! Hoffentlich hat es die Zerstörer nicht erwischt!«

Der Unteroffizier trat vor den Einsatzplan an einer Wand und ging die mit Bleistift geschriebene Schiffsliste durch. »Luftangriffe bei Tag *und* Nacht machen es für die Schiffe schwer, Brennstoff zu bunkern, Sir.«

»Wenn wir nicht bald ein paar Abfangjäger bekommen, wird es hier demnächst gar keinen verdammten Brennstoff mehr geben! Was zum Teufel erwarten die von uns? Sollen wir etwa mit Speeren kämpfen?« Er brach ab, als sich die Tür öffnete. »Was wollen Sie?«

Der Unteroffizier erstarrte und räusperte sich geräuschvoll, seine Augen taxierten den schattenhaften Umriß des Ankömmlings. Trotz des trüben Lichts hatte er die vier goldenen Streifen sofort erkannt. Er versuchte, die Überraschung seines Vorgesetzten zu überspielen, indem er hastig vorschlug: »Darf ich Ihnen eine Tasse Tee holen, Sir?«

Kapitän Richard Chesnaye hinkte in die Mitte des Raums, so daß die nackte Glühlampe genau über seinem Kopf hing und sein dunkles Haar glänzen ließ. Seit zwei Tagen hatte er nicht mehr geschlafen. Er setzte sich auf einen freien Stuhl und blickte dem benommenen Offizier ruhig ins Gesicht.

»Mein Name ist Chesnaye. Ich bin wohl schon gestern erwartet worden, aber der Konvoi wurde angegriffen.« Er sah den Mann zusammenzucken, als der Boden wieder bebte. »Wenn möglich, möchte ich sofort auf mein Schiff.«

Der Einsatzoffizier wischte sich das Gesicht und zwang sich dazu, einen Stapel Papiere durchzublättern, während er seine Gedanken ordnete. Noch vor einem Jahr, ja sogar vor einem Monat wäre er vor Schreck einen Meter hoch gesprungen, wenn ihn ein Vollkapitän derart überrascht hätte. Jetzt schien ihm das alles lächerlich. Die ganze Welt fiel in Stücke, es war nur eine Frage der Zeit, bis die feindlichen Bomber Malta zerstört hatten. Sie starteten nur fünfzig Meilen entfernt. Wie konnte eine Insel mit ein paar alten Jagdflugzeugen erwarten, direkt vor der Haustür des Feindes zu überleben?

Er musterte den Neuankömmling unauffällig und sah, daß ein goldener Streifen heller war als die anderen drei. Der Mann trug mehrere Auszeichnungen, die er aber in dem schlechten Licht nicht erkennen konnte. Dieser behinderte Kapitän war ein weiteres Symptom für das, was mit der Royal Navy und dem ganzen Land passierte.

Großbritannien stand allein gegen die vereinigten Armeen und Flotten von Deutschland und Italien. Da wurde jeder erfahrene Offizier benötigt. Auf der anderen Seite wurden sogar Sportsegler mit Wochenenderfahrung zu Reserveoffizieren ernannt. Für lange Ausbildung blieb keine Zeit. Der neue Streifen zeigte, daß dieser Offizier erst vor kurzem befördert worden war, folglich mußte er zwischen den Kriegen »gestrandet« sein und den Anschluß an die üblichen Beförderungen verpaßt haben. Der Einsatzleiter bemerkte auch die harten Falten um den Mund des Kapitäns, die so aussahen, als müsse er sich mit Gewalt zur Ruhe zwingen. Er hatte ein ernstes, intelligentes Gesicht, seine Figur war schlank, beinahe jugendlich. Aber trotzdem ... Müde schüttelte er den Kopf, um wieder klar denken zu können. Noch vor einem Monat hätte er jeden Neuzugang sofort parat gehabt. Er wühlte sich durch den Papierberg.

»Welches Schiff, Sir?«

Richard Chesnaye beobachtete ihn gelassen. Er hatte diesen Ausdruck schon auf so vielen Gesichtern gesehen, daß er genau wußte, was der Mann dachte.

»Ich übernehme das Kommando über die *Saracen.*«

Der Einsatzoffizier setzte sich schwer. Seine versteckte Aggressivität verwandelte sich in Mitleid. Denn er erinnerte sich. Vor seinem inneren Auge tauchte sogar das Telegramm auf, mit dem ihm dieser Chesnaye avisiert worden war. Er hatte den alten Monitor erst vormittags an der Pier liegen gesehen. Mindestens fünfundzwanzig Jahre mußte er auf dem Buckel haben. Die *Saracen* war so etwas wie eine Witzfigur im Stützpunkt gewesen, jedenfalls solange noch Witze gemacht wurden. Sie war ein häßliches, veraltetes Schiff mit unmöglichen Proportionen, die durch den Tarnanstrich noch unterstrichen wurden. Ein Kamerad hatte es so ausgedrückt: »Wie eine alte Jungfer im Abendkleid.«

Ihr letzter Kommandant befand sich auf dem Weg nach England, ihn erwartete ein Kriegsgerichtsverfahren. Er hatte das alte Schiff zur nordafrikanischen Küste gebracht, wo er den schwerbedrängten Truppen Feuerunterstützung geben sollte. Aber der Monitor hatte zu kurz geschossen, und mehrere hundert britische Soldaten waren getötet oder verwundet worden. Zu allem Unglück war die *Saracen* auch noch auf Grund gelaufen und konnte nur in letzter Sekunde abgeschleppt werden, bevor die Sturzkampfbomber sie fanden. Vielleicht wäre es besser gewesen, die Stukas hätten sie entdeckt.

Zu leichthin sagte er: »Ich vermute, daß Sie schon alles über das Schiff wissen, Sir?«

»Es war mein erstes.«

In Chesnayes Kopf hallten diese Worte wider. Was da alles drinsteckte! Niemand konnte ermessen, was sie für ihn bedeuteten. Halb für sich selbst fügte er hinzu: »Ja, ich weiß eine ganze Menge über das Schiff.«

Er wechselte die Sitzposition, als der Schmerz in der Hüfte wiederkehrte. Noch ein paar Stunden, und er würde an Bord sein. Das Warten und Sehnen war dann vorbei. Wie würde die *Saracen* jetzt aussehen? Vermutlich wie er selbst: vernachlässigt und unsicher. Einiges von dem alten Ärger und der Verbitterung kam ihm wieder hoch. Scharf sagte er: »Ich würde gern sofort an Bord gehen!«

Der Einsatzoffizier nickte.

»Ich tue, was ich kann. Im Augenblick liegt sie draußen an einer Boje.« Er lächelte. »Tut mir leid, Sir, daß ich Ihnen im Augenblick nicht mit allem dienen kann. Ich fürchte, Sie werden das Leben hier anders als im Frieden daheim finden.«

Als ihm die Worte entschlüpft waren, biß er sich auf die Lippen. Wie dumm, so etwas zu sagen! Diesem Kapitän war es ergangen wie so vielen anderen: Er hatte die Friedensjahre *ohne* die Marine durchstehen müssen, die ihn damals entbehren konnte. Er hatte seinesgleichen bei den Flottenparaden und den »Tagen der offenen Tür« herumstehen sehen, wie sie gierig und scharfäugig die Schiffe musterten. Nun sah er, wie der Vorhang hinter Chesnayes grauen Augen fiel. Hastig murmelte er: »Ich rufe gleich an, vorausgesetzt, die Leitung funktioniert noch.«

Chesnaye lehnte sich ruhig zurück und zwang sich dazu, die hastigen Wortkaskaden am Telefon zu ignorieren. Der Mann hatte Mitleid mit ihm und war außerdem durcheinander. Zuerst hatte es geschmerzt, aber jetzt ärgerte es ihn nicht mal mehr.

Der andere Offizier legte den Hörer auf und blickte ihn unbehaglich an.

»Heute nacht fahren keine Boote mehr, Sir. Oben tobt ein sehr schwerer Luftangriff. Es wird jedesmal schlimmer.« Als ob er fürchte, die Unterhaltung abzubrechen, fuhr er fort: »Sie kommen jetzt auch am Tage und beschießen die St. Paul's Bay mit Maschinengewehren, die umliegenden Dörfer, einfach alles!«

»Wann kann ich an Bord?«

»Beim ersten Tageslicht, Sir.« Er blickte zu seinem Unteroffizier hinüber. »Wir können Ihnen hier eine Koje anbieten, Sir. Sie ist besser als nichts.«

Er schlug die Augen nieder, als er die Erleichterung in Chesnayes Gesicht sah.

»Danke, das nehme ich gern an.« Chesnaye stand auf und verzog vor Schmerzen das Gesicht.

Der Unteroffizier hielt ihm die Tür auf und griff nach einer Taschenlampe. »Haben Sie sich am Bein verletzt, Sir?«

Chesnaye blieb in der Tür stehen und betrachtete den Mann. »Vor langer Zeit. Aber es hilft mir, mein Gedächtnis wachzuhalten.«

Die Tür schloß sich hinter ihm, und der Einsatzoffizier reckte die Arme. Ein Matrose rief aufgeregt: »Brennstofftank Nr. 7 ist in die Luft geflogen, Sir!«

Der Offizier schüttelte sich und griff zum Telefon. »Verdammter Scheißkrieg!«

Kapitänleutnant John Erskine, der Erste Offizier der *Saracen*, strich sich mit den Fingern durch das lange blonde Haar und lehnte sich in seinem Drehstuhl zurück. Sein kleines Büro war mit Aktenschränken vollgestellt und der Eingangskorb mit Telegrammen überfüllt. So früh am Morgen war der Sonnenschein, der durch das dicke Glas des einzigen Bulleyes fiel, noch ohne Wärme. Erskine hatte in der leeren Offiziersmesse allein gefrühstückt, angeekelt vom Alkoholdunst und dem abgestandenen Tabakrauch der vergangenen Nacht. Er hatte sich eingeredet, daß er so früh anfing, um mit dem wachsenden Papierkrieg fertig zu werden. Insgeheim wußte er, daß der wirkliche Grund ein anderer war.

Die Kameraden beobachteten, wie er mit den Ereignissen fertig wurde, die seine kleine Welt so schnell verändert hatten. Sein Gesicht war offen, ohne jede Anmaßung, aber im Augenblick verdüstert. Seit neun Monaten war er auf dem alten Monitor, also ungefähr seit Italien sein Mäntelchen nach dem Wind gehängt und mit Deutschland zusammen Großbritannien angegriffen hatte. In dieser Zeit war ihm trotz seiner erst 28 Jahre eine tiefe Veränderung auf den Schiffen und bei den Männern der Mittelmeerflotte aufgefallen. Diese Flotte war einst die mächtigste und effektivste ihrer Art gewesen, jetzt aber überall verteilt und maßlos beansprucht, sogar unter Beeinträchtigung der Sicherheit. Dabei hatte alles so einfach ausgesehen. Im Frieden hatten sie voll Überschwang unter allen nur denkbaren Bedingungen geübt, geführt von einer selbstzufriedenen Admiralität. Sie waren sicher gewesen, daß die andere große Marine im Mittelmeer, die Frankreichs, eventuelle Lücken füllen würde.

Das Mittelmeer würde für jeden Gegner unüberwindbar sein.

Ohne Besorgnis hatten sie die Wiedergeburt der deutschen Kriegsmarine verfolgt und mit einem Lächeln die Anstrengungen der Italiener, den Anschluß an den »großen Bruder« nicht zu verlieren. Es ließ sich immer noch schwer sagen, wo und wann etwas schiefgelaufen war. Dann kam der Blitzkrieg in Frankreich mit dem Desaster von Dünkirchen, danach der Zusammenbruch aller Verbündeten auf dem Kontinent. Nur die Griechen zogen noch am selben Strang, erhielten aber jetzt die ersten Kostproben von den Fähigkeiten der Wehrmacht. Im Mittelmeer hatte es die Navy während der ersten Monate geschafft, den Eindruck lässiger Überlegenheit aufrechtzuerhalten. Die Marine hatte den triumphalen Vormarsch des Heeres entlang der nordafrikanischen Küste unterstützt. Dort wurde ein glänzender Sieg nach dem anderen errungen, die Gefangenenlager platzten aus allen Nähten, die italienische Armee war in alle Winde zerstreut. Doch dann hatte sich das Blatt gewendet. Nachdem sie halb Europa überrannt hatte, fand die deutsche Wehrmacht Zeit für neue Betätigungsfelder. Trotz verstärkter Seepatrouillen wurden deutsche Truppen über das Mittelmeer nach Afrika verschifft, und Flugzeuge jeder Art und Größe gaben sich am blauen Himmel ein Stelldichein.

Auch *Saracen* hatte bald die neue Belastung gespürt. Jedesmal, wenn frische Offiziere an Bord kamen, waren es weniger, jeden Monat kamen Unausgebildete dazu. Die geraden Ärmelstreifen der Berufssoldaten wurden von den Wellenlinien der Freiwilligen und den miteinander verflochtenen der Reservisten verdrängt. Erskine hatte seine Versetzung auf ein so altes Schiff geärgert, obwohl das heutzutage eher die Regel als die Ausnahme war. Die Mittelmeerflotte, ehemals mit den besten Zerstörern und den stolzesten Kreuzern ausgerüstet, bestand jetzt aus der abenteuerlichsten Mixtur von Schiffen. Flußkanonenboote von der ehemaligen Chinastation, die mit ihrem flachen Boden schon bei der geringsten Brise instabil wurden, schossen sich mit modernen deutschen Schnellbooten und heulenden Stukas herum. Raddampfer, einst das Entzücken der Ausflügler in Dover, räumten Minen, kontrollierten Balkensperren und versuchten hundert andere Aufgaben zu erfüllen, für die sie nicht gebaut waren. So war der alte Monitor nur ein weiteres Zeichen der schlimmen Zeiten.

Erskine war ein ruhiger, tüchtiger Offizier, und obwohl er es zu verbergen trachtete, zielte sein Streben auf ein eigenes Kommando. Er wußte, daß ihm die Zeit auf diesem alten Schiff nützen würde, wenn es erst so weit war. Seine Erfahrung in der »neuen« Kriegsmarine, mit den Reservisten und Seeleuten, die täglich aus fernen Ausbildungslagern an Bord strömten, verlieh ihm die nötige Sicherheit. Der letzte Kommandant war zu alt gewesen, um mit den atemberaubenden Anforderungen im Mittelmeer fertig zu werden. Aber nach Erskines Meinung hatte er das, was ihm an Voraussicht und Vorbereitung fehlte, durch Aufrichtigkeit und persönlichen Mut ausgeglichen. Er erinnerte sich gut an das Gesicht des alten Mannes nach dem Spruch des Kriegsgerichts. Es war das Gesicht eines Toten gewesen. Im Krieg konnten Männer genauso schnell durch übertriebene Vorsicht sterben wie durch überstürzten Einsatz, durch nutzloses Heldentum oder durch Feigheit.

Tatsache war, daß nun auf dem Schiff ein Makel lag, die Schande blieb nicht nur auf den Kommandanten beschränkt. Früher wäre es vielleicht anders gewesen, aber jetzt, da jedes Schiff und jeder Mann bis an die Grenzen seiner Leistungsfähigkeit beansprucht wurde, gab es keine Entschuldigung für Versagen. Verantwortung und Pflicht jedes einzelnen wuchsen in dem Maße, wie die Reserven schrumpften.

Es klopfte leise an die Tür. Erskine blickte auf und sah Leutnant McGowan, den Artillerieoffizier, melancholisch eintreten.

»Guten Morgen, Sir.«

McGowan kam dienstlich, aber ein Lächeln huschte über sein Gesicht, als Erskine auf einen freien Stuhl deutete. Angewidert blickte er auf den Aktenberg. »Was für ein Krieg!«

Erskine klopfte mit dem Bleistift gegen seine Zähne und wartete ab. McGowan war neben einem Fähnrich und ein paar angegrauten Decksoffizieren der einzige Berufssoldat an Bord. Und darüber hinaus war er ein Freund.

McGowan sagte langsam: »Schlimmer Angriff letzte Nacht. Einen Zerstörer drüben in Sliema hat es erwischt – außerdem den dicken Tanker, den sie den ganzen langen Weg von Alexandria hierher eskortiert haben.«

Erskine betrachtete die Sonnenkringel auf der dunkelgrauen Wand.

»Es kann auch uns erwischen, bevor wir auslaufen.« Er runzelte die Stirn. »Laß nach dem Morgenappell einen Slippdraht an der Boje scheren. Wenn's brennt, können wir uns dann schnell verdrücken.«

McGowan lächelte spöttisch. »Schnell? Mit *dem* Schiff?«

»James, hör auf zu maulen. Es ist unser Schiff, wir müssen es nehmen, wie es ist.«

McGowan erhob sich und griff nach seiner Mütze. »Ich wollte nur sagen, ich halte es für eine verdammte Schande, daß man dich auf diesem Schiff versauern läßt, obwohl du der geborene Zerstörerkommandant bist.«

Erskine senkte den Blick und sagte knapp: »Das reicht, James!«

Aber McGowan spuckte weiter Feuer. »Ich fürchte, der neue Skipper ist noch schlimmer als der alte. Ein Scheintoter nach dem anderen! Selbst ein gutes Schiff könnte das nicht lange überleben.«

Zornig blickte Erskine auf. »Nun reicht's aber! Du weißt genau, daß ich solches Gerede nicht dulden kann!« Er sah dem Freund ins Gesicht und fuhr ruhiger fort: »Ich bin auf deine Unterstützung angewiesen. Wenn du so daherredest, wär's kein Wunder, daß sich Defätismus im Schiff ausbreitet.«

Starrköpfig rückte McGowan die Mütze zurecht. »Trotzdem bin ich der Meinung, daß es eine Schande ist.«

Erskine blickte auf die Telegramme nieder. Oben quäkte ein Horn. »Fahr zur Hölle!«

McGowan lächelte müde. »Aye, aye, Sir.« Damit ging er.

Erskine warf den Bleistift hin und stand auf. Er blickte durch ein Bullauge auf das klare Wasser hinaus und lauschte dem Hornsignal zur Flaggenparade. Drei Zerstörer und ein Flakkreuzer lagen der *Saracen* gegenüber. Er sah zu, wie ihre Kriegsflaggen langsam an den Masten emporstiegen. Dahinter schwebte eine große braune Rauchwolke über Valetta. Dort drüben waren Menschen gestorben, alte Frauen und Kinder. Aber solange die weiße Kriegsflagge jeden Morgen gesetzt wurde, gab es noch eine kleine Hoffnung. Trotz seiner Erschöpfung mußte er lächeln: Er dachte schon wie ein verdammter Politiker.

Er drehte sich um, als ein Läufer an der Tür klopfte: »Ja?«

»Signal, Sir.« Der Mann reichte ihm einen versiegelten Umschlag und einen kleinen Zettel. »Und der Marschbefehl, Sir.«

Erskine hob mißtrauisch den Blick. Normalerweise hatte ein Marschbefehl bei den Männern absoluten Vorrang. Aber heute hatte der Mann das Signal zuerst erwähnt. Das war unnatürlich.

»Was steht im Signal, Mann?«

Der Signalgast zog eine Grimasse. »Der neue Kommandant kommt in zehn Minuten an Bord, Sir.«

Erskine verlor für einen Moment die Haltung. »Was?«

»Genaugenommen wartet schon *jetzt* eine Barkasse an der Pier, Sir.«

Der Mann sprach mit der Befriedigung eines Untergebenen, der es geschafft hat, einen Vorgesetzten außer Fassung zu bringen. Erskine griff nach seiner Mütze und knallte sie sich auf den Kopf. McGowan hatte vielleicht doch recht, dachte er. Ein Unglück kam selten allein.

»Meine Empfehlungen an den O. v. D. Er soll sich sofort auf dem Achterdeck einfinden!« Er warf einen letzten Blick auf sein unordentliches Büro. »Und sagen Sie auch dem Oberbootsmann Bescheid.«

Der Mann eilte fort, Erskine folgte ihm langsamer. Natürlich mußte er im unpassendsten Moment kommen: Die Landgänger waren noch nicht wieder zurück, das Schiff sah nach dem Nachtangriff schlimm aus, und die Wache war gerade beim Frühstück. Auf dem geräumigen Achterdeck spürte er die erste Wärme des Tages. Unbewußt fuhr er mit dem Finger innen am Hemdkragen entlang.

Oberbootsmann Craig, ein vierschrötiger Veteran mit kalten Augen, trat mit den Listen der Arbeitstrupps unterm Arm heran. »Sie wollten mich sprechen, Sir?«

»Ja, Oberbootsmann. Der neue Kommandant kommt in wenigen Minuten an Bord.« Zufrieden sah er, daß Craigs gebräunte Gesichtszüge bei dieser Ankündigung völlig unbewegt blieben. »Lassen Sie die Gangwaywache antreten!« Erskines Augen flogen über das Deck, das mit Schläuchen übersät war. »Und klaren Sie um Himmels willen dieses Durcheinander auf!«

Craig grüßte und marschierte wichtig von dannen, nach allen Seiten Befehle bellend.

Gayler, einer der beiden Fähnriche, salutierte, räusperte sich und meldete: »Boot setzt von der Pier ab, Sir.« Er kam frisch aus Dartmouth und war sehr von sich überzeugt. »Scheint ein schöner Tag zu werden, Sir.«

Du hast ja keine Ahnung, dachte Erskine. Laut sagte er: »Gehen Sie zur Gangway, um den neuen Kommandanten zu empfangen!«

Die Barkasse quietschte leise an den Gummifendern der Pier. Als Chesnaye die steinerne Treppe hinunterging, sah er, daß sein Gepäck schon im Boot verstaut war. Ein Matrose stand im Bug, ein weiterer im Heck bereit, ein Bootsmann wartete neben dem Ruder. Als das Boot dümpelte, fiel ein Sonnenstrahl auf Chesnayes Metallkofer, und für einen Moment packte ihn Rührung. Ihm schien, als wäre es gestern gewesen: in Portsmouth, mit Pickles am Ruder, der ungeduldig auf ihn wartete. Es war dasselbe Schiff, obwohl der Tarnanstrich sein Aussehen veränderte. Man hatte den hohen Toppmast entfernt, und auf dem Hauptdeck standen mehrere Oerlikons und andere automatische Waffen an Stelle der alten Zwölfpfünder. Trotzdem war es dasselbe Schiff.

Ein oder zwei Mal hatte er es seit den fürchterlichen Tagen von Gallipoli wiedergesehen. In Portsmouth, als es vor der verhangenen Silhouette der Isle of Wight seewärts kroch, und dann noch einmal, aufgelegt in Rosyth. Die *Saracen* war durch das Mittelmeer gedampft und weiter nach China. Von Hongkong wieder nach Spanien, um während des Bürgerkriegs Flüchtlinge zu evakuieren. Dann zurück über Atlantik und Indik nach Ceylon, wo sie als Ausbildungsschiff für Kadetten diente. Danach wieder zur Reserve, und nun war sie abermals im aktiven Dienst wie Chesnaye auch.

Er verlagerte sein Gewicht auf das andere Bein und verfluchte den Schmerz in der Hüfte. So wie die Erinnerung an die *Saracen* war die alte Wunde sein steter Wegbegleiter. Er blickte sich nach den anderen verankerten Kriegsschiffen um. Sie wurden von Offizieren befehligt, die jünger waren als er, und erinnerten ihn daran, daß er bisher nur einmal ein Kommando innegehabt hatte: eine kleine Korvette gleich nach dem Ersten Weltkrieg. Es war eine kurze, ereignislose Episode zwischen Landkommandos und untergeordneten Posten auf großen Schiffen, bis dann das Elend der Entlassung aus der Navy folgte.

Viele waren »abgesägt« worden, als die Marine verkleinert wurde, aber jeder Fall war ein Einzelschicksal. Einige freuten sich darüber, weil sie von ihren Eltern mit zwölf Jahren in einen Dienst gepreßt worden waren, den sie immer gehaßt hatten. Andere wehrten sich, wollten die Ungerechtigkeit nicht hinnehmen. Sie vergeudeten wertvolle Zeit und viel Geld damit, auf anderen Gebieten ihren Wert zu beweisen: Hühnerfarmen, der Staatsdienst und sogar die Kirche mußten herhalten. Die Marineoffiziere wurden aufgenommen und wieder abgestoßen wie körperfremde Stoffe. Männer wie Chesnaye waren zu geschockt gewesen, um schnell zu handeln. Sie erholten sich langsamer, verdrängten ihren Frust und begannen von vorn.

Zehn Jahre war er von Land zu Land gezogen und hatte ohne zu murren jede Arbeit angenommen, die er finden konnte. Er war ungebunden. Sein Vater war in den letzten Monaten des Krieges gestorben, seine schwächliche Mutter bei der schweren Grippeepidemie der Nachkriegszeit. Zuerst hatte Chesnaye versucht, der See treu zu bleiben. Er ging zu einer norwegischen Walfangflotte in der Antarktis und arbeitete mehrere Jahre als Offizier im Dreck und Lärm des Mutterschiffs. Seine alte Wunde nahm das übel. Da zog er weiter nach Neuseeland, wo er sich mit seinem ersparten Kapital in eine Firma einkaufte, die Farmausrüstungen vertrieb. Das Geschäft blühte, aber als die Wolken am Himmel der großen Politik sich immer düsterer färbten, als das Münchner Abkommen geschlossen wurde, verabschiedete sich Chesnaye von seinem erstaunten Partner und fuhr nach Hause.

Stets stand das Bild seines Vaters vor ihm. *Er* würde nie seinen Stolz verlieren und sich völlig aus der Navy ausschließen lassen, die er immer geliebt hatte. *Er* würde sich kein Haus in Southsea kaufen und die grauen Schiffe beobachten, die langsam der See entgegendampften; oder bei jedem Hornsignal aus der nahen Kaserne feuchte Augen bekommen. Die Marine war ein Teil seines Lebens. Er hätte – ganz im Gegensatz zu seinem Vater – auch den Job seines Wachoffiziers auf der Southend-Pier übernommen. Aber es wurde der Posten eines Training Commanders in einem der neuen Ausbildungszentren. Immerhin ein Anfang.

Doch das Warten war ihm schwerer gefallen als vermutet. Die erste Begeisterung bei der Ausbildung von Zivilisten – Bürogehilfen, Arbeitern, Milchmännern und anderen – zu Seeleuten war bald verflogen. Beinahe hätte er gelacht, als er das Gesicht seines Vorgesetzten sah, der ihn über seine Abkommandierung unterrichtet hatte. »Auf ein so altes Schiff! Bei Gott, Richard, *hier* wären Sie von größerem Nutzen!« Jetzt war er angekommen, das Warten vorbei. Die Last der verflossenen Jahre schien von ihm abzufallen.

Eine Stimme unterbrach seine Gedanken: »Besteht eine Möglichkeit, zur *Saracen* mitgenommen zu werden?«

Chesnaye drehte sich irritiert um, weil er beim Träumen überrascht worden war. Außerdem klang die lässige Anrede ungewohnt. Er sah einen etwas derangierten Offizier vor sich, dessen große helle Augen ihn anblinzelten, als ob sie sonst hinter dicken Brillengläsern versteckt wären. Zwischen den beiden geschwungenen Streifen auf dem zerknautschten Ärmel verlief ein karmesinroter Besatz. Chesnaye nickte. »Ja, ich fahre in die Richtung.«

Der Offizier verbeugte sich, sein jugendliches Gesicht leuchtete erleichtert auf.

»Oh, prima!« Er streckte die Hand aus. »Ich bin Dr. Wikkersley, Bordarzt der *Saracen.*« Er kicherte entwaffnend. »Ich glaube, ich war ziemlich frech. Eine Stimme sagt mir, daß Sie ein ziemlich hohes Tier sein müssen.«

Chesnaye entspannte sich. »Ich bin Kapitän Chesnaye.«

»Oh ... Sehr angenehm.« Wickersley blickte nach unten ins wartende Boot. »Wissen Sie, ich kenne mich mit den Rängen noch nicht so aus. Ich war nur einen Monat in der Kaserne und vorher im St.-Matthew-Spital.« Er deutete auf die rußgeschwärzten Häuser hinter ihnen. »Und jetzt war ich die ganze Nacht drüben, um die alte Fleischerhand in Übung zu halten.«

Vor dem Boot trat Chesnaye automatisch zur Seite, um dem jüngeren Offizier den Vortritt zu lassen, wie es üblich war. Doch der Doktor schüttelte energisch den Kopf: »Aber nein, Sir, nach *Ihnen*!«

Der Bootsmann musterte den Sünder finster. Er erwartete, daß der ernste neue Kommandant dem Doktor ordentlich den Marsch blasen würde. Statt dessen ... Ach ja ... Traurig schüttelte er den Kopf. Auch die Marine war nicht mehr dieselbe. Er brüllte: »Setz ab vorne!«

Das kleine Boot drehte in den Strom und hielt auf die verankerten Schiffe zu.

Spritzwasser flog über die kleine Hütte der Barkasse, als sie schnell durchs Wasser schoß. Chesnaye mußte sich festhalten, um nicht den Halt zu verlieren. Auf der langen Reise von England her hatte er festgestellt, wie sehr seine »Seebeine« während seiner Jahre an Land gelitten hatten. Der unruhige Seegang, der tägliche Borddienst, alles war ihm fremd geworden. Der Konvoi war durch die Straße von Gibraltar geschlüpft und bald darauf angegriffen worden. Entsetzt hatte Chesnaye gesehen, wie ein Schiff nach dem anderen von den feindlichen Bombern vernichtet wurde. Der Geleitzerstörer, auf dem er die Überfahrt als Passagier mitgemacht hatte, wurde von einem Australier kommandiert, den Chesnayes ausdauernde Anwesenheit auf seiner Brücke keineswegs beglückte. Einmal hatte er gebellt: »Bei Gott, Kapitän Chesnaye, Sie werden davon noch übergenug bekommen!« Chesnaye fand den australischen Akzent irgendwie nett, da er ihn an seine Zeit in Neuseeland erinnerte. Er fragte sich, wie der Geleitzerstörer wohl die letzte Bombennacht überstanden hatte.

Doch dann strich er den Konvoi und alles andere aus seinem Gedächtnis, als der Monitor näher kam. Hungrig suchten seine Augen den Rumpf ab. Die *Saracen* war älter geworden, Roststreifen liefen von den Wasserauslässen nach unten, auch waren viele Beulen zu sehen, aber kein ernster Schaden. Das übliche Durcheinander und Hasten an der Gangway erinnerten ihn an früher, er hörte wieder Leutnant Hogarths hohe Fistelstimme und Pickles' Warnung vor Royston-Jones: »Er haßt alle und ganz besonders Fähnriche!« Was mochten die da drüben von ihrem neuen Kommandanten denken!

Das Boot wurde langsamer und hielt auf die Gangway zu. Wickersley rief: »Wirklich sehr nett von Ihnen, mich hier abzusetzen!«

Chesnaye blickte auf ihn hinunter. »Ehrlich gesagt, ich gehe hier auch an Bord.«

Die Augen des Doktors weiteten sich. Als die Erkenntnis ihn durchflutete, stieß er hervor: »Oh, *nein*!«

Chesnaye richtete sich gerade auf und stieg auf die Gangway. Er vermied es, die ausgetretenen Stufen zu zählen. Sein Kopf erreichte Deckshöhe, er nahm die gebräunten Gesichter wahr, das Zwitschern der Bootsmannspfeifen. Ein paar gemurmelte Worte, salutierende Hände, präsentierte Gewehre und das Blitzen eines Degens. Ein Gesicht schälte sich aus dem Nebel, und eine junge, ruhige Stimme sagte die Worte, auf die er so lange gewartet hatte.

»Willkommen an Bord, Sir.«

Er war wieder daheim.

2 Aus der Sonne

Leutnant Malcolm Norris, RNVR*, trat nervös nach vorn ans Schanzkleid der Brücke und starrte in die Dunkelheit. Die vier Stunden der Mittelwache hatten sich endlos hingezogen, aber jetzt war sie bald vorbei. Gleich mußte die Ablösung kommen, dann würde die Spannung, die sein Herz hart gegen die Rippen schlagen ließ, verschwinden.

Es war immer noch sehr dunkel. Die Sterne spiegelten sich im glatten Wasser, das am Rumpf entlanggurgelte. Der Monitor arbeitete sich langsam auf den unsichtbaren Horizont zu. Eine leichte Brise wehte stetig aus Südwest, aber sie reichte nicht aus, um Leben in die Wachgänger zu bringen, die ununterbrochen in die Finsternis starrten.

Norris räusperte sich und erschrak selbst über den Laut. Er konnte es immer noch nicht fassen, daß er Wachoffizier war, vier Stunden alleinverantwortlich für das Schiff und alle Menschen an Bord. Die letzten vier Monate hatte er Leutnant Fox, dem Navigationsoffizier, assistiert und war mit ihm die Mittelwache gegangen. Fox war ein mit allen Wassern gewaschener Berufsseemann von der Handelsmarine, bis Kriegsausbruch Erster Offizier auf einem Bananendampfer: ein rauher, wortkarger Mann, der mit Kritik nicht sparte. Als immer mehr »Amateure« wie Norris auf das Schiff kamen, ging seine Kritik in Verachtung und schließlich in lange Perioden des Schweigens über, das nur durch eine schier endlose Kette von Flüchen unterbrochen wurde, wenn sein wachsames Auge einen Fehler in Navigation oder Seemannschaft entdeckte. Davon abgesehen, meinte Norris, war Fox ein erstklassiger Seemann. Wenn man mit ihm Wache ging, hatte man nichts zu befürchten. Norris war es zufrieden gewesen, daß er vor sich hinträumen konnte und nur die kleinen Arbeiten ausführen mußte, die in der unbeliebtesten Wache der Nacht eben so anfielen.

Jetzt wurde ihm klar, daß er die Zeit besser hätte nutzen

* Royal Navy Voluntary Reserve: freiwillige Reservisten der Kriegsmarine

sollen. Über Nacht hatte sich alles verändert. Die Wachen waren umbesetzt worden, damit Erskine während der Einarbeitungszeit des neuen Kommandanten keine Wache zu gehen brauchte. Damit war Norris zum Wachoffizier geworden und hatte, was vielleicht das Schlimmste war, Torpedooffizier Harbridge als Assistenten. Harbridge war ein vierschrötiger, rachsüchtiger kleiner Decksoffizier der alten Schule. Er hatte sich aus dem Elend eines Waisenhauses hochgearbeitet bis zur Würde einer einzelnen dünnen Goldlitze. Das hatte viele Jahre gedauert und ihn vom Ausbildungsschiff über Zerstörer, Kreuzer und Kasernen geführt. Er hatte sich an strikte Disziplin gewöhnt und erwartete sie nun auch von anderen. Seine Untergebenen behandelte er ohne Mitgefühl und machte nie Abstriche an seinem hohen Leistungsstandard.

Norris dachte gern über seine Wachkollegen nach. Er war Lehrer an einer Londoner Mittelschule gewesen. Noch wußte er wenig über die Navy, nur daß er alles, was mit ihr zusammenhing, liebte und bewunderte. Der Krieg hatte ihm die Möglichkeit zum Einstieg gegeben. Nach ein paar ereignislosen Monaten auf einem alten Kreuzer, der die meiste Zeit im Firth of Forth vor Anker lag, war er auf die Artillerieschule nach Whale Island geschickt worden. Obwohl er den Kurs nur knapp geschafft hatte, blieb ihm die Schule in bester Erinnerung. Danach hatte er Urlaub genommen und seine alte Schule besucht. Wie klein und unordentlich war ihm alles vorgekommen! Die Klebestreifen über den Fenstern, die braunlasierten Ziegel, der Spielplatz mit den Pfützen. Die meisten Kinder waren evakuiert, aber für die restlichen und das Lehrerkollegium hatte Norris sein neues Leben in den glänzendsten Farben gemalt.

Als er auf den Monitor versetzt worden war, hatte er nach außen Enttäuschung geheuchelt, während er sich inwendig freute, denn das Schiff wirkte groß und sicher. Immer war ein kompetenter Offizier oder Unteroffizier in seiner Nähe, wenn sich eine Krise anbahnte. Auf einem Zerstörer hätte es anders ausgesehen. So befand er sich also in einer Position, von der er im Grund nicht wußte, wie er sie erlangt hatte.

Vor seinem inneren Auge sah er sich in der Messe sitzen

und die anderen beobachten. Er suchte sich sorgfältig aus, wem er nacheifern, wen er kopieren wollte und wen er meiden mußte. John Erskine war sein heimliches Vorbild: ruhig, gutaussehend und sehr selbstsicher. McGowan schien ihn immer zu belauern, so wie Fox es auf der Brücke tat. Er mied auch Tregarth, den Leitenden Ingenieur, und Robbins, seinen Stellvertreter. Beide kamen wie Fox von der Handelsmarine und hielten sich abseits. Norris mochte Dr. Wickersley, aber bei dessen Unbekümmertheit war es wohl riskant, mit ihm enger befreundet zu sein.

Harbridges rauhe Stimme unterbrach Norris' Gedanken.

»Quartermaster, achten Sie auf den Kurs! Sie geigen hin und her wie ein Caféhausprimas!«

Norris wußte, daß er den Rudergänger selber hätte ermahnen müssen. Er schluckte seinen Ärger hinunter. Harbridge knallte die Klappe des Sprachrohrs zu und marschierte ans hintere Ende der Brücke. Ein Bootsmannsmaat trat aus der Dunkelheit.

»Noch fünfzehn Minuten, Sir.«

»Gut, lassen Sie die Steuerbordwache wecken.«

Norris seufzte erleichtert. Seine Wache war fast um, und er hatte es allein geschafft. In Zukunft konnte er Harbridges Augen auf der anderen Seite des Messetischs ohne Verlegenheit begegnen.

Das Klingeln des Telefons an seinem Ellenbogen ließ ihn entsetzt hochschrecken. Er riß den Hörer ans Ohr, die Augen kreisrund vor Konzentration.

»Wachoffizier.«

Sein Herz pochte laut, er hoffte, daß irgendein Dummkopf nur wieder einen Uhrenvergleich anstellen wollte. Doch aus dem Hörer klang eine aufgeregte Stimme: »Mann über Bord, Sir! An Steuerbordseite achtern!«

Der Hörer entglitt Norris' Hand. Sekundenlang starrte er blind das Brückenschanzkleid an. Sein Hirn war leer. Mit jeder Sekunde schoben die beiden großen Propeller den Monitor weiter von dem Unglücklichen fort.

Harbridge fragte: »Was gibt's?«

»Mann über Bord!«

Norris antwortete so leise wie ein Schuljunge vor dem Direktor. Hilflos blickte er sich auf der schwankenden Brücke um, diesem großen Stahlturm, den er plötzlich nicht mehr unter Kontrolle hatte.

»Himmel hilf!« polterte Harbridge und stürzte beinahe bei dem Versuch, das Sprachrohr schnell zu erreichen. »Beide Maschinen stopp!« Dann rief er einem auftauchenden Bootsmannsgehilfen zu: »Beiboot zu Wasser! Mann über Bord!« Schließlich drehte er sich um und starrte Norris wütend in die Augen.

»Sie nutzloser Bastard!«

Er zitterte vor Wut. Und doch hatte Norris den Eindruck, daß er grinste.

Richard Chesnaye rollte sich auf der schmalen Koje zur Seite und kehrte der Tischlampe den Rücken. Er zwang sich, nicht auf die Uhr zu sehen, wußte aber auch so, daß er jetzt drei Stunden in seiner kleinen Brückenkammer lag, ohne eine Minute geschlafen zu haben. Durch die Tür konnte er die Schritte der Wachgänger auf der oberen Brücke hören und das regelmäßige Quietschen der Ruderanlage, wenn der Rudergänger versuchte, die *Saracen* auf geradem Kurs von Malta fortzuführen.

Chesnaye hatte sich dazu zwingen müssen, die Brücke zu verlassen. Er wußte, bei Tagesanbruch würden sie weniger als hundert Meilen von Malta entfernt stehen und noch gut in Reichweite feindlicher Flugzeuge sein, ganz zu schweigen von anderen Gefahren. Er rieb sich die entzündeten Augen und schätzte den Papierberg ab, den er während der Nachtwachen durchgearbeitet hatte. Stück für Stück hatte er sich ein Bild über Männer und Ausrüstung gemacht. Während des einen Tages in Malta war er durch alle Unterkünfte gegangen, hatte mit allen Sektionsleitern gesprochen und auch mit ihren Stellvertretern. Vor dem Lunch war er in der Offiziersmesse und hatte die Offiziere begrüßt. Das Treffen bereitete ihm Unbehagen. Er hatte gewußt, daß der Großteil der Offiziere neu und unerfahren war, aber darüber hinaus hing ein nervöser Zynismus in der Luft, der fast an Verachtung grenzte. Es war Chesnaye egal, was sie von ihm dachten, jeder Kommandant mußte sich erst beweisen. Nein, die Verachtung zielte auf das Schiff. Die respektvollen, aber distanzierten Dialoge waren immer auf das gleiche hinausgelaufen: »Was macht das hier schon?« Oder: »Was erwarten Sie von so einem Schiff?« Als Luftalarm gegeben wurde, war es wie eine Erlösung gewesen.

Erskine war beim Rundgang dabei und quoll über vor Informationen und Vorschlägen. Chesnaye wäre es lieber gewesen, wenn er kritischer gewesen wäre, aber der Erste hielt sich sorgfältig bedeckt. Gewiß, das Kriegsgerichtsverfahren hing wie eine Wolke über dem Schiff, aber bei Erskine schien es tiefer zu gehen. Die Erinnerung an Commander Godden tauchte wieder auf, der heimlich die Stellung des ersten Kommandanten der *Saracen* unterminiert hatte. Jetzt war keine Planstelle für einen Commander mehr vorgesehen.

Und dann die Sache mit dem Einsatzbefehl. Chesnaye runzelte die Brauen, als er an Erskines Reaktion dachte.

Das Schiff sollte zuerst nach Alexandria laufen und wurde auf einem Teil des Wegs von einem Kriegstrawler begleitet. Unglaublich, wie klein der Troß der Hilfsschiffe geworden war. In Alexandria würden sie dann »militärische Ausrüstung« gemäß der Telegramme Nummer soundso übernehmen. Als er Erskine über diese Ausrüstung befragt hatte, antwortete dieser mit einem Schulterzucken: »Ach, wir transportieren doch alles, Kleidung, Treibstoff, Konserven – was das Oberkommando für brauchbar hält.«

Er hatte das mit so tiefer Verbitterung gesagt, daß Chesnaye ihn in plötzlichem Ärger anstarrte. »Wie meinen Sie das?«

»Niemand kümmert sich wirklich um die *Saracen*, Sir. Sie ist alt und verbraucht wie die Hälfte der Schiffe hier draußen.« Er zeigte unbestimmt in Richtung See. »Jetzt bringen wir also Infanteristen nach Griechenland, die dort aushelfen sollen. Das bedeutet, sie brauchen noch mehr Versorgungsschiffe – und deren Arbeit wird uns hier zusätzlich aufgehalst.«

»Wir werden schon damit fertig werden.«

Erskine hatte dünn gelächelt: »Jawohl, Sir.«
»Sie lieben dieses Schiff nicht, habe ich recht?«
»Ich bin daran gewöhnt. Es ist alt, langsam, unterbemannt und schlecht ausgerüstet. Die schwere Artillerie ist so ausgeleiert durch das Übungsschießen im Frieden, daß man fast von Glattrohren sprechen kann. Kein Wunder, daß wir die Granaten auf unsere armen Soldaten geworfen haben.«
Hinterher war Chesnaye unzufrieden mit sich, daß er sich hatte provozieren lassen. Er war müde und ausgelaugt von der Reise, sonst wäre er vielleicht besser auf der Hut gewesen.
»Als ich das erste Mal auf die *Saracen* kam, war es eine Ehre, ausgewählt worden zu sein«, erwiderte er. »Damals war sie brandneu, eine moderne Waffe. Aber auch damals gab es alte Schiffe in der Flotte, vielleicht älter, als dieses hier jetzt ist. Die Arbeit mußte trotzdem getan werden – *jede* Arbeit!« Er blickte den anderen Mann kalt an. »Wenn unsere Befehle besagen, daß wir Ausrüstung zu befördern haben, dann werden wir das besser tun als jedes andere Schiff, haben Sie verstanden?«
Erskine wurde steif, sein Gesicht glich plötzlich einer Maske. »Ich denke ja, Sir.«
Chesnaye rollte sich auf den Rücken zurück und blickte starr an die Decke. Natürlich hatte Erskine nichts verstanden, er hätte es ihm eben erklären müssen: Ein Schiff ist nur so gut, wie man es macht! Dieser Spruch galt noch immer.
Er ging wieder die Offiziere durch. Sehr gemischt. Zwei oder drei starke Charaktere konnten ein Schiff nach oben oder nach unten ziehen. Tregarth war ein guter Mann. Er hatte ihm kräftig die Hand gedrückt und ihm mit seinem Cornwallakzent versichert, daß er sich auf die Maschine würde verlassen können. Da hatte sich Fox, der Navigator, eingemischt: »Wir haben hier nur zwei Fahrtstufen: ganz langsam und stopp.« Auf Fox mußte er ein Auge haben, der war sehr selbständig und stur. McGowan, der Artillerieoffizier, schien fachlich kompetent zu sein, ein durchschnittlicher Berufsoffizier wie viele hundert andere auch. Verläßlich, aber ohne viel Phantasie. Dann war da Norris, der gerade auf der anderen Seite der Tür Wache hatte. Er konnte sich so oder so entwik-

keln, wenn er sich nur entspannen und auf seine Aufgabe konzentrieren würde. Chesnaye hatte sich von der Mittelwache zurückgezogen, um Norris eine Chance zu geben. Die Wache war bisher ruhig genug verlaufen, vielleicht hatte es genützt.

Die nachgeordneten Offiziere kamen alle aus der freiwilligen Marinereserve. Nur Fähnrich Gayler und die beiden Decksoffiziere bildeten eine Ausnahme. Die Jungen würden sich so benehmen wie ihre direkten Vorgesetzten.

Natürlich war es eine Enttäuschung, als Versorger eingesetzt zu werden. Er konnte die Bitternis in seinem Herzen nicht leugnen. Aber wie Erskine richtig gesagt hatte, waren alle Kräfte auf das äußerste angespannt. Keiner konnte vorhersagen, was in den nächsten Monaten, ja Wochen, passieren würde.

Er setzte sich auf und blickte sich in der kleinen Kammer um. Wie viele Kommandanten mochten hier schon gesessen und sich Gedanken über ihre Offiziere gemacht haben? Wie viele Karrieren waren hier gefördert oder vernichtet worden? Royston-Jones mußte sich hier entschlossen haben, sein Schiff in eine längst entschiedene Schlacht zu werfen. Er fühlte, wie ihm kalt wurde. Sein Bein war abgestorben.

»Ich nicht!« flüsterte er. »Ich nicht!«

Draußen klingelte ein Telefon. Er blickte auf die Uhr, zehn Minuten bis zum Wachwechsel. Er hörte rennende Füße, gedämpfte Rufe und das Klingeln des Maschinentelegraphen. Rumpelnd kamen die Propeller zum Stehen. Chesnaye sprang auf und angelte nach seinen Schuhen. Er hatte sich gefragt, wie er reagieren würde, wenn die erste Krise kommen würde. Jetzt war sie da. Vielleicht waren sie gerade dabei, den kleinen Trawler über den Haufen zu fahren. Er merkte, daß sein Atem schneller ging und seine Hand zitterte, als er nach dem Türgriff suchte.

Nach einer Minute war alles vorbei. Er war dankbar, daß er wach gewesen war und daß die Dunkelheit sein Gesicht verborgen hatte. Er hörte sich befehlen: »Kurs und Geschwindigkeit wieder aufnehmen, Beiboot sichern!«

Als Leutnant Norris stotternd zu berichten begann, was geschehen war, bellte er: »Blinkspruch an den Geleitzerstörer. Er soll nach dem Mann suchen!« Dann fragte er: »Wer ist es?«

Harbridge antwortete: »O'Leary, Sir, einer der Bootsfierer. Er hat auf Wache geträumt und ist über Bord gefallen.«

»Verstehe.«

Chesnaye hatte das Bild eines zufriedenen Seemanns vor Augen, der plötzlich ins Nichts hinausgeschleudert wurde. Vom sicheren, wohlbekannten Deck in die Schreckenswelt des schwarzen Wassers.

»Dann sollte er eine Schwimmweste mit Nachtlicht tragen. Der Trawler kann ihn damit besser finden.«

Plötzlich war Erskine an seiner Seite. Sein Gesicht sah durch das zerzauste Haar besonders jungenhaft aus.

»Warten wir nicht, Sir?«

Chesnaye verdrängte das Bild des langsam ertrinkenden Seemanns, der sicher den allmählich kleiner werdenden Schemen des Monitors über den Wellenkämmen sehen konnte.

»Nein! Ich gefährde wegen eines Mannes nicht das ganze Schiff.« Er zwang sich, Erskine ins entsetzte Gesicht zu blikken. »Was mich im Augenblick viel mehr beschäftigt, ist der offensichtliche Mangel an Übersicht und Disziplin. Ich erwarte morgen früh einen ausführlichen Bericht des Wachoffiziers.« Er wandte sich um. »Norris?«

»Sir?« Kleinlaut, zitternd, unsicher.

»Stoppen Sie niemals ein Schiff, wenn es nicht unbedingt notwendig ist. Dieses Gebiet ist mit U-Booten verseucht. Es gibt Risiken und *Risiken*!«

Harbridge sagte düster: »Noch eine Minute, und wir hätten das Beiboot zu Wasser gehabt, Sir.«

»Danken Sie Ihrem Schöpfer, daß Sie diese Minute nicht hatten, Mr. Harbridge. Ich hätte dafür gesorgt, daß das Ihr letzter Befehl gewesen wäre!«

Er zwang sich dazu, über das Brückenschanzkleid zu blicken, als ein dunkler Schatten mit hoher Bugwelle vorbeirauschte. Die Morselampe des Trawlers blitzte kurz auf, dann war er in der Dunkelheit achteraus verschwunden. Der Monitor begann unter Chesnayes Füßen zu vibrieren, langsam nahm er wieder Fahrt auf.

Leutnant McGowan erschien auf der Brückenleiter und grüßte laut und munter: »Guten Morgen alle miteinander!« Er verstummte, als er die verschlossenen Gesichter sah.

Chesnaye nickte ihm zu. »Übernehmen Sie!« Damit ging er langsam in seine Seekammer und schloß die Tür hinter sich.

McGowan hob ratlos die Arme und blickte Norris an. »Was ist los, um Himmels willen?«

Norris stieß fast schluchzend hervor: »Mann über Bord. Der Kommandant läßt ihn ertrinken!«

»Ich denke, wir werden noch viel Freude an ihm haben«, fügte Harbridge hinzu.

Die Wache wurde gewechselt, und McGowan blickte Erskine an, der sich nicht gerührt hatte.

»Wir müssen es in den richtigen Proportionen sehen, John.« McGowan widerstand der Versuchung, achteraus auf den suchenden Trawler zu blicken. »Es ist Pech, aber wir müssen darüber hinwegkommen.«

Erskine starrte die verschlossene Tür an, er hatte die Fäuste geballt. »Ich habe schon eine Menge gesehen, aber dieser Bursche ist ein eiskalter Bastard!«

Hinter der Tür saß der Mann, der die Mittelwache so erschüttert hatte, auf seinem Bett und preßte die Hände gegen den Magen, um der Übelkeit Herr zu werden.

Noch vor zehn Minuten hatte er überlegt, wie er einen neuen Anfang für das Schiff finden sollte. Nun war der Anfang da, aber der Preis dafür riß ihn fast in Stücke.

Leutnant Roger Fox trat von der Lampe des Kartentischs zurück, damit der Kommandant mehr Licht bekam. Schweigend wartete er ab, als sich Chesnaye über die oft benutzte Karte beugte und die Linien der Kurse, die Kreuzpeilungen, die Zeiten und Distanzen kontrollierte. Er wußte, daß sie fehlerlos waren.

Chesnaye richtete sich auf und blickte nachdenklich zum silbernen Streifen am Horizont. Ihr erster Morgen auf See war hell und klar. Die Sonne brannte schon heiß auf die frisch gewaschenen Decks. Die Vormittagswache hatte gerade begonnen. Er sah, daß Fox immer noch etwas Eigelb im Mundwinkel hatte.

Sechseinhalb Tage bis Alexandria, dachte Chesnaye. Er hatte nicht schlafen können und zog die Frische des neuen Morgens seiner zerwühlten Koje vor. »Es ist ein langer Weg, Mr. Fox.«

»Hm, mehr als sechs Knoten bringt sie nicht mehr. Arme alte Schnecke!«

Chesnaye blickte ihn scharf an. »Sie sind nicht an langsame Reisen gewöhnt?«

Der Navigator grinste: »Nein, Sir. Der Transport von Bananen erforderte schnelle Schiffe!«

Chesnaye trat auf die Nock hinaus. Sofort fühlte er die Sonne heiß auf seinen Schultern. Ein rundgesichtiger Unterleutnant stand vorn und suchte mit dem Fernglas die Kimm ab. An der starren, sprungbereiten Haltung des Mannes erkannte Chesnaye, daß er sich der Anwesenheit seines Kommandanten bewußt war.

»Guten Morgen. Sie sind Bouverie, nicht wahr?«

Bei genauerem Hinsehen erkannte Chesnaye, daß der Mann älter war, als es auf den ersten Blick schien. Das war die Schwierigkeit bei diesen Reserveoffizieren: Man konnte vom Rang niemals auf das Alter schließen. Bouveries Augen, die er in der gleißenden Helligkeit zusammenpreßte, blickten fest und klug. Seine Stimme klang beherrscht, als er meldete: »Kurs null-neun-fünf liegt an, Sir.«

»Danke.«

Chesnaye trat auf die Gräting und blickte über die Verschanzung. An Backbord voraus sah er den kleinen Trawler durchs glatte Wasser pflügen, aus dem schlanken Schornstein stieg eine dünne graue Rauchfahne. Bouverie sagte ruhig: »Sie haben die Leiche O'Learys geborgen, Sir.«

Chesnaye versteifte sich. Man hatte es ihm schon berichtet, aber er war erstaunt über die beiläufige Art, mit der Bouverie das Thema anschnitt.

»Ja, ich weiß.«

»Ohne Schwimmweste, Sir.« Nach kurzer Pause setzte er hinzu: »Schlimme Art zu sterben.«

Chesnaye ging zu dem hohen hölzernen Stuhl vorn in der Brücke. Ohne auf Bouveries neugierige Blicke zu achten, strich er über die abgenutzten Armlehnen. Er dachte an Royston-Jones, der hier mit seinem Raubvogelgesicht gehockt hatte.

»Ich vermute, daß dies Ihr erstes Kommando ist, Sir?« Bouverie sprach respektvoll, aber doch so, als ob er eine Antwort erwartete.

Chesnaye ignorierte die Frage. »Wie lange sind Sie bei der Marine, Leutnant?«

»Fast auf den Tag genau ein Jahr, Sir.«

»Was haben Sie davor gemacht?«

»Ich bin Rechtsanwalt, Sir.«

Chesnaye lächelte in sich hinein. Ich *bin*, nicht ich *war* Rechtsanwalt. Das erklärte viel von der Gelassenheit und Selbstsicherheit des Mannes. »Wie finden Sie dieses Leben?«

Bouverie blickte ihn mit Überraschung an. »Darüber habe ich noch nicht nachgedacht, Sir. Aber ich glaube, es ist besser als beim Heer.«

»Flugzeug in Peilung Rot eins-eins-null!«

Chesnaye glitt auf seinen Stuhl. Fox sprintete über die Brücke und löste Alarm aus. Dem gurgelnden Quäken der Hörner folgte das Trappeln vieler Füße, als die Männer an Deck quollen. Chesnaye umklammerte die Armlehnen, um seiner Erregung Herr zu werden. Er hatte gewußt, daß es irgendwann passieren würde. Aber jetzt, bei hellem Sonnenlicht und ruhiger See, kam es doch überraschend.

Er hob sein Glas und suchte langsam das Gebiet an Backbord ab. Die kurzen Läufe der Pompoms wurden von der Segeltuchabdeckung befreit, die Läufe der Oerlikons reckten sich schon in die Höhe. Dann sah er sie: kleine silberne Flekken, nur scheinbar unbeweglich, wie kleine Eissplitter über dem glitzernden Wasser.

Fox meldete: »Schiff ist klar zum Gefecht, Sir!«

»Danke, N.O.*. Höchste Umdrehungszahl!«

Der Signalmeister, ein bärtiger Schotte namens Laidlaw,

* Navigationsoffizier

meldete sich aus dem Hintergrund der Brücke: »Befehle an Geleit, Sir?«

»Station recht achteraus einnehmen!«

Chesnaye lauschte dem Geklapper der Morselampe, die über das ruhige Wasser signalisierte. Die erhöhten Umdrehungen ließen das Schiff und den Stuhl erzittern. Auch Chesnaye vibrierte innerlich. Die plötzliche Aussicht auf den Verlust der *Saracen* verdrängte alles andere aus seinen Gedanken.

»Sechs Flugzeuge, Sir! Sturzkampfbomber!« McGowan beobachtete mit einem Mikrophon in der Hand den Feind. Seine Stimme klang scharf und klar: »Achtung . . . Nahbereichswaffen!«

Er blickte Chesnaye an, ohne ihn wahrzunehmen. Vor seinem inneren Auge sah er die Flak des Schiffes: jede Einheit eine Waffe für sich, jede Geschützmannschaft hing nur von ihrer eigenen Fähigkeit und Erfahrung ab. Die beiden großen Rohre im dicken Turm zeigten noch immer gleichmütig nach vorn. Sie spielten in dieser Art Krieg keine Rolle.

Chesnaye beobachtete, wie die sechs kleinen Flugzeuge höher und höher stiegen. Sie flogen einen weiten Halbkreis um den Monitor und hielten sich dabei außerhalb der Reichweite seiner Abwehrwaffen. Aufgeschreckt dachte Chesnaye zunächst, sie hätten es auf den Trawler abgesehen. Erst als die Sonne in sein Fernglas fiel und ihn blendete, begriff er, was sie vorhatten. Natürlich würden sie aus der Sonne angreifen, um auch die Richtschützen zu blenden und ihr Risiko so klein wie möglich zu halten.

»Sie drehen ein, Sir!« Ein Brückenausguck rief es mit überkippender Stimme, obwohl er so nahe war, daß Chesnaye ihn hätte berühren können.

»Feuer eröffnen, wenn Ziel aufgefaßt!«

Die erste Maschine ging in den Sturzflug über. Gegen die Sonne wirkte sie wie ein schwarzes Kruzifix, als sie sich auf den rollenden Monitor stürzte. Sie schien am Vorstag herunterzurutschen – genau auf die Brücke zu. Wieder hörte Chesnaye dieses teuflische Heulen, ein Vorspiel zu Tod und Verderben. Diesmal galt es seinem Schiff, sie wollten ihm die *Saracen* nehmen. Wütend bellte er: »Steuerbord zwanzig!«

Mit seiner Höchstgeschwindigkeit von sieben Knoten drehte der Monitor ab und zeigte dem Bomber jetzt seine Backbordseite. Gleich darauf wurde das Feuer eröffnet. Der Brückenaufbau erzitterte unter den Abschüssen der Pompoms, Oerlikons und der langen 10,5-cm-Geschütze, die sich zu einem satanischen Chor vereinigten. Der Raum zwischen dem Bomber und dem Schiff war plötzlich mit braunen Wölkchen und Leuchtspurgirlanden gefüllt. Chesnaye beobachtete, wie sich die schwere Bombe vom Flugzeug löste, das nun den ganzen Himmel auszufüllen schien.

Er erkannte seine eigene Stimme nicht wieder: »Mittschiffs!«

Die Bombe schien sehr langsam zu fallen, so daß er Zeit hatte, nach dem kleinen Trawler zu sehen, der in ihrem Kielwasser folgte. Die Abschüsse seiner leichten Waffen verloren sich im Abwehrgebrüll der *Saracen*. Der Pilot fing den Sturzkampfbomber ab, nachdem er seine tödliche Last abgeladen hatte, und zog die Maschine über das Schiff hinweg. Eine Sekunde lang sah Chesnaye die schwarzen Balkenkreuze und den Lederhelm des Mannes, der ihn hatte töten wollen. Leuchtspurgeschosse griffen nach seinen Flügeln, aber der Bomber war schon vorbei und drehte ab. Der Monitor erzitterte, Spritzwasser klatschte auf die Brücke. Chesnaye schluckte trocken. Die Bombe war danebengegangen, er hatte nicht gehört, wie sie explodierte.

»Hier kommt der nächste.«

Wieder setzte das Inferno des Abwehrfeuers ein, das Heulen des Stukas, das Pfeifen der fallenden Bombe. Abermals ein Fehlwurf, Chesnaye wurde bei jedem Angriff wütender.

»Die Bomber teilen sich, Sir.« Bouverie sprach gelassen, anders als der junge Mann vor zehn Minuten. »Drei von jeder Seite!«

Chesnaye betrachtete sie haßerfüllt. »Ich drehe das Schiff ... Jetzt!« Im selben Atemzug brüllte er: »Hart Backbord!«

Mit starker Schlagseite begann das alte Schiff zu drehen, der Trawler glitt vorn vorbei. Anstelle eines fast wehrlosen schmalen Keils sahen die Piloten nun die Breitseiten auf sich zukommen. Sie blieben im Sturzflug, auch als am Heck ihres Ziels eine hohe Welle aufschäumte. Eine der Schiffsmaschinen wurde auf voll zurück umgesteuert. Es war zu spät für die Flieger, sie durchschauten das Manöver nicht. Bis jetzt hatte das Schiff alle Bomben durch Kursänderungen ausmanövriert, deshalb hatten sie sich geteilt, eine Hälfte sollte die Kursänderung hervorlocken, die andere Hälfte den tödlichen Stoß führen. Aber diesmal drehte die *Saracen*, bis alle Kanonen zum Tragen kamen. Mit protestierenden Maschinen und Ruderblättern warf sich das Schiff fast auf dem Teller herum. Der erste Bomber stotterte und spuckte schwarzen Qualm, er schoß knapp über die Brücke hinweg und zerschellte auf dem Wasser. Der Anführer der zweiten Rotte stürzte weiter, *er* konnte nicht in den Rückwärtsgang schalten. Die Leuchtspurgirlanden knüpften ein dichtes Netz um den Bug des Flugzeugs, es schien sich schon in der Luft aufzulösen. Mit einem Aufzischen verschwand es im klaren Wasser, das bald mit Wrackteilen übersät war.

Eine Bombe fiel direkt neben dem Torpedowulst der *Saracen* ins Wasser und explodierte. Bei einem leichten Kreuzer wäre zweifellos die Bordwand eingedrückt worden, aber sie schüttelte sich nur und dampfte unbeirrt weiter. Ihre Kanonen schossen lautstark Sperrfeuer. Dann war der Himmel leer. So schnell, wie sie gekommen waren, verschwanden die restlichen Stukas am Horizont.

»Bringen Sie das Schiff wieder auf Kurs, N.O.!« Chesnaye blickte starr voraus. »Marschgeschwindigkeit! Wegtreten von Gefechtsstationen!«

Fox' Stimme klang rauh: »Aye, aye, Sir.«

Chesnaye rieb seine Hände an der Brückenverschanzung trocken. Sie hatten es geschafft! Zusammen hatten sie es ihnen gezeigt, den Zweiflern und den verfluchten Deutschen auch!

Erskine tauchte neben ihm auf, das Gesicht von Pulverdampf geschwärzt. »Keine Beschädigungen, keine Verluste, Sir.«

»Gut.« Chesnaye wandte sich dem Offizier zu und sah befriedigt seinen überraschten Gesichtsausdruck. »Ich hatte den

Eindruck, daß die Oerlikons an Backbord etwas langsam schossen. Sprechen Sie bitte den Artillerieoffizier darauf an.«

»Jawohl, Sir.«

Chesnaye rieb sich die Hände. Sie hatten zwei Bomber abgeschossen. Nicht schlecht. Er hörte unten auf der Signalbrücke eine unbekannte Stimme sagen: »Er hat mit dem alten Eimer wie mit einem verdammten Zerstörer manövriert!«

Ein anderer antwortete mit deutlicher Erleichterung: »Was soll's, Ginger? Kein Mensch wird dir glauben, wenn du diese Story erzählst.«

Chesnaye grinste. Er fühlte sich schwach, seine Hände zitterten, aber er lächelte.

Fox trat vom Sprachrohr zurück und betrachtete ihn aus zusammengekniffenen Augen. Die anderen Offiziere waren mit ihrem Urteil über den neuen Kommandanten schnell bei der Hand gewesen, aber er brauchte länger. Er war schon mit zu vielen schwierigen Kapitänen gefahren, um leichtfertig zu sein. Aber dieser hier war eine Klasse für sich, dachte er. Er *glaubte* tatsächlich an dieses Schiff. Als er sah, wie zärtlich Chesnaye über den Handlauf des Brückenkleids strich, wußte Fox, daß er recht hatte.

John Erskine schob den Stapel geöffneter Briefe weg und griff nach einer Zigarette. Aber die Packung war leer. Er seufzte und blickte zu Dr. Wickersley hinüber, der ganz in einen der Briefe vertieft war.

»Zigarette, Doc? Meine zollfreien sind alle.«

Wickersley schob ihm eine ungeöffnete Schachtel zu, ohne den Blick von dem Brief zu wenden. Beiläufig sagte er: »Es ist schon doll, was unsere Leute so an ihre Frauen schreiben.«

Erskine blies blauen Rauch aus. »Sie sollen die Briefe zensieren, Doc, nicht moralisch beurteilen.«

Wickersley grinste. »Trotzdem habe ich das Gefühl, daß ich bis jetzt in einer sehr behüteten Welt gelebt habe.«

Irgendwo vor der Messe quäkte ein Lautsprecher: »Die Steuerbordwache, Steuerbordwache auf Gefechtsstationen!«

Erskine blickte durch ein salzverkrustetes Bulleye. Es war acht Glasen, der Abend sank herab, war aber noch immer hell und klar. Der Horizont schwebte bewegungslos hinter dem Bullauge. Die Backbordwache würde jetzt hereinkommen und sich die fetten Würstchen und Bohnen einverleiben, dazu Unmengen übersüßten Tee. Bei einigem Glück hatte der Koch die Kakerlaken von der Oberfläche abgeschöpft. In einer Ecke der Messe saßen Harbridge und Joslin und dösten vor sich hin, an einem Pult schrieb Unterleutnant Philpott, der Zahlmeister, eifrig an seine Eltern.

»Wie kommen Sie mit dem Alten klar?« fragte der Bordarzt.

»Gut«, antwortete Erskine vorsichtig. »Warum?«

»Ach, ich dachte nur.« Der Doktor wedelte den Rauch vor seinem Gesicht zur Seite. »Ich glaube nämlich, daß er ein prima Kerl ist.«

Ein prima Kerl! Erskine fragte sich, ob der Kommandant wirklich so auf einen Außenstehenden wirkte. »Ja. Aber ich kann ihn noch nicht endgültig beurteilen.«

»Er hat viel um die Ohren.«

Das hatten sie alle. Erskine dachte an die drei zurückliegenden Tage: zwei weitere Bombenangriffe, ständige Wachsamkeit, kaum Schlaf. Die Mannschaft arbeitete Wache um Wache. Vier Stunden auf Posten und vier Stunden frei, wenn kein Gefechtsalarm dazwischenkam. Der Borddienst mußte natürlich auch weitergehen: Malen, Rost klopfen, Wartungsarbeiten. Seine Nerven wurden dünn und dünner. Die ganze Zeit schien ihn der Kommandant zu beobachten. Er machte Erskine keine Vorhaltungen über die Art, wie er den Schiffsbetrieb organisierte, schoß nur hier einen Hinweis und dort einen Vorschlag ab. Erskine fragte sich, welchen Standard er anstrebte. Er schien keine Rücksicht auf das Alter des Schiffs und auf die Belastung der Crew nehmen zu wollen.

Wickersley beobachtete ihn: »Sein Bein macht ihm zu schaffen. Bei Gelegenheit werde ich ihn fragen, ob ich ihm helfen kann.«

Erskine mußte trotz seiner trüben Gedanken lächeln. »Wenn Sie das tun, dann wird er Sie ungekocht verspeisen!«

»Ich vermute, daß er die Verwundung aus dem Ersten Weltkrieg hat. Wirklich merkwürdig.«

»Warum?«

»Nein, ich meine sein Aussehen.« Er blickte Erskine spöttisch an. »Obwohl er gut zehn Jahre älter ist als Sie, wirkt er wie ein Gleichaltriger. Finden Sie das nicht auch seltsam?«

Erskine lachte. »Bei der Arbeit, die ich am Halse habe, ist es ein Wunder, daß ich nicht aussehe wie sein Vater!«

Ballard, der Chefsteward, kam aus der Pantry. »Wir würden jetzt gern den Tisch zum Essen decken, Sir.«

Erskine blickte auf seine Uhr. »Mir ist der Appetit vergangen.«

Wickersley rieb sich die Hände, als mehrere Offiziere eintraten. »Ich würde sagen, jetzt ist ein Schlückchen angezeigt!«

»Auf See trinke ich nie.«

»Ihr Pech, mein Freund.« Wickersley winkte dem Steward. »Einen großen Pink Plymouth!« Er wandte sich an Leutnant Norris, der sich müde in einen Sessel fallen ließ. »Was ist mit Ihnen, Sportsfreund?«

Norris sah käsig und verschlafen aus. »Auch einen Großen, bitte.«

Erskine blieb stehen und blickte auf ihn herab. »Passen Sie auf, Malcolm, in vier Stunden haben Sie wieder Wache.«

Norris errötete. »Danke, ich paß schon auf.«

Erskine zuckte die Achseln und trat zum Bullauge. Tiefe Schatten lagen auf der See, der Himmel hatte seine Wärme verloren. In drei Tagen würden sie wieder in Alexandria sein – und dann?

Irgendwo mittendrin war Ann, vielleicht gerade in ihrem kleinen Apartment über dem Hafen. Oder sie war im Hospital und half den Verwundeten. Vielleicht flirtete sie auch bei einem Drink mit einem anderen Marineoffizier: Ann Curzon, groß, schlank und begehrenswert. Erskine erinnerte sich lebhaft an ihre erste Nacht. Sie hatten beide etwas zuviel getrunken und sich dann in ihrem Apartment leidenschaftlich geliebt. Er wußte nicht, warum sie England verlassen und sich in dieses Chaos gestürzt hatte. Sie war erst dreiundzwanzig, wirkte aber in vieler Hinsicht erwachsener als er. Sie schien sich immer über ihn lustig zu machen, wischte seine Bedenken und seine Vorsicht mit unbekümmerter Höflichkeit beiseite. Trotzdem hatte er das Gefühl, daß sie sehr verletzlich war.

Er dachte an ihre großen klaren Augen, und wie ihr kurzes, sonnengebleichtes Haar wippte. Nun würde er wählen müssen. Vielleicht ging es leichter, als er dachte. Er preßte seine Stirn gegen das kühle Glas, um sich zu beruhigen, und spielte mit dem Gedanken, auf die Brücke zu gehen. Im Geist sah er Chesnaye auf dem hohen Stuhl sitzen, das Gesicht im Schatten des Mützenschirms. Es war ein starkes Gesicht, dachte er, aber es verriet nicht, was er dachte. Wie Fox war Erskine schon mit vielen Kapitänen gefahren, er kannte ihre kleinen Macken und Vorlieben. Aber Chesnaye hatte nichts dergleichen. Er wirkte völlig beherrscht. Und trotzdem gab es vieles an ihm, was Erskine nicht verstand. Zum Beispiel die Art, wie er mit dem Schiff umging: zwar ruhig und sicher, aber doch irgendwie verzweifelt, als fürchte er zu versagen. Als sie den Hafen verließen, hatte Chesnaye jedes Detail überwacht. Er schien das Schiff zu hätscheln. Wenn das alte, fünfundzwanzig Jahre alte Wrack eine falsche Bewegung machte, schien er sich das als eigenen Fehler zu verübeln.

Zuerst hatte Erskine das für ein Zeichen von Unsicherheit gehalten, verständlich nach den langen Jahren erzwungener Untätigkeit. Aber seit dem Bombenangriff wußte er es besser. Von seinem Platz aus hatte er die schlitzohrigen Manöver Chesnayes gut verfolgen können, die Haken im Kielwasser, das Rütteln des Decks beim gewagten Manövrieren. Er schüttelte den Kopf. Das konnte nicht gutgehen. Früher oder später würde Chesnaye einsehen müssen, daß er und das Schiff nur wegen der angespannten Lage im Mittelmeer wichtig waren. Ein falscher Schritt, und er war endgültig erledigt.

Er blickte wieder auf See hinaus. Was auch geschehen mochte, er durfte sich nicht wieder hineinreißen lassen. Wenn er sich abermals Sentimentalität leistete, würde er nie wieder eine Chance haben.

Ballard hüstelte neben ihm.

»Dürfen wir verdunkeln, Sir? Es ist besser, wir lassen die Blenden herunter, bevor das Essen beginnt, Sir.«

Wortlos wandte sich Erskine von der See und dem Himmel ab. Jawohl, dachte er, das Spiel muß weitergehen. Alles war fest unter Kontrolle.

Aber wem zum Teufel wollten sie hier eigentlich was vormachen?

3 Ein Gesicht aus der Vergangenheit

John Erskine hielt schützend die Hand vor die Augen, weil das Licht bis in sein Hirn zu brennen schien. Eben noch hatte er in erschöpftem Schlaf gelegen, bis ein Matrose ihn kräftig schüttelte.

»Was ist los, Mann?«

Erskine plierte zum schattenhaften Umriß des Seemanns auf. Sein Hirn rebellierte gegen die Störung, und jeder Muskel verlangte nach Ruhe. Doch schlagartig wurde er wach, als er bemerkte, daß die Maschinen nur mit gedrosselter Kraft liefen.

»Empfehlung vom Kommandanten, Sir, Sie sollen sofort auf die Brücke kommen.«

Erskine schwang sich aus der Koje und knipste die kleine Tischlampe an. Kein Wunder, daß er müde war. Er hatte nur zwei Stunden geschlafen, die Morgenwache hatte noch nicht begonnen.

»Was ist denn los?«

Der Matrose blickte sich ungeniert in der engen, unordentlichen Kammer um. Wahrscheinlich hatte er vom zweiten Mann an Bord Besseres erwartet.

»Die Backbordmaschine mußte gestoppt werden, Sir. Ärger mit der Welle.«

Erskines Hirn begann zu arbeiten. Das fehlt uns gerade noch, dachte er, mit nur einer Maschine weiterlaufen zu müssen.

»Sagen Sie dem Kommandanten, daß ich komme.«

Bis er an den dösenden Geschützbesatzungen und den Ausguckleuten vorbei die Brücke erreicht hatte, war sein Kopf in der frischen Nachtluft klar geworden. Nur die Augen brannten noch, und seine Kehle war staubtrocken. Er tastete sich nach vorne, wo er den Umriß von Kapitän Chesnaye ausmachen konnte.

»Guten Morgen, Sir. Steht's schlimm?« Erskine versuchte, Chesnayes Stimmung zu ergründen.

»Eher ein Ärgernis. Der Chief sagt, daß ein Wellenlager heiß wird. Vielleicht ist nur eine Schmierleitung defekt.« Er lachte bitter auf. »Aber er bestand darauf, daß ich die Maschine stoppen lasse, damit seine Männer nachsehen können.«

Erskine nickte. »Das Lager hätte sich festfressen können.« Aber mit nur einem Propeller konnten sie keine Stukas ausmanövrieren. Alles, was Chesnaye mit seinen wilden Manövern erreicht hatte, war eine angeknackste Welle.

»Soll ich die Männer auf Gefechtsstationen antreten lassen, Sir?«

»Nein, nein, lassen Sie sie schlafen.«

Chesnaye hatte wie geistesabwesend gesprochen. Sein Ton machte Erskine schlagartig klar, daß der Kommandant seit Malta nicht von der Brücke gewichen war.

»Kann ich Sie eine Zeitlang ablösen, Sir? Bei dieser See macht das Schiff kaum noch Fahrt.«

»Nein, danke, mir geht's gut. Ich wollte Sie nur ins Bild setzen.«

Erskine lehnte sich gegen die kühlen Steinplatten und blickte auf die schwarze See hinaus. »Es ist sehr ruhig, Sir.«

Eine leichte Brise umfächelte sein Gesicht und ließ die Signalrahen über ihnen klappern.

Chesnaye grunzte zustimmend und zeigte nach Steuerbord. »Da drüben liegt Tobruk, weniger als hundert Meilen entfernt. Ich möchte wissen, wie sich die Armee dort hält.«

Erskine blickte ihn an. Obwohl der Kommandant sich Sorgen um das Schiff machte, fand er noch Zeit, über die namenlosen Männer in der Wüste nachzudenken. Er für seinen Teil war dankbar, daß er hier stand und nicht zwischen Steinen und Sand liegend auf die Dämmerung warten mußte, die den näher rückenden Feind sichtbar machen würde.

»Sie sind nicht verheiratet, John?«

Die Frage kam so überraschend, daß sie Erskine verwirrte. »Nein, Sir. Noch nicht.«

»Haben Sie schon daran gedacht?«

Vor Erskines Augen erschien Anns Gesicht, er fühlte sich mehr denn je verunsichert. »Nicht ernsthaft. Im Krieg ist es schwer, einen solchen Schritt zu wagen.«

Chesnaye klopfte sich mit seiner unangezündeten Pfeife gegen seine Zähne. »So sollten Sie nicht denken, John.« Mit unerwarteter Heftigkeit fuhr er fort: »Es ist eine Chance, die nicht oft wiederkehrt.«

Von achtern erklangen metallische Geräusche, und Erskine hörte Chesnaye verhalten fluchen. Irgendwo in der Dunkelheit sagte Harbridge, der Torpedooffizier: »Die Heizer scheinen den Fehler gefunden zu haben, Sir.«

Chesnaye nahm die Mütze ab und strich sich mit den Fingern durchs Haar.

»Es scheint ein schwieriger Job zu sein, aber Tregarth wird ihn schon schaffen«, meinte Erskine. »Er ist ein guter Chief, Sir.« Als keine Antwort von Chesnaye kam, fügte er hinzu: »Um darauf zurückzukommen, was Sie eben sagten, Sir: Warum haben Sie nicht geheiratet, wenn Sie so denken?«

Er hielt inne, als Chesnaye auf ihn zutrat.

»Wir wollen uns auf die Arbeit konzentrieren, die vor uns liegt.« Chesnayes Stimme war kalt, sie wirkte auf Erskine wie ein Schlag ins Gesicht. »Sie sollten einen Rundgang über das Deck machen, damit die Männer wissen, worum es geht. Und ich möchte, daß scharf Ausguck gehalten wird!«

Erskine schluckte seine Enttäuschung und Überraschung herunter.

»Aye, aye, Sir.«

Als er am hohen warmen Schornstein vorbeiging, wo die Morgenwache gemustert wurde, traf er den langen McGowan.

»Morgen, John, alles klar?«

Erskine erwiderte kurz: »Ein bißchen Ärger, aber nichts, womit der Kommandant nicht fertig wird.«

McGowan sah ihm verwundert nach und hörte seinen Unteroffizier rauh fragen: »Zwei Freiwillige für einen schönen ruhigen Job. Wer will, wer will, wer hat noch nicht?«

Zwei Männer traten aus den Reihen der mit Dufflecoats bekleideten Seeleute vor.

»Gut«, meinte der Unteroffizier. »Bates und Madison, ihr geht nach achtern und beseitigt die Verstopfung in der Offizierstoilette.«

Die Männer stöhnten auf, und ihre Kameraden kicherten schadenfroh. McGowan rügte: »Ist das der richtige Weg, um Freiwillige zu bekommen?«

Der abgeklärte alte Berufsseemann rieb sich die Hände und grinste. »Ein Freiwilliger ist nur ein Dussel, der die Frage falsch verstanden hat, Sir. Oder er ist noch naß hinter den Ohren. Jedenfalls muß die Toilette repariert sein, bevor die Gentlemen am Morgen aufstehen.«

»Äh, ja, ganz recht. Weitermachen.«

Die Männer schlurften davon, und McGowan begann, zur Brücke hinaufzusteigen.

Den Rest der Nacht kroch die *Saracen* wie eine Schnecke dahin, während Tregarth und seine Mechaniker achtern unter der Wasserlinie schwitzend nach dem kleinen Fehler suchten, der alle nervös und unleidlich machte.

Der Morgen kam und mit ihm ein steifer Nordost, der auf das glatte Wasser zuerst weiße Katzenpfoten setzte und dann lange hohe Brecher aufwarf. Die *Saracen* wurde noch langsamer, blieb aber steuerfähig. Die langen, schräg anlaufenden Wellenzüge knallten gegen den Backbordbug und sandten Wolken aus Spritzwasser über das Schiff. Ihr Donnern hörte sich für die Freiwächter unten an, als würde eine große Pauke geschlagen. Den Wachgängern erging es noch schlimmer, sie waren ständig in Gefahr, den Halt zu verlieren. Ausrüstung und Munition ratterten und schlugen, Männer fluchten, wenn ihnen die Füße unterm Leib wegrutschten. Augen und Ferngläser waren salzverkrustet.

Der kleine Trawler rollte und stampfte in der Nähe. Er zeigte abwechselnd seinen Kimmgang und dann wieder seine offene Brücke, auf der sich die Wachgänger festklammerten wie Seehunde auf einem Felsen.

Chesnaye blieb auf seinem Stuhl. Gelegentlich wanderten

seine Augen zum Maschinenraumtelefon. Der Hörer war verlockend nahe, aber er wußte, daß es pure Zeitverschwendung gewesen wäre, Tregarth anzurufen. Er tat ohnehin sein Bestes, das mußte genügen.

»Ihr Ölmantel, Sir.«

Ein Bootsmannsgehilfe hielt ihm den Ölmantel hin. Überrascht stellte Chesnaye fest, daß seine Uniform völlig durchnäßt war. Er bedankte sich mit einem kurzen Lächeln und zog ihn über die Schultern. Als er sich vorbeugte, sah er Erskine, den Oberbootsmann und eine kleine Gruppe Matrosen die Runde über das Vordeck machen. Die Männer standen beinahe im Winkel von fünfundvierzig Grad zum Deck, so stark legte sich das Schiff über. Spritzwasser deckte die kleine Gruppe völlig ein. Chesnaye sah, daß Erskine sich umdrehte und irgend etwas rief, sein Mantelkragen schlug dabei im Wind. Er lehnte sich wieder zurück und überdachte ihre nächtliche Unterhaltung.

Er hatte unrecht gehabt, so schroff zu sprechen, es war dumm und feige gewesen.

Aber wie konnte Erskine etwas von Helen wissen? Er duckte sich, als wieder ein Schwall Wasser gegen das Brükkenkleid knallte, über sein unrasiertes Gesicht lief und einen Weg durch das schützende Handtuch fand, das er sich um den Hals gewickelt hatte.

Das Mittelmeer . . . Hier hatte alles angefangen. Noch auf dem Lazarettschiff war er so voller Hoffnung gewesen. Robert Driscoll war nicht von seiner Seite gewichen und hatte ihn sogar oft im Hospital von Sussex besucht. Aber seine Hoffnungen hatten sich nicht verwirklicht. Helen Driscoll war in Gibraltar geblieben, auch dann, als die *Saracen* auf ihrem Weg nach Hause dort Anker warf.

Selbst nach all den langen Jahren konnte Chesnaye noch immer nicht akzeptieren, was sich da ereignet hatte. Damals hatte er einen Rückfall erlitten, als ihm Robert Driscoll die Neuigkeit mitteilte: Helen hatte sich mit Mark Beaushears verlobt. Er war jetzt Unterleutnant und mit dem Monitor unterwegs zu einem neuen Schiff, ein aufstrebender, vielversprechender junger Offizier. Chesnaye hatte ihm geschrieben und ihnen Glück gewünscht, obwohl die Wunde in seinem Herzen noch frisch war und der Haß glühte. Später, in allen Ecken der Welt, hatte er sich immer wieder gefragt, warum sie nicht gewartet hatte. Und warum Beaushears?

Leutnant Fox kam auf ihn zu und meldete: »Funkspruch, Sir, mit Vorrang: Kleiner Konvoi wird angegriffen. Erbittet unverzüglich Hilfe.«

Chesnaye erhob sich und humpelte zum Kartenhaus. »Weitere Einzelheiten?«

»Jawohl, Sir. Zwei italienische Kreuzer und ein paar Zerstörer haben den Konvoi aus Piräus überfallen. Die Spaghettifresser müssen sich während der Nacht an der griechischen Küste angeschlichen haben.«

Er beobachtete Chesnaye und wußte genau, was dieser dachte. Kreta lag im Norden, die libysche Küste im Süden. Der kleine Konvoi mußte Kreta auf der Festlandseite passiert haben, um möglichst viel Schutz vor Überwasserangriffen zu haben. Dann hatte er sich nach Süden gewandt, um Port Said anzulaufen. Es war ein Konvoi mit dringend benötigtem Nachschub für die britischen Truppen in Afrika. Dem Feind war seine Wichtigkeit offensichtlich klar, und nur durch schieren Zufall stand allein die *Saracen* in einer Position, in der sie dem Konvoi helfen konnte. Oder *hätte* helfen können, dachte Fox grimmig.

»Wenn die Verzögerung nicht wäre, stünden wir jetzt genau dazwischen«, sagte Chesnaye, über die Karte gebeugt.

Fox blickte auf seine persönliche Loggkladde. »Jawohl, Sir, wir hätten den Konvoi gegen elf Uhr sichten müssen.« Er holte tief Luft. »Verdammtes Pech!«

Mit veränderter Stimme schnappte Chesnaye: »Rechnen Sie trotzdem einen Abfangkurs aus und bringen Sie das Schiff auf diesen Kurs!« Er eilte hinter dem erstaunten Fox vorbei. »Bootsmannsmaat! Holen Sie mir sofort den Ersten Offizier!« Als nächstes ergriff er das Telefon zum Maschinenraum. »Den Chief, bitte, hier Kommandant.«

Der Erste trat in den Kartenraum und zog die Augenbrauen fragend hoch. Fox zuckte mit den Schultern und deutete auf den Signalblock.

»Was zum Teufel soll dieses Getue? Warum ändern wir Kurs?« Erskine rieb sich die roten Augen.

»Ein Port-Said-Konvoi wird angegriffen und fordert Hilfe an.«

Chesnayes Stimme ertönte von der Brücke: »Haben Sie den neuen Kurs, N.O.?«

Fox nahm seinen Block und blickte Erskine böse an. »Ich bin Seemann, sonst nichts.« Langsam ging er zur offenen Tür. »Sagen *Sie* dem Skipper, was Sache ist, ich bringe es nicht übers Herz.«

Fox seufzte tief. »Er glaubt, wir können dem Konvoi helfen. Hätten wir nicht den Maschinenschaden gehabt, wären wir jetzt mittendrin. Aber *mir* tut's nicht leid. Ich kann mir Schöneres vorstellen, als mich mit ein paar brandneuen Kreuzern herumzuschießen, ob es nun Spaghettis sind oder nicht!«

Er ging eilig auf die Brücke, und einen Augenblick später hörte ihn Erskine sachlich anordnen: »Backbord fünfzehn! Recht so! Neuer Kurs null-vier-fünf.«

Erskine schluckte und folgte ihm hinaus. Das Schiff drehte krängend genau gegen die Windrichtung. Chesnaye blickte an ihm vorbei, als wären seine Gedanken woanders.

»Ah, John, da sind Sie ja. Der Chief hat den Schaden repariert, ich habe höchste Umdrehungszahl angeordnet.« Plötzlich blickten die grauen Augen Erskine direkt an. »Ich verstehe das alles nicht. Der Konvoi hat um Luftunterstützung gebeten, aber nichts ist geschehen!«

Erskine blickte zur Seite. »Es gibt keine, Sir. So geht es hier schon seit Monaten.«

Er sah, wie sich Chesnayes Erstaunen in hilflosen Ärger verwandelte. Der Kommandant zeigte über die anrollenden Wellenberge.

»Guter Gott, Mann, das ist ein Notfall! Da draußen sind wertvolle Schiffe! Schiffe und *Männer*!«

Du armer Hund, dachte Erskine. »Jedes verfügbare Flugzeug ist entweder in der Wüste oder in Griechenland«, sagte er. »Wenn man allein erwischt wird, hat man eben Pech gehabt!«

»Funkspruch, Sir.«

Laidlaw, der Signalmeister, war auf der Brücke erschienen, in seinem Bart glänzten Wassertropfen. Erskine sah, wie sich Chesnayes Lippen beim Lesen bewegten, die Hand des Kommandanten zitterte. Er wußte, das war der entscheidende Moment, aber er fühlte sich außerstande, einzugreifen.

»Sie verlassen sich auf uns«, sagte Chesnaye dumpf. »Das Zweite Küstengeschwader ist unterwegs. Wir sollen den Feind bis zu seinem Eintreffen in ein Gefecht verwickeln.«

Der Maschinentelegraph klingelte, und ein paar Sekunden später begann die Brücke unter dem Schub beider Maschinen zu erzittern.

»Wir werden zu spät kommen, Sir.« Erskine haßte sich selber, als er die Wirkung seiner Worte sah. »Sie haben zuviel Vorsprung.«

Fox rief: »Funkspruch, Sir: Konvoi zerstreut sich!«

Unterleutnant Bouverie, der bis zu diesem Augenblick alles schweigend verfolgt hatte, meinte: »Ein bißchen spät, fürchte ich. Diese italienischen Kreuzer sind verdammt schnell!«

Chesnaye knüllte das Telegramm zusammen, seine Augen blitzten zornig. »Halten Sie den Mund! Was verstehen Sie denn davon!«

»Entschuldigen Sie, Sir. Ich dachte . . .«

Chesnaye schien ihn nicht zu hören. »Sie können sich nicht vorstellen, was es heißt, auf Hilfe zu warten. Zusehen zu müssen, wie die Freunde ringsherum sterben, und nichts dagegen tun zu können!«

»Höchste Umdrehungszahl, Sir.«

Chesnaye nickte. »Hauptbewaffnung klar zum Gefecht!«

Erskine wollte die Brücke verlassen, wollte dieser Ungewißheit und Hilflosigkeit entgehen. Der Kommandant hatte das Schiff beim Luftangriff so brillant geführt, daß ihm gar nicht der Gedanke gekommen war, er könne über die Machtverhältnisse im Mittelmeer nicht ausreichend orientiert sein. Er hörte Chesnaye wieder beherrscht fragen: »Was für einen Geleitschutz hat der Konvoi?«

»Zwei Zerstörer und eine alte Korvette, Sir.« Fox hielt sein Logbuch wie eine Bibel vor sich hin. »Mehr können sie zur Zeit nicht erübrigen.«

Der große Turm quietschte, und das linke Rohr sank um ein paar Grad herab. Dort testeten die Kanoniere die Richtmechanik und bereiteten die Ladungen vor. Diesmal ging es nicht um eine Landbeschießung, um Truppenansammlungen oder Befestigungen, sondern gegen die Marine des Duce. Wahrscheinlich Dreißig-Knoten-Kreuzer, jeder ein schwimmendes Arsenal. Chesnaye fühlte, wie der Schiffsrumpf arbeitete, und hörte das Hasten der Melder. Hinter ihm sprach niemand, außer um einen Befehl zu geben. Verdammt sollen sie sein, dachte er wütend. Bouverie mit seinen kindlichen Bemerkungen. Was wußte er schon? Sie waren nicht betroffen, also kümmerte es sie nicht. Ein Mann war aus eigener Schuld über Bord gegangen, und die ganze Besatzung hatte Trauer getragen, weil der Kommandant das Schiff nicht gestoppt hatte. In Gewässern, die von U-Booten wimmelten, hatten sie von ihm erwartet, daß er das Schiff als Zielscheibe anbot. Aber jetzt, da es um Hunderte von Menschenleben und wertvolle Schiffe ging, fühlten sie sich nicht angesprochen! Was noch schlimmer war: Erskines Resignation, mit der er die Verwundbarkeit der Navy akzeptierte.

Er schlug mit der Faust auf den Handlauf. Nun mach schon, altes Mädchen! Gib alles, was du hast! Schneller ... schneller!

Nur zwanzig Meilen trennten sie, und wären nicht der starke Wind und das Spritzwasser gewesen, hätten sie schon etwas sehen müssen.

Fox blickte aus dem Kartenhaus und sagte: »Keine Funksprüche mehr, Sir.« Leise fügte er hinzu: »Ich vermute, es ist schon alles vorbei.«

Erskine erwartete, daß Chesnaye nun wieder auf den alten Kurs ging. Es war nichts mehr zu machen, der kleine Konvoi mußte vernichtet sein. Chesnaye bot sein Schiff jetzt nur noch als Opfer an.

Zwei Stunden vergingen. Kaum ein Mann bewegte sich an Oberdeck, die Stimmen der Wachgänger klangen gedämpft. Der Wind flaute ab, drehte und schlief ein. Die dunklen Wolken rissen auf, und die Sonne spiegelte sich auf der langen, blau-silbernen Dünung. Einmal fragte der Maschinenraum an, ob die Umdrehungen reduziert werden könnten. Chesnaye antwortete kurz und bündig: »Noch nicht!«

Erskine konnte den Blick nicht von ihm lösen. Er wartet nur darauf, daß etwas passiert, dachte er unruhig. Die Wache wurde abgelöst und ging zum Essen, aber diesmal ohne die übliche Fröhlichkeit. Sogar der Rum wurde ohne Scherzworte verteilt. Die Männer tranken ihre gewässerten Rationen mit Blick zur Brücke.

»Rauch, Sir. In Rot zwo-null!«

Weiter pflügte der Monitor durch die Wellen. Alle Augen und Ferngläser waren nach vorn gerichtet. Ohne den Wind kam das Schiff jetzt schneller voran. Schließlich befahl Chesnaye: »Langsam voraus!«

Aus den Augenwinkeln sah er, daß die Freiwächter an der Reling standen und zu dem rauchenden Wrack hinüberblickten. Es war ein ansehnlicher Frachter gewesen, der jetzt auf der Seite lag wie eine leere Muschel. Die Bugwelle des Monitors klatschte gegen das sterbende Schiff und brachte das Treibgut des Krieges zum Tanzen: zerbrochene Planken, geschwärzte Lukenabdeckungen, ein kopfloser Leichnam mit einer scharlachroten Spur, eine unbenutzte Schwimmweste. Der sinkende Frachter stöhnte tief in seinem Innern auf und versank zischend in einem Strudel, der einiges von den gräßlichen Überresten mit hinabzog.

Weiter an Backbord bahnte sich der kleine Trawler einen Weg durch die Wrackteile wie ein Terrier im Schlachthaus.

Vor dem Bug des Monitors dehnte sich ein großer Ölfleck, viele Leichen trieben darin. Erskine kämpfte gegen seine Übelkeit an. Chesnayes Gesicht war starr, fast ausdruckslos. Er sagte leise: »Wenn wir doch nur rechtzeitig hier gewesen wären!« Über die Schulter gewandt fuhr er fort: »Nun, Unterleutnant, was halten Sie davon? Für diese Jungs sind wir tatsächlich zu spät gekommen. Sie hatten recht.«

Ein toter Matrose trieb dicht am Torpedowulst vorbei. Ein Seemann, der als Ausguck eingeteilt war, sagte erstickt: »Guter Gott, einer von uns!«

Die Reling erzitterte, als sich die Männer darüberbeugten, um die vorbeitreibende Gestalt zu sehen. Jetzt waren die Opfer nicht länger anonym. Die Leiche steckte in einer Marineuniform, sogar die roten Abzeichen auf den Ärmeln waren gut zu sehen.

Chesnaye erhob sich. »Bringen Sie das Schiff wieder auf Kurs!« Er blickte Erskine an. »Funkspruch an den Oberkommandierenden, John, und an das Zweite Küstengeschwader: Konvoi versenkt. Keine Überlebenden.«

»Aye, aye, Sir.«

Chesnaye stopfte seine Pfeife mit kurzen, ärgerlichen Bewegungen. »Und sorgen Sie dafür, daß die Gaffer auf dem Oberdeck was zu tun bekommen. Wir sind hier nicht im Zirkus!«

Erskine war dankbar für die Schärfe in Chesnayes Stimme. Beide wußten, daß sie nur gespielt war.

Leutnant Malcolm Norris stand hoch oben in der Backbord-Brückennock. Von seinem luftigen Standpunkt aus konnte er dem Kommandanten über die Schulter sehen. Voraus, zwischen den langen Geschützrohren, lag das Land. Er sah Erskine mit der Vordecksmannschaft zwischen den Ankerketten hantieren, und hörte, wie Fox ruhig befahl: »Steuerbord zehn! Mittschiffs!«

Die Knöpfe des Navigationsoffiziers klapperten gegen Metall, als er sich über den Kompaß beugte und mit dem Diopter ein anderes Objekt anpeilte.

»Steuern Sie eins-sieben-fünf.«

Durch den Dunst, der über dem niedrigen Wellenbrecher lag, begann eine Morselampe zu blinken. Norris hörte, wie Laidlaw seine Signalgasten antrieb. Schließlich hatte die *Saracen* Alexandria doch noch erreicht. Der Kommandant und Fox brachten das Schiff in den Hafen. Norris fühlte, wie ihm der Schweiß über den Rücken lief. Trotzdem blieb er auf seinem Posten. Er durfte keine Sekunde unvorsichtig sein. Sprechen, Denken, Befehle weitergeben, alles mußte sorgfältig überlegt werden. Er beobachtete, wie sich der geschäftige Hafen vor ihren Blicken öffnete. Tanzende Bojen, arabische Dhaus, eine auslaufende Korvette, die ihre Fahrt erhöhte, sobald sie die Molenköpfe passiert hatte. Als sie querab war, tönten Pfeifen über das Wasser. Die Lautsprecher quäkten: »Aufstellung an Oberdeck, Gesicht nach Steuerbord!«

Die Bootsmannsmaaten standen schon in einer Reihe auf der Brücke, sie setzten ihre Pfeifen an den Mund. Der Oberbootsmann bellte kurz: »Grüßen!«

Wieder zwitscherten die Pfeifen ohrenbetäubend, als sie den Gruß des Schiffs erwiderten.

»Weitermachen!«

Der Signalmeister rief: »Signal vom Flaggschiff, Sir: Ankern wie befohlen!«

Chesnaye grunzte, die Augen fest auf die glitzernde Reede geheftet. Zerstörer, Kreuzer und Versorger lagen da. Und an Land nickende Ladebäume, geschäftige Kräne, Staub und eifrige Vorbereitungen. An der Spitze der vermurten Kreuzer lag die *Aureus*, das Flaggschiff. Alle Gläser würden auf den einlaufenden Monitor gerichtet sein.

»Ganz langsam voraus!« befahl er heiser.

Er hörte Norris den Befehl stotternd weitergeben, offensichtlich besorgt und erschöpft. So wie ich, dachte Chesnaye mit plötzlicher Verbitterung. Was Norris wohl beim Anblick der Überreste dachte, die der Feind hinterlassen hatte? Wahrscheinlich, daß ich das Schiff nur an den Schauplatz gebracht hätte, um allen angst zu machen. Stimmte das? Er wußte, daß es zu spät war. Was wollte er noch beweisen?

»Zeit einzudrehen, Sir!«

Fox' Stimme schreckte ihn auf. Er hatte schon wieder geträumt. Aber er war einfach zu müde, konnte kaum noch klar denken.

»Sehr gut, danke. Backbord fünfzehn!«

Weitere Befehle erklangen an Deck.

»Backbordwache zum Einlaufen antreten!«

Die Decks füllten sich mit Gestalten, die in ihren ordentlichen Uniformen seltsam fremd aussahen. Chesnayes müdes Hirn begab sich wieder auf Wanderschaft. Eigentlich hätten auch Seesoldaten mit einer Kapelle dabeisein sollen. Aber das war vorbei, für sie gab es keine Marineinfanterie mehr. Nur ein altes Schiff mit einer Zukunft voller Verlegenheitsaufgaben.

»Mittschiffs!«

»Laufen in die Peilung ein, Sir!«

Chesnaye trat an die Verschanzung. Der Monitor schob sich langsam an einem Zerstörer vorbei, der mit seinen makellosen Sonnensegeln wie eine Yacht aussah. Wieder Pfeifengezwitscher, ameisenkleine Figuren erstarrten zum Gruß.

»Ein halbe Kabellänge, Sir.«

»Maschinen stopp!«

Chesnaye schirmte die Augen ab und blickte zum Vordeck. Erskine stand vorn am Steven, neben ihm wartete ein Signalgast darauf, die Gösch zu setzen, wenn der Anker fiel. Die Mannschaften standen auf ihren Plätzen bereit wie Sportler vor dem Startschuß, die Augen auf die schwere, gefährliche Kette und die Bremse gerichtet. Der Monitor glitt fast elegant durch das klare Wasser.

»Peilung steht gleich, Sir.«

Chesnaye hob den Arm und sah, wie der Seemann vorn den schweren Hammer hochriß, um den Slippbolzen herauszuschlagen.

»Das Flaggschiff sieht tipptopp aus.« Chesnaye zwang sich zu einem Lächeln.

Fox grunzte. »Der Admiral des Zweiten Küstengeschwaders ist peinlich genau.«

Plötzlich wurde Chesnaye klar, daß er in den letzten Tagen zu beschäftigt gewesen war, um sich nach dem Namen seines direkten Vorgesetzten zu erkundigen. Während der Jahre, die er außerhalb der Navy gelebt hatte, waren alle seine alten Verbindungen abgebrochen.

»Wie heißt der Admiral, N.O.?«

Fox sah einem leeren Tanker nach, der hoch und häßlich rückwärts über die Reede fuhr. Geistesabwesend antwortete er: »Das ist Vizeadmiral Beaushears, Sir.«

Chesnaye wankte, als hätte er einen Schlag erhalten. Das konnte nicht sein! Doch nicht jetzt, nicht hier! Er blickte sich um wie ein gefangenes Tier, seine Gedanken rasten. Fox' Stimme, beherrscht aber scharf, schnitt in sein gemartertes Hirn.

»Laß fallen Anker, Sir! Laß fallen!«

Wie in Trance ließ Chesnaye den Arm sinken. Von vorn kam das Klicken des Hammers und dann das Rumpeln der Ankerkette. Fox stand jetzt oben auf der Gräting.

»Geht es Ihnen gut, Sir?«

Chesnaye schluckte trocken und nickte. »Ja.« Über die Schulter sagte er: »Langsam zurück!«

Norris, dessen Phantasie so lebhaft arbeitete wie ein Wiesel, hatte das kleine Drama aufmerksam beobachtet. Er wiederholte den letzten Befehl ins Sprachrohr und hörte, wie ihn der Rudergänger bestätigte. Langsam schob sich der Monitor rückwärts, die Kette klapperte aus der Klüse. Aber Norris konnte den Blick nicht vom breiten Rücken des Kommandanten lösen. Er wußte, daß er etwas Einzigartiges gesehen hatte. Wenn er diese Geschichte in der Messe erzählte, würden ihm alle gespannt zuhören.

»Maschinen stopp!«

Norris sah den rückwärtsfahrenden Tanker vor ihrem Bug passieren, seine Schraube ragte halb heraus und schlug das Wasser zu Schaum. Norris hielt den Atem an. Er war ziemlich sicher, daß Chesnaye das andere Schiff nicht gesehen hatte. Wenn Fox nicht so schnell reagiert hätte, wäre es zu einer Kollision gekommen.

Chesnaye wandte sich ihm zu, und einen schrecklichen Augenblick lang fürchtete Norris, daß er vielleicht laut gedacht hatte.

»Klingeln Sie die Maschinen ab!« Er ging an Norris vorbei und verschwand in seiner Brückenkammer.

»Haben Sie *das* gesehen?« Ungeduldig wartete Norris, während Fox die Karte zusammenrollte und dabei über die weißen Häuser und Minaretts blickte. »Haben Sie das Gesicht des Kommandanten gesehen?«

Fox räusperte sich und nahm seine Karten auf. Kurz blickte er in Norris' gerötetes Gesicht. »Hübsche Stadt, dieses Alexandria. Ich glaube, ich gehe morgen mal an Land.« Dann war er verschwunden.

Zufrieden lag die *Saracen* an ihrem Anker, die Vordeckmannschaft wurde entlassen und verschwand in den Schatten. An Oberdeck überwachte Mr. Joslin das Aufspannen der

Sonnensegel, während McGowan und Unterleutnant Bouverie die Boote zu Wasser bringen ließen. Von der Signalbrücke aus beobachteten die Signalgasten die Küste und das Flaggschiff, aber Ruder und Maschinentelegraph blieben unbeachtet.

Norris lief immer noch auf der leeren Brücke hin und her, während er versuchte, die Tragweite seiner Beobachtung zu ergründen. Er fühlte sich wie neugeboren, hatte längst vergessen, daß es nur dem Kommandanten zu verdanken war, wenn die *Saracen* jetzt nicht auf dem Meeresgrund lag und die Stukapiloten keine rauschende Siegesfeier abhalten konnten. Nein, Norris dachte an seine Frau. »Du bist genausogut wie die anderen Offiziere«, hatte sie gesagt. Er mußte grinsen. Ausnahmsweise hatte sie in diesem Fall recht gehabt.

Chesnaye folgte dem Flaggkapitän in den kühlen Schatten und wünschte, er hätte sich die Zeit für eine vernünftige Mahlzeit genommen, bevor er dem Mann gegenübertrat, dessen Flagge hoch oben am Masttopp der *Aureus* wehte.

Die beiden Kapitäne stiegen einen engen Niedergang hinab, dessen Holzwände so perfekt gestrichen waren, daß sie wie Glas glänzten. Chesnaye warf schnell einen Blick auf seinen Begleiter und fragte sich, wie er wohl mit Vizeadmiral Sir Mark Beaushears auskam. Kapitän Colquhoun hatte ihn an der Gangway empfangen, ein routiniertes Lächeln auf seinem gebräunten Gesicht. Aber Chesnaye hatte trotzdem den Eindruck gehabt, daß er unter erheblichem Druck stand. Es mußte anstrengend sein, wenn einem ständig ein Admiral über die Schulter sah.

Chesnaye betrachtete den schmucken Marineinfanteristen vor der Admiralskajüte. Kapitän Colquhoun klemmte seine Mütze unter den Arm und trat ein. Chesnaye folgte ihm und spürte einen dicken Teppich unter den Füßen. Der Tagesraum strahlte behagliche Wohlhabenheit aus. Ein langer Flaggleutnant erhob sich langsam und musterte Chesnaye, dann wandte er sich erwartungsvoll seinem Vorgesetzten zu.

Vizeadmiral Sir Mark Beaushears war nur ein Jahr älter als Chesnaye, aber Zeit und Ehrgeiz hatten bei ihm ihre Spuren hinterlassen. Er wirkte noch immer kühl und entspannt, war aber deutlich dicker geworden. Sein Haar hatte sich gelichtet, doch die hohe Stirn verlieh ihm einen Ausdruck aufmerksamer Überlegenheit. Nur die Augen waren dieselben geblieben, dachte Chesnaye, verhangen, kein Gefühl verratend.

Beaushears zeigte auf einen Stuhl am Tisch. Wieder hatte Chesnaye das Gefühl, daß alles sorgfältig geplant worden war. Er setzte sich und faltete die Hände im Schoß. Also kein Händedruck, nur ein kleines Lächeln.

Beaushears sagte gleichmütig: »Es ist lange her, seit wir uns zuletzt sahen. Ich habe Sie ankern gesehen und mich gefragt, ob Sie sich wohl sehr verändert haben.«

Chesnaye erwartete, daß er die anderen Offiziere nun wegschickte, aber er behielt sie bei sich. Als eine Art Schutzwall, dachte Chesnaye amüsiert, er fürchtete sich vor den Erinnerungen. Diese Erkenntnis machte ihn ärgerlich. In dienstlichem Ton begann er: »Ich habe meinen Bericht über die Reise von Malta mitgebracht. Tut mir leid, daß ich dem Konvoi nicht mehr helfen konnte.«

Er spielte mit dem Gedanken, die abgeschossenen Bomber zu erwähnen, verwarf ihn aber, weil er wußte, daß Beaushears die Fakten längst kannte. Soll er doch weiterreden, dachte er.

»Ja, zu schade. Aber, wie Sie schon sagten, waren Sie zu weit entfernt. Was gibt's da noch viel zu sagen?«

Chesnaye versteifte sich auf seinem Stuhl. Was sollte das heißen? Laut erwiderte er: »Ich habe mein Bestes versucht, Sir.«

Beaushears lehnte sich zurück. »Sie haben einen Mann verloren?«

»Jawohl. Das steht alles in meinem Bericht.« Chesnaye spürte, wie ihm das Blut in die Wangen schoß.

»Gewiß.« Beaushears drückte auf einen Knopf. »Die Sonne steht über der Rah, ein Drink wird uns guttun.« Beiläufig fügte er hinzu: »Ich dachte schon, Sie würden beim Ankern über die vorgesehene Position hinausschießen.« Zum ersten Mal lächelte er. »Die *Saracen* ist nämlich kein Zerstörer, wissen Sie?«

Der Flaggleutnant grinste mit perfekten Zähnen. Wie eine Katze, dachte Chesnaye. Ein Unteroffizier brachte ein Tablett mit Gläsern und mixte vier geeiste Pink Gins. Niemand wurde nach seinen Wünschen gefragt, und Chesnaye begriff, daß das ganze Flaggschiff auf diese Art geführt wurde. Trotzdem war ihm der Gin willkommen. Er trank gierig und bestellte einen weiteren beim Steward. Der blickte erst schnell zu Beaushears hinüber und füllte dann das Glas aufs neue. Chesnaye grinste in sich hinein.

Beaushears räusperte sich ungeduldig. »Nun, da Sie hier sind, werden wir Ihnen die Lage erläutern.« Er wandte sich an den Leutnant. »Übernehmen Sie, Harmsworth.«

Der Flaggleutnant tippte auf einen dicken Umschlag. »Hier steht alles drin. Sie werden diesem Geschwader *beigeordnet,* bis andere Befehle kommen.«

Chesnaye hörte die Betonung heraus. Die *Saracen* arbeitete bei, nicht *in* Beaushears Geschwader. Harmsworth fuhr im selben gelangweilten Ton fort: »Sie finden hier alle relevanten Informationen über die militärische Lage in Libyen bis zum heutigen Tage. Sie werden morgen vormittag mit der Übernahme der Ausrüstung beginnen, der zuständige Commander hat alle notwendigen Informationen und wird die Leichter bereitstellen. Ihr erster Bestimmungsort ist ein Hafen westlich von Tobruk. Das Heer steht da ein bißchen unter Druck.«

Chesnaye blickte Beaushears an. »Wird Tobruk gehalten?«

Beaushears zuckte mit den Achseln. »Sehr unwahrscheinlich. Der Feind wird es wahrscheinlich einkesseln und bei Gelegenheit erobern. Wir müssen dann die eingeschlossenen Truppen evakuieren, mit allem, was wir zur Verfügung haben.« Er deutete auf das offene Bullauge. »Die Deutschen haben schon Alexandria im Visier. Im Augenblick sind sie nur noch dreihundert Meilen entfernt.«

Chesnaye rutschte unruhig auf seinem Stuhl hin und her. Stand es wirklich so schlimm? »Können wir sie nicht aufhalten?«

Beaushears blickte auf seine flache goldene Uhr. »Das Heereskommando hat einen Plan. Es zieht die Armee zurück, um sie neu formieren zu können. Vor Alexandria soll eine feste Front errichtet werden. Der Stab ist der Meinung, daß wir mit der See auf der einen Flanke und der Kattara-Senke auf der anderen eine gute Show liefern können. Das wird bis zu einem gewissen Grad die mangelnde Luftunterstützung ausgleichen.«

Chesnaye erinnerte sich an die vielen Schiffe im Hafen. »Und was ist mit *unserer* Unterstützung, Sir?«

Harmsworth unterbrach: »Überwiegend für Griechenland. Wir legen uns da ziemlich ins Zeug.« Er lächelte, als wäre er dafür persönlich verantwortlich.

Chesnaye fühlte sich aller Skrupel ledig. Er hatte sich von Beaushears wie ein Schuljunge behandeln lassen müssen, es aber auch nicht anders erwartet. Beaushears war schon immer kühl und zurückhaltend gewesen, auch als Fähnrich. Jetzt kam noch etwas anderes dazu. Chesnaye meinte, eine tiefe Unsicherheit hinter seiner Arroganz zu spüren. Seine Bemerkungen waren doppelsinnig gewesen. Vielleicht wollte er damit andeuten, daß die *Saracen* sich absichtlich von dem Konvoi ferngehalten hatte? Daß er aus Angst um das Schiff und um sich selber gekniffen hatte? Sogar der Verlust des über Bord Gefallenen konnte als Feigheit ausgelegt werden. Chesnaye fühlte, daß das Glas in seiner Hand zu zittern begann.

»Ich glaube, daß unser Einsatz in Griechenland eine Zeitverschwendung ist.«

Chesnaye hatte nicht gerade laut gesprochen, aber die anderen Offiziere blickten ihn an, als ob er lauthals eine Obszönität von sich gegeben hätte. Nur Beaushears behielt sein Gesicht unter Kontrolle und sagte ruhig: »Bitte fahren Sie fort.«

Chesnaye zuckte mit den Schultern. »Haben Sie das Fiasko bei den Dardanellen vergessen?«

Er sah Colquhoun und Harmsworth verwunderte Blicke tauschen, aber das kümmerte ihn nicht. Hinter Beaushears' glatter Fassade mußte etwas versteckt sein, das er schon seit Jahren mit sich herumtrug. Er hatte Chesnaye sehen wollen, aber aus einem anderen Grund. Ohne Zweifel hatte er einen gebrochenen Chesnaye erwartet, gedemütigt, gebeugt nach seinem Abschied von der Navy. Und jetzt hatte man ihm das älteste Schiff der Flotte gegeben. Schließlich war da noch Helen ... Chesnaye zügelte seine Gedanken.

»Jeder kann sehen, daß wir Griechenland nicht werden halten können. Ganz zu schweigen davon, daß wir es als Sprungbrett zum Kontinent nicht benutzen können. Das alles ist nur wieder eine noble Geste, die uns teuer zu stehen kommt.«

Beaushears blickte ihn kalt an.

»Ich denke darüber anders, Chesnaye. Aber Strategie ist nicht Ihre Aufgabe. Sie sind hier, um Ihr Schiff auf die bestmögliche Art zu führen.« Er betrachtete Chesnaye mit plötzlicher Intensität. »Die *Saracen* ist nicht gerade ein Schmuckstück, aber wir dürfen nicht wählerisch sein. Ich brauche jedes Schiff, das ich bekommen kann.« Vorsichtig fügte er hinzu: »Wenn Sie Ihren Bestimmungsort in Libyen erreichen, besteht die Möglichkeit, daß der Feind unsere Leute schon überrannt hat. Sie werden keine Unterstützung von Tobruk erhalten, sondern auf sich selbst angewiesen sein.«

Chesnaye blickte zu Boden. Für den Bruchteil einer Sekunde sah er die von Kugeln zerfurchte Zinne und den toten Keith Pickles vor sich. »Es wäre nicht das erste Mal.«

Schnell sah er auf und merkte, daß er ins Schwarze getroffen hatte. Beaushears Gesicht war nicht mehr entspannt, sondern fast schuldbeladen.

Harmsworth fragte schnell: »Noch einen Gin, Sir?«

Chesnaye nahm das Glas entgegen, ließ es aber unberührt stehen. Wenn sie annehmen, daß ich zu Kreuze krieche, dann haben sie sich geirrt, dachte er. Doch Beaushears hatte sich wieder in der Gewalt. Leichthin sagte er: »Bei der Ausführung Ihres Auftrags müssen Sie vielleicht Ihr Schiff opfern.«

Chesnaye starrte ihn an, als hätte er einen Schlag ins Gesicht bekommen. Die *Saracen* opfern? Er fühlte, wie sich die Kajüte um ihn zu drehen begann.

»Wie meinen Sie das, Sir?«

Beaushears erhob sich, das Sonnenlicht funkelte auf seinen breiten Goldborten.

»Es ist ein altes Schiff!« sagte er ungeduldig. »Im Augenblick wertvoll, aber entbehrlich. Wenn Sie in der Falle sitzen, dann müssen Sie die *Saracen* selbst versenken, bevor der

Nachschub dem Feind in die Hände fällt!« Seine Stimme wurde lauter und schärfer. »Wir führen einen schnellen, mobilen Krieg! Er hat mit den Dardanellen absolut *nichts* mehr gemein! Keine feste Frontlinie, kaum Nachrichtenverbindungen, jeden Tag sind die Karten schon wieder überholt.« Er drehte sich um, seine Augen blitzten. »Aber beide Seiten benötigen Nachschub und Treibstoff so dringend wie das Blut in ihren Adern!«

Chesnaye sah die *Saracen* von seiner Hand untergehen und fühlte Schmerz. »Ich werde es schon schaffen.«

»Sie *müssen!*« Beaushears blickte Chesnaye lange an. »Ich weiß, Sie sind sentimental und unrealistisch.« Wegwerfend winkte er ab. »Widersprechen Sie nicht. Ich wollte es nicht erwähnen, aber *Sie* haben davon angefangen. Die Navy hat sich verändert. Sie müssen sich anpassen, oder Sie werden zum alten Eisen geworfen. Wir arbeiten mit Amateuren, mit Nieten und ewig Gestrigen, mit jedem, der atmen kann. Da ist kein Platz für Sentimentalitäten.«

»Dem stimme ich zu, Sir.« Chesnaye erhob sich.

Beaushears lächelte gepreßt. »Halten Sie sich Ärger vom Leib, Chesnaye. Vergessen Sie nicht, daß Ihr Schiff kein Schlachtkreuzer ist. Tun Sie Ihre Arbeit und bleiben Sie besonnen.«

Chesnaye wandte sich zum Gehen. Bevor er sich beherrschen konnte, entschlüpfte ihm die Frage: »Wie geht es Helen?«

Beaushears mußte sich am Schreibtisch festhalten. Er blickte aus dem Bullauge, sein Gesichtsausdruck war nicht zu erkennen.

»Lady Helen geht es gut, danke«, antwortete er.

Da wußte Chesnaye, er hatte recht gehabt: Nach all den Jahren war Beaushears noch immer eifersüchtig auf ihn. Unglaublich! Er war beruflich erfolgreich, hatte Chesnaye die Frau weggenommen und war trotzdem nicht zufrieden.

Harmsworth schien verstört zu sein. Die gespannte Atmosphäre zwischen seinem Admiral und dem kaltblütigen Kapitän lag außerhalb seines Horizonts. Er sagte: »Ich bringe Sie zur Gangway, Sir.«

Chesnaye musterte ihn. »Danke, bemühen Sie sich nicht, Kapitän Colquhoun wird mich begleiten.«

Vom sonnigen Achterdeck blickte er in die Pinasse der *Saracen* hinunter, die zur Gangway verholte. Neben der Barkasse des Admirals und den anderen schmucken Booten des Kreuzers sah sie verbraucht aus. Aber mit Befriedigung stellte er fest, daß die Mannschaft auf Draht war. Er fühlte einen Kloß in der Kehle, als er den kleinen Fähnrich im Heck gewahrte, der seine Augen beschattete, um nach seinem Kommandanten auszuspähen.

Verdammt soll Beaushears sein, dachte er. Ich habe es nicht so gewollt, aber wenn er denkt, daß ich ihm die Stiefel lecke ... Er wurde aus seinen Gedanken gerissen, als der Flaggkapitän ihm die Hand hinstreckte. »Auf Wiedersehen, Chesnaye. Ich hoffe, wir treffen uns bald wieder.« Er blickte Chesnaye warm an. »Eine bemerkenswerte Unterredung.«

Chesnaye grinste. Colquhoun blickte zur Admiralsflagge empor, die in der Mittagshitze schlaff herunterhing.

»Ich glaube, dieser Narr Harmsworth kann jetzt eine Woche lang nicht schlafen.«

Die beiden Männer trennten sich, Pfeifen trillerten, und dann war Chesnaye in der Pinasse. Drüben auf der Reede lag die *Saracen* wie eine Herausforderung vor ihm.

4 Tobruk

Die Luft in der kleinen Brückenkammer war stickig und blau von Zigarettenrauch, der über den Köpfen der wartenden Offiziere hing. Die Tür öffnete sich, Leutnant McGowan zwängte sich hinein und lehnte sich gegen das stählerne Schott. Chesnaye saß auf seiner Koje, neben sich Erskine, der die dichtgedrängt stehenden Männer durchzählte.

»Alle da, Sir.«

»Danke.«

Chesnaye blickte sie gleichmütig an, sein Gesicht spiegelte nichts von seinen Gefühlen wider. Die Chefs aller Sektionen waren anwesend, sogar Tregarth, dessen Gesicht von der

Hitze des Maschinenraums noch feucht glänzte. Sie waren neugierig, was diese unerwartete Zusammenkunft bringen würde.

Er wartete, bis sich McGowan eine Zigarette angezündet hatte, dann deutete er auf die Karte auf dem Tisch.

»Der Plan ist geändert worden, Gentlemen.« Sein Finger fuhr an der Küstenlinie entlang. »Der Feind ist schneller als erwartet vorgestoßen, und unsere vorgesehene Landestelle ist überrannt worden.« Er hatte das Erskine schon vorher erklärt und hatte noch seinen Widerspruch im Ohr. »Andererseits ist Tobruk vom Afrikakorps eingeschlossen worden. Unsere Leute dort werden Unterstützung nötig haben. Der gesamte Nachschub muß über See herangeschafft werden, deshalb werden auch wir unsere Fracht dort löschen.«

Das klang alles so unterkühlt, so einfach, daß er am liebsten gelacht hätte. Er sah Beaushears' Gesicht vor sich, als der ihm den Einsatz beschrieben hatte. Der Mann hatte gewußt, daß es unmöglich sein würde.

Tregarth warf gleichmütig ein: »Nun, wenigstens liegt Tobruk etwas näher.«

Erskine ergänzte halblaut: »Es ist trotzdem ein verdammt weiter Rückweg.«

Chesnaye zündete ein Streichholz an und stieß Rauchwolken aus seiner Pfeife. Das gab ihm Gelegenheit zum Nachdenken. In Alexandria hatten sie beinahe zwei Tage benötigt, um die Nachschubgüter an Bord zu kriegen. Der Commander-in-Chief hatte ganz deutlich gemacht, daß man Tobruk nur im Schutz der Dunkelheit anlaufen konnte. Niemand schien zu wissen, wie nahe die feindlichen Einheiten standen. Die *Saracen* wäre bei Tageslicht eine Zielscheibe mit Dieselfässern und Munitionskisten an Deck.

Drei Tage waren sie von Alexandria unterwegs gewesen. Sie hatten sich gut frei von der Küste gehalten und waren am seewärtigen Rand der örtlichen Konvoirouten gefahren. Wie durch ein Wunder waren sie der feindlichen Aufklärung entgangen, nur einmal hatten sie in der Ferne ein feindliches Flugzeug gesichtet. Die Flieger mußten gerade in die falsche Richtung gesehen haben.

Aber jetzt ... Er blickte auf, als Fox nachdenklich fragte: »Ist es wirklich so wichtig, daß wir nach Tobruk laufen, Sir? Den Funksprüchen nach wird die Armee dort von kleineren und schnelleren Schiffen versorgt. Denn Schnelligkeit scheint doch das Gebot der Stunde zu sein.«

Chesnaye mußte ein Gähnen unterdrücken. Die stickige Luft und die gespannte Aufmerksamkeit erhöhten seine Müdigkeit. Natürlich hatte Fox recht. Beaushears hatte gesagt: »Entscheiden Sie nach eigenem Ermessen.« Das war eine oft benutzte Floskel, die schon manchem Kapitän zum Verhängnis geworden war. Wenn man Erfolg hatte, ernteten andere die Lorbeeren, fällte man aber die falsche Entscheidung, war man ganz allein verantwortlich.

Erskine schien zu einem Ergebnis gekommen zu sein. »Ich glaube, es ist ein großes Risiko, Sir.«

Die anderen rutschten unbehaglich hin und her. Fox blickte ihn entschlossen und aufmerksam an. McGowan biß sich auf die Lippen. Chesnaye sah zu Tregarth hinüber. Der Chief würde tun, was man von ihm erwartete, denn seine Maschinen bedeuteten ihm alles. Doktor Wickersley sah frisch und ausgeschlafen aus, er war der einzige Anwesende, der keine Wache hatte und niemals Schlaf entbehren mußte. Doch wenn die Sache schiefging, würde er bald genug zu tun bekommen.

Chesnaye sagte ruhig: »Ich glaube nicht, daß wir eine andere Wahl haben, Nummer Eins.«

Erskine biß die Zähne zusammen. »Wir werden zwei bis drei Tage in Küstennähe fahren, Sir. Das könnte fatal sein.«

Chesnaye zuckte leicht die Achseln. »Möglich.«

Alle schwiegen, so daß das Schlagen der Propeller in der winzigen Kammer deutlich zu hören war. Ebenso das Scharren der Füße auf der Brücke und das Quietschen des Rudergestänges. Die *Saracen* war ein einsames, verdunkeltes Schiff, dachte Chesnaye, das unter dem endlosen Sternenhimmel viel zu langsam dahinglitt. Er wandte sich dem Navigator zu.

»Setzen Sie den neuen Kurs ab, Lotse. Wir werden in der Dämmerung den Raum Tobruk erreichen. Und kontrollieren

Sie die Erkennungssignale zweimal. Ich möchte nicht von den eigenen Truppen beschossen werden!«

Fox nickte. Er schien von der Entscheidung des Kommandanten nicht überrascht zu sein. Erskine wiederholte: »Es ist ein verdammt großes Risiko, Sir.«

»Und verdammt schlechte Organisation, John. Die Männer, die in der Wüste stehen sollten, sind jetzt drüben in Griechenland.«

Erskine blickte ihn überrascht an. »Aber das war doch was ganz anderes, Sir. *Dieses* Risiko ist gerechtfertigt.«

Chesnaye hörte, wie McGowan scharf die Luft einzog. Er tippte auf den Stapel Telegramme. »Die britischen Einheiten in Griechenland sind schon auf dem Rückzug, John.« Er bedauerte plötzlich Erskine und die anderen, die noch nie die Bitterkeit einer Niederlage erlebt hatten. »Binnen weniger Wochen wird es in Griechenland ein neues Dünkirchen geben.« Beinahe hätte er »Gallipoli« gesagt.

Die Funksprüche berichteten von einer deutlichen Kräfteverschiebung, der Feind stieß mit großer Geschwindigkeit durch Jugoslawien und Griechenland vor. Die britische Armee zog sich so schnell zurück, daß schon viele tausend Tonnen Material in deutsche Hände gefallen waren.

Chesnaye dachte voll Sorge an die wartenden Schiffe, die die Überlebenden ohne Luftschirm zur Insel Kreta bringen sollten. Und was dann? Konnten sie Kreta halten? Was in Gottes Namen erwarteten die Strategen in Whitehall von einer so leeren Geste? Er fühlte, daß der alte Ärger wieder in ihm hochkam.

»Sie kennen meine Entscheidung.« Er wandte sich an die ganze Gruppe, aber seine Worte galten eigentlich Erskine. »In solch harten Zeiten ist die Moral von höchster Wichtigkeit. Die Männer in Tobruk stellen ihre Befehle nicht in Frage. Also ist es unsere Pflicht, nein, es ist eine Ehre für uns, ihnen jede nur mögliche Unterstützung zu bringen.«

Erskine stand auf. »Sie können sich auf das Schiff verlassen, Sir.«

Chesnaye kratzte seine Pfeife aus. »Danke. Einen Augenblick hätte ich fast daran gezweifelt.«

Dr. Wickersley trat vor. »Vielleicht könnte ich den Kameraden von der Infanterie von Nutzen sein, Sir?« Seine klare, eifrige Stimme entschärfte die Spannung.

Chesnaye blickte ihn mit einem verwunderten Lächeln an. »Bestimmt, Doc. Wir werden so viele Verwundete wie möglich an Bord nehmen, mit denen werden Sie alle Hände voll zu tun bekommen.«

Die Offiziere sammelten ihre Notizbücher und Mützen ein und drängten zur Tür. Erskine ging als letzter.

»Wenn es ein Fehlschlag wird, könnten Sie das Schiff verlieren.« Seine Augen lagen im Schatten. »Es ist schon anderen so ergangen.«

Chesnaye betrachtete ihn ruhig.

»Aber wenn ich einfach nach Hause fahren würde, ohne es wenigstens zu versuchen, John, würde ich mehr verlieren als das Schiff.«

Nachdem Erskine gegangen war, starrte Chesnaye noch lange wie blind auf die verschmutzte Karte nieder. Alles wiederholte sich, nur die Zeit war eine andere. Wie die Festung Tobruk selbst war er überrannt und vergessen worden; aber jetzt wurden die Karten neu gemischt. Er hatte sich festgelegt und damit das Schiff und seine zweihundert Männer.

Die *Saracen* legte sich etwas über, als der Kurs geändert wurde. Von Anfang an hatte sie noch nie in einem fairen Gefecht gestanden, und nun tat er ihr *das* an. Wieder ein ungleicher Kampf – eine weitere noble Geste.

Fox schob die Tür auf und blinzelte in das gelbe Licht. »Neuer Kurs liegt an, Sir: eins-neun-fünf.« Dabei blickte er auf den Telegrammstapel.

Chesnaye konnte sich vorstellen, was in seinem Kopf vorging. Keines davon befahl der *Saracen*, ihre Ladung in Tobruk zu löschen, jedenfalls nicht direkt. Chesnaye mußte der vorgefundenen Situation entsprechend entscheiden: herzzerreißend für einen Mann, der ein so langsames Schiff kommandierte.

»Danke, Lotse.«

Chesnaye blickte auf, als er merkte, daß seine Stimme etwas mutlos geklungen hatte. Aber Fox grinste unbeeindruckt.

»Es ist immerhin aufregender, als Bananen zu fahren, Sir.«

»Kurs liegt an! Entfernung zweitausend Meter.«

Erskine nickte. »Gut, danke.«

Fox' Stimme klang so ruhig und unbewegt wie die eines Kricketkommentators, dachte er. Er wischte ein paar Spritzer von den Linsen des Nachtglases und richtete es wieder nach vorne. Das Vorschiff des Monitors schob sich als heller Keil durch das dunkle, leicht bewegte Wasser. Die *Saracen* schlich mit reduzierter Geschwindigkeit auf die Küste zu. Gedämpfte Stimmen, metallisches Klappern waren zu hören und das Tikken eines Echolots. Über der Küste wurde der Himmel in makabrer Regelmäßigkeit von Mündungsfeuer zerrissen. Bei jedem Aufleuchten zeichneten sich die Hügel der Küste ab, wo die Soldaten zusammengedrängt lagen und warteten.

Das Schiff erzitterte, und Erskine hörte einen Mann fluchen, als ein Munitionsgurt gegen eine Stahlplatte klapperte. Die Mannschaft des Monitors befand sich schon seit Stunden auf Gefechtsstationen. Während der Hundewachen hatten sie die feine purpurne Linie am Horizont zum ersten Mal gesichtet. Als dann das Tageslicht verblaßte und die Sterne aufschimmerten, begann sich das Schiff langsam und vorsichtig näher zur Küste zu tasten. Jeder wartete auf den Moment ihrer Entdeckung und den Beginn der Beschießung. Aber nichts geschah, und langsam summierten sich die Minuten zu Stunden. Dieselbe Geschwindigkeit, die gleichen Geräusche, aber es hing ein neuer Geruch in der Luft: nach Staub und Rauch.

»Steuerbord zehn! Recht so! Kurs eins-sieben-fünf!«

Erskine versuchte, seine verkrampften Muskeln zu entspannen. Sein ganzer Körper war steif und müde. Warum war es diesmal so anders? fragte er sich. Er hörte Chesnaye sagen: »In der Wüste scheint heute nacht allerhand los zu sein.«

Leere Worte, dachte Erskine, er macht sich Sorgen. Erstaunlich, wie sich die Dinge durch den Krieg änderten, sogar für den einzelnen. In Alexandria war Erskine auf dem Flaggschiff gewesen, um Einzelheiten ihres bevorstehenden Einsatzes zu besprechen. Anscheinend rein zufällig hatte er dort den Admiral getroffen. Beaushears hatte darauf bestanden, daß er mit ihm in seiner Kajüte einen Drink nahm. Als Erskine nun den Verlauf der Unterredung rekapitulierte, schien es ihm eher ein Verhör gewesen zu sein. Der Admiral hatte zwar keine direkten Fragen über Chesnaye gestellt, aber irgendwie hatte sich alles um ihn gedreht. Beaushears überrannte Erskines Zurückhaltung mit der Bemerkung: »Sie werden es ohnehin in ein paar Tagen erfahren, aber ich wollte der erste sein, der Ihnen gratuliert. Sie sind für ein eigenes Kommando vorgesehen.« Er blickte in Erskines erfreutes Gesicht. »Es wird wohl ein Zerstörer werden, denke ich.«

Darauf leerten sie ein paar Drinks, die bei der Hitze Erskines Verstand umnebelten. Er konnte nicht glauben, was ihm widerfuhr, nicht nach den Rückschlägen auf der *Saracen* und dem Knick in seiner eigenen Karriere.

Beaushears hatte liebenswürdig geplaudert. »Wir brauchen Männer wie Sie, Erskine. Die Navy ist schlapp geworden. Wir müssen mit allen möglichen unfähigen Typen fertig werden, aber das muß ich Ihnen ja nicht extra sagen.« Sie hatten beide gelacht. »Ich möchte nicht, daß Ihre Karriere durch den Ehrgeiz oder die Borniertheit Ihres Vorgesetzten zerstört wird«, fuhr der Admiral fort. »Das wäre nicht fair. Ich kenne Ihre Akte und Ihre Familie. Das Verhalten eines Mannes wird von seiner Umgebung reflektiert. Als Befehlshaber muß ich wissen, was auf den Schiffen meines Geschwaders vorgeht. Gewisse Vorfälle und Reaktionen meiner Kommandanten können mir einen guten Überblick über ihre Einsatzfähigkeit verschaffen – wenn Sie verstehen, was ich meine?«

Dann hatte er Erskine über der *Saracen* verspätetes Eintreffen beim angegriffenen Konvoi befragt, auch der über Bord Gefallene wurde wieder erwähnt. Am Ende hatte Beaushears leichthin gesagt: »Ich wette, daß Sie anders gehandelt hätten, wenn *Sie* das Kommando gehabt hätten, nicht wahr?«

Erskine geriet völlig durcheinander und versuchte nun, seine Gedanken wieder zu ordnen. Er wußte noch immer nicht, ob er einen ungünstigen Bericht über Chesnaye abgegeben hatte. Oder hatte der Admiral ihm die Worte in den Mund gelegt? Jedenfalls war er froh gewesen, das Flaggschiff wieder zu verlassen. Ein eigenes Kommando! Das Warten war für ihn vorbei, bald würde die *Saracen* der Vergangenheit angehören. Er würde nach England zurückkehren müssen, und Ann würde in seinem neuen Leben keinen Platz mehr haben. Bei diesem Gedanken wurde ihm unbehaglich zumute. Doch vielleicht würde sie ihn ja verstehen? Wahrscheinlich hatte sie gar nicht damit gerechnet, daß ihre heftige Affäre ewig dauern würde. Trotzdem wurde er sein Schuldgefühl nicht los. Insgeheim wußte er, daß es seine Unentschlossenheit und nicht der Dienst gewesen war, was ihn davon zurückgehalten hatte, an Land zu gehen und ihr die Neuigkeiten mitzuteilen.

»Ah, da ist es!«

Erskine hörte dicht neben sich Chesnayes Stimme. Ein blaues Licht leuchtete ihnen über das Wasser entgegen.

»Antworten Sie, Signalmeister.« Chesnaye drehte sich in seinem Stuhl um. »Das ist die Motorbarkasse, die uns hineinlotsen wird.« Seine Stimme klang hellwach und entspannt, obwohl er, wie Erskine wußte, kaum geschlafen hatte.

Der niedrige Umriß der Barkasse kreuzte ihren Kurs und setzte sich dann vor sie. Ihr Hecklicht leuchtete nun schwach und diente dem Rudergänger der *Saracen* als Anhaltspunkt. Aus dem Binnenland hörte man das dumpfe Grollen der Artillerie. Am Himmel waren die Perlenketten der Leuchtspurgeschosse zu erkennen. Fox grunzte warnend, als der Umriß eines hohen Frachters aus dem Dunkel auf sie zukam und sich hoch über der Backbordreling des Monitors erhob. Chesnaye sagte gelassen: »Ein Wrack. Dieser Barkassenführer scheint den Hafen wirklich wie seine Hosentasche zu kennen.«

Tatsächlich glitt die kleine Barkasse sicher zwischen den Wracks hindurch und geleitete den riesigen Monitor wie ein Schäferhund einen Blinden.

Chesnaye blickte auf die Leuchtziffern seiner Armbanduhr. »John, gehen Sie nach vorn und bereiten Sie alles zum Ankern vor. Wir sind in ungefähr zwei Minuten auf Reede.« Seine Zähne schimmerten in der Dunkelheit, als er grinste. »Wahrscheinlich werden wir bei Sonnenaufgang feststellen, daß wir mitten auf einer Düne parken.«

Erskine grunzte und kletterte von der Brücke. Der findet das noch lustig, dachte er, er weiß wirklich nicht, worum es geht. Außer Atem und nervös erreichte er das Vorschiff. Zwei Minuten später fiel ihr Anker in den Sand und Kies des Hafens von Tobruk.

Noch bevor eine halbe Stunde vergangen war, mußte die *Saracen* ihren Liegeplatz wechseln. Mit kleinen Handlampen geleitet, wurde sie von Motorbooten näher an die Reste einer Steinpier bugsiert. Bald lag sie dort längsseits an einem Wrack und wurde zum Entladen vorbereitet. Die Ladebäume des zerstörten Schiffes wurden benutzt, außerdem halfen die drei Landungsboote und die eigenen Boote des Monitors mit.

Die Stunden vergingen, ohne Pause wurde weitergearbeitet. Wie aus dem Nichts tauchte eine schweigende Horde unrasierter, zerlumpter Soldaten auf, die Fässer und Kisten mit der Lässigkeit von Männern bewegten, die nichts mehr überraschen kann. Leutnant Norris war mit einem Arbeitskommando von dreißig Seeleuten auf dem Wrack postiert. Zuerst wollte er helfen, aber seine Befehle schienen überflüssig zu sein, und er selbst stand nur im Weg. Unterleutnant Bouverie und Fähnrich Danebury waren bei ihm. Auch ihretwegen versuchte Norris, mit einem Infanterieleutnant ins Gespräch zu kommen. Er sagte betont forsch: »War schwer, hierherzukommen. Es wird jedes Mal haariger.«

Der Soldat blieb wie angenagelt stehen. »Schwer? Sie machen wohl Witze? Bei Gott, ich gäbe meinen rechten Arm dafür, wenn ich einen so kuschligen Job hätte wie Sie!«

Der Leutnant verschwand, bevor Norris seine Fassung wiederfand. Aus Verlegenheit kletterte er über eine rostige Leiter in das ziemlich unbeschädigte Kartenhaus. Er zündete sich gerade eine Zigarette an, als Bouverie sich zu ihm gesellte.

Norris blickte ihn in der Dunkelheit an. »Alles klar, Bouverie?«

Das förmliche Gehabe des Unterleutnants war ihm zuwider, seine Gelassenheit im Umgang mit Vorgesetzten. Im Zivilleben hatte er Männer wie Bouverie immer gefürchtet und beneidet.

»Läuft wie geschmiert.« Bouverie setzte sich auf einen Tisch und reckte den Hals, um aus einem zerbrochenen Fenster zu blicken. »Der Skipper scheint zu wissen, was er tut. Ich würde mir nicht zutrauen, das Schiff bei dieser Finsternis durch ein Hafenbecken voller Wracks zu bringen.«

Norris produzierte ein Gähnen. »Wenn Sie etwas mehr Erfahrung haben, werden Sie es schon schaffen.«

»Wirklich?» Bouveries Stimme verriet nichts. »Das hätte ich gar nicht gedacht.«

»Was macht der Fähnrich?« Norris wechselte schnell das Thema, denn er hatte das Gefühl, daß Bouverie sich wieder über ihn lustig machte.

»Ach, der hält die Dinge im Auge. Ein guter Unteroffizier ist bei ihm, dem ist es bestimmt lieber, wenn wir ihm nicht dauernd im Nacken sitzen.«

Norris knurrte irritiert. »Ich werde nie verstehen, wie einige Leute zur Navy gekommen sind.«

»Darüber wundere ich mich auch bei dem einen oder anderen.« Bouverie wechselte schnell das Thema, als Norris ihn scharf anschaute. »Bald wird es hell, dann könnte es hier etwas lebhafter zugehen.«

»Machen Sie sich bloß nicht in die Hosen!« Norris schien wütend. »Der Kommandant hat es zu verantworten, wenn hier etwas schiefgeht.«

»Ich mache mir nicht in die Hosen, wie Sie es ausdrücken, jedenfalls noch nicht. Zwar habe ich noch nicht viel Erfahrung, trotzdem weiß ich, daß ich keinen besseren Lehrer als Chesnaye hätte bekommen können.«

»Er hat Sie doch erst kürzlich zur Schnecke gemacht.« Norris fühlte, daß ihm das Gespräch entglitt. »Aber Sie nehmen vermutlich an, daß er Sie wegen Ihrer feinen Herkunft und Bildung protegieren wird.«

Bouverie lächelte. »Warum sind Sie eigentlich so geladen?«

»Was zum Teufel meinen Sie damit?«

»Nun, Sie scheinen zu denken, daß die ganze Welt Ihnen etwas schuldet. Dabei haben Sie sich doch ganz gut in der Navy eingelebt.«

»Das habe ich auch!« Norris geriet durcheinander. »Ich

meine, ich habe mich nicht danach gedrängt, auf diesen alten Eimer zu kommen. Wahrscheinlich wollte mir jemand eins auswischen. Diese Berufsseeleute werden uns nie verzeihen, daß man auch außerhalb der Navy anständig sein Geld verdienen kann.«

»Als Lehrer zum Beispiel?«

»Ja, verdammt noch mal!« Norris war aufgesprungen. »Auch als Lehrer, wenn Sie wollen.«

Bouverie nickte bedächtig. »Eine sehr befriedigende Aufgabe, könnte ich mir denken.«

»Sie wissen ja gar nicht, wovon Sie reden!« Norris geriet nun völlig aus dem Konzept. »Sie hatten es immer leicht. Jetzt hat es Sie hierher verschlagen, und nun erwarten Sie von uns, daß wir Sie durchschleppen!«

Bouverie lachte leise. »Was bleibt mir als kleinem Unterleutnant anderes übrig?«

Schurrende Füße waren zu hören, Fähnrich Danebury tauchte auf. »Was schleichen Sie hier herum?« fuhr Norris ihn an.

Danebury war ein dünner, zerbrechlich wirkender Junge mit hellen Augen und weichlichem Mund. Seltsamerweise war er bei der Mannschaft beliebt, wohl weil er mehr Schutz als Respekt benötigte.

»Der Treibstoff ist gelöscht, Sir.« Er trat von einem Fuß auf den anderen. »Die Männer fangen jetzt mit der Munition an.«

»Und was erwarten Sie nun? Soll ich Ihnen dafür einen Orden verleihen?« Norris begann zu schreien: »Verschwinden Sie auf das Vordeck und versuchen Sie, ein gutes Beispiel zu geben!«

Der Junge floh, und Norris fühlte sich etwas besser.

Bouverie stand auf und klopfte sich das Jackett ab. »Sie sind wirklich ein mieser Bastard, Norris.« Damit wandte er sich zum Gehen.

Norris schrie: »Wie sprechen Sie mit mir? Stehen Sie gefälligst stramm, wenn ich mit Ihnen rede!«

»Es gibt keine Zeugen, Norris, also vergessen Sie's.« Bouveries Stimme gewann plötzlich an Schärfe. »Ich habe Sie seit Wochen beobachtet. Sie scheinen mit Ihrem Leben höchst unzufrieden zu sein, und das ist ein Jammer. Warum machen Sie sich eigentlich so viele Sorgen um Ihren Platz im Leben, obwohl Sie doch in Wirklichkeit nirgendwo hingehören?«

Dann war er weg, und Norris brauchte mehrere Minuten, um wieder normal atmen zu können. Fast wäre er vor Wut in Tränen ausgebrochen. Wie konnte es dieser ehemalige Rechtsanwalt wagen ... Dem würde er es zeigen! Er würde ihm das arrogante Grinsen schon noch aus dem blöden Gesicht wischen!

Norris murmelte immer noch böse vor sich hin, als der Morgen über der Wüste graute und die deutschen Artilleristen sich in ihren Unterständen den Schlaf aus den Augen rieben, um sich wieder dem zerschlagenen Tobruk zu widmen.

Chesnaye betrachtete den schmalen hellen Streifen am östlichen Horizont und rieb sich das Gesicht mit den Händen. Die Sehnsucht nach Schlaf überwältigte ihn fast, aber er wußte, wenn er der Versuchung nachgab, war es um ihn geschehen. Er hörte, wie ein Unteroffizier Fox meldete: »Die Munition ist von Bord, Sir. Die Männer löschen jetzt die übrigen Nachschubgüter.«

Auch Fox' Stimme klang völlig erledigt: »Gut. Lassen Sie zuerst die Konserven vom Achterdeck räumen, damit die Sanitäter mit den Tragbahren mehr Platz haben.«

Chesnaye lehnte sich gegen die kühlen Stahlplatten. »Hat der Doktor seine Auswahl getroffen?«

»Jawohl, Sir. Wir erwarten zweihundert Verletzte, die meisten auf Tragbahren. Sie werden in der Offiziersmesse, in den Quartieren der Unteroffiziere und im vorderen Messedeck untergebracht. Die unteren Decks halten wir noch von Verwundeten frei, weil ich meine, daß eine Treppe reicht, wenn man den Bauch voller Splitter hat.«

»Stimmt. Hoffentlich können wir ihnen eine ruhige Überfahrt bieten.«

»Mir bitte auch!» Fox sog prüfend die Luft ein. »In einer halben Stunde liegen wir hier ziemlich nackt und bloß.«

Chesnaye stellte sich auf die Zehenspitzen und blickte auf das Wrack neben ihnen hinunter. Sein Umriß war schon deutlicher zu erkennen. Ameisengleich bewegten sich die Männer auf dem Oberdeck hin und her. Er mußte den Impuls unterdrücken, nach unten zu gehen und sie zur Eile anzutreiben. Es war nicht genug, daß sie den Diesel und die Munition losgeworden waren; immer noch war das Schiff selbst in Gefahr, wenn es hell wurde.

»Lassen Sie alle Leinen und Springleinen besetzen, Mr. Fox, und sorgen Sie dafür, daß der Chief immer informiert wird, damit wir ohne lange Vorwarnung ablegen können.«

»Schon angeordnet, Sir.«

»Gut. Das hier ist ein verdammt übler Platz zum Verteidigen.«

Fox knurrte: »Weckt alte Erinnerungen, Sir?«

»Ein paar. Ich hätte nicht erwartet, daß ich noch mal mit dieser Art der Kriegführung zu tun bekommen würde.«

»Es ist immer dasselbe: zu wenig und zu spät.« Fox konnte ein Gähnen nicht unterdrücken.

Der Rumpf erzitterte leicht, als ein Landungsboot an seiner freien Seite anlegte. Ladebäume klapperten, einige kurze Rufe erklangen. Gegen das schwarze Wasser und den stumpfen Stahl hoben sich grell die weißen Verbände der Verwundeten ab. Chesnaye konnte sich ihre Leiden vorstellen. In einem plötzlichen Entschluß schwang er sich auf die Leiter und begann hinabzusteigen.

»Übernehmen Sie, Mr. Fox, ich bin unten.«

Er trat zu Erskine an die Reling und schaute schweigend zu, wie die Verwundeten an Bord gehievt wurden. Viele helfende Hände streckten sich ihnen entgegen, um ihnen Schmerzen zu ersparen. Ein erschöpfter Sanitäter, dessen Stahlhelm eingebeult und zerkratzt war, hob die Hand.

»Halt! Setzt den hier ab!«

Gekonnt brachten die Matrosen den Mann in die richtige Position. Der Sanitäter kniete nieder und hantierte an den Verbänden. »Den hätten wir nicht erst verladen sollen, der ist erledigt!« Er stand auf und wandte sich an Chesnaye: »He, Kumpel, paß mal einen Augenblick auf diesen Burschen auf.« Schon nahm er die nächste Bahre in Empfang.

Erskine trat vor und wollte etwas sagen, aber Chesnaye

hielt ihn zurück. »Schon gut, John, vergessen Sie das Protokoll.«

Er beugte sich über den Verwundeten und blickte ihm ins Gesicht, das plötzlich klein und geschrumpft aussah. Mit glasigen Augen starrte der Mann das goldene Eichenlaub auf Chesnayes Mützenschirm an.

»Wo bin ich?«

Chesnaye nahm die Hand des Soldaten, sie war so eiskalt wie die von Pickles damals.

»Ganz ruhig. Sie sind jetzt in Sicherheit.«

Der Soldat hustete schwach. »Die Navy! Die alte Navy! Hätte nicht geglaubt, sie noch einmal zu Gesicht zu bekommen.«

Chesnaye sah, daß das Leben mit jedem Herzschlag aus ihm entwich. Wer war dieser Unbekannte? Was hatte sein Opfer für einen Sinn?

Plötzlich sagte der Mann ganz klar: »In Dorset wird jetzt alles grün sein, nehme ich an.«

Chesnaye konnte nur stumm nicken.

»Die grünen Hügel ... Ich möchte zu gern ...« Seine Hand verkrampfte sich, dann war er tot. Ein Unteroffizier sagte heiser: »Es kommen noch zwei Boote längsseits, Sir.«

Erskine blickte auf den knienden Kommandanten herab. »Sollen wir sie wegschicken, Sir? Es wird Zeit, daß wir auslaufen.«

»Weitermachen, John!« Chesnaye erhob sich und ging zur Brücke. »Wir laufen erst aus, wenn wir alle übernommen haben.«

Erskine sah ihm nach und merkte plötzlich, daß er diese stöhnenden Gestalten haßte, die mit nervtötender Langsamkeit an Bord kamen. Jeder Mann kostete sie wertvolle Minuten. Jede Minute wurde es im Hafen und über der Wüste heller.

Er merkte auch, daß er Chesnaye haßte, weil der nicht auf ihn hörte. Jedenfalls war dies ein Grund von vielen, die er nicht erklären konnte. Der Kommandant war ein Symbol für seine aufgestauten Ängste geworden.

Erskine wußte plötzlich, daß er sich fürchtete.

Über den langen Sanddünen der Wüste ging die Sonne auf und beleuchtete die zerstörten Überreste der ehemals friedfertigen Stadt Tobruk. Der Hafen war voller Wracks. Manche waren nur an dem herausragenden Mast zu erkennen, von anderen waren noch die Brücke oder die von Bomben zerfetzten Aufbauten zu sehen. Mit dem ersten Licht kamen auch die ersten Granaten, zögernd zuerst, dann mit der Wildheit eines Tornados. Es gab nur noch wenige unzerstörte Häuser, so daß die Sprenggranaten immer wieder Ruinen umgruben.

Die *Saracen* lag nach wie vor längsseits des Wracks, die müden Seeleute holten die letzten Verwundeten an Bord.

Erskine duckte sich unwillkürlich, als eine Granate mitten im Hafen explodierte und eine Splitterwolke durch die Luft pfiff. Das Landungsboot legte ab, endlich war es leer. Erskine lief los, kam aber zum Stehen, als ein Lautsprecher plärrte: »Oberdeck aufklaren! Klar zum Ablegen!«

Ungläubig sah er, daß sich der große Geschützturm nach Steuerbord drehte. Die langen Rohre hoben sich mit gefährlicher Langsamkeit. Erskine traute seinen Augen nicht: Chesnaye wollte Feuer eröffnen! Bis jetzt hatte der Feind die *Saracen* noch nicht bemerkt, sonst wären schon Stukas erschienen. Nun wollte Chesnaye deren Aufmerksamkeit auf sich lenken, den letzten Vorteil verschenken. Er ließ das Oberdeck räumen, damit die Kanonen gleich nach dem Ablegen feuern konnten. Die letzten Seeleute kamen vom Wrack herübergesprungen.

Dunkler Rauch quoll aus dem Schornstein, das Deck unter Erskines Füßen begann zu zittern. Er kletterte rasch auf die Brücke. Chesnaye stand ungeduldig mit einem Megaphon in der Hand an der Verschanzung.

»Alle Arbeitstrupps an Bord, Sir«, meldete er ihm. »Boote eingesetzt und gesichert. Schiff klar zum Auslaufen.«

»Danke. Alles los achtern! Backbordmaschine langsam voraus!«

Chesnaye lief auf der Brücke nach vorn, um zu beobachten, wie der Monitor in die letzte Springleine eindampfte, die ihn noch mit dem Wrack verband. Mit der Backbordmaschine holte die *Saracen* die Leine erst brechend steif, dann begann ihr Heck abzuklappen.

»Maschine stopp! Alles los vorne!«

Chesnayes rotgeränderte Augen glänzten fiebrig. Ein Matrose mit einem Telefon blickte ihn an.

»Vorne ist alles los, Sir.»

Chesnaye schien sich zum Stillstehen zwingen zu müssen. »Beide Maschinen langsam rückwärts!«

Allmählich nahm der Monitor Fahrt übers Heck auf. Sein runder Achtersteven schob sich durch Öl und Schaum, die den ganzen Hafen bedeckten. Über ihnen quietschte der Artillerieleitstand, wo McGowan und seine Gehilfen ihr Ziel auffaßten. Kalt befahl Chesnaye: »Wenn das letzte Wrack passiert ist, Feuer eröffnen!«

Erskine begriff: Darum also liefen sie rückwärts aus. Chesnaye wollte die Geschütze so lange wie möglich einsetzen. Er schien alle Vernunft über Bord geworfen zu haben.

Chesnaye blickte achteraus, die Mütze tief ins Gesicht gezogen, um die blendenden Sonnenstrahlen fernzuhalten. Der Turm drehte sich noch immer, die Rohre zeigten jetzt zur Sonne. Er zwang sich, ihr Kielwasser zwischen zwei gesunkenen Wracks hindurch zu verfolgen. Mit schmalen Lippen befahl er: »Steuerbord zehn! Mittschiffs!«

Er hielt den Atem an, als der breite Rumpf des Monitors beinahe einen einsamen Mast streifte, von dem noch die Flagge ins Wasser hing. Jetzt war es bald soweit. Er fühlte immer noch die kalten Finger des Sterbenden und bewegte ärgerlich die Hand. Ein Lichtsignal flackerte von der zerstörten Steinpier herüber. Er hörte, wie der Signalmeister mitbuchstabierte. Dann meldete er: »Sie wünschen uns viel Glück, Sir.« Das Licht blitzte weiter, obwohl eine braune Wolke am Fuß des letzten unversehrten Minaretts explodierte. »Und ›vielen Dank!‹«

Chesnaye starrte blicklos die Steine des Wellenbrechers an. »Geben Sie zurück: ›War alles im Preis inbegriffen!‹«

Überraschenderweise lachte einer der Männer auf der Brücke, und ein anderer nahm seine Mütze ab und winkte zu den Ruinen hinüber. Das letzte Wrack glitt vorbei, und die ersten Wellen klatschten gegen den Rumpf der *Saracen*. Chesnaye hob sein Fernglas, blickte zu den braunen Detonationswolken hinüber und lauschte dem Hämmern der Maschinengewehre. In seinem Innern rührte sich eine alte Erinnerung. Für einen Moment vergaß er die Verwundbarkeit seines Schiffes und die offene See, die auf ihn wartete. Er drehte sich um und sah Erskines starren Blick. Gespannte Ruhe herrschte auf der Brücke. Fast herausfordernd befahl er: »Feuer eröffnen!«

5 Stukas

Trotz der gleichmäßigen Brise war die Luft zum Atmen fast zu heiß. Die Wachen standen lustlos und schwerfällig herum. Jeder achtete sorgfältig darauf, nicht mit den heißen Stahlplatten oder Kanonenrohren in Berührung zu kommen. Ein feiner blauer Dunst verhüllte den Horizont und erhöhte das Gefühl der Isolation. Millionen Reflexe tanzten auf dem glatten Wasser und erschwerten die Arbeit der Ausguckposten.

Chesnaye hockte auf seinem Stuhl, seine Kleider waren zerknautscht und durchgeschwitzt. Jedes Atemholen machte Mühe.

Die Brücke erzitterte unter dem gleichmäßigen Pulsieren der beiden Maschinen, die das Schiff mit sechseinhalb Knoten vorwärtsschoben. Eine kleine Bugwelle umspülte den Vorsteven und lief an den Seiten nach achtern. Auf den Decks bewegte sich nichts, aber Chesnaye wußte, daß die Mannschaft auf Gefechtsstationen war. Die Männer durften in kleinen Gruppen in die Messedecks abtreten, um sich zu erfrischen oder bei der Pflege der Verwundeten zu helfen. Zwischen den Decks hing der Gestank nach Schmerz und Leiden, so daß die Seeleute froh waren, wenn sie wieder an die frische Luft konnten.

Chesnaye blickte auf seine Uhr. Seit der kurzen Beschießung waren fünf Stunden vergangen. Unglaublich, daß seither nichts passiert war. Zuerst hatte er gedacht, er könne die wachsende Spannung nicht länger ertragen. Jetzt schöpfte er mit jeder Schraubenumdrehung Hoffnung. Trotz Erskines offener Ablehnung und den wachsamen Augen der anderen fühlte Chesnaye aufkeimende Freude, ja Stolz.

Ein Bootsmannsgehilfe stellte einen Blechbecher neben seinen Ellenbogen. »Limonensaft, Sir.«

Chesnaye nickte dankbar und nippte an der bereits warmen Flüssigkeit. Dabei beobachtete er die Brückenmannschaft. Fox, der Wachoffizier, stand neben seinem Assistenten Bouverie auf der Mittelgräting und suchte mit einem Fernglas den Horizont ab. Zwei Bootsmannsgehilfen und ein Läufer standen am Kartenhaus, lustlos, mit schweren Augenlidern, wie Terriers auf ein Wort ihres Herrn wartend. Am hinteren Rand der Brücke reckte eine Oerlikon die schlanken Rohre in den Himmel. Die Bedienungsmannschaft stand mit nacktem Oberkörper bereit, ihre tiefgebräunte Haut war offenbar immun gegen die heiße Sonne.

McGowan würde auf dem Posten sein, in Gedanken aber noch immer die kurze Beschießung der deutschen Stellungen rekapitulieren. Es war atemberaubend schnell gegangen. Für die deutschen Kanoniere auf der anderen Seite der zerstörten Stadt mußte es ein Schock gewesen sein.Bis dahin hatten sie Artillerieduelle mit gleichen Kalibern ausgetragen, jetzt schlugen plötzlich 38er Granaten in ihren Stellungen ein und verwandelten die Wüste in ein Inferno. McGowan und sein Team hatten wenige Anhaltspunkte gehabt und deshalb einen fünf Meilen breiten Feuerstreifen gelegt. Dann drehte der Monitor mit rauchenden Geschützen ab und verschwand Richtung offene See. Das war vor fünf Stunden gewesen. Fünf Stunden! Chesnaye rieb sich die Augen und trank den Rest aus dem Blechnapf. Hinter ihm bewegte sich etwas. Fox sagte: »Funkspruch, Sir!«

Chesnaye fühlte, wie sich seine Bauchmuskeln zusammenzogen. »Lesen Sie vor!« befahl er mit mühsam beherrschter Stimme.

»Vom Oberkommandierenden: Italienischer Minenleger in der Nähe vermutet, vermutlich mit Westkurs nördlich von Bardia. Der Minenleger ist beschädigt und wird versuchen, den nächsten Hafen zu erreichen. Er ist zu versenken oder aufzuhalten, bis mehr Einheiten herangeführt sind. Zwei Begleitfahrzeuge.« Fox holte Atem. »Dann folgen noch ein paar vermutete Positionen, aber das war der Kern des Funkspruchs, Sir.«

Chesnaye verzog das Gesicht. Wieder einmal mußte die *Saracen* ihre eigenen Probleme vergessen. Auf irgendeiner Stabskarte wurde eine Stecknadel oder ein Fähnchen in dem großen tödlichen Spiel umgesteckt. Noch vor ein paar Sekunden hatte er nur darüber nachgedacht, wie er ohne Verluste nach Alexandria zurücklaufen konnte, und jetzt hatte er ein neues Problem auf dem Hals. Sicherlich handelte es sich um eines dieser neuen schnellen kreuzerähnlichen Schiffe, die in wenigen Stunden eine umfangreiche Minensperre legen konnten. Wenn sie nicht entdeckt wurde, würden viele gute Schiffe zu den Fischen gehen. Sogar ein entdecktes Minenfeld stellte noch eine Gefahr dar, denn es mußte in einer langsamen, peinlich genauen Prozedur geräumt werden. Während dieser Zeit kam der Verkehr in dem Seegebiet zum Erliegen. Chesnaye erhob sich und fühlte, wie der Schmerz heiß durch seine Hüfte fuhr. Er bemühte sich, nicht zu humpeln, als er zum Kartenhaus ging. Geduldig wartete er, bis Fox die möglichen Positionen und Gegnerkurse in die Karte eingetragen hatte. Dann beugte er sich über die Karte und betrachtete die konvergierenden Linien.

Er griff die Entfernungen mit dem Zirkel ab. »Nehmen wir mal einen Abstand von zwanzig Meilen zur Küste an. Er wird ihrem Verlauf folgen, damit er sich unter Landschutz begeben kann, falls er angegriffen wird. Der deutsche Kommandant weiß, daß Tobruk eingeschlossen ist. Die Gefahr könnte nur aus Alexandria oder dem Norden kommen. Da jedoch alle Kräfte in Griechenland gebunden sind, kommt nur Alexandria in Frage.«

»Das ist es wohl, was der Funkspruch meint, Sir: ›Mehr Einheiten‹ müssen erst von Alexandria kommen.«

Chesnaye biß die Zähne zusammen. Ohne Zweifel war das Zweite Küstengeschwader gemeint. Beaushears war so darauf versessen, den Eindringling in seinem Hinterhof zu stellen, daß er sogar die *Saracen* dafür opfern wollte. Er lächelte.

»Ja. Die Italiener werden ein Schiff unserer Größe in diesen

Gewässern nicht vermuten. Legen Sie einen Abfangkurs fest und lassen Sie bitte den Ersten rufen.«

Er trat wieder in den blendenden Sonnenschein hinaus, die Hände fest auf dem Rücken verschränkt. Das würde ihr Zuspätkommen beim Konvoi ausgleichen, das heimliche Grinsen von den Gesichtern wischen und den höhnischen Bemerkungen ein Ende machen. Er drehte sich um und sah Erskines gerötetes Gesicht vor sich. In kurzen, knappen Sätzen erklärte er ihm die Lage und faßte zusammen: »Zwei bis drei Salven der schweren Artillerie sollten reichen, sogar auf große Entfernung. Falls er die Minen noch an Bord hat, wird er wie ein Silvesterfeuerwerk in die Luft fliegen. Aber wie dem auch sei, es sollte keine Probleme geben.«

Erskine fragte leise: »Und seine Geleitfahrzeuge, Sir?«

»Nun, die Berichte sprechen von zwei Schiffen, aber ich denke, daß wir sie vernachlässigen können.«

»Wie können Sie da so sicher sein, Sir?«

»Wenn die Begleitschiffe eine große Gefahr darstellen würden, hätte man uns nicht so ausschließlich auf den Minenleger hingewiesen, nicht wahr?«

»Nun ja, Sir, kann sein.«

Erskine war durch die schnelle Folge der Ereignisse völlig durcheinander. Als sein müder Geist sich klärte, fühlte er jedoch Erregung in sich aufsteigen. Dieses feindliche Schiff war wirklich ein Geschenk des Himmels. Der Monitor konnte es auf große Distanz mit seinen schweren Granaten eindecken, sogar wenn es viermal so schnell und zehnmal so manövrierfähig sein sollte. Die Vorsehung schien sie für die Angst in Tobruk entschädigen zu wollen.

Seit dem Auslaufen hatte er kaum mit dem Kommandanten gesprochen. Als Chesnaye sich nun abwenden wollte, sagte er schnell: »Ich möchte mich entschuldigen, Sir.«

Chesnaye drehte sich um, seine Augen blitzten. »Wofür, Nummer Eins?«

»Für mein Benehmen in Tobruk. Ich dachte, es wäre das Risiko nicht wert.« Mühsam quälte er sich jedes Wort ab. »Aber ich hatte unrecht. Dieser Minenleger wird uns wieder in die erste Reihe bringen.«

Er sah, daß Chesnayes Mund etwas weicher wurde. »Noch haben wir ihn nicht versenkt, John. Aber in einer Stunde sollten wir ihn zu fassen haben.«

Erskine stieg von der Brücke. Eigentlich hatte sich noch nichts geändert, trotzdem versetzte der Hinweis auf ein feindliches Schiff in Reichweite und die damit verbundene Gefahr die Besatzung in Aufregung. Diese Hochstimmung hatte Erskine an Bord noch nie gesehen.

Zur Mittagszeit kam der Minenleger in Sicht. Der leistungsstarke Entfernungsmesser des Artillerieleitstandes hatte ihn als kleinen Fleck am Horizont aufgefaßt, und McGowan informierte den Kommandanten. Fast im selben Augenblick brüllte Vollmatrose Rix, der als Luftbeobachter an Steuerbordseite eingeteilt war: »Flugzeuge! Peilung Grün vier-fünf!«

Die Alarmsirenen kreischten ihre Warnung heraus. Und wieder einmal stand die Besatzung der *Saracen* wartend hinter ihren Waffen.

Leutnant Max Eucken leckte sich die Lippen und suchte den Geschmack des Kaffees, den er vor einer halben Stunde getrunken hatte. Trotz der enormen Hitze in seinem gläsernen Cockpit war er völlig entspannt. Seine Augen zwinkerten kaum, wenn er durch die Scheibe des Sturzkampfbombers nach vorn blickte. Auch ohne hinzusehen wußte er, daß die anderen sechs Stukas zu beiden Seiten in einer engen Pfeilformation fliegen würden. Unter ihnen leuchtete die See wie hellblaues Glas, der Himmel war klar und einladend. Eucken war zweiundzwanzig Jahre alt und in diesem Augenblick sehr mit sich zufrieden.

Erstaunlich, wie sich das Lebensgefühl veränderte, wenn man erst in der Luft war. Alle Beschwernisse und Spannungen, mit denen man auf dem Feldflugplatz leben mußte, fielen ab. Hier oben war er König, Meister seines Schicksals und des seiner Kameraden. Stimmen krächzten in seinem Kopfhörer, aber er ignorierte sie. Die anderen Piloten waren wie er selber erregt und eifrig. In dem Augenblick, da das Ziel im Visier auftauchte, mußte wieder eiserne Disziplin herrschen, aber im Augenblick konnte er sie reden lassen. Wenn etwas in Sicht kam, würden sie ihn schon informieren.

Hinter ihm hockte Heckschütze Steuer an seinen Waffen wie ein unordentlich abgestellter Sack. Er war ein schlichter Mann ohne Vorstellungskraft, aber zuverlässig.

Eucken spannte seine Bauchmuskeln an und fühlte, wie ihm der Schweiß in die Shorts lief. Außer ihnen trug er nur noch seinen Fliegerhelm und Sandalen. Mit Befriedigung musterte er sein Spiegelbild im Plexiglas. Seine Haut war überall goldbraun gebrannt, und die Wüstensonne hatte die Haare auf seinen Armen weißblond gebleicht.

Er blickte zu den drei Stukas links hinüber. Sie hoben und senkten sich wie tanzende Blätter im Wind, ihre Fahrwerke sahen aus wie die Klauen beutehungriger Falken. Der ihm nächste Pilot winkte, und Eucken dankte mit einer kurzen Handbewegung. Das war Brett, der einzige, der seit Frankreich dabei war. Seit den Einsätzen in Frankreich hatte Eucken aufgehört, sich zu fürchten. Er erinnerte sich an die langen, schnurgeraden Straßen, die mit langen Schlangen französischer Flüchtlinge verstopft waren. Während die Wehrmacht die französische Armee aufrieb und das britische Expeditionskorps zur Kanalküste zurücktrieb, hatten Eucken und seine Staffel für Panik hinter der Front gesorgt. Zerbomte Straßen bedeuteten Chaos und einen Zusammenbruch des gegnerischen Nachschubs. Die Stukas stießen mit heulenden Sirenen auf die vor Angst halb wahnsinnigen Kolonnen hinab, ihre Bomben rissen blutige Krater. Wenn die Maschinen wieder hochzogen, hielten die Maschinengewehre der Heckschützen reiche Ernte.

Eucken dachte kaum an die Kameraden in den anderen Waffengattungen. Die Kriegsmarine verachtete er für ihre traditionelle und arrogante Art. Die U-Boote waren die einzige wirkliche Angriffswaffe der Marine, der Rest schien ihm wie ein Relikt aus längst vergangenen Tagen, von denen ihm sein Vater erzählt hatte: Schmutz, Läuse, Beschränktheit und Stillstand.

Nein, in der Luft lag die Zukunft. Von allen Flugzeugen, die für die Luftwaffe flogen, hatte der Stuka sich den gefährlichsten Ruf erworben. Eucken meinte beinahe, die schwere, panzerbrechende Bombe unter seinen Füßen zu spüren. Bald würde sie ein weiteres Schiff auf den Meeresboden schicken.

Er hatte neben der Startbahn in seinem Zelt gedöst, als eine überraschende, heftige Beschießung im Gebiet von Tobruk gemeldet wurde. Wie es schien, war das Schiff unbeschädigt entkommen, und jetzt schrie das Heer nach Rache. Das sah ihnen mal wieder ähnlich, dachte Eucken, immer sollte die Luftwaffe die Schmutzarbeit machen. Und dann war da noch der angeschlagene italienische Minenleger – typisch. Schade, daß nicht die Briten Deutschlands Verbündete waren, zusammen hätten sie problemlos diese minderwertigen Völker beherrschen können. Aber wie der Führer erläuterte, war Britanien durch Juden und Kommunisten irregeleitet worden. Nun würde es für den Fehler bezahlen müssen.

Euckens Stirn legte sich in Falten, als er Bretts scharfe Stimme im Kopfhörer vernahm: »Da ist es! Recht voraus!«

Eucken rügte sich selber dafür, daß er geträumt und das Schiff nicht als erster gesehen hatte. Er beugte sich vor und blickte nach vorne.

Zuerst dachte er, daß das Schiff gestoppt hätte. Aber beim zweiten Hinblicken meinte er, daß das merkwürdige Fahrzeug langsame Fahrt machte. Es sah so häßlich, so unproportioniert aus, als sei ihm das Heck abgeschossen worden. Aber es handelte sich unverkennbar um das gesuchte Wild. Aus der niedrigen Bugwelle schloß er, daß das Schiff weniger als acht Knoten machte. Es würde ein Angriff wie aus dem Lehrbuch werden.

Ruhig gab er seine Befehle und rückte sich bequem zurecht. Es würde schnell vorbei sein und ihm wahrscheinlich wieder einen Orden einbringen. Er persönlich legte darauf zwar keinen Wert, aber er wußte, daß es seine Eltern freuen würde. Für sie war es ein kleiner Trost für den Verlust der beiden anderen Söhne, die sie bereits für das Vaterland hingegeben hatten.

Der Bomber wippte mit den Flügeln, als die Luft plötzlich mit den braunen Explosionswolken der Schiffsflak erfüllt war. Die Tommies schliefen nicht, aber ihre Überlebenden würden einen weiten Weg zu schwimmen haben. Grob geschätzt vierzig Meilen. Der Gedanke erheiterte ihn. Er lächelte noch immer, als die drei Stukas an seiner linken Tragfläche auf ein Kommando von Leutnant Brett über den einen Flügel abkippten und auf das kleine Spielzeugschiff herabstießen.

Die drei Flugzeuge rechts gewannen noch weiter an Höhe, um das Schiff in die Zange nehmen zu können. Eucken blieb auf Kurs und beobachtete das Drama unter ihm. Eine Stimme rief: »Ich sehe den italienischen Minenleger!«

Natürlich erschien nun auch der humpelnde Italiener auf der Bühne. Eucken grinste; je mehr Zuschauer, desto mehr Beifall.

In seinem Gesicht zuckte ein Nerv, als er sah, daß der erste Stuka explodierte. Mit unbewegtem Gesicht verfolgte er, wie die Teile von Bretts Maschine in die blaue See schlugen. Kleine weiße Fontänen markierten das Gebiet, in dem die Trümmer auftrafen. Der nächste Stuka ging in den Sturzflug über, Leuchtspurgirlanden begrüßten ihn. Plötzlich fing einer seiner Flügel an zu qualmen. Er fing seinen Sturz nicht ab, sondern setzte ihn bis ins Wasser fort. Eucken meinte, die Explosion zu hören, als seine Bombe beim Aufschlag explodierte. Flugzeug und Mannschaft gingen in einer großen orangefarbenen Stichflamme auf.

Euckens Hände zitterten vor Wut. Es war seine Schuld, er war zu überheblich gewesen. Schneidend sagte er ins Kehlkopfmikrophon: »Hier spricht die rote Nummer Eins! Freihalten, ich greife an!«

Das Motorgeräusch schwoll an, als er das Flugzeug über die Tragfläche abkippen ließ. Er sah den dritten Angreifer taumeln und, eine dünne Rauchfahne hinter sich herziehend, abdrehen. Tiefer und tiefer, schneller und schneller stürzte er, seine Tragflächen schienen abbrechen zu wollen. Über Bordsprechfunk befahl er: »Deck sie gut mit Maschinengewehrgarben ein, wenn ich den Sturz abfange, Steuer!«

Er hörte den Heckschützen zustimmend grunzen. Steuer sah nur Himmel, bis das Flugzeug den Sturzflug beendet hatte – ein einsamer Job. Dann vergaß Eucken seinen Heckschützen, die Staffel und alles andere und konzentrierte sich nur noch auf das schnell größer werdende Schiff. Seine Augen hinter der Schutzbrille wurden zu Schlitzen, als er die weißen Mützen auf der Brücke sah, wie Edelweiß auf einem grauen Felsen. Jetzt züngelten ihm die Leuchtspurschlangen entgegen. Der Stuka ging in den Endanflug über, das schreckliche Kreischen wirkte auf Eucken wie eine Droge. Schneller! Das Flugzeug bockte, er meinte zu spüren, wie die metallene Außenhaut an den Spanten riß. Über ihm am klaren Himmel kreisten seine Kameraden, beobachteten ihn und warteten auf ihre Chance.

Das schwarze Flugzeug mit den gelben Streifen stieß nahezu vertikal vom Himmel, das starre Fahrwerk griff wie die Fänge eines Falken nach vorn. Das Staffelabzeichen zeigte einen Wolf. Jetzt war es soweit! Eucken drückte den Auslösehebel und zog den Stuka aus dem Sturzflug hoch. Fast meinte er, den Mast des Schiffes zu berühren. Das Flugzeug machte einen Satz, als sich die Bombe löste. Eucken hätte gern den Einschlag beobachtet, denn daß er getroffen hatte, wußte er.

Eine kurze starke Explosion – der Stuka schmierte über eine Tragfläche ab. Die geordnete Welt des Cockpits löste sich in Chaos auf. Überall prasselten Flammen. Eucken hörte jemanden wie ein verwundetes Tier brüllen und tastete nach dem Steuerknüppel, aber er merkte, daß nur sein Hirn funktionierte, die Glieder versagten ihm den Dienst. Die Sonne, die hinter ihm sein sollte, war plötzlich unter ihm. Das Flugzeug trudelte mit zunehmender Geschwindigkeit auf das blaue Wasser zu.

Mit der Erkenntnis kam der Schmerz. Glasigen Blicks sah Max Eucken, zweiundzwanzig Jahre, das Meer auf sich zukommen. Die Windschutzscheibe war mit seinem Blut bespritzt, trotzdem starrte er noch immer nach vorn, als der schwarze Stuka aufs Wasser schlug.

Der Stukapilot streifte fast den Großmast, und die Beobachter fürchteten schon, daß er in den Schornstein fallen würde. Als der Bomber seinen Sturzflug abfing, löste sich die große

Bombe von seinem Rumpf und flog auf die dicht besetzte Brücke zu.

Jetzt ereigneten sich mehrere Dinge fast gleichzeitig. Als der Stuka den Schützen seinen gestreiften Bauch zeigte, erfaßte ihn mindestens eine der Oerlikons. Selbst als das Flugzeug schon zu trudeln begann, schlugen noch Kugeln in seinen Rumpf ein. Aber niemand sah, wo es aufs Wasser schlug, weil in diesem Augenblick das Schiff unter dem Bombentreffer erzitterte. Die Bombe prallte gegen den Brückenaufbau, es klang, als hätte ein Riese mit gewaltigem Hammer dagegengeschlagen. Vom Aufbau wurde die Bombe jedoch abgelenkt und fiel hinter die große Barbette des Turms. Diese Richtungsänderung verhinderte den tödlichen Schlag, denn dadurch prallte die Bombe von der dünnen Panzerung zwischen Brückenaufbau und Barbette ab und schlug in das leere Messedeck ein, wo sie explodierte. Hätte sie wie beabsichtigt getroffen, wäre sie durch zwei Decks bis zum Kiel geschlagen. Die Explosion von Treibstoff und Munition hätte jeden Rettungsversuch unmöglich gemacht. Das Schiff wäre verloren gewesen.

In den Sekunden, ja Minuten nach dem Einschlag wußte eigentlich niemand genau, was passiert war. Alle fürchteten um ihr Leben, und viele standen am Rand der Panik.

Der Schiffsarzt Leutnant Wickersley, der sich um die Verwundeten kümmerte, stand wie angewurzelt da. Die Bombe fraß sich durch den gehärteten Stahl mit Geräuschen, die denen einer Bandsäge glichen. Dann riß ihn die Explosion aus seiner Erstarrung, der Raum füllte sich mit Qualm. Erstaunt stellte der Arzt fest, daß er keine Angst hatte. Sein Blick fiel auf die hilflosen Menschen, die in ihren Verbänden und Schienen bewegungsunfähig waren. Um sie sorgte er sich. Seine Helfer – Köche, Stewards, Schreiber und andere Männer, die mit der eigentlichen Gefechtstätigkeit nichts zu tun hatten – starrten ihn an und erwarteten seine Befehle.

Wickersley klopfte sich Farbsplitter vom Kittel und gab mit ruhiger Stimme seine Anordnungen. Dabei hätte er jubeln mögen, weil er jetzt, da es darauf ankam, keine Angst verspürte und die Arbeit tun konnte, für die er ausgebildet war.

Hoch über der Brücke, in der Enge des Artillerieleitstandes, kauerte Leutnant Norris neben McGowan. Das gepanzerte Nervenzentrum der Schiffsartillerie vibrierte unter dem Geheul der abdrehenden Stukas, bis sogar das Belfern der Oerlikons und das Hämmern der Pompoms vergleichsweise leise wirkten. Norris sah einen Schatten über die offene Brücke unter sich huschen, dann fiel ein blitzender Gegenstand an seinen Sehschlitzen vorbei, scheinbar direkt auf den Kommandanten zu. Erst jetzt wurde sich Norris der Gefahr bewußt. Er wollte sich wegdrehen oder sein Gesicht im Rücken des Seemanns vor ihm vergraben, aber er mußte weiter hinschauen. Die Bombe fiel mit einem Funkenregen hinter den massiven Geschützturm und explodierte nach einer schier endlosen Sekunde. Das klang weit weg und sehr gedämpft, wie tief aus den Gedärmen des Schiffes kommend. Die Luft füllte sich mit schwarzem Qualm, der bald die Brücke verschluckte und den Leitstand völlig isolierte. McGowans Gesicht war grau, aber er sprach ungerührt in sein Mikrophon. Die vier Seeleute blickten schnell ihre Offiziere an, dann rückten sie sich wieder zurecht. Falls sie am Rand einer Panik waren, sah man es ihnen jedenfalls nicht an.

Norris zuckte zusammen, als McGowan meldete: »Sie ist im unteren Messedeck explodiert. Der Feuerstoßtrupp ist unterwegs.«

Nur um etwas zu sagen, fragte Norris schwach: »Ist der Geschützturm unbeschädigt?«

McGowan zuckte mit den Schultern. »Der Turmkommandant meldet mehrere Verwundete, meist Gehirnerschütterungen.« Er lachte rauh, als könne er es noch nicht glauben, daß er noch am Leben war. »Die anderen Stukas haben sich verdrückt.«

Erskine machte bereits in dem Inferno aus Feuer und schwarzem Qualm seine Runde. Neben ihm bekämpften Männer mit Schläuchen und Feuerlöschern die Flammen, während andere hinter den glühenden wasserdichten Schotts um Hilfe schrien. Melder kamen und gingen, Erskine gab seine Befehle fast automatisch. Bis jetzt konnte er den vollen Umfang des Schadens noch nicht abschätzen, aber das, was er sah, war schon schlimm genug.

Ein Unteroffizier und zwei Matrosen waren durch die Gewalt der Explosion in blutige Bündel verwandelt worden. Eine Oerlikon war mit ihrem Magazin und dem Schützen wie ein Spielzeug aus dem Fundament gerissen und über die Backbordreling geschleudert worden. Ein unbekannter Seemann lief schreiend an Erskine vorbei, durch den Druck völlig entkleidet. In dem nackten Körper steckten fußlange Holzsplitter.

Der Oberbootsmann rief in Erskines Ohr: »Das Feuer werden wir bald unter Kontrolle haben, Sir. Aber einige Verwundete müssen wir schleunigst verlegen, sonst werden sie geröstet.«

»Gut, Buffer, teilen Sie die Leute dafür ein.«

Er hustete, weil eine neue Qualmwolke heranzog. Der Oberbootsmann wischte sich das schwitzende Gesicht trocken und deutete auf das Foto eines Pin-up-Girls, das noch unbeschädigt an einem rauchenden Schrank hing.

»Im Augenblick könnte ich noch nicht mal *die* stemmen, Sir.«

Erskine versuchte zu lächeln, aber sein Kinn fühlte sich verspannt und unbeweglich an. Aufstöhnend ging er weiter. Ein Melder, der ihn im Rauch nicht gesehen hatte, rannte in ihn hinein. Ich muß mich auf der Brücke melden, dachte er. Sein Kopf rebellierte, aber er zwang sich zur Konzentration. Es gab soviel zu tun. Außerdem war da immer noch der Minenleger, der versenkt werden mußte.

»Hier, Sir, ich helfe Ihnen!«

Chesnaye fühlte Fox' Hand an seinem Ellenbogen und kam schwankend auf die Füße. Sein Kopf schien platzen zu wollen. Als er den Rauch über die Brückenschanz quellen sah, stand er kurz vor dem Zusammenbruch. Es war ihm so vorgekommen, als ob die Bombe genau auf ihn gezielt worden sei. Nun schien jeder auf der Brücke zu schreien, jedes Telefon und jedes Sprachrohr verlangte seine Aufmerksamkeit.

»Die Bomber drehen ab, Sir!« Fox stützte ihn noch immer,

das Gesicht starr vor Konzentration. »Die Schadensmeldungen, Sir.«

Chesnaye nickte und humpelte nach vorn an die Brückenverschanzung. Zerbrochenes Glas knirschte unter seinen Füßen. Als er zum Vordeck blickte, krallte sich eine kalte Hand um sein Herz. Das Teakdeck war aufgerissen und zersplittert, aus dem Loch am Fuß der Barbette quoll eine schwarze Rauchsäule. Sanitäter mit Tragbahren suchten sich ihren Weg zur Unglücksstelle. Aber er durfte nicht darüber nachgrübeln, alle würden ihre Arbeit tun. Er mußte das Schiff führen.

»Kursänderung zwei Strich nach Steuerbord!«

Der Rauch muß von der Brücke wegziehen. Sekundenlang starrte er die tiefe Kerbe im Stahl an, wo die Bombe die Brücke gestreift hatte . . . Es war um Zentimeter gegangen. Ein paar Meter weiter achtern, dann wäre das Kartenhaus weggeblasen worden; etwas weiter nach vorn, und der Turm wäre zerstört worden. Fox meldete: »Acht Tote, Sir, ein Vermißter.«

»Danke.«

Der Vermißte mußte der Schütze der Oerlikon sein. Fox reichte Chesnaye einen Telefonhörer. »Der Artillerieoffzier, Sir.«

Chesnaye nahm den Hörer und fragte, die Augen noch immer in den Rauch gerichtet: »Entfernung zum Ziel?«

»Zehntausend Meter, Sir.« McGowans Stimme hörte sich gestreßt an. »Ich würde gern den Turm klarieren lassen, Sir.«

Chesnaye glaubte sich verhört zu haben. »Warum das? Der Turmkommandant hat keine ernsthafte Beschädigung gemeldet!«

»Er hat gerade mit mir gesprochen, Sir. Die Bombe hat den unteren Drehmechanismus beschädigt.«

»Wollen Sie damit sagen, daß der Turm nicht mehr gerichtet werden kann?«

»Korrekt, Sir. Die Geschütze sind in Ordnung, aber der Turm kann nicht gedreht werden . . .«

Chesnaye hatte ein Gefühl, als ob die Brücke unter ihm schwanke. Eine kräftige Bö blies den Rauch vom Vorschiff fort, und für einen Augenblick konnte er die Silhouette des italienischen Minenlegers an Backbord sehen. Sein Umriß wurde schon kürzer, er drehte ab.

Mühsam beherrscht fragte Chesnaye: »Können wir den Turm nicht mit der Notsteuerung von Hand bedienen?«

McGowan verneinte fast entschuldigend: »Leider nicht, Sir. Solange die Auflage nicht in einer Werft repariert werden kann, bleibt er fixiert.«

»Gut, halten Sie mich bitte auf dem laufenden.«

Er gab Fox den Hörer zurück und ging zum vorderen Teil der Brücke. Wie zum Hohn hörte er einen Melder sagen: »Feuer ist unter Kontrolle, Sir. Lecksicherung meldet keine weiteren Beschädigungen.«

Chesnaye hob sein Glas und blickte zu dem fernen Minenleger hinüber. Er sah ihn klar und deutlich, an beiden Seiten fuhren zwei Geleitschiffe. Der italienische Kommandant mußte sich fragen, was hier vorging. Das mächtige Schiff mit dem gewaltigen Turm war plötzlich auf seinem Kurs aufgetaucht, Tod und Zerstörung schienen unausweichlich. Auch das Erscheinen der sieben Sturzkampfbomber hatte die Gefahr nicht beseitigen können. Aber jetzt, während die Italiener mit Volldampf abliefen, mußte der Kommandant des Minenlegers merken, das etwas nicht stimmte. Die großkalibrigen Geschütze zeigten unbeweglich stets in dieselbe Richtung.

Schließlich sagte Chesnaye langsam: »Fragen Sie Mr. McGowan, ob er einen Probeschuß abfeuern kann, wenn ich das Schiff in die richtige Position drehe.«

Er wartete. Alle Männer auf der Brücke vermieden es, ihn anzublicken.

»Leider negativ, Sir. Der Turm könnte dabei irreparable Schäden erleiden. Zudem wäre es nahezu unmöglich, unter diesen Umständen einen gezielten Schuß abzugeben.« Fox blickte an Chesnaye vorbei zum Italiener hinüber, Haß stand in seinen Augen. »Verdammt, und wir waren so dicht dran!«

Chesnaye kehrte zu seinem Stuhl zurück. Ohne sich umzudrehen, wußte er, daß Erskine auf die Brücke kam.

»Wegtreten von Gefechtsstationen! Kurs zurück zur Basis.«

Er hörte Fox fluchen. Als auch noch McGowan auf die Brücke kam, versteifte er sich.

»Tut mir leid, Sir.«

Chesnaye konnte den Blick nicht von dem Rauchwölkchen lösen, das anzeigte, wo der Minenleger hinter der Kimm verschwunden war. »Und *mir* erst.«

Wie aus weiter Ferne hörte er Erskines Stimme. »Wir werden einen Funkspruch absetzen müssen, Sir.«

Verdammt! Chesnaye wußte, daß Erskine ihn beobachtete, darauf wartete, daß er zusammenbrach. Kalt erwiderte er: »Funkspruch: ›Kehren zur Basis zurück. Haben Kontakt zum Feind verloren.‹«

Erskine ließ nicht locker. »Können wir hinzusetzen, daß wir beschädigt sind und eine Eskorte benötigen, Sir?«

Chesnaye drehte sich um und blickte ihn böse an.

»So würden Sie es formulieren? Das glaube ich Ihnen! Aber ich brauche keine Entschuldigung für mein Schiff.«

Erskines besorgtes Gesicht wurde wieder undurchdringlich und verschlossen. »Jawohl, Sir. Ich lasse den Funkspruch absetzen.«

Chesnaye schaute blicklos nach vorne. Ja, sieh zu, daß du dich rettest, dachte er, wenn ich gekreuzigt werde.

Im Kartenhaus meinte McGowan: »Na ja, schließlich war's nur ein blöder Spaghetti. Jedenfalls hatten wir bei dem Bombenangriff eine Menge Glück.«

Fox schüttelte den Kopf. »Für den Skipper war es mehr. Es hätte für ihn und das alte Schiff eine echte Chance sein können. Nun hat er in den Augen des Admirals alles verpfuscht.«

»Das sehe ich nicht so.«

»Das ist das Dumme bei euch Berufssoldaten: Ihr könnt nicht über euern Tellerrand hinaussehen!« Fox warf sein Lineal wütend hin und stapfte hinaus. Aber warum soll *ich* mir darüber den Kopf zerbrechen? dachte er ärgerlich. Sie sind eben alle gleich, diese Krieger. Warum sollte ich mich in Sachen einmischen, die ich doch nicht ändern kann und die sich wahrscheinlich auch niemals ändern werden? Da erblickte er den Rücken des Kommandanten und wußte, daß er sich etwas vormachte.

In Zukunft würde es an Bord nie wieder so sein wie früher.

6 Ann

»Schiff ist fest, Sir.«

Erskine salutierte formell, Chesnaye musterte die lange staubige Pier. Die Arbeitstrupps der *Saracen* brachten schon die beiden Gangways aus, von den wartenden Sanitätern dabei ohne Neugierde beobachtet.

Alexandria sah aus wie immer: verankerte Schiffe, Staub und über allem eine glühende Hitze. Aber es war Sonntag, und trotz der schlechten Nachrichten von der Wüstenfront und des deprimierenden Rückzugs aus Griechenland genossen die Schiffe der Mittelmeerflotte, die das Glück hatten, hier im Hafen zu liegen, den Tag der Ruhe. Die Gottesdienstwimpel wehten an den Rahen. Auf einem hoch aufragenden Schlachtschiff, das schon an der Skagerrakschlacht teilgenommen hatte, spielte die Militärkapelle: *For those in peril on the sea* ... Entblößte Köpfe, Galauniformen, ab und zu ein flatternder Matrosenkragen waren zu sehen.

Nur auf der *Saracen* herrschte befremdliche Betriebsamkeit. Zwei Kräne waren quietschend auf ihre Schienen herangerollt und belauerten sie nun wie zwei riesige Reiher ihre Beute. Die Ladebäume des Monitors erwachten zum Leben und setzten die Schwerverwundeten an Land. Erskine sah, daß Dr. Wickersley und zwei seiner Assistenten mit den Sanitätern an Land konferierten.

Die Maschinen schwiegen, und viele unbeschäftigte Seeleute liefen übers Deck und besichtigten die Löcher und Narben zum ersten Mal. Erskine wartete so unruhig, als stehe er an einem Wendepunkt seines Lebens. Vielleicht war er morgen schon auf dem Weg nach England. Unwillkürlich blickte er zu den weißen Häusern hinüber und fragte sich, ob Ann das Schiff schon bemerkt hatte. Diesmal wußte er keine Ausreden, er würde ihr Rede und Antwort stehen müssen. Selbst wenn alles glattging, würde es mindestens eine Woche dauern, bis sie wieder auslaufen konnten. Während dieser Zeit mußte er sich entscheiden.

Chesnaye sagte: »Lassen Sie beide Wachen bis Mittag arbeiten, dann pfeifen Sie zum ›Zeugdienst‹!«

»Landgang, Sir?« Erskine blickte in das müde, stoppelbärtige Gesicht des Kommandanten und versuchte, sich nicht in die Probleme Chesnayes verstricken zu lassen.

»Ja. Heute wird nicht mehr viel passieren, so wie ich die Verwaltung hier kenne. Behalten Sie nur eine Wache an Bord und geben Sie den anderen frei, sie haben es verdient.«

Erskine hatte plötzlich eine Idee. »Ich dachte, wir könnten während der Liegezeit eine Party in der Offiziersmesse geben, Sir.« Er war selber überrascht über diesen Vorschlag. Im Inneren wußte er, daß er nur eine weitere Ausflucht suchte. Von bekannten Gesichtern umgeben, würde es ihm leichter fallen, mit Ann zu reden. »Wir könnten ein paar Freunde aus der Basis einladen, vielleicht auch Krankenschwestern und so.«

Chesnaye nickte, aber seine Gedanken waren woanders. »Arrangieren Sie, was Sie wollen.«

»Noch etwas, Sir?«

»Ja, die Leute sollen sich vernünftig anziehen. Es gibt keinen Grund, warum sie wie ein Haufen zerlumpter Piraten aussehen sollten.«

Erskine seufzte. Auf dem Schlachtschiff standen die langen Reihen weißgekleideter Matrosen, ein Sonnenstrahl fiel auf die blinkenden Instrumente. Im Vergleich dazu sah die *Saracen* wie ein Wrack aus, rauchgeschwärzt, mit zersplitterten Decks und einem schiefstehenden Geschützturm.

Chesnaye blickte sich auf der Brücke um. »Ich gehe in mein Quartier und schreibe meine Berichte.«

»Ich behalte alles im Auge, Sir.«

Erskine haßte dieses Spiel mit Worten. Die Förmlichkeiten der Navy machten es so leicht – Frage und Antwort, Anruf und Parole. Auf diese Weise konnten sich Vorgesetzte und Untergebene monatelang unterhalten, ohne sich wirklich etwas zu sagen.

Fox' Kopf tauchte auf der Leiter auf. »Signal vom

Flaggschiff, Sir.« Mit ernstem Blick hielt er den Meldeblock hin. Als Chesnaye nicht danach griff, las er vor: »An *Saracen*: Kommandant sofort beim Admiral melden!«

»Darauf habe ich gewartet.« Chesnaye lächelte, als er Fox' Unbehagen bemerkte, dann schien er sich aufzurichten. »Sagen Sie bitte meinem Steward, daß er mir eine saubere Uniform bereitlegen soll, während ich dusche und mich rasiere. So lange kann der Admiral wohl noch warten.« Seine Stimme war völlig ausdruckslos.

Fox trat zur Seite, um ihn vorbeizulassen, dann wandte er sich an Erskine: »*Sie* sollen sich auch beim Admiral melden, Nummer Eins!«

Erskine blickte zur Seite. Also gab es auch hier kein Entkommen, kein leichtes Ausweichen. Der Admiral erwartete von ihm, daß er Chesnaye in den Rücken fiel. Ärgerlich stampfte er auf die Grätings. Nun gut, Chesnaye hatte eben falsch gehandelt. Er hätte sich von Tobruk fernhalten sollen, als feststand, daß ihr vorgesehener Landeplatz überrannt worden war. Er hatte das Schiff riskiert, um den Nachschub anzulanden, und durch die anschließende Beschießung die Aufmerksamkeit des Feindes auf sich gezogen. Das hatte sie die Chance gekostet, den Minenleger zu versenken. Und Chesnaye konnte es jetzt ebenfalls einiges kosten.

Fox fragte leise: »Was werden Sie ihm sagen?«

»Das ist meine Sache!« Erskine vermied den Blick in Fox' harte Augen. »Es ist verdammt unfair, daß ich in diese unselige Affäre hineingezogen werde!«

»Sie wollen uns also verlassen?« Fox blieb am Ball.

»Wovon sprechen Sie, verdammt noch mal?«

»Nun, für Sie ist eine Beförderung doch so wichtig, daß Sie sich dafür zum Richter aufschwingen.« Fox' Augen blitzten gefährlich. »Ich weiß, daß Sie mich für diese Bemerkung ins Logbuch eintragen können, aber einer muß es Ihnen mal sagen.«

Erskine fühlte, wie das Blut aus seinem Gesicht wich. »Was wissen Sie schon? Sie fahren nach dem Krieg wieder auf Ihrem blöden Bananendampfer, aber ich bin in der Marine, um *Karriere* zu machen!«

Fox warf den Meldeblock auf eine Munitionskiste.

»Falls es Ihrer Aufmerksamkeit entgangen sein sollte, Sir: Wir haben diesen verdammten Krieg noch nicht gewonnen! Und wenn wir so weitermachen, scheint mir ein Sieg auch ziemlich fraglich zu sein.« Angeekelt blickte er Erskine an. »*Wenn* wir gewonnen haben, dann können Sie Männer wie Chesnaye wieder zu Strandgut machen, aber bis dahin denken Sie lieber daran, daß es Männer wie er sind, die uns aus dem Dreck ziehen!« Er wandte sich zum Gehen. »Weil sie so blöd sind, nicht an ihre Karriere zu denken.«

Erskine wußte, daß er Fox' Ausbruch hätte unterbinden müssen, aber er war unfähig, etwas zu unternehmen. Er empfand seine Worte wie eine Geißelung, wie eine notwendige Strafe. Vielleicht war er auch so erstaunt, weil er gerade Fox als letztem solche Emotionen zugetraut hätte. Er schüttelte sich und ging zur Rückseite der Brücke, wo der Profos mit ein paar Straffälligen stand. Müde sagte er sich, daß es niemals aufhören würde; ob Krieg oder Frieden, der Borddienst ging weiter.

Energisch rückte er seine Mütze zurecht.

»Also, Profos, bringen wir es hinter uns. Was gibt es heute?«

Wenn man durchs schmale Fenster auf die gleißend helle Straße hinausblickte, schien der Raum angenehm düster und kleiner, als ihn Erskine in Erinnerung hatte. Er machte es sich auf dem durchgesessenen Sofa bequem, seine Hände hingen entspannt zwischen den Knien. Das Mädchen hob sich als schwarze Silhouette vom Weiß des gegenüberliegenden Hauses ab.

Über die Schulter sagte Ann: »Das war's dann, nicht wahr?«

Ihre Stimme klang tief und gleichmütig. Sie berührte Erskine seltsam schmerzlich.

»Ich wollte es dir lieber gleich sagen, Ann. Das ist nur fair.«

Er bedauerte, daß er hergekommen war, doch gleichzeitig erregte ihn ihre Gegenwart genauso wie früher. Ann Curzon war groß und schlank. Barfuß stand sie auf dem gefliesten Boden. Er hatte einmal gefrotzelt, daß sie gleich groß wären; also hatte sie auf ihn gewartet, ihn herbeigewünscht. Das kleine, vollgestellte Zimmer sah so freundlich und einladend aus, wahrscheinlich hatte sich Ann besondere Mühe mit den Vorbereitungen gegeben. Nun drehte sie sich um und blickte auf ihn herunter. Sie trug eine einfache weiße Bluse und einen engen grünen Rock, der ihre gute Figur betonte. Erskine konnte sie nicht aus den Augen lassen.

»Ich hoffe, daß du heute abend zu unserem Bordfest kommen kannst. Es ist wahrscheinlich das letzte Mal, daß wir zusammensein können.«

Ann ging langsam zum Tisch und strich mit den Fingern über die ungeöffnete Weinflasche, die neben zwei Gläsern stand. Ihre Beine waren tief gebräunt, ihre Haare von der Sonne gebleicht. Erskine fühlte, daß er sie wieder begehrte. Gepreßt fügte er hinzu: »Wir wußten doch beide, Ann: Irgendwann mußte dieser Moment kommen.«

Sie setzte sich und griff nach einer Schachtel Zigaretten. »Wußten wir das?« Dann lächelte sie nachdenklich. »Vermutlich meinst du, daß *ich* es hätte wissen müssen.«

Erskine kam sich mies vor. Er haßte diese Situation und sich selbst. Als könne sie seine Gedanken lesen, fuhr sie fort: »Warum hast du mir diese Sache mit deinem Kommandanten erzählt?«

»Es ist die Wahrheit, so wie ich sie sehe.«

»Wie *du* sie siehst!« Sie stieß blauen Rauch aus. »Vermutlich war der Admiral sehr mit dir zufrieden.«

»Ich hätte dir doch nichts davon erzählen sollen. Aber ich dachte, daß ich damit vieles deutlicher machen könnte . . .«

Sie unterbrach ihn kurz: »Du bist gekommen, weil du es für deine Pflicht hieltest. Genauso wie du es für deine Pflicht hieltest, dem Admiral zu sagen, daß Chesnaye deiner Meinung nach unfähig ist.« Ihre Augen funkelten plötzlich zornig. »Und das Ergebnis? Ein Aus für den Kommandanten. Aber eine Beförderung für John Erskine, den Zuträger des Admirals!«

Erskine sprang auf, er fühlte sich ungerecht behandelt.

»Das ist nicht fair! Er hat nach meiner Meinung gefragt, und ich habe sie ihm gesagt.«

»Darauf möchte ich wetten!«

Sie ging wieder zum Fenster. Auf der anderen Straßenseite saß noch immer der Teppichhändler vor seinem Laden, umgeben von seinen staubigen Lappen.

Erskine versuchte es erneut. »Hör zu, Ann, ich wollte nicht über das Schiff, sondern über uns sprechen.« Er trat hinter sie und legte ihr die Hände auf die Schultern. »Ich muß nach England zurückkehren, und was danach kommt, weiß ich nicht.« Er fühlte die Wärme ihrer Haut durch die dünne Bluse und versuchte, sie an sich zu ziehen. Doch sie entwand sich seinem Griff und drehte sich um.

»Du hast ein kurzes Gedächtnis, John. Es ist hier in diesem Raum geschehen, dort auf dem Teppich, erinnerst du dich?« Er wollte zurücktreten, aber ihre Stimme nagelte ihn fest. »Oder möchtest du nicht daran erinnert werden, John? Paßt das nicht mehr in deine Pläne?«

»Ich kann nur sagen, daß es mir leid tut. Aber das ist wohl nicht sehr hilfreich.«

Sie lächelte schmallippig. »Da hast du recht.« Fast im Plauderton fuhr sie fort: »Übrigens gehe auch ich hier fort.«

Erskine war froh, das Thema wechseln zu können. »Ach ja? Wohin denn?«

»Nach Malta.«

Erskine, der gerade verstohlen auf seine Uhr gesehen hatte, blickte überrascht hoch.

»Nach Malta? Das solltet du auf keinen Fall!«

»Du hast mir nichts mehr zu sagen, John. Wie du weißt, habe ich mich im Lazarett hier nützlich machen können. Auf Malta werde ich bestimmt noch mehr gebraucht.«

»Du wirst gar keine Genehmigung dafür bekommen!« Erskine war erstaunt, wie sehr ihn diese Neuigkeit aus dem Gleichgewicht brachte.

»Die habe ich schon. Das Rote Kreuz kann alles durchsetzen.« Sie blickte ihn gelassen an. »Nicht mal dein blöder Admiral kann mich aufhalten.«

Erskine griff nach seiner Mütze.

»Tut mir leid, Ann, aber ich muß an Bord zurück. Es gibt soviel zu tun.« Er würde sie wiedersehen und alles zwischen ihnen ins Lot bringen. »Ich meine es wirklich ernst, Ann: Kommst du heute abend zur Party?«

Erstaunlicherweise nickte sie. »Das würde ich mir um keinen Preis der Welt entgehen lassen. Wahrscheinlich werde ich mich sinnlos betrinken!«

Er ergriff ihren Arm. Er war warm und sehr weich, und sofort kamen die Erinnerungen zurück: der Frühlingsabend an Land, das Gelächter und der freundschaftliche Spott der anderen. Dann waren sie hier allein gewesen, er und Ann. Er dachte an ihre schnellen, atemlosen Bewegungen und an den Druck ihres Körpers.

»Es muß doch nicht so enden, Ann«, flüsterte er.

Sie blickte ihm ins Gesicht.

»Sicher waren wir zusammen im Bett, John, aber ebenso sicher haben wir uns nicht geliebt.« Sie entzog sich ihm und rieb die Stelle, wo er ihren Arm gedrückt hatte. Ihre Augen blickten in die Ferne. »Du machst Schluß mit mir, John, aber wegen irgend eines verdrehten Ehrbegriffs willst du dazu meinen Segen. Na gut, du hast ihn.« Sie zuckte mit den Schultern. »Jetzt laß mich allein, ich muß nachdenken.«

Er ging schnell zur Tür, doch dann schoß ihm ein furchtbarer Gedanke durch den Kopf.

»Geht's dir wirklich gut?«

Sie blickte nicht auf. »Ich schneide mir bestimmt nicht die Pulsadern auf, wenn du *das* meinst!«

Dann stand er wieder auf der Straße. Die Freiheit, die er gesucht hatte, bedrückte ihn, und die Schuld, die er hatte mindern wollen, lastete mehr denn je auf seinen Schultern. Er glaubte, richtig gehandelt zu haben, was Ann und das Schiff anging. Aber das Zusammensein mit ihr hatte die alte Wunde wieder aufgerissen. Sogar jetzt noch, als er die stille Straße hinunterlief, spürte er das Verlangen nach ihr. Wie hatte sie seinen Entschluß wirklich aufgenommen? War sie ernsthaft betroffen gewesen? Gedankenversunken erreichte er die Pier und die ramponierte *Saracen*.

Chesnaye erhob sich von seinem mit Papieren übersäten Schreibtisch und ging langsam zum geöffneten Bullauge hinüber. Da die Sonne schon tief stand, warfen ihre Aufbauten schwarze Schatten auf das glatte Hafenwasser. Er knöpfte sein Uniformjackett auf und musterte ein kleines Versetzboot, das lautstarke Landgänger von einem der verankerten Zerstörer brachte. Früher hatte er gern das geschäftige Hafenleben beobachtet, aber jetzt schien es ihn nichts mehr anzugehen. Hinter ihm wartete sein voller Schreibtisch mit Berichten, Anforderungen und Listen. Sonst machte Chesnaye auch diese Arbeit Spaß, weil er dadurch mit allen Aspekten seines Schiffes in Kontakt blieb. Selbst noch die schlimmsten Telegramme über scheidungswillige Ehefrauen, ausgebombte Häuser und gefallene Angehörige sorgten dafür, daß er das menschliche Mitgefühl für seine Untergebenen nicht verlor. Anonyme Gesichter wurden so zu vertrauten Kameraden.

Aber das würde nun bald vorbei sein. Erneut schlug die Verzweiflung über ihm zusammen. Er begann, ziellos durch die Kajüte zu wandern.

Nachdem Chesnaye vom Besuch auf dem Flaggschiff zurückgekommen war, hatte er sich in die Verwaltungsarbeit gestürzt, als ob er damit das Gespräch mit dem Admiral hätte verdrängen können. Aber jetzt waren der Zahlmeister und der Schreiber gegangen.

Das Gespräch war so verlaufen, wie er erwartet hatte. Nachdem man ihn fast eine Stunde hatte warten lassen, wurde er von dem eleganten Flaggleutnant ins Büro des Admirals geführt. Beaushears hatte ihn allein empfangen. Sein Gesicht wirkte wie versteinert, trotzdem hatte Chesnaye den Eindruck, daß er jede Sekunde genoß.

»Ich habe Sie gewarnt, Chesnaye!« Beaushears begann auf und ab zu laufen, so als ob er sich damit in Erregung versetzen wolle. »Aber Sie wissen ja immer alles besser. Mir liegen ein Dutzend Berichte über diesen Minenleger vor, und ich habe sie satt!«

Mühsam hielt Chesnaye seine Stimme unter Kontrolle. »Meine Befehle ließen mir einen gewissen Spielraum, Sir.

Ich habe die Nachschubgüter an die Landtruppe übergeben – und sie war dafür sehr dankbar.«

Ungeduldig winkte Beaushears ab.

»Darüber wurde ich bereits informiert – *und* über die Beschießung, die Sie eigenmächtig inszeniert haben!« Er wirkte fast geistesabwesend. »Natürlich waren die Stoppelhopser begeistert! Was wissen die schon von der Gesamtlage? Wir stekken bis zum Hals in Arbeit, und falls es Sie interessiert: Wir sind knapper an Schiffen und Männern denn je.«

»Ihr Einsatz in Griechenland war ein Fehler, Sir, aber das sagte ich schon bei meinem letzten Besuch.«

Chesnaye wollte gelassen bleiben, aber er merkte, daß seine Geduld zu schwinden begann. Die Tage und Nächte auf der Brücke, der Schlafmangel forderten ihren Tribut. Außerdem stand Beaushears' Entschluß offensichtlich längst fest.

»Ich weiß nur, daß wir an einem Tag dreiundzwanzig Einheiten verloren haben und daß zwei Lazarettschiffe abzuschreiben sind«, sagte er. »Kein Wunder, daß die Admiralität sich Sorgen macht.«

Beaushears unterbrach seine nervöse Wanderung und blickte ihn mit plötzlicher Ruhe an.

»Vielleicht haben Sie noch nicht begriffen, Chesnaye, warum Sie hier sind. Ich habe Sie nicht auf dieses Schiff befohlen, damit Sie mir Vorträge über die strategische Lage halten oder darüber, wie ich mein Geschwader zu führen habe. Sie hatten eine klare, unkomplizierte Aufgabe, doch Sie haben auf der ganzen Linie versagt. Wenn Sie nicht diese idiotische Beschießung begonnen hätten, wären sie unbeschädigt davongekommen und hätten den Minenleger abfangen können. Es ist immer dasselbe: Sie begreifen nicht, daß es nicht Ihre Aufgabe ist, in Stabsangelegenheiten mitzumischen. Sie haben nur Befehle auszuführen. Und wie die Dinge nun mal liegen, *meine* Befehle!«

Hinter dem Vorhang hörte Chesnaye das Gelächter der Offiziere in der Messe, die vor dem Lunch ihren Gin tranken. Am Sonntag vormittag war die Stimmung immer besonders entspannt, wie bei Schauspielern nach der Premiere, wenn ihnen kein Versprecher unterlaufen war. Das alles erinnerte ihn schmerzlich an den Tag in Portsmouth, als er die *Saracen* zum ersten Mal betreten hatte. Auch damals hatten sich die Offiziere gerade auf den Lunch vorbereitet. Obwohl sie damals noch die schweren Uniformröcke mit den goldenen Epauletten trugen, war es im Prinzip dieselbe Navy geblieben. Der Gedanke machte ihn wieder ärgerlich. Das war ja das Schlimme an der Navy, dieser unglaublich mächtigen Kriegsmaschinerie: Ihre Führer, die Professionelle sein sollten, handelten wie Amateure und waren unfähig, aus der Vergangenheit zu lernen.

Kühl erwiderte er: »Die erste Aufgabe der *Saracen* ist es, die Truppen an Land zu unterstützen . . .«

Beaushears unterbrach ihn: »Das war einmal! Jetzt ist sie nur ein besserer Transporter. Aber sollte der Feind den Druck weiter verstärken, wird sie auch zu dieser Aufgabe kaum noch zu gebrauchen sein!« Beaushears nahm hinter seinem Schreibtisch Platz. »Ihre Befehle sind klar und eindeutig: Die *Saracen* geht nach Beendigung der Reparaturen nach Malta, also in ungefähr sieben Tagen. Die Verteidigung der Insel bricht aus Mangel an Nachschub fast zusammen, deshalb wollen wir einen schnellen Konvoi von hier aus hinschicken. Gleichzeitig wird Force ›H‹ einen Ablenkungsangriff von Gibraltar aus führen, um die Kräfte des Gegners zu spalten. Alles wird getan, damit die Versorger durchkommen. Die *Saracen* muß vorher auslaufen. Der Konvoi wird sie ungefähr einen Tag vor Malta überholen. Luftunterstützung steht bereit, und mein Geschwader soll den Konvoi gegen Überwasserangriffe abschirmen.« Beaushears senkte den Blick. »In Malta kann die *Saracen* die Luftabwehr des Hafens verstärken und noch von einigem Nutzen sein – wenn sie nicht vorher versenkt wird.«

Chesnaye fühlte noch immer den Schock, den ihm diese Worte versetzt hatten.

»Soll das heißen, daß sie nach Malta nie wieder eingesetzt wird? Daß man sie auf See nicht mehr benötigt, Sir?«

»Das heißt es! Sie haben zweihundert ausgebildete Männer an Bord, davon werden die meisten als Ersatz auf anderen Schiffen gebraucht. Ihr Erster Offizier wird ein eigenes Kommando bekommen, und Ihre anderen Offiziere werden zweifellos froh sein, diesen alten Eimer zu verlassen.«

Chesnaye sah im Geist die *Saracen* an der zerbombten Pier von Malta vor sich. Ein Luftangriff nach dem anderen würde über sie hinwegfegen. Kreuzer und Zerstörer waren dort schon versenkt worden – da würde der alte Monitor keine Chance haben. Halb erstickt fragte er: »Werde ich das Kommando behalten, Sir?«

Zum ersten Mal hatte ihn Beaushears direkt angeschaut.

»Das hängt von Ihrem neuen Admiral ab. Allerdings habe ich in meinem Bericht vermerkt, daß ich es nicht für nötig halte, auf dem Schiff einen Vollkapitän zu belassen. Es wird nur eine schwimmende Batterie sein, und diesem Job wird jeder Leutnant gerecht. Nein, Chesnaye, Ihr Platz ist zu Hause. Bilden Sie dort Männer für die Navy aus. Ihre Vorstellungen vom Krieg sind nicht mehr zeitgemäß, und hier haben wir Wichtigeres zu tun.«

Es hatte Chesnaye fast übermenschliche Anstrengung gekostet, nicht um die *Saracen* zu betteln. Rückblickend begriff er, daß Beaushears genau darauf gewartet hatte. Nach einer langen Pause fuhr der Admiral fort: »Wenn Sie an meiner Stelle wären, würden Sie genauso entscheiden.«

Chesnaye stand auf, sein Gesicht war bleich.

»Ihr Rang gibt Ihnen das Recht, diese Vermutung zu äußern, Sir. Aber ich habe das Recht, Ihnen zu widersprechen.«

Nun blickte Chesnaye auf seine Uhr. Die Unterredung lag nur wenige Stunden zurück; die Verwundeten waren erst an diesem Morgen an Land gebracht worden. Trotzdem schien das alles schon so lange her zu sein, daß es Chesnaye wie ein Traum vorkam. Er benötigte unbedingt Schlaf. Und noch immer hatte er keine Zeit zum Essen gefunden. In wenigen Minuten würde sein Steward hier herumwieseln und seine Uniform für die große Party in der Offiziersmesse bereitlegen.

Er fühlte Zorn in sich aufsteigen. Kein Wunder, daß Erskine eine Party haben wollte! *Er* hatte das Ergebnis seiner Unterredung mit dem Admiral schon vorher gewußt. Wie konnte Beaushears seine Stellung so mißbrauchen und ihn durch einen Untergebenen bespitzeln lassen? Dabei spielte es gar keine Rolle, was Erskine dem Admiral erzählt hatte, denn es gab keine Beschuldigung oder einen Vorwurf. Trotzdem hielt der Admiral alle Trümpfe in der Hand. Chesnaye mußte an die Marineschulen mit ihren graugestrichenen Betonwänden und aufgeblasenen Ausbildern denken. In einem Wutanfall sagte er sich, daß er besser in Neuseeland geblieben wäre. Aber dann blickte er sich um und sah im Geist das ganze Schiff vor sich. Ihr Auslauftag war erst in einer Woche, bis dahin konnte noch viel passieren.

Als der Steward hereinkam, um seine Uniform bereitzulegen, starrte Chesnaye noch immer aus dem geöffneten Bullauge.

Die Offiziersmesse der *Saracen* war von allem unnötigen Mobiliar befreit worden; trotzdem wirkte sie mit den vielen lautstarken, schwitzenden Besuchern total überfüllt. Die älteren Berufsoffiziere sahen in ihren Dinnerjacketts seltsam fremd aus, denn Reservisten in zerknautschten weißen Leinenuniformen überwogen. Auch Frauen waren da, meist Krankenschwestern, aber auch Marinehelferinnen und ein paar Ehefrauen von Verwaltungsangestellten.

Dr. Wickersley lehnte sich in dem Segeltuchstuhl zurück, einen Arm auf der behelfsmäßigen Bar, hinter der die Stewards die Gläser mit Eis und Gin füllten, so schnell sie konnten. Obwohl er noch keine lange Erfahrung hatte, schienen ihm doch alle diese Bordfeste ähnlich zu verlaufen. Alles, was man dazu brauchte, war ein Schiff und Alkohol. Leute, die darauf warteten, eingeladen zu werden, gab es wie Sand am Meer. Meist waren es welche mit einem Druckposten an Land, die einen zollfreien Gin niemals verachteten. Wickersley mußte bei diesem Gedanken lachen und griff nach einem neuen Glas. Er mußte schon ganz schön einen im Tee haben; es war immer dasselbe, man trank zu viel, um sich gegen die Langeweile zu wappnen. Mit einem Ohr hörte er Fox mit dem Chief sprechen. Beide hatten seit Stunden stetig getrunken, aber dabei ihren grimmigen Gesichtsausdruck nicht verloren.

»Alles Mist, Chief«, schimpfte Fox. »Dann könnte man den alten Kasten auch gleich abwracken.«

Tregarth knurrte: »Bei der ›Union Castle‹ hätten die sich keine fünf Minuten halten können!«

Wickersley wußte nicht, daß der Chief von seiner früheren Reederei sprach, aber er konnte sich denken, worüber er sauer war. Kurz bevor die ersten Gäste eingetroffen waren, hatte der Kommandant seine Offiziere über die neue Lage informiert. Wickersley hatte ihn die ganze Zeit aufmerksam beobachtet, um eine Gefühlsregung bei ihm zu erkennen, aber erst, als Bouverie unerwartet sagte: »Ich denke, das ist eine verdammte Schande, Sir!« ließ Chesnaye einen Moment die Maske fallen. Er hatte den ehemaligen Rechtsanwalt mehrere Sekunden lang angeblickt und dann genickt. Seine nächsten Worte hatten Wickersley überrascht.

»Um ehrlich zu sein, ich liebe dieses Schiff. Das mag Ihnen merkwürdig erscheinen.« Chesnaye blickte sich in der mit Flaggen dekorierten Messe um. »Wenn man uns eine faire Chance gegeben hätte, hätten wir auch etwas leisten können.«

Wickersley fragte sich, warum er das Wort »wir« gebrauchte. Hatte er damit die Besatzung gemeint oder nur das Schiff und seinen Kommandanten? Aber schließlich war das jetzt egal. Wickersley nahm einen durstigen Zug und lockerte sich den engen Hemdkragen. Aber er wußte, was Chesnaye empfand. Seit er den Brief seiner Frau geöffnet hatte, wußte er, was Einsamkeit bedeutete – und dieses Gefühl mußte auch Chesnaye kennen.

Seine Frau hatte ihm sonst immer nette, nichtssagende Briefe geschickt. Sie schrieb so, wie sie lebte: gut durchdacht und ohne jeden überflüssigen Skrupel. Er fühlte, wie die Wut wieder durch sein umnebeltes Hirn fegte. Nun hatte sie ihm kurz und bündig mitgeteilt, daß sie ihn verlassen würde. Sie hatte nicht gesagt, mit wem, nur daß er ein gemeinsamer Freund sei.

»Jesus!«

Wickersley knallte das Glas auf den Tisch. Alle starrten ihn an, sogar Norris schien erstaunt zu sein. Fox fragte: »Was frißt an Ihnen, Doc? Waren Sie schon wieder heimlich am Pillenschrank?«

Wickersley zuckte mit den Schultern und gab dem Steward ein Zeichen.

»So wird's wohl sein.«

Warum sollte er seinen privaten Kummer hier öffentlich ausbreiten? Sie konnten ihm alle nicht helfen. Er sah, daß Erskine sich der Gruppe näherte, am Arm eine große, sehr hübsche Frau. Erskine lächelte, wirkte aber irgendwie unsicher.

»Darf ich euch Ann Curzon vorstellen?«

Während alle aufstanden, nannte er ihre Namen.

»Ann, das ist die Creme der Offiziersmesse.«

Trotz seines persönlichen Ärgers erfaßte Wickersley sofort, daß die Stimmung zwischen den beiden gespannt war. Das Mädchen wirkte zu lässig, eher so, als ob es eine Rolle spielte. Heiser unterbrach er die steife Unterhaltung: »Ann, wie wäre es mit einem Tanz für den armen alten Doktor?«

In diesem Augenblick sah er die leichte Rötung ihrer Augen. Dieser Erskine ist ein Bastard, fuhr es ihm durch den Kopf. »Aber gern.« Sie kam auf ihn zu.

Erskine sagte schnell: »Du solltest noch den einen oder anderen Offizier kennenlernen, Ann.«

»Kommen Sie!«

Wickersley ergriff ihren Arm, fast stieß er sie aus dem Halbkreis der Männer.

Erskine versuchte, ihm in den Weg zu treten. »Sie haben etwas zuviel getrunken, Doktor.«

Wickersley überlegte mit der Gedankenschärfe, die Halbbetrunkenen manchmal eigen ist. Das Mädchen wollte offensichtlich von Erskine weg. Es wehrte sich auch jetzt noch nicht gegen seine Hand. Deshalb beugte er sich zu Erskine hinüber und flüsterte in sein Ohr: »Hau ab und misch dich nicht ein!«

Dann führte er Ann mit einem wie eingefrorenen Lächeln durch die schwitzenden Tänzer zur Treppe.

»An Deck ist es viel kühler«, meinte er.

Erskine hatte Ann ein- oder zweimal erwähnt, erinnerte er sich. Wie ein sicheres Besitztum. Aber wenn auch nur die Hälfte der Gerüchte stimmte, wollte er sie jetzt loswerden.

»Entschuldigen Sie die Eile, Ann, aber wie Sie vielleicht bemerkt haben, habe ich einen langen Abend hinter mir.«

Das Achterdeck war leer bis auf ein Pärchen, das sich achtern unter dem Flaggenstock küßte. Sonnensegel und Relingskleider waren angebracht worden, damit die Nachtkühle etwaige Spaziergänger nicht störte. Außerdem schirmten sie das Licht aus dem Niedergang ab. Wickersley führte das Mädchen an einen Spalt in der Persenning und zeigte auf das glitzernde Wasser.

»Frische Luft kann dem Patienten nur guttun.«

»Vielen Dank, daß Sie mich aus diesem Getümmel befreit haben«, lächelte Ann. »Ich wußte schon gar nicht mehr, was ich da unten eigentlich verloren hatte.«

Wickersley kramte nach seinen Zigaretten. Wir sind alle Schauspieler, dachte er, verbergen unser Inneres und hoffen, daß es niemand merkt. Ann nahm die angebotene Zigarette und wartete, bis er ihr Feuer gab.

»Normalerweise bin ich kein Draufgänger«, sagte er. »Aber es war in letzter Zeit etwas hektisch in der Gegend.« In Gedanken fügte er hinzu: Außerdem ist meine Frau mit einem meiner Freunde durchgebrannt. »Diese Party ist eher die Unruhe nach dem Sturm.«

Er merkte, wie sie erstarrte, als Schritte hinter ihnen erklangen. Erskine tauchte aus der Dunkelheit auf, sein weißes Dinnerjackett leuchtete gespenstisch.

»Was zum Teufel treibt ihr hier?«

Wickersley wußte nicht genau, wer angesprochen war, aber die Schärfe in Erskines Worten paßte ihm nicht. Sie gab den Ausschlag.

»Verschwinden Sie!«

»Sie sind ja betrunken!« In Wickersleys vernebelten Augen schien Erskine plötzlich doppelt so groß. »Finden Sie es richtig, sich vor meinem Gast so aufzuführen?«

»Über das, was *Sie* für richtig halten, bin ich lange hinaus . . . Sir.«

Ann warf ihre Zigarette über die Reling. »Du solltest nicht so altmodisch sein, John. Übrigens bin ich nicht dein Gast. Genaugenommen bin ich nichts mehr für dich!«

Erskine wich zurück.
»Ach, so ist das! Der eine wird fallengelassen, den nächsten greift man sich.«
Ann wandte sich ab, und Wickersley drohte mit schwerer Zunge: »Wenn du nicht sofort abhaust, dann hau' ich dir eins in dein blödes, arrogantes Gesicht.
Leise Fußtritte, und dann stand plötzlich Chesnaye vor ihnen. Die drei erstarrten. Erskine hatte die Hände in die Hüften gestützt und reckte das Kinn aggressiv vor. Wickersleys Fäuste waren schon auf halber Höhe, vor seiner Brust. Nur die Frau verhielt sich natürlich. Sie hatte sich halb umgedreht und schien an Chesnayes großer Gestalt abzuschätzen, welche Macht er über die beiden Streithähne hatte.
Chesnaye sagte gelassen: »Unten warten Gäste, Nummer Eins. Anscheinend halten sich hier oben zu viele Offiziere auf.«
»Ich hatte etwas privat mit dem Doktor zu besprechen, Sir, er . . .«
Wickersley unterbrach ihn. »Ich wollte ihm gerade in die Fresse hauen, Sir.«
Eine Pause entstand, dann fuhr Chesnaye fort: »Als ich Fähnrich war, habe ich mal einen Vorgesetzten zu Boden geschlagen.« Erstaunlicherweise kicherte er vor sich hin. »Das hat mir damals sehr gut getan.« Die anderen Offiziere starrten ihn fassungslos an. »Los, geht jetzt beide wieder nach unten und benehmt euch anständig. Wenn auf diesem Schiff irgend jemand verhauen werden muß, dann bin *ich* dafür zuständig.«
Erskine erwiderte verstört: »Jawohl, Sir!«, und verschwand ohne ein weiteres Wort im Niedergang. Wickersley meinte, daß es wohl Zeit für einen neuen Drink sei – einen extra großen. Es war schon eine blendende Idee von ihm gewesen, das Mädchen *und* Erskine an Deck zu locken. Der Kommandant hatte einfach folgen müssen. Chesnaye war immer allein, aber im Gegensatz zu den anderen hielt er die Augen offen.
Wickersley verbeugte sich vor Ann und fragte Chesnaye betont dienstlich: »Darf ich wegtreten, Sir? Vielleicht übernehmen Sie meine Pflichten bei der Dame?«

Chesnaye grinste. »Verschwinden Sie lieber, bevor Sie umfallen.«

Gemeinsam sahen sie Wickersley nach, der zum Niedergang schwankte. Sie ahnten nichts von seinen privaten Problemen, wurden sich aber auf dem verwaisten Deck ihrer Zweisamkeit plötzlich sehr bewußt.

»Man hat von hier eine sehr schöne Aussicht«, begann Chesnaye.

Die Nachtluft war auf der offenen Brücke empfindlich kühl, aber das schien das Mädchen nicht zu stören. Es stand als heller Fleck in der Backbordnock und stützte sich mit den Händen auf das zerbrochene Schanzkleid. Chesnaye wartete in der Mitte der leeren Brücke und versuchte, Anns Anwesenheit mit den Vorgängen, die sich noch vor kurzem hier ereignet hatten, in Einklang zu bringen. Hier oben war es fast völlig still, man konnte weder das laute Plärren des Grammophons in der Messe hören noch die hektische Fröhlichkeit der Gäste. Die Sterne wirkten groß und nah. Unvorstellbar, daß aus diesem friedlichen Himmel heulende Sturzkampfbomber herabgestoßen waren, daß hier der letzte Angriff eines fanatischen Piloten erfolgt war.

Chesnaye und das Mädchen waren über das verlassene Deck geschlendert. Zeitweise hatten sie sich unterhalten, meistens aber schweigend über den dunklen Hafen geblickt.

»Kaum vorstellbar, daß hier deutsche Schiffe liegen sollten.« Anns Arm zeigte über das Wasser.

»Das wird auch nicht passieren.« Chesnaye trat zu ihr in die Nock und wurde sich überwältigend ihrer Nähe bewußt; er roch den Duft ihres Körpers. »Wenn es notwendig wird, kann unser Volk Erstaunliches vollbringen.« Sie zitterte, und er fragte schnell: »Wollen sie nach unten?«

»Noch nicht.« Sie drehte sich halb um, er hörte die Traurigkeit in ihrer Stimme. »Vielleicht werde ich einen solchen Abend nie wieder erleben. Es ist wundervoll hier.«

»Wie sind Sie denn nach Alex gekommen?«

»Bei Kriegsbeginn war ich auf Malta in Urlaub. Irgendwie geriet ich zum Schwesternkorps, und keinen schien es zu stören.« Ein paar Haarsträhnen wehten um ihre Wangen. »Ich konnte einfach nicht wieder nach England zurückgehen, wie meine Eltern wollten. Ich fühlte, daß ich hierher gehörte.«

»Wohin gehört man schon?«

Chesnaye hatte das Bedürfnis, jedes Quentchen Information aus ihr herauszuholen. Aber er konnte sich diesen Wunsch und die Hoffnungslosigkeit, die ihn übermannte, nicht erklären.

»Und jetzt wollen Sie wieder nach Malta zurück?«

»Ja.« Sie streichelte das kalte Metall. »Ich arbeite für das Rote Kreuz. Obwohl ich nicht weiß, wie ich da hineingeraten bin – bei meiner Zimperlichkeit.«

Irgendwo unter ihnen schrillte eine Pfeife, und ein Lautsprecher quäkte: »Wachwechsel beim Feuerstoßtrupp! Zur Bestrafung Gemeldete antreten!«

Sie blickte ihm offen ins Gesicht, ihre Augen waren wie dunkle Seen. »Sie sind überhaupt nicht so, wie ich Sie mir vorgestellt habe. Ganz anders als der Rest.«

»Wieso, habe ich etwa zwei Köpfe?«

»Nein, im Ernst. Vielleicht liegt es daran, daß Sie so lange aus der Navy ausgeschieden waren, in Neuseeland und so ... Andere Offiziere Ihres Ranges sind häufig so aufgeblasen.«

»Das fasse ich als Kompliment auf.«

»Wie Sie sich für dieses Schiff einsetzen ... Ich könnte Ihnen stundenlang zuhören, und das ist sonst gar nicht meine Art. John ist da ganz anders. Er macht sich schon Sorgen um Dinge, die noch nicht mal über den Horizont lugen.«

»Erskine ist ein guter Offizier.« Chesnaye wußte nicht, was er sonst dazu sagen sollte.

Ann zuckte ungeduldig mit den Achseln. »Das ist Göring wahrscheinlich auch.«

»Vielleicht weiß ich, was Sie meinen: Man muß seine ganze Kraft für sein Schiff einsetzen, sonst bleibt es nur ein Haufen Stahl mit ein paar Ersatzteilen.«

Unten an Deck entstand jetzt ein Durcheinander, die letzten Gäste verließen das Schiff. Ein Gefühl drohenden Verlustes überkam Chesnaye, und er wußte, daß er es nicht würde verbergen können.

Ann sagte leise: »Ich bin mit dem festen Vorsatz gekommen, jeden und alles an Bord zu hassen. Und jetzt weiß ich nicht mehr, wann ich zum letzten Mal so glücklich war.« Sie lachte nervös. »Was wieder mal beweist, was für eine sonderbare Person ich bin.«

Sie wandte sich auf der Gräting zum Gehen, aber ihr Absatz blieb in einem der Löcher hängen. Haltesuchend griff sie nach ihm. Eine lange Weile blieben sie ganz still stehen, Chesnaye fühlte, wie sein Herz an ihrem warmen Körper hämmerte. Atemlos stieß sie hervor: »Wenn das ein Film wäre, würde jeder sagen, daß dieses Stolpern sorgfältig berechnet war.«

Als er ihr Haar an seiner Wange spürte, zog er sie impulsiv an sich. Sie wehrte sich nicht, kam ihm aber auch nicht entgegen. Ihre Brüste preßten sich an sein Jackett. Wie aus weiter Ferne fragte sie: »Warum ist das nicht früher passiert?«

Chesnaye hielt sie in den Armen und antwortete nicht. Dabei gab es so vieles, das er ihr sagen, so viele Ängste, die er mit ihr teilen wollte. Aber wahrscheinlich war ihr Gewährenlassen nur eine natürliche Reaktion auf Erskines Verhalten. Schließlich war sie bestimmt zwanzig Jahre jünger als er. Wenn sie erst ging, würde er sie wahrscheinlich nie wiedersehen.

Doch zu seiner Überraschung fragte sie: »Wann können wir uns sehen?« Sie drehte sich etwas in seinen Armen, so daß er das Glänzen ihrer Augen sehen konnte – wie von Tränen. »Ich möchte Sie wiedersehen.« Sie versuchte zu lachen. »Natürlich nur, wenn Sie sich ein paar Minuten von Ihrem Schiff losreißen können.«

Sie standen auf der leeren Brücke und grinsten sich an wie Verschwörer. Schnell sagte sie: »Bevor ich gehe, gebe ich Ihnen meine Adresse.«

»Sollte ich mich verspäten . . .«

»Ich werde warten.«

Unten auf dem Achterdeck sah Wickersley sie vorbeigehen. Er war ziemlich betrunken, bisher aber noch nicht völlig hinüber. Nun fielen ihm die Augen zu, und als er sie wieder öffnete, war die Frau verschwunden. Der Kommandant beugte sich über ihn. Wickersley wurde klar, daß er zum ersten Mal in seinem Leben umgekippt war.

Durch den Nebel in seinem Hirn hörte er Chesnaye flüstern: »Vielleicht sind Sie jetzt bewußtlos, Doktor, und hören mich nicht, aber was Sie da oben für mich getan haben, werde ich Ihnen nie vergessen.«

Der Arzt spürte, daß ihn starke Hände aufhoben. Da überließ er sich der alles einhüllenden, gnädigen Dunkelheit.

7 Der Geleitzug

Der Tabak war gut festgedrückt, Chesnaye griff nach seinen Zündhölzern. Weil die Mittagssonne sich auf der glatten See spiegelte, trug er eine Sonnenbrille. Seine frischgewaschene weiße Uniform klebte ihm schon wieder am Leibe. Er zog an seiner Pfeife und beobachtete den blauen Rauch in der hitzegeschwängerten Brücke. Leutnant Norris kam schwitzend und rotwangig auf ihn zu.

»Nachmittagswache auf Gefechtsstation, Sir«, meldete er. »Kurs zwei-sieben-fünf, Geschwindigkeit sechs Knoten.«

»Danke, weitermachen.«

Chesnaye setzte sich bequemer zurecht und musterte den leeren Horizont. Seit viereinhalb Tagen waren sie auf See – sechshundert Meilen auf leergefegtem Wasser. Erstaunlich, wie Norris sich verändert hatte. Im Hafen war er ein ganz anderer Mensch gewesen, der – sobald es sein Dienst erlaubte – an Land ging und immer ziemlich besäuselt wiederkam.

Chesnaye hörte, wie Harbridge, der Torpedomaat, befahl: »Lassen Sie die Lose aus den Flaggleinen nehmen, Signalmaat, wir sind doch kein verdammtes Ausflugsboot!«

Chesnaye drehte sich um und blickte mit dem Fernglas nach achtern. Dabei bemerkte er, daß die Wachgänger sofort viel lebhafter wurden. Es war alles wie immer.

Sein Blick blieb an einem der zuverlässigen Gefährten ihres Geleitzugs hängen. H.M.S. Rettungsschlepper *Goliath* hielt seine Position eine halbe Meile hinter den anderen Schiffen. Sein kraftvoller Rumpf war mit einem Tarnanstrich versehen, der am Bug eine aufgemalte hohe Bugwelle aufwies. Irgendwann am nächsten Tag würde der schnelle Konvoi aus Alexandria die *Saracen* und ihre Begleitung einholen, und dann würde es Ärger geben. Der Bergungsschlepper bekam dann bestimmt Arbeit genug.

Auf dem Vordeck überwachte Mr. Joslin eine Arbeitsgruppe an den Ankerketten, andere Matrosen waren an den Spills mit Rostklopfen und Malen beschäftigt. Chesnaye biß auf seine Pfeife und sagte sich, daß diese Routinearbeiten ihren Sinn hatten. Was auch passieren mochte, die *Saracen* würde als anständiges, gepflegtes Schiff in Malta einlaufen.

Mit seiner üblichen Lautlosigkeit näherte sich Erskine. »Wir haben gerade einen Funkspruch entschlüsselt, Sir. Auf Kreta ist alles vorüber.«

Chesnaye starrte auf die weite, sonnenüberflutete See hinaus. Also hatte die britische Armee wieder eine unhaltbare Position aufgeben müssen. Wie konnte es da hier draußen so friedlich und schön sein? Nur zweihundert Meilen entfernt wurde auf Kreta gelitten und gestorben. Und wohin würde der nächste Rückzug führen?

Erskine hatte sich zurückgezogen und sprach leise mit Norris. Seit der Party in Alexandria verbarg er sorgsam seine Gefühle, allerdings merkte Chesnaye, daß er genau beobachtet wurde. Die Ereignisse hatten sich förmlich überschlagen.

Chesnaye sah Erskines Gesicht nach dieser denkwürdigen Nacht noch vor sich. Er hatte ein paar Briefe unterschrieben und Befehle gegengezeichnet. Dann sagte er beiläufig: »Heute nachmittag gehe ich an Land. Sie übernehmen für diese Zeit die Aufsicht über die Arbeitstrupps.« Schweigen. »Geben Sie unseren Leuten soviel Landgang wie möglich und seien Sie mit den Betrunkenen rücksichtsvoll.« Morgens hatten zu viele Männer zur Bestrafung angestanden, wegen Trunkenheit und anderem. »Jeder muß mal Dampf ablassen.«

Erskine hatte sofort gefragt: » Wo sind Sie im Notfall erreichbar, Sir?«

Die beiden Männer starrten sich einige Augenblicke lang

an, dann meinte Chesnaye lässig: »Für diesen Fall hat mein Schreiber eine Adresse.«

Aber beide kannten die Anschrift.

Problemlos fand er die enge Gasse über dem Hafen. Sie lag abseits des Geschäfts- und Vergnügungsviertels. Selbst die unvermeidlichen Straßenhändler waren hier rar gesät. Der hektische Hafenbetrieb schien Meilen entfernt zu sein. Nur das Mittelmeer glitzerte zwischen den Häusern wie ein blauer Spiegel. Er war nicht sicher gewesen, was ihn erwarten würde. Wahrscheinlich wurde es ein höflicher, kurzer Freundschaftsbesuch. Im dunklen Eingangsflur überkam ihn beklemmende Angst, die aber bei Anns herzlicher Begrüßung sofort verflog. Ihre Augen strahlten warm, sie führte ihn ohne Zögern in den kleinen, schattigen Wohnraum.

»Sie sind ja pünktlich!« Damit nahm sie ihm die Mütze ab und trat zurück. Sie trug ein Kleid, das ihre Figur betonte. Chesnaye dachte, daß Erskine ein ausgemachter Trottel sein mußte. »Das ist wirklich das Größte!« Wieder lachte sie offen wie ein Kind. »Ein echter Kapitän macht mir seine Aufwartung – wer hätte das gedacht?«

Chesnaye setzte sich auf das schäbige Sofa, und Ann berührte die Streifen auf seinen Schulterstücken.

»Aber ich bringe es einfach nicht fertig, Sie mit ›Kapitän‹ anzureden. Was halten Sie von ›Dick‹? Oder mögen Sie lieber ›Richard‹?«

Gespielt finster runzelte er die Stirn und antwortete: »Dick dürfen mich nur meine besten Freunde nennen.«

Sie griff nach der gekühlten Weinflasche. »Passen Sie nur auf, Dick, daß ich nicht mehr als ein Freund für Sie werde!«

So ging es weiter. Der kleine Raum widerhallte manchmal von Gelächter. Als die Abendschatten fielen, gingen sie aus, zuerst in einen der überfüllten Marineklubs. Viele neugierige Blicke folgten dem gebräunten, schlanken Mädchen und dem großen Kapitän. Sie versuchten, auf der überfüllten Tanzfläche zu tanzen, denn erstaunlicherweise tat Chesnayes steife Hüfte nicht mehr weh.

Nach einiger Zeit fragte sie ernst: »Ich glaube, Ihnen gefällt es hier nicht sonderlich?«

Er blickte sie erstaunt an. »Warum sagen Sie das?«

»Die vielen Seeleute hier . . . Sie müssen die Navy doch müde sein.«

Also waren sie in die Außenbezirke der Stadt gezogen, in ein Café mit plärrendem Radio. Zwar waren auch dort viele Soldaten, aber meistens Infanteristen. Gerade als Chesnaye durch die niedrige Tür trat, wollten drei Matrosen das Café verlassen: Seeleute von der *Saracen.* Entgeistert blickten sie ihn und das Mädchen an, die Anwesenheit ihres Kommandanten in so einem Lokal schien sie zu schockieren. Der Matrose namens Devlin salutierte leger und sagte mit breitem Grinsen: »Guten Abend, Sir, n'Abend, Miss. Ich dachte immer, die Offiziere sind eher in den Feudalschuppen zu finden?«

Chesnaye mußte lächeln. Auf See waren sie Leute, die er kaum wahrnahm, nur Namen auf Listen. Jetzt waren es Männer wie er selber. Der zweite Seemann meinte mit einem Seitenblick auf Ann: »Kein Wunder, daß *wir* keine anständigen Mädchen finden!« Er musterte sie mit offener Bewunderung.

Chesnaye hüstelte. »Das ist eben ein Vorteil des höheren Ranges, Jungs.«

Lachend verschwanden sie in der Dunkelheit. Der türkische Oberkellner führte Chesnaye mit unbewegtem Gesicht zu einem Tisch in einer Nische – so gravitätisch, als ob sein Gast ein ausländischer Botschafter wäre. Plötzlich sprangen zwei Soldaten auf und versperrten ihnen den Weg. Einen Augenblick dachte Chesnaye, es würde Ärger geben, als er die typischen Buschhüte der Australier erkannte. Dann erst sah er, daß sie verwundet waren. Einer stützte sich auf Krücken, der andere trug einen Arm in der Schlinge. Hinten in der Nische saß ein dritter Soldat mit einer Binde über den Augen.

Der größte Australier, ein Korporal, sagte laut: »Sie werden sich nicht an mich erinnern, Sir.« Er wartete die Antwort nicht ab, sondern wandte sich Ann zu und nahm ihre Hände in seine riesigen Pranken. »Ich hoffe, daß Sie einen schönen Abend haben, Miss. Jedenfalls sind Sie mit dem verdammt anständigsten Tommy unterwegs, dem ich jemals begegnet bin.«

Fragend blickte Chesnaye von einem zum anderen. »Ich verstehe nicht ganz ...«

Der zweite Soldat grinste und hob vorsichtig seinen bandagierten Arm. »Sie haben uns aus Tobruk rausgeholt, Käpt'n. Ohne Sie würden wir jetzt in einem Loch in der Wüste verfaulen.« Er streckte seine gesunde Hand aus. »Hier, nehmen Sie sie, Sir. Ich möchte meinen Kumpels sagen können, daß ich Ihnen für uns alle die Hand gedrückt habe!«

Jetzt stand auch der blinde Soldat auf. »Wir fahren bald nach Hause, Kapitän. Ich kann Sie zwar nicht mehr sehen, aber meine Freunde haben mir erzählt, was Sie für uns getan haben.« Seine Stimme zitterte. »Sie hätten uns nicht mitnehmen müssen, wenn ich das richtig verstanden habe. Trotzdem haben Sie es gemacht.«

Chesnaye wandte sich ab, um seine Gefühle zu verbergen. »Danke.«

Der Korporal griff nach Ann und trompetete: »Das wollen wir feiern!«

Aber der andere Soldat blinzelte Chesnaye grinsend zu. »Hör auf, du dämliches Känguruh! Der Kapitän hat wichtigere Dinge zu tun.«

Als Chesnaye und Ann ihren Tisch erreichten, riefen sie ihnen begeisterte Abschiedsworte nach. Der Ober zündete die Kerze an und ging Wein holen. Chesnaye sah, daß seine Begleiterin Tränen in den Augen hatte.

»Was ist denn, Ann?«

Sie beugte sich über den Tisch und griff lächelnd nach seiner Hand. »Fragen Sie mich das lieber nicht. Aber ich verstehe, was die Männer gemeint haben, Dick.«

In der kleinen Brückenkammer war es stickig und feucht. Chesnaye warf einen schnellen Blick auf seinen Schreibtisch, dann löste er die Panzerblende und öffnete das Bullauge. Der Mond strahlte, das Wasser glitzerte unruhig. Der dunkle Horizont wirkte wie eine ferne Küstenlinie. Er öffnete die Tür, um einen Lufthauch hereinzulassen.

Fox stand mit den beiden Fähnrichen auf der Kompaßplattform und versuchte, ihnen die Geheimnisse der Astronavigation beizubringen. Erstaunlicherweise nahm Fox den Dienst immer noch sehr ernst, obwohl es unvermeidlich war, daß auch er das Schiff verlassen mußte. Chesnaye zog die Jacke aus und ließ sich von der Brise fächeln. Von irgendwoher kamen Mundharmonikaklänge, für ihn der Inbegriff von geduldigem Warten, Traurigkeit und Resignation. Er löste den Gürtel und setzte sich auf seine Koje. Unwillkürlich tastete er nach der Narbe an seiner Hüfte, aber statt des üblichen Schmerzes durchzuckte ihn eine angenehme Erinnerung.

Ohne die Augen schließen zu müssen, sah er ihren ganzen Heimweg wieder vor sich. Sie hatten wenig gesprochen. Als sie das Haus erreichten, befürchtete Chesnaye, daß ihn ein dringender Rückruf erwartete, aber nichts lag vor. Der kleine Raum war ruhig, Ann summte leise vor sich hin, während sie die Lampe anzündete.

Chesnaye blickte sich bedauernd um. »Ich glaube, ich mache mich besser auf den Heimweg.«

Sie antwortete nicht, verließ das Zimmer und kehrte mit zwei Gläsern Brandy zurück.

»Ein letzter Drink.«

Sie setzten sich auf das alte Sofa und starrten blicklos die gegenüberliegende Wand an. Chesnaye fürchtete den Abschied. Morgen würde der Teppichhändler unten wieder im Staub hocken, während er sich an Bord mit Routinearbeiten zu betäuben suchte ... Da lehnte Ann den Kopf an seine Schulter und schüttelte ihre Sandalen von den Füßen.

»Der Abend war wundervoll ...«

»Ich hätte nicht für möglich gehalten, daß es so etwas noch gibt.«

»Mit dem richtigen Partner ist alles möglich.« Sie wandte sich ihm zu, bis er ihren Atem auf der Wange spürte. »Aber ich habe Angst.«

Schnell legte er ihr den Arm um die Schultern. »Wovor? Erzähl's mir.«

Sie lächelte unsicher. »Daß ich alles kaputtmachen könnte.« Chesnaye drückte sie an sich. »Ich möchte, daß du niemals gehst, Dick, weder heute noch später. Wir haben so wenig Zeit, wir dürfen keine Stunde verschwenden. Das verstehst du doch?«

Ein Glas rollte vom Tisch, als Chesnaye sie heftig an sich riß und küßte. Da löste sie sich mit einem Ruck von ihm und zog langsam ihr Kleid über den Kopf. Ihre dünne Unterwäsche landete in einer Ecke des Zimmers. Nackt kniete sie vor Chesnaye, und er fühlte die Intensität ihrer Liebe.

Später lagen sie aneinandergepreßt in einem noch kleineren Zimmer unter einem offenen Fenster. Im weichen Mondlicht bewunderte er die tiefen Schatten unter ihren Brüsten und die seidige Weichheit ihrer Schenkel. Sie streichelte die Narbe, die er nun schon viele Jahre mit sich herumtrug. Ihre Augen waren geschlossen, aber er erkannte am schnellen Heben und Senken ihrer Brüste, daß sie ihn wieder begehrte. Noch einmal tauchten sie in diese andere Welt ein, wo es nur die Liebe zweier Menschen gab. Einmal hatte sie aufgeschrien, aber ihre Lippen hatten sich schnell gefunden. Der lustvolle Schmerz hatte sie vereint, als ihre Finger sich fester in seinen Rücken gruben.

Erst in der Morgendämmerung zog Chesnaye sich an und betrachtete ihr Gesicht. Es war im Schlaf entspannt wie ein Porträt. Leise durchquerte er das Wohnzimmer und löschte die Lampe. An verschlafenen Posten vorbei erreichte er die weitläufigen Kaianlagen, die sich seit der Römerzeit wohl kaum verändert hatten. Gierig sog er die frische Seeluft ein und beobachtete die streitenden Möwen. Überrascht sprang der Quartermaster oben an der Gangway der *Saracen* auf. Die Decks waren taufecht, im fahlen Morgenlicht sah das Schiff beinahe schön aus.

Nun faltete Chesnaye die Arme hinter dem Kopf und blickte versonnen zur Decke. Die sieben Tage waren wie im Flug vergangen, der Abschied war schwer gewesen. Am letzten Tag hatte er nur eine Stunde mit Ann Curzon zusammensein können. Sie zu verlassen, war schon schlimm genug, aber sie jetzt im Konvoi nach Malta in einer überfüllten Kabine zu wissen, war eigentlich mehr, als er ertragen konnte.

Unruhig stand er auf, warf sich seine Jacke über die Schultern und trat leise auf die Brücke hinaus. Seine Augen gewöhnten sich langsam an das schwache Mondlicht. Das Schiff lag fast ruhig, und er benötigte nicht viel Phantasie, um sich

Ann wieder in der Brückennock vorzustellen. Er streichelte den glatten Stahl. In Malta würden sie sich wiedersehen.

Hinter ihm erklangen Schritte. Fox übergab die Wache, also war es schon Mitternacht. Ein Schauer lief ihm über den Rücken, als er daran dachte, was der nächste Tag bringen konnte. Scharf fragte er: »Ist der Funkspruch vom Konvoi schon entschlüsselt, N.O.?«

»Der Erste hat es gemacht. Er ist im Kartenraum, um den Plott auf den neuesten Stand zu bringen.«

Im Kartenhaus war es stickig. Die neuen Karten und Bücher standen aufgereiht da, die Liste der Geleitschiffe und ihre Position im Konvoi war ans Schott geheftet. Schnell überflog Chesnaye die Namen. Vielleicht war Anns Schiff ja noch nicht ausgelaufen? Doch die *Cape Cod* war dabei – als drittes Schiff in der Steuerbordreihe. Chesnayes Finger blieb auf dem Namen des Schiffes ruhen, und Fox bemerkte: »Das wird unser Nachbar, wenn der Admiral bei seinen Anweisungen bleibt.«

Chesnaye fragte sich, ob Erskine wohl wußte, daß Ann auf diesem Schiff war. Wenn ja, mußte er beim Entschlüsseln bittere Gedanken gehabt haben.

Fox gähnte. »Wenn Sie mich nicht mehr benötigen, gehe ich jetzt in die Falle, Sir.«

»Machen Sie das, N.O.« Chesnayes Stimme klang geistesabwesend.

»Vielleicht kommen wir ja auch ohne den geringsten Kratzer durch, Sir.«

Chesnaye lächelte mit schmalen Lippen. »Dann erhalten Sie sich bloß Ihren Optimismus.« Bomber, U-Boote und Schnellboote mochten sich da draußen in der Dunkelheit schon zum Angriff formieren.

»Der Funkraum sagt, alles ist still. Das könnte ein gutes Zeichen sein.«

»Wenn es im Dschungel still wird, *dann* muß man aufpassen, N.O.«

Chesnaye sah zum Schlepper *Goliath* hinüber. Wenn sie doch nur Sturm bekommen würden! Er konnte sich lebhaft vorstellen, wie sich die *Saracen* bei dieser ruhigen See im Periskop eines U-Bootes ausmachte. Vielleicht schossen jetzt schon die Torpedos durchs Wasser. Bei einer der Oerlikons wurde gelacht, Chesnaye hörte das Klappern von Kakaotassen. Ich bin für jeden dieser Männer verantwortlich, dachte er. Aber was Ann angeht, werde ich morgen ein hilfloser Zuschauer sein. Er packte die Brückenverschanzung und starrte in die Dunkelheit. Ach, Ann, paß gut auf dich auf.

Fox ging in die leere Offiziersmesse, um sich ein Exemplar von *Men Only* zu holen. Der Doktor döste in einem tiefen Sessel, neben sich eine Tasse Kaffee, die kalt geworden war.

»Gehen Sie noch nicht in die Koje, Doktor?«

»Doch, gleich. Wie sieht's oben aus?«

»Ruhig. Aber der Skipper macht sich Sorgen. Allerdings glaube ich, daß wir nicht viel zu befürchten haben. Die Deutschen haben es doch auf die dicken Frachter abgesehen.«

Wickersley richtete sich auf und blickte auf seine Uhr.

»Vermutlich macht er sich diesmal gerade deshalb so viele Gedanken.«

Fox betrachtete ihn überrascht. Aber dann klemmte er sich das Magazin unter den Arm und schlenderte zu seiner Kammer. Arme vertrauensselige Frachter, dachte er. In Friedenszeiten hatten sie mit wirtschaftlicher Flaute oder erbittertem Wettbewerb zu kämpfen, und jetzt im Krieg war es für sie schierer Mord. Er fragte sich noch vergeblich, was Wickersley wohl gemeint hatte, dann schlief er ein, das Magazin ungelesen auf der Brust.

Chesnaye schreckte hoch, weil ihn jemand am Arm schüttelte.

McGowan wartete respektvoll. »Der Konvoi ist in Sicht, Sir«, meldete er. »Der Flügelgeleiter hat gerade das Erkennungssignal übermittelt.«

Chesnaye nickte und ging steif auf die hintere Brücke. Der Morgen war drückend heiß, und es bereitete ihm fast körperliche Pein, den kleinen grauen Schatten zu studieren, der über dem Horizont aufgetaucht war. Er stellte sein Fernglas ein: ein großer schneller Zerstörer, der ihren Kurs nach U-Booten absuchte. Ein flackerndes Licht funkelte über viele Meilen zu ihnen, und der Signalgast hob sein Fernglas. Er buchstabierte die Nachricht: »Meldung vom Geleit, Sir. Der Konvoi nimmt die befohlene Position ein.«

»In Ordnung.« Was gab's da noch zu sagen? Andere würden die Musik machen, der Konvoi konnte nur abwarten.

Vorsichtig wie dressierte Tiere nahmen die vierzehn Frachter ihre vorgeschriebenen Positionen ein. Es dauerte eine halbe Stunde, bis das Flaggschiff zufrieden war. Schließlich hatten sich zwei Kolonnen von je sechs Einheiten gebildet. Die beiden wertvollsten Schiffe – ein Munitionstransporter und ein tiefweggeladener Tanker – fuhren in der Mitte jeweils vor und hinter der *Saracen*, damit sie von den Flakgeschützen des Monitors gesichert werden konnten.

Zu beiden Seiten bildeten vier Zerstörer und zwei ältere Korvetten einen Schutzwall. Von achtern lief der Kreuzer *Aureus* durch das Geleit. Seine Brücke glitzerte von den vielen ausgerichteten Ferngläsern, an den Rahen wehten Flaggensignale aus. Er war ein schmuckes Schiff, ein Produkt der dreißiger Jahre, voll Schlagkraft und Schnelligkeit. Seine vier Doppeltürme und die Flakgeschütze waren bemannt und ragten in den Himmel.

Chesnaye beobachtete den Kreuzer, ließ aber sein Glas sinken, als Beaushears' sonnengerötetes Gesicht in die Linse kam. Er sah die mißbilligende Miene unter der Mütze mit dem goldenen Eichenlaub, deshalb überraschte es ihn nicht, daß umgehend der große Signalscheinwerfer zu funkeln begann.

»Vom Flaggschiff, Sir: Halten Sie korrekten Abstand zur *Corinth Star* ein!«

»Danke, Laidlaw.« Chesnaye wandte sich an Fox: »Vergrößern Sie bitte den Abstand zum Munitionstransporter um zwei Zoll!«

Fox grinste. »Aye, aye, Sir!«

Unterleutnant Bouverie seufzte: »Man könnte direkt glauben, daß man beobachtet wird.«

Ein Telefon klingelte, Fox meldete: »Sicherungsfahrzeuge auf Position, Sir.«

»Danke.« Chesnaye stand auf und ging zum Kartentisch.

Beaushears' vier Kreuzer dampften irgendwo hinter dem Horizont, um feindliche Kriegsschiffe abzufangen. Achteraus tauchte von Zeit zu Zeit hinter dem rostigen Rumpf eines griechischen Trampers der Bergungsschlepper auf.

McGowan eilte zum Artilleriestand, unter dem Arm einen Stapel Papiere. »Ich habe die Flakgeschütze kontrolliert, Sir. Alle sind klar und bemannt.«

»Danke. Die Männer aus dem Turm sollen sie in regelmäßigen Abständen ablösen. Ich möchte nicht, daß sie in dieser Hitze einschlafen.«

McGowan erwiderte leicht beleidigt: »Das habe ich bereits veranlaßt.«

Chesnaye ging wieder nach vorn, aber diesmal zur Steuerbordseite. Bouverie beobachtete neugierig, wie der Kommandant den benachbarten Frachter aufmerksam zu mustern begann. Die *Cape Cod* war ein ziemlich neues Schiff, ihr Rumpf lag tief im Wasser. Die geräumigen Decks standen voll großer Kisten: Ausrüstung für das belagerte Malta.

Bouverie meinte: »Sie sieht ziemlich überladen aus. Ich möchte nicht an Bord sein, wenn sie einen Treffer bekommt.«

»Seien Sie so gut, Sub, und kümmern Sie sich um Ihren Dienst!« Chesnaye merkte nicht, daß er sehr harsch gesprochen hatte. Von der Kompaßplattform herab beobachtete sie Fox und bemerkte die plötzliche Spannung. Bouverie kletterte zu ihm hinauf und fragte erstaunt: »Was ist plötzlich in den Alten gefahren?«

Fox fühlte sich unbehaglich, meinte aber gefühllos: »Tun Sie einfach, was er sagt. Wir sind hier nicht im Old Bailey, wie Sie sicher schon gemerkt haben.«

Chesnaye ließ sein Fernglas langsam über den Frachter schweifen. Auf der oberen Brücke unterhielt sich ein bärtiger Kapitän mit seinem Steuermann. Zwei Seeleute befestigten Munitionstrommeln auf ihren Maschinengewehren. Dann blickte er zum Bootsdeck hinunter, wo neben einem der Bootsdavits eine kleine Menschengruppe stand. Zwei oder drei Männer trugen Khakiuniformen, drei Frauen waren Krankenschwestern, aber die letzte, in Khakihose und grauem Hemd, war Ann. Ihr Haar wehte im Wind. Sie beschattete die

Augen mit einer Hand und schien ihn direkt anzusehen. Er ließ das Glas sinken, um eine Linse zu säubern. Mißvergnügt stellte er dabei fest, daß die Schiffe in Wirklichkeit doch sehr weit auseinander waren. Dann kletterte er auf eine Kiste und schwenkte langsam seine Mütze über dem Kopf. Auf der Kompaßplattform überzeugte sich Fox, daß alle Männer beschäftigt waren, dann blickte er durchs Fernglas. Er brauchte nicht lange, bis er die Gruppe mit dem lachenden Mädchen gefunden hatte, das zur *Saracen* herüberwinkte. Also das war es! Er hatte hinter Chesnayes Ausbruch etwas anderes vermutet, etwa Ärger über Beaushears. Aber das hier war ja etwas ganz Neues. Schnell ließ er sein Fernglas sinken, als Chesnaye von der Kiste stieg. Für Chesnayes verändertes Verhalten war also eine Frau verantwortlich. So nah und doch so fern. Er konnte sich vorstellen, was Chesnaye empfand.

Plötzlich meldete Bouverie: »Signal, Sir: U-Boot geortet!«

Bunte Flaggen wehten an der Signalrah des Flaggschiffs aus, Laidlaw sagte heiser: »Kursänderung, Sir!«

Nach und nach wurde das Signal von allen Schiffen der langen Kolonnen ausgemacht, entziffert und bestätigt. Als es niedergeholt wurde, drehten sie schwerfällig auf den neuen Kurs. Das nützte zwar auch nicht viel, weil der Feind wahrscheinlich genau über den Generalkurs des Konvois und seinen Bestimmungsort informiert war. Aber Beaushears wollte das Spiel bis zum bitteren Ende durchhalten.

»Kurs zwei-sieben-neun liegt an, Sir.«

Chesnaye begann seine Pfeife zu stopfen. »Danke. Halten Sie die angegebene Position des U-Boots in der Karte fest, es könnten bald mehr dazukommen.« Er rammte sich die Pfeife zwischen die Zähne, vergaß sie dann aber, als Laidlaw meldete: »Zerstörer *Scimitar* meldet ein Flugzeug in Peilung Grün vier-fünf, Sir. Wahrscheinlich eine Focke-Wulf, außerhalb unserer Geschützreichweite kreisend.«

Chesnaye konnte nur mit Mühe ein Zittern seiner Hände unterdrücken. Jetzt kam der Gegner zur Sache. Die schwere Focke-Wulf würde Fühlung halten, sicherlich hatte sie schon ihren Funkspruch zum Stützpunkt abgesetzt. »Vielleicht hat sie ja nichts gesehen.« Chesnaye verfluchte sich für seine leeren Worte. Anders als im Atlantik, wo das Wetter häufig ein Verbündeter war, wirkte die ruhige blaue See hier wie ein großer Plottingtisch für Aufklärer. Er hob sein Glas. Der Zerstörer, der das Flugzeug aufgespürt hatte, stand vorn an der Steuerbordseite des Geleits, im Hitzedunst kaum zu erkennen. Aber Chesnaye sah die auswehenden Signalflaggen und die nach oben gereckten Kanonen, die dem ungebetenen Gast folgten.

Fox sagte ungerührt: »In vier Stunden ist Sonnenuntergang, Sir.«

»Sehr gut.« War es wirklich schon so spät? Unmöglich, wie zäh jede Minute verrann.

Erskine überquerte die Brücke, die Augen hinter einer Sonnenbrille verborgen. »Ich habe mit dem Verpflegungsoffizier gesprochen, er wird die Leute in vier Schichten beköstigen. Tütenverpflegung wird zuerst an den Geschützen ausgegeben.«

»Gute Idee.« Chesnaye sah, wie Erskine den Frachter an Steuerbord musterte. »Ich versuche nachher, ein paar Stunden Schlaf zu finden. Wenn ich es richtig sehe, erwartet uns morgen ein arbeitsreicher Tag.«

Erskine riß seinen Blick von der *Cape Cod* los. »Sie sieht sehr verletzlich aus, Sir.«

»Das sind sie alle.« Einen Augenblick wußte er nicht weiter, dann fuhr er fort. »Wir werden jedem einen heißen Empfang bereiten, der hier herumschnüffelt.«

Erskine leckte sich die Lippen. »Ich möchte Sie gern privat sprechen, Sir, und ein paar Dinge geklärt wissen.« Dabei nahm er die Sonnenbrille ab, so daß Chesnaye die schwarzen Ringe unter seinen Augen sah. »Sie sollten auch *meine* Seite der Geschichte hören.«

»Verstehe.« Chesnaye sah ihn ruhig an und dachte, daß es ihm völlig gleichgültig war, was Erskine gesagt oder getan hatte. »Das läßt sich einrichten. Eines Tages, John, wenn Sie die Einsamkeit eines eigenen Kommandos kennen, sollten Sie aus dieser Geschichte gelernt haben.«

Fox unterbrach ihn scharf: »Dringender Funkspruch, Sir: Unsere Aufklärung hat hundertfünfzig Meilen östlich von

Syrakus schwere Überwassereinheiten des Gegners entdeckt. Keine weiteren Einzelheiten bisher.«

Chesnaye kletterte auf seinen Stuhl und meinte lakonisch: »Mehr sind wohl auch nicht nötig.«

Also waren alle Schlupflöcher verstopft. Der Gegner wußte Bescheid und war auf dem Posten. Irgendwo da vorn wurden die großen Messer gewetzt. Er richtete sein Fernglas aufs Flaggschiff, irgendwie erschien es ihm plötzlich kleiner und verwundbarer. Über die Schulter wandte er sich an Erskine: »Wenn Sie etwas Nützliches tun wollen, John, dann gehen Sie zum Cheffunker und bitten ihn, über die Bordanlage Schallplattenmusik auszustrahlen.«

»*Jetzt*, Sir? Und was wird aus unserem Gespräch?« Erskine starrte ihn entgeistert an.

»Das kann warten. Die Männer sollen entspannt sein, wenn die Zeit kommt.«

Die Sonne neigte sich dem dunstigen Horizont zu. Die *Saracen* hielt ihre Position in der Mitte des Konvois, aus ihren Lautsprechern plärrte Musik, und die Männer an den Kanonen schlugen mit ihren Füßen den Takt dazu. Es war, als seien sie auf dem Weg zu einem lange erwarteten Rendezvous.

8 Kein Blick zurück!

In der verhältnismäßig ruhigen Morgenwache wirkte die Explosion des Torpedos ungewöhnlich laut. Chesnaye fiel von seiner Koje. Der Rumpf des Monitors übertrug die leiser werdenden Echos des Einschlags noch mehrfach. Die Tür der Brückenkammer wurde wie von unsichtbarer Hand aufgerissen, draußen schien es schon heller Tag zu sein. Erst jetzt stolperte ein Bootsmannsmaat durch die offene Tür und rief nach dem Kommandanten. Mit kaltem Entsetzen sah Chesnaye, daß das Licht von einem brennenden Schiff stammte. Sprachrohre dröhnten, Fox gab dem Rudergänger Anweisungen. Erskine empfing ihn mit rauher Stimme: »Dort an Backbord, Sir. Es ist der alte Grieche!«

Chesnaye mußte seine Augen gegen den gleißenden Funkenregen schützen, der über dem schwarzen Schatten in die Höhe quoll. Das Schiff war schon aus dem Geleitzug zurückgefallen. Ein schneeweißes Kielwasser zog sich über die dunkle See, es markierte den Weg eines suchenden Zerstörers. Dann erhellte eine Leuchtkugel die gespenstische Szene. Mehrere Stimmen riefen gleichzeitig: »Da ist es!«

Chesnaye sah im Nachtglas die bleistiftschlanke Silhouette des U-Bootes im kalten Licht der Leuchtkugel. Um den Kontakt nach ihrer Kursänderung nicht völlig zu verlieren, war der Kommandant wahrscheinlich aufgetaucht hinter dem Konvoi hergejagt und hatte über Wasser angegriffen. Er war jetzt im Abdrehen begriffen; der Zerstörer erhöhte die Geschwindigkeit noch mehr, um ihn zu stellen. Ein Ausguck rief: »Torpedo an Backbord!«

Ein silbriger Streifen lief am Rumpf der *Saracen* vorbei ins freie Wasser. Chesnaye atmete auf. Das U-Boot mußte einen ganzen Torpedofächer abgeschossen haben, trotzdem hatte es nur ein Opfer gefunden.

»Jetzt taucht es, Sir!«

Aller Augen waren auf den schnell kleiner werdenden Rumpf gerichtet, der in einem Schwall aus Schaum zu entkommen suchte. Fox sagte gepreßt: »Der Grieche kentert! Arme Schweine!«

»Kann man nicht helfen?« fragte Bouverie kleinlaut.

Energisch fuhr Chesnaye dazwischen: »Alle bleiben auf ihren Stationen. Die Ausguckposten behalten die anderen Schiffe im Auge. Wenn der Konvoi jetzt auseinanderbricht, ist es um alle geschehen!«

Voll Zorn und Mitleid sah er dem Todeskampf des Frachters zu. Der Bergungsschlepper war gegen die Flammen klar zu erkennen, wurde aber vom tobenden Feuer auf Abstand gehalten. Chesnaye konnte sogar sehen, wie der schwarze Rumpf langsam zu glühen begann. Dann stellte er sich auf den Kopf und begann unter Wasser zu gleiten. Das Zischen der explodierenden Kessel mischte sich mit dem triumphierenden Donnern des Wassereinbruchs. Dann riß sich die Hauptmaschine von den Fundamenten los und polterte durch die weißglühenden Schotten. Wie eine Kerze erlosch das

Schiff im Wasser – nur noch die verglühende Leuchtkugel zeigte den Ort des Dramas an.

Der Rumpf der *Saracen* wurde mehrmals erschüttert, als der Zerstörer seine Wasserbomben warf. Riesige Fontänen zeigten ihre Explosionen an, und plötzlich wurde das U-Boot von einer an die Oberfläche gerissen. Wie ein angreifender Stier machte der Zerstörer kehrt. Jede Niete, jede Stahlplatte mußte unter der Belastung aufs äußerste beansprucht sein, als dieses Schiff von vierzigtausend Pferdekräften mit Hartruder herumgerissen wurde. Über dem Geschützfeuer hörte man Metall reißen, als sich der messerscharfe Bug des Zerstörers in den Rumpf des U-Bootes fraß. Dann war es vorbei. Das U-Boot versank in einem großen Ölfleck, der siegreiche Zerstörer kam mit zerknautschtem Bug im Lebensblut seines Gegners zum Stehen. Einige der Seeleute auf der *Saracen* riefen hurra, aber es war ein verzweifeltes, unpassendes Gebrüll. Chesnaye befahl scharf: »Die Männer sollen still sein und ihren Sektor absuchen!«

Auf der Brücke sagte jemand erregt: »Ein Bastard weniger!«

»Auch ein Zerstörer weniger«, fügte Fox ernst hinzu. »Der ist für Monate außer Gefecht.«

Die Geleitfahrzeuge erhöhten ihre Geschwindigkeit und umkreisten die Frachter wie wachsame Schäferhunde. Als könne es ihre Sicherheit erhöhen, hatten die beiden führenden Frachter ihren Kurs zur Mitte der Kolonne hin geändert, und alle anderen waren ihnen gefolgt. Nun dauerte es über eine Stunde, bis die Ordnung wiederhergestellt war. Inzwischen war der Geleitzug von der Morgendämmerung eingeholt worden. Als die Sonne aufging, fehlte von dem Zerstörer jede Spur, er humpelte wohl schon nach Alexandria zurück. Weil Beaushears kein weiteres Schiff entbehren konnte, mußte er es allein schaffen.

Chesnaye rutschte auf seinem Stuhl herum, vor dem inneren Auge immer noch das Bild des verglühenden Schiffes. Es hatte keine Überlebenden gegeben. Keiner blickte zurück. Die Reihen hatten sich wieder geschlossen. Die Devise hieß: für nichts und niemanden stoppen! Wenn du an der Reihe bist, mußt du irgendwie klarkommen.

Chesnaye fluchte laut, und Fox blickte ihn erstaunt an.

»Sir?«

»Nichts, N.O.« Chesnaye beobachtete, wie die Besatzung der *Cape Cod* das Bootsdeck mit Schläuchen säuberte. »Jedenfalls nichts, was wir ändern könnten.«

Kurz vor Mittag erschienen die ersten Bomber am klaren Himmel. Diesmal waren es keine Stukas, sondern zweimotorige italienische Flugzeuge, die in sechs sauber ausgerichteten Pfeilen in großer Höhe anflogen. Sie näherten sich so gleichgültig, als wollten sie den Konvoi einfach ignorieren.

Die *Saracen* erwachte zum Leben. Die Artilleristen waren fast froh, daß das Warten vorbei war. Chesnaye wischte sich die tränenden Augen und ließ den Blick noch einmal kritisch über das Schiff gleiten. Die langen Rohre der Mittelartillerie folgten bereits den silbernen Flecken am Himmel. Er hörte die Verschlüsse klappern, als die ersten Granaten eingeschoben wurden.

»Jetzt teilen sie sich, Sir!«

Wieder blickte Chesnaye durchs Glas. Tatsächlich schwang die Hälfte der Bomber in einem flachen Halbkreis auf die Steuerbordkolonne des Geleitzugs zu. Ein Gedanke zuckte durch Chesnayes Kopf: Was passierte, wenn der Munitionstransporter als erster getroffen wurde? Wahrscheinlich konnte dann kein Schiff in seiner Nähe überleben.

»Signal vom Flaggschiff, Sir: klar zur Kursänderung!«

»*Das* wird uns rausreißen«, höhnte Fox.

»Drei Flugzeuge in Grün vier-fünf! Höhe zwei-null!«

Chesnaye blickte mit zusammengekniffenen Augen den Bombern entgegen. Obwohl er darauf vorbereitet war, zuckte er doch zusammen, als zwei Begleitzerstörer das Feuer eröffneten. Doch die braunen Wölkchen schienen wirkungslos an den Angreifern abzuprallen.

»Flugzeuge nähern sich mit zweihundertfünfzig Knoten!«

Abwehrfeuer achteraus verriet, daß die anderen Bomber die Feuerkraft des Geleits aufsplittern wollten. Es war ein gut durchdachter und ausgeführter Angriff. Sie würden den Konvoi in einem Winkel von fünfundvierzig Grad zu seiner Kurslinie überfliegen. Und weil sie niedrig über den Munitionstransporter hinwegjagen würden, konnte der Kreuzer *Aureus* nicht seine ganze Feuerkraft zum Tragen bringen.

Ein Gong ertönte unter der Brücke, und Chesnaye hörte McGowans durch das Mikrophon verzerrte Stimme: »Feuer frei!«

Die 10-cm-Geschütze spuckten lange rote Flammen und ruckten zurück. Der Knall ihrer Abschüsse war fast zuviel für die Trommelfelle der Männer, mehrere schrien schmerzvoll auf. Das Sperrfeuer wurde immer stärker, bis die Luft mit Explosionswolken erfüllt war. Sogar einige Handelsschiffe mischten sich mit ihren veralteten Zwölfpfündern ein. Trotzdem kamen die Bomber näher. Ihre Kanzelverglasungen leuchteten in der Sonne, die Motoren waren im Lärm des Abwehrfeuers nicht zu hören. Der Abstand wurde schnell kleiner. Die ersten drei Bomber waren jetzt über dem ersten Geleitschiff. *Saracens* Pompoms und Oerlikons fielen in den Feuerzauber ein. Dunklere Explosionswolken und lange Leuchtspurketten waren die Folge. Es schien unmöglich, da lebend durchzukommen.

Ein Bomber schor aus der Formation aus und zog mit einer langen schwarzen Rauchfahne über das Flaggschiff hinweg. Die Artilleristen der *Aureus* ließen sich die Gelegenheit nicht entgehen. Ihre Leuchtspurgarben rissen dem Bomber die Verkleidung von den Spanten wie Fleisch von den Knochen. Zwei weiße Fallschirme leuchteten plötzlich in der verqualmten Luft.

»Fallende Bomben, Sir!«

Diesmal waren es mehrere. Als das Führerflugzeug über das Zentrum des Konvois hinwegschoß, sah Chesnaye mit trockenem Mund, wie die silbernen Zylinder mit wachsender Geschwindigkeit auf das Munitionsschiff herabfielen. Der Klang des Abwehrfeuers änderte sich, als ein Teil der Geschütze nach achtern gedreht wurde, um den Transporter zu schützen. Drei weitere Bomber hatten das Sperrfeuer unterlaufen und waren bereits sehr nahe. Dann explodierten die Bomben. Chesnaye preßte sich gegen das Schanzkleid. Doch der Munitionstransporter fuhr weiter, den schmutzigen

Rumpf von hohen Wassersäulen überschüttet. Aber jetzt war der nächste Bomber heran und löste seine Last.

»Klar zur Kursänderung, Sir!«

Chesnaye schüttelte den Kopf, um den Lärm der Explosionen zu lindern. Die Bomben waren wieder danebengefallen, aber die Splitter fuhren heulend in die passierenden Schiffe. Das war verdammt knapp gewesen.

»Achtung, Sir!«

Chesnaye blickte zum Heck des Munitionsfrachters und wartete.

»Ausführung, Sir!«

Die kleine Flagge verschwand von der Rah des Flaggschiffs, und die anderen Einheiten folgten gehorsam seinem Kielwasser auf den neuen Kurs.

»Mein Gott, ein Treffer!« rief Bouverie heiser. Chesnaye blickte über ihn hinweg zum letzten Schiff ihrer Marschsäule. Noch in der Drehung hatte die Bombe es dicht hinter der Brücke getroffen. Rettungsboote, Großmast und der halbe Aufbau flogen durch die Luft. Aus dem klaffenden Krater schlugen die ersten Flammen. Der Frachter taumelte wie ein angeschlagener Boxer, sein Steven begann zur Mitte des Geleits hin zu drehen. Eine Kollision mit dem Tanker mußte verheerend sein. Chesnaye bellte: »Signalisieren Sie, daß er auf Position bleiben muß!«

Laidlaw nickte, und Sekunden später begann die Morselampe zu klappern. Drei weitere Bomber griffen von Backbord her an, aber Chesnaye ignorierte das Gestotter der automatischen Waffen und behielt den brennenden Frachter im Auge. Sein Oberdeck stand in hellen Flammen, auch einige der Kisten unten brannten. Durch den wirbelnden Rauch kam das Antwortsignal. Laidlaw notierte und meldete gequält: »Kümmern Sie sich um Ihren eigenen Dreck, Sir.«

Chesnaye grinste bitter, aber er sah, daß der Frachter wieder auf Kurs ging. »Wenn sie noch solche Sprüche machen, kann es ihnen nicht allzu schlecht gehen.«

Eine Reihe hoher Wassersäulen stieg auf, wieder heulten Splitter durch die Luft. Das 10-cm-Geschütz direkt vor der Brücke verstummte plötzlich, eine nervöse Stimme kreischte:

»Feuer einstellen! Versager!« Nach kurzer Zeit fuhr die Stimme erleichtert fort: »Weitermachen!«

Der gesamte Geleitzug war jetzt in Rauch gehüllt. Die Männer husteten wegen der beißenden Pulverdämpfe und der verbrannten Farbe. Bouverie deutete über die Brückenverschanzung nach vorne. »Was ist das?«

Halb unter Wasser trieb ein Bomber an ihrem Torpedowulst vorbei, sein rauchgeschwärzter Rumpf versank schnell. Im Cockpit zappelte der Pilot wie ein aufgespießtes Insekt und blickte zu ihnen empor, bevor ihn der Rumpf unter Wasser in die rotierenden Schrauben zog.

»Der Frachter hat das Feuer unter Kontrolle, Sir.«

Chesnaye nickte und blickte sich nach den anderen Schiffen um. Im dicken Qualm war kaum etwas auszumachen, doch von achtern war ein Grollen zu hören. Sekunden später sagte Fox dumpf: »Einer vom Begleitschutz, Sir. Die Korvette *Gorgon* ist nach Treffer gekentert.«

Wieder ein Kriegsschiff weniger und noch über zweihundert Meilen bis Malta! Chesnaye wischte sich das Gesicht, sein Gehör war vom anhaltenden Geschützfeuer taub. Den Bombern hatten sie einen heißen Empfang bereitet. Vier waren innerhalb von zwanzig Minuten abgeschossen worden, die letzte Kette hatte den Angriff abgebrochen und ihre Bomben aufs Geratewohl gelöst. Der zielstrebige Einsatz war bis auf die Versenkung einer kleinen, schlecht geschützten Korvette erfolglos geblieben.

Aber jetzt schlugen die Bomben der letzten Kette ein, von den Bombenschützen ungezielt in fünftausend Fuß ausgeklinkt. Der vorderste Frachter wurde getroffen. Er flog wie eine plötzlich aufblühende, feurige Blume in die Luft und füllte Himmel und See mit Wrackteilen. Chesnaye fühlte die Hitze der Explosion auf seinem schwitzenden Gesicht. Mit Entsetzen sah er, daß das brennende Schiff in die Kolonne hinein statt abdrehte. Weitere Explosionen begannen den Frachter auseinanderzureißen. Ladebäume und Brücke rutschten in den Krater, der einmal das Vordeck gewesen war.

»Sie ist außer Kontrolle geraten, Sir!« meldete Fox gepreßt. »Wir werden mit ihr kollidieren!«

Chesnaye beobachtete, wie das führerlose Schiff auf den Munitionstransporter zuhielt. Der Abstand verringerte sich, bis die Flammen auch das andere Schiff einzuhüllen drohten.

»Noch mal gutgegangen.« Fox' Stimme veränderte sich: »Jetzt sind wir an der Reihe!«

Chesnaye behielt den Frachter im Auge, Schweiß lief ihm über Gesicht und Nacken, Rauch biß ihm in die Augen. Er konnte die Führerschiffe nicht mehr ausmachen.

»Steuerbord fünfzehn!« Er versuchte, die Geschwindigkeit des anderen Fahrzeugs zu schätzen, aber Rauch und Feuer verhinderten dies. »Mittschiffs!« Er kam immer noch näher. Verdammt, er war doch schon ganz nahe! Er hörte, daß hinter ihm jemand wie ein Kind aufschluchzte. Das Heck drehte noch zu schnell. »Backbord zehn!« Der Rumpf des Monitors erzitterte, dann klappte das Heck weg. Wie aus weiter Ferne hörte er Erskines Stimme: »Feuerlöschtrupps klar!«

Die Männer auf der Brücke spürten den Gluthauch des brennenden Wracks, als die Feuerwand an ihnen vorbeitrieb. Die Männer an den Oerlikons rissen die Magazine aus den Waffen, um sie vor der alles verzehrenden Hitze zu schützen.

Der Frachter war ein alter Drei-Insel-Typ mit hoher Back und Poop. Sein verrosteter Bug mit den schweren Ankern streifte fast die *Saracen*, aber Chesnaye konnte die Augen nicht von der kleinen Gruppe lassen, die am Vorsteven zusammengekauert stand: vier Männer, einer von den Flammen schon verletzt. Aber er wurde von den anderen noch immer gestützt, obwohl es keine Hoffnung auf Rettung für sie gab. Das Schiff begann schon auseinanderzufallen, die ersten Wellen schlugen übers Achterdeck. Einer der vier streckte hilfesuchend die Hand nach dem vorbeigleitenden Monitor aus, sein Gesicht war für alle klar zu erkennen. Bouverie schluchzte: »Können wir nicht irgendwie helfen, Sir? Ein Boot aussetzen?«

Chesnaye antwortete nicht. Was konnten Worte schon bewirken? Ein dünner Schrei ertönte, dann standen auf der Back nur noch drei Männer. Einer mußte gesprungen sein. Chesnaye hoffte, daß ihm die anderen folgen würden. Vielleicht konnte die *Goliath* sie auffischen. Zwei standen unschlüssig und blickten auf den Dritten, den Verwundeten. Die *Saracen* war jetzt vorbei und frei, aber die Dreiergruppe zeichnete sich noch immer als Silhouette gegen das Feuer ab. Dann wurde sie gnädig vom Rauch eingehüllt. Bouverie biß sich auf die Knöchel. »O mein Gott! Habt ihr das gesehen?«

»Keine Schäden, Sir.«

Erskine war wieder auf der Brücke, seine Augen blitzten weiß aus dem geschwärzten Gesicht. Er erkannte Bouveries Verzweiflung und reagierte darauf fast mit Haß.

»Reißen Sie sich zusammen, Mann!«

Chesnaye beobachtete, wie Fox das Schiff wieder auf Position brachte. Leise sagte er: »Er hält sich gut, Nummer Eins.«

»Aber es ist schlecht für die Disziplin, Sir.« Erskine beharrte auf seiner Meinung wie ein Schuljunge, der eine altbekannte Lektion wiederholt. »Diese Reservisten haben keine Ahnung, was hier los ist.«

Chesnaye wischte sich die Augen sauber und blickte Erskine kalt an.

»Sie müssen lernen, einen Mann nicht nur nach der Zahl seiner Ärmelstreifen zu beurteilen!« Die Glocke verkündete Feuereinstellung. »Gehen Sie zu den Geschützen und sagen Sie den Männern, daß ich sehr zufrieden mit ihnen bin.«

Als eine kräftige Brise den Rauch verwehte, vergaß er Erskine. Zwei Frachter versenkt und zwei Geleitschiffe außer Gefecht. Die Verluste des Gegners waren dagegen unbedeutend. Eine frische Brise fegte den Himmel leer und half, den Schweiß zu trocknen. Aber der Fühlungshalter, die Focke-Wulf, blieb weiterhin in ihrer Nähe. Chesnaye fragte sich, welch teuflische Überraschung immer noch hinter dem Horizont auf sie wartete.

Eine Stunde später wußte er es.

Er saß in seinem hohen Stuhl und umklammerte einen leeren Teebecher. Sein Blick ruhte auf den sonnenüberglänzten Aufbauten der *Cape Cod*. Ann mußte dort irgendwo sein, vielleicht schlief sie nach den Aufregungen des Luftangriffs, oder sie beobachtete ihn von einer verborgenen Stelle aus. Der große Frachter lief jetzt an der Spitze der Kolonne an Steuerbord und schien entsetzlich weit entfernt zu sein.

»Signal, Sir, mit Vorrang!« Fox war wieder da.

»Spucken Sie's aus.«

Fox zitierte monoton: »Vier schwere feindliche Einheiten stehen fünfzig Meilen nordöstlich des Geleitzugs, offenbar als Fühlungshalter.«

Chesnaye wurde hellwach. »Wahrscheinlich warten sie auf die Nacht.«

Fox stand an der Karte, seine Hand war fast ruhig, als er mit dem Zirkel hantierte. Chesnaye blickte währenddessen nach achtern und sah zum ersten Mal das gezackte silbrige Loch in ihrem Schornstein; er mußte während des Luftangriffs von einem Splitter getroffen worden sein. Dann konzentrierte er sich auf die neue Herausforderung: vier Einheiten, wahrscheinlich Kreuzer. Er bemühte sich, seine Gedanken unter Kontrolle zu bringen. Irgend etwas stimmte nicht, aber er fand den Fehler nicht. Er trat an die Karte und blickte auf Fox' Berechnungen nieder.

»Fünfzig Meilen?«

»So heißt es, Sir. Aber Sie kennen ja die Genauigkeit solcher Berichte.«

»Hm.« Chesnaye blickte auf, als die Morselampe zu klappern begann. »Was ist jetzt wieder los?«

Fox zuckte mit den Achseln, als ob ihn das alles nichts anginge. »Ich vermute, daß sich der Admiral seine Gedanken macht.«

Ungeduldig wartete Chesnaye auf den Signalgast mit dem Meldeblock. Dann las er die Nachricht zweimal sorgfältig durch, bevor es ihm wie Schuppen von den Augen fiel. Beaushears wollte seine eigenen vier Kreuzer unverzüglich auf den Gegner hetzen. Als er das Signal laut vorlas, meinte Fox: »Das wird das beste sein, weil sie damit nicht rechnen.«

Chesnaye trat wieder an die Karte.

»Holen Sie mir den Funkspruch von gestern, in dem auf die italienischen Einheiten hingewiesen wird.« Während Fox im Kartenhaus verschwand, sagte Chesnaye zu Laidlaw: »Signal an Flaggschiff: Bezugnehmend auf gestrigen Funkspruch . . .« Er brach ab, als er sah, daß Laidlaw irritiert die Augenbrauen hob. »Ich habe keine Zeit, erst noch die genaue Sendezeit herauszusuchen!« speiste er ihn ab und fuhr langsam fort: »Bei den feindlichen Überwassereinheiten könnte es sich um andere handeln als die gestern gemeldeten.«

Fox stand schweratmend neben ihm. »Ich verstehe nicht ganz, Sir.«

Chesnaye wartete, bis Laidlaw das Signal auf den Weg brachte, dann ging er zum Kartentisch. »Der gestrige Funkspruch vermutete die feindlichen Schiffe einhundertfünfzig Meilen östlich von Syrakus.« Er klopfte im Takt zu seinen Worten auf die Karte. »Heute schicken sie uns Nachricht, daß sie fünfzig Meilen nordöstlich von uns stehen.«

Fox schien durcheinander. »Sie hätten es knapp schaffen können, Sir, wenn man davon ausgeht, daß die Positionen stimmen und daß die Spaghettis schnelle Schiffe haben – und die haben sie mit Sicherheit.«

»Unwahrscheinlich. Der Konvoi hat mehrere unvorhersehbare Kursänderungen gemacht, seit er Alexandria verlassen hat. Erst morgen hätten sie mit Sicherheit Anschluß finden dürfen.«

»Nun, Sir, dann ist einer der beiden Funksprüche wohl verkehrt?«

»Nein. Ich meine, daß es sich um zwei verschiedene Kampfgruppen handelt, N.O.« Chesnayes Stimme war kalt. »Wenn der Admiral den Kreuzerschirm zur zweiten detachiert, ist der Weg für die erste frei.«

Fox starrte ihn noch immer an, als der Signalmaat meldete: »Signal vom Flaggschiff, Sir: Ersten Funkspruch ignorieren! Die Kreuzer laufen sofort zur zweiten Position und greifen den Feind an!« Der Signalmaat räusperte sich verlegen. »Sir, das Signal geht noch weiter: ›Nur keine Angst, *Aureus* bleibt ja bei euch.‹ Ende des Signals.«

Chesnaye ballte die Fäuste vor Wut. Von allen alten Narren ...

»Ein merkwürdiger Humor«, bemerkte Fox indigniert. Laidlaw stand noch immer unglücklich auf den Grätings und schien das beleidigende Signal des Admirals persönlich zu nehmen.

»Antwort, Sir?«

»Nein – nicht ein Wort!«

Nur mühsam konnte Chesnaye seine Wut unterdrücken. Im Geiste sah er Beaushears grinsend auf der Brücke stehen und sich mit Kapitän Colquhoun und den anderen über den gelungenen Witz unterhalten. Praktisch hatte jedes Schiff des Geleitzugs das Signal mitgelesen. Chesnaye zwang sich dazu, ein paar Minuten stillzustehen, bis er sich wieder beruhigt hatte. Natürlich konnte man Beaushears' Standpunkt verstehen, schließlich war es in der Navy nicht üblich, die Entscheidung eines Vorgesetzten in Frage zu stellen.

Chesnaye blickte sich um. Auch wenn man Beaushears' Kreuzer bisher nicht gesehen hatte, waren sie doch eine Beruhigung gewesen. Er hieb sich mit der Faust in die flache Hand. Typisch, daß Beaushears sie bei der geringsten Aussicht auf Erfolg detachiert hatte. Er dachte nur an seinen persönlichen Ruhm. Wenn die feindlichen Schiffe vertrieben oder gar versenkt wurden, waren ihm zahllose Ehrungen sicher. Und das Schlimmste war, daß er mit seiner Vermutung über einen Irrtum der Aufklärung durchaus recht haben konnte. Trotzdem – in erster Linie war er für den Konvoi verantwortlich, und nur dafür. Halb blind blickte Chesnaye in die Sonne. Es dauerte noch acht Stunden, bis die Nacht die langsamen Schiffe wieder schützend einhüllen würde. Aber selbst dann lauerten noch viele Gefahren.

Die Sonne näherte sich mit quälender Langsamkeit dem Horizont, da fiel der nächste Schlag.

Der erste Hinweis war die schnelle Kursänderung eines Geleitzerstörers, begleitet vom warnenden Heulen seines Nebelhorns.

»Torpedos an Backbord!«

Die müden Ausguckleute konnten keine exakten Peilungen geben, weil es sieben oder acht Blasenbahnen gab, die wie die Finger einer Mörderhand nach dem Geleitzug griffen. Zweifellos hatte das U-Boot alle seine Bugtorpedos als Fächer abgefeuert, nachdem es sich in günstige Position vor den Konvoi gebracht hatte.

Wie gut gedrillte Infanteristen führten die Schiffe die befohlene Schwenkung nach Backbord aus. Zwei Torpedos trafen, die anderen liefen in die leere See hinaus. Einen alten Frachter, der mit Stahlträgern und Baumaterial für Malta unterwegs war, traf der Tod in Höhe des Kesselraums. Er legte sich nur kurz auf die Seite, dann brach er auseinander und war schon verschwunden, bevor die anderen Schiffe die Kursänderung beendet hatten. Nur etwas Treibgut blieb zurück – und nicht ein einziger Überlebender.

Das zweite Opfer hatte mehr Glück. Der Torpedo explodierte sieben Meter achtern vom Bug und riß das Vorschiff ab wie ein Fleischer ein Filetsteak abschneidet. Auch dieses Schiff hatte schwer geladen, aber bevor das vordere Kollisionsschott brach, hatte der Kapitän die Maschinen stoppen können und Zeit gewonnen, die Boote zu Wasser zu lassen. Trotzdem lag auch dieses Schiff nach sieben Minuten bei den Fischen.

Die drei Zerstörer suchten die Gegend ab und warfen Wasserbomben – ohne Erfolg. Sie erzielten nicht einmal einen ASDIC-Kontakt. Nach einer Stunde rief sie der Admiral zurück und formierte das Geleit neu. *Goliath* meldete kurz: »Zwanzig Überlebende geborgen.«

Als die Dunkelheit die verbliebenen zehn Frachter und ihre Beschützer umfing, war den Mannschaften nicht nach Ruhe zumute. Alle schienen zu fühlen, daß die letzte Prüfung noch bevorstand.

Chesnaye beobachtete die Bootsmannsgehilfen, die mit großen Kannen voller Kakao ihre Runden machten. Dazu gab es angetrocknetes Brot mit Corned beef von Ochsen, die schon vor vielen Jahren in den Kuhhimmel eingegangen waren. Es machte Chesnaye wütend, wenn er darüber nachdachte, wie der Stab diesen Konvoi geplant hatte. Niemand rechnete damit, daß auch nur die Hälfte in Malta ankommen würde. Zwei Schiffe wären schon ein großer Erfolg, die anderen waren der übliche Schwund, den man vernachlässigen konnte. Genauso wie die Soldaten in Gallipoli. Gebeugt unter ihrem Tornister und der zusätzlichen Schanzausrüstung, waren sie in den Stacheldraht marschiert, dann hatten die Maschinengewehre zu belfern angefangen. In sicherer Entfernung von diesem Irrsinn hatten Generäle ihre Fähnchen versetzt und mit Menschen aus Fleisch und Blut ihre Sandkastenspiele getrieben. Plötzlich griff Chesnaye nach dem vibrierenden Schanzkleid und zwang sich zum klaren Denken.

»Wann ist Sonnenaufgang?«

Die überraschende Frage schlug auf der Brücke wie eine Bombe ein. Fox antwortete langsam: »Nun, Sir, wenn das Wetter so bleibt, sollten wir gegen acht Glasen Büchsenlicht haben.«

»Danke.«

Chesnaye rückte sich in seinem Stuhl zurecht. Der Morgen wird zeigen, wer recht hat, dachte er. Er musterte die elegante Silhouette des Kreuzers und hatte plötzlich Angst vor der Dämmerung und dem, was sie bringen würde.

9 »Erlaube mir zu melden ...«

Leutnant Fox beugte sich über den Kartentisch und blies ein paar Rußkügelchen von der Karte. Als er sich aufrichtete, blickte er genau in den blutroten Feuerball der Sonne, die über die Kimm stieg. Das Vorschiff der *Saracen* lag noch im Dunklen, doch die Aufbauten und Geschütze glänzten schon wie frisch polierte Bronze. Solch einen Sonnenaufgang hatte er noch nie gesehen, so drohend und unheilverkündend. Aber laut sagte er nur: »Scheint wieder ein heißer Tag zu werden.«

Chesnaye stand halbnackt vor dem Kartenhaus und rasierte sich mit Inbrunst. Vor einem kleinen Spiegel schabte er die Stoppeln mehrerer Tage ab, als wäre dies die wichtigste Sache der Welt.

Unterleutnant Bouverie kletterte von der Kompaßplattform und meldete: »Alle Schiffe befinden sich auf Position, Sir.«

Fox betrachtete den jungen Offizier aus schmalen Augen. Wahrscheinlich hatte Bouverie das gestrige Gemetzel noch nicht verkraftet. Er sah völlig erschöpft aus und sprach auch so.

Die Mannschaften waren gruppenweise abgelöst worden, aber die Offiziere hatten auf den Gefechtsstationen bleiben müssen. Die Männer hatten sich entweder, wenn sie glücklich veranlagt waren, schnell ein paar Stunden Schlaf gegönnt, oder sich unruhig auf ihren Kojen gewälzt.

Fox fragte sich, wie lange das noch gutgehen würde. Wahrscheinlich lag wieder ein heißer Tag vor ihnen, und ebenso wahrscheinlich war wieder alle Mühe umsonst. Er meinte, die Resignation förmlich riechen zu können, die sich auf dem Schiff ausgebreitet hatte. Aber dann verbot er sich diese trüben Gedanken und blickte statt dessen Chesnaye an. Im rotgoldenen Morgenlicht sah sein schlanker Körper jugendlich und voller Spannkraft aus, dabei mußte er eigentlich total k. o. sein. Erskine kam auf die Brücke, blickte zuerst in die Karte, dann auf den Kompaß. Zu niemand bestimmtem meinte er: »Heute wird wohl nichts passieren.«

Keiner antwortete, und Fox fühlte fast so etwas wie Mitleid für Erskine. Erschreckend, wie er sich verändert hatte. Aber vielleicht hatten sie sich alle geändert?

Hoch über den unmodernen Aufbauten versuchte Leutnant Norris, seine verkrampften Beine zu bewegen. Im gepanzerten Artillerieleitstand herrschte ein seltsames Licht. Weil es der höchste Punkt des Schiffes – ja des gesamten Geleitzugs – war, hatte Norris als erster die Dämmerung gesehen. Dicht neben ihm saß auf einem erhöhten Stuhl der Leitende Artillerieoffizier McGowan. Sein feingeschnittenes Gesicht war im Schlaf völlig entspannt, er hatte die Hände im Schoß gefaltet.

In regelmäßigen Abständen drehte sich der Leitstand von einer Seite zur anderen. Die Seeleute suchten dabei durch ihre lichtstarken Okulare den Horizont ab. Natürlich war nichts zu sehen, genau wie Norris erwartet hatte. Die Sehnsucht nach seiner bequemen Koje verursachte ihm fast körperlichen Schmerz.

Der Drehmechanismus quietschte, wieder begann sich der Turm zu drehen. Die Bewegung und der Gestank nach Schweiß und Öl brachten Norris an den Rand der Übelkeit. Alle Panzerblenden waren geöffnet, trotzdem stank es im Turm. Er blickte nun nach Steuerbord querab, und durch einen offenen Schlitz trafen ihn die ersten Sonnenstrahlen.

Guter Gott, dachte er, wieder so ein heißer Tag hier drinnen. Ventilatoren waren nutzlos, bald würden sie sich wieder wie Brote im Ofen fühlen. Er stützte sich mit den Ellbogen auf die Telefonablage und blickte auf den nächsten Frachter hinunter. Dessen Decks waren noch verlassen. Die Schweine hatten Glück, dachte er wütend.

»Schiff in Sicht, Sir!«

Überrascht merkte er, daß der Leitstand seine gleichmäßige Drehung unterbrochen hatte und der Seemann unter ihm wachsam wie ein Vorstehhund an den Prismen hing. Norris löste die Blende von seinem Teleskop und studierte den winzigen dunklen Fleck an der schimmernden Kimm. Da spürte er eine schnelle Bewegung neben sich: McGowan. Der war nach seinem tiefen Minutenschlaf sofort wieder hellwach und blickte ebenfalls durch seine Okulare. Norris hörte ihn scharf sagen: »Zwei weitere Schiffe! Eins auf jeder Seite des zuerst gemeldeten!« Etwas gelassener fuhr er fort: »Die beiden sind zu vernachlässigen, auf das mittlere Schiff konzentrieren!«

Das war wieder mal typisch McGowan, dachte Norris, daß er als erster die winzigen Flecken im Morgendunst gesehen hatte. Dabei konnte es sich gut und gern um Kreuzer handeln. Das mittlere Schiff war dagegen viel kleiner.

Vorwurfsvoll fragte Norris: »Das ist doch ein kleiner Kreuzer oder vielleicht sogar nur ein Zerstörer, meinen Sie nicht?«

Ein feiner Rauchschleier schien die fernen Schiffe zu umgeben. McGowan ignorierte seinen Einwurf und griff nach dem Telefon: »Leitstand an Brücke, Meldung an den Kommandanten!« Über die Schulter befahl er Norris: »Behalten Sie ihn im Auge, mein Guter, und sehen Sie zu, wie Ihr ›Zerstörer‹ wächst.«

Norris wurde rot. Er sah, wie die Seeleute vor ihm sich in unterdrücktem Gelächter krümmten – verdammter McGowan! Wieder blickte er durch die Prismen, und das Herz blieb ihm fast stehen. Das mittlere Schiff, das so klein ausgesehen hatte, war tatsächlich größer geworden. Was er für die Brücke eines Zerstörers gehalten hatte, war nur der Feuerleitstand gewesen. Je weiter das Schiff aus dem Wasser wuchs, desto mehr Decks türmten sich übereinander. Jetzt konnte er schon die Geschütztürme mit den drei Rohren sehen. Norris mußte einen Anfall von Übelkeit zurückdrängen. Es war ein Schlachtschiff.

Norris hatte schon Schlachtschiffe gesehen – bei Flottenparaden oder im Hafen. Sie kamen ihm immer wie ein Symbol für die Überlegenheit der Royal Navy vor. Aber in England hatten sie irgendwie ungefährlich gewirkt, so friedlich, als ob sie nie eine fremde Flagge führen könnten. Doch jetzt . . . Er mußte sich den Schweiß aus den Augen wischen, und dabei drangen McGowans Worte in sein Bewußtsein.

»Jawohl, Sir, ein Schlachtschiff und zwei Kreuzer.« Er brach abrupt ab, als ein Beobachter zwei weitere Schiffe meldete. Nach einem kurzen Blick verbesserte er sich: »Vier Kreuzer, Sir. Das Geschwader peilt Grün acht-fünf, Entfernung dreißigtausend Meter. In fünf Minuten beginne ich mit der regelmäßigen Entfernungsansage.«

Er knallte den Hörer auf und griff nach Kopfhörern und Mikrophon. Als er Norris' weit aufgerissenen Augen sah, fügte er hinzu: »Wie es aussieht, hat der Kommandant diesen Besuch erwartet!«

Der Schiffsarzt rieb sich die Augen und musterte wieder den nächsten Frachter. Er schien wie mit einer feinen Goldschicht überzogen; das Licht des frühen Morgens verlieh ihm einen Hauch von Großartigkeit. Wickersley schluckte, um den schlechten Geschmack loszuwerden. Er hatte im Lazarett geschlafen, wollte jetzt aber frische Luft schnappen. Seine Assistenten schnarchten noch immer. Wie er selber, wurden auch sie um ihren Freiraum beneidet. Natürlich nicht so sehr wie der Steward des Kommandanten, der nur diesem persönlich verantwortlich war und sich an den besten Tropfen bis zum Umfallen besaufen konnte.

Wickersley kletterte die kalten Stahlleitern zur Brücke hinauf. Langsam ließ die Benommenheit in seinem Kopf nach. Er war etwas beschämt über die Menge Gin, die er am Vorabend in seiner Kammer vertilgt hatte. Das vertrug sich nur schwer mit den Ratschlägen, die er anderen gab. Er schwang sich auf die Brücke und spürte sofort die gespannte Atmosphäre. Chesnaye stand an den Sprachrohren, Fox beobachtete das Flaggschiff durch sein Fernglas, Bouverie arbeitete in der Karte, und Erskine überwachte ihn. Chesnaye sah Wickersley. Seine Uniformjacke stand bis zur Taille offen, sein Haar war zerwühlt. Der Kontrast zu den glatten Wangen, den wachen Augen und der adretten Erscheinung des Kommandanten war augenfällig.

»Na, Doc, ist es schon Zeit für die Visite?«

Aus einem Sprachrohr quäkte es: »Geschützturm ist klar, Sir.«

Schlagartig wurde Wickersley munter. Die großen Geschütze? Er ging zum Signalmaat hinüber, der einen seiner jungen Helfer beim Anstecken der Flaggen beaufsichtigte.

»Was ist los?«

Laidlaw zupfte an seinem Bart.

»Wir haben ein Schlachtschiff und vier Kreuzer an Steuerbord. Wie es scheint, sind sie hierher unterwegs.« Wickersley blickte in die angegebene Richtung, und der Signalmaat fügte hinzu: »Sie sind noch vierzehn Meilen entfernt, Sir.«

Bouverie meldete: »Flaggschiff signalisiert, Sir.« Eine abgeblendete Morselampe blitzte auf. »Kursänderung, Sir, neuer Kurs zwei-zwei-fünf!«

Chesnaye sagte kühl: »Folgen Sie dem Schiff vor uns!«

»Vielleicht verfehlen sie uns.« Wickersley flüsterte es Fox zu. Der ließ sein Fernglas sinken und grinste. »Aber nur wenn wir die Schuhe ausziehen und uns auf Zehenspitzen davonschleichen.«

Der Arzt nahm sich eins der Reservegläser und blickte über die See. Sie war glatt, aber doch voller Bewegung. Ihm schien der Konvoi allein unterwegs zu sein, ohne Geleitschutz. »Sieht doch alles ganz ruhig aus«, meinte er.

Chesnaye blieb neben ihm stehen. »Der Admiral steuert vom Feind weg. Das kann natürlich klappen.« Doch es klang nicht überzeugt. »Es ist ein Schlachtschiff der *Littorio*-Klasse, also eines der neuen. Neun 38-cm-Geschütze, dreißig Knoten.«

»Flaggschiff ändert Kurs, Sir.«

Sie sahen, wie der elegante Kreuzer sich zwischen die Frachter und ihre Verfolger zurücksacken ließ.

»Wann werden sie Feuer eröffnen, Sir?« Wickersley blickte in Chesnayes ruhige Augen.

»Bei zwölf Meilen wäre es theoretisch möglich. Aber bei der herrschenden Sicht würde ich auf rund sechs Meilen tippen.«

»Entfernung zwei-acht-null.«

Wickersley hörte kaum die gleichmäßigen Entfernungsansagen. Irgendwie wirkte das alles so unwirklich: die geordneten Reihen des Konvois, das gleichmäßige Dröhnen der Schiffsmotoren, der klare, hohe Himmel. Trotzdem stand hinter dem Horizont eine übermächtige Streitkraft, mit der sich sein Geist nicht abfinden konnte. Ein Schlachtschiff war eine schwimmende Stadt aus Waffen und Stahlpanzerung, und dazu kamen noch vier Kreuzer. Dagegen standen ein Kreuzer, drei Zerstörer, eine Korvette – und die *Saracen*. Als die Geschwindigkeit des Schlachtschiffs erwähnt wurde, war ihm das Herz in die Hose gerutscht. Dreißig Knoten gegen ihre sechseinhalb? Wahrscheinlich würde der Monitor nicht mal in die Schlacht eingreifen können, sondern zusammen mit den Frachtern wie Schlachtvieh auf den Metzger warten. Wickersley fühlte, wie Ärger in ihm aufstieg und die Übelkeit und das Selbstmitleid der letzten Tage vertrieb.

»Wir müssen also untätig warten, bis sie uns abschießen?«

Chesnaye blickte ihn ruhig an. »Nicht untätig, aber warten müssen wir.«

»Entfernung zwei-sieben-null.«

»Die Peilung hat sich geändert, Sir. Sie haben unsere Spur aufgenommen.«

Chesnaye nickte, als sei er mit den Gedanken ganz woanders. »Danke.« Fox blickte den Doktor an und zuckte die Schultern. Er wußte, daß nun alle vom Kommandanten ein Wunder erwarteten – aber es gab keine Wunder mehr.

Chesnaye drehte sich um und schaute nach der *Aureus* aus, die in einer engen Kurve zur Steuerbordseite des Konvois lief. Ihre vier Geschütztürme waren schon achteraus gerichtet. Er sah die kleinen Gestalten auf der Brücke und fragte sich, was

Beaushears jetzt wohl dachte. Wahrscheinlich fühlte er sich sehr allein. Die Falle war zugeschlagen, die Zeit für »Wenn« und »Aber« war vorbei.

»Entfernung zwei-sechs-null.«

Chesnaye ließ sein Fernglas sinken und suchte die dunklen Silhouetten, die sich langsam über die blau-goldene Kimm schoben. Automatisch knöpfte er sein Jackett zu. Er mußte sich zusammenreißen, um seiner heißen Wut auf Beaushears nicht freien Lauf zu lassen. Denn er sah genau voraus, was nun passieren würde: Beaushears würde warten, bis der Feind das Feuer eröffnete, und ihn dann angreifen: eine tapfere, aber nutzlose Geste. Das Schlachtschiff würde ihn aus dem Wasser pusten, bevor er mit seinen kleinen 15-cm-Geschützen auch nur dessen Farbe angekratzt hatte. Mit Luftunterstützung konnten sie nicht rechnen, und Beaushears' vier detachierte Kreuzer würden einen ganzen Tag brauchen, um den Konvoi wiederzufinden. Bis dahin ...

»Signal vom Flaggschiff, Sir: Kurs und Geschwindigkeit beibehalten!«

Chesnaye drehte sich nicht um. Dieses Signal bereitete ihm Übelkeit. Es verriet, daß Beaushears sinnlose Aktivität brauchte, weil er sonst nichts tun konnte. Vielleicht hatte er die Nerven verloren und dachte nicht mehr weiter als bis zur nächsten Minute. Chesnaye versuchte, sich wieder zu konzentrieren. Vielleicht konnte die *Aureus* den Feind ja lange genug aufhalten? Wenn die Frachter mit erhöhter Geschwindigkeit weiterliefen und unter dem Schutz der Zerstörer und der Korvette blieben, konnten sie den Tag vielleicht überleben. Danach mochte Hilfe aus Malta kommen.

»Entfernung zwei-null-null.«

Am Horizont zuckte eine Reihe roter Lichter auf und mischte sich mit dem Sonnenlicht. Chesnayes Hände krampften sich um die Brückenverschanzung.

»Der Gegner hat Feuer eröffnet.«

Aller Augen waren nun auf das Flaggschiff gerichtet. Mit dem Geräusch reißender Seide kam die erste Salve heran. Es schien Minuten zu dauern, manchen mochte es sogar wie eine Stunde vorgekommen sein. Überraschte Rufe erklangen, als die ersten sechs Wasserfontänen nicht um den Kreuzer aufstiegen, sondern zwischen den Frachtern der Steuerbordkolonne. Chesnaye sah ungläubig, daß der ihnen nächste Frachter einen Treffer erhielt. Die 38er Granate hatte das Hauptdeck durchschlagen. Das klang wie Donner, nur daß er dem Blitz vorausging. Nun schien eine Feuersäule das Schiff in zwei Teile zu reißen. Das Schlachtschiff war auf Parallelkurs gegangen, um auch seinen hinteren Turm zum Tragen zu bringen. Kurz darauf war die nächste Salve unterwegs. Der getroffene Frachter schien kentern zu wollen, als er von einer inneren Explosion geschüttelt wurde. Die Brücke rutschte in den Krater, den die Granate hinterlassen hatte.

Das Flaggschiff drehte auf den Feind zu, hinter seinem Heck wuchs eine hohe Welle empor, als es auf Höchstfahrt beschleunigte. Beaushears hatte erwartet, daß *er* das Ziel sein würde. Aber der italienische Kommandant wollte wohl keine Zeit mit leeren Gesten verschwenden, er hatte es auf den Konvoi abgesehen – jedenfalls zunächst.

Der Signalmaat duckte sich, als eine riesige Wassersäule weniger als hundert Meter vor der *Saracen* emporschoß.

»Signal vom Flaggschiff, Sir: auflösen!«

Chesnaye leckte sich salzige Gischt von den Lippen und starrte ungläubig die bunten Signalflaggen an, die von der Rah der *Aureus* auswehten. Die Formation auflösen? Beaushears hatte das letzte Mittel gewählt, das ihm noch blieb: Jedes Schiff stand nun für sich allein. Dann würden sie eben nicht alle zusammen versenkt werden, sondern nacheinander. Die schnellen Kreuzer würden sich die Briten einzeln vorknöpfen.

Fox unterbrach seine Gedanken. »Die *Cape Cod* ist getroffen, Sir!« meldete er scharf.

Chesnaye fuhr herum. Der große Frachter hatte bisher immer seine Station gehalten, war nie vom Kurs abgekommen, auch nicht bei den Angriffen. Jetzt stieg Rauch von seinem Vordeck auf. In plötzlicher Panik sah Chesnaye, daß die Vorderseite der hohen Brücke verschwunden war. Zeitweise blieb die *Cape Cod* hinter dem Wasservorhang verborgen, den drei Einschläge erzeugten. Selbst das Zusammenfallen der Fontänen ließ noch die Ohren klingen.

Fox bemerkte: »Sein Ruder ist ausgefallen, Sir. Sie versuchen es mit der Hilfssteuerung achtern.«

»Treffer auf dem Zerstörer *Brigadier*, Sir!«

Chesnaye riß sich von dem brennenden Frachter los, von den kleinen Gestalten, die nach achtern zum Notruder eilten. Ihr Zerstörer ging schon unter, sein Heck zeigte steil nach oben wie der Arm eines Ertrinkenden. Durch zusammengebissene Zähne stieß Chesnaye hervor: »Signal an Flaggschiff: ›Erbitte Erlaubnis, Konvoi wieder zu formieren!‹« Sie mußten zusammenbleiben, es war ihre einzige Chance.

Fox deckte seine Augen ab, als der Aufbau des Flaggschiffs in die Luft flog. Der Artillerieleitstand, der Großmast mit Beaushears' Flagge und die Brücke schienen einfach über die Seite ins Wasser zu gleiten. Laidlaw, der das Signal mit der Morselampe hatte übermitteln wollen, starrte offenen Mundes zum Kreuzer hinüber, der von einer Sekunde zur anderen in ein Wrack verwandelt worden war. Die *Aureus* wälzte sich in einer Rauchfahne, ihre Geschütze hatten noch keinen Schuß abgefeuert. Erschüttert ließ Fox die Hände sinken.

»Allmächtiger Gott!«

Chesnaye trat in die Brückenmitte. Die *Cape Cod* brannte lichterloh, die Flammen spiegelten sich im Wasser wie eine Nebensonne. Aber sie schwamm noch. Wenn sie doch nur mehr Zeit miteinander gehabt hätten! Wie ein Fremder blickte er sich auf seiner eigenen Brücke um: Laidlaw mit der Morselampe in der kraftlosen Hand, Fox, der seine Augen nicht von dem angeschlagenen Kreuzer lösen konnte, und Bouverie, der aussah, als ob er unter Drogen stünde.

Mit gepreßter Stimme hörte sich Chesnaye sagen: »Signal an Zerstörer: ›Geleit sammeln und mit Höchstfahrt auf Kurs bleiben!‹«

Er fühlte, daß seine Beinmuskeln zitterten, als er auf und ab schritt. Lieber Gott, laß Ann gesund sein! Sie muß überleben!

Er konzentrierte sich wieder. »Steuerbord zwanzig!«

Es dauerte einige Sekunden, bis Fox den Befehl wiederholte und begriff, was geschehen sollte. Als ihr Bug herumzuschwingen begann, befahl Chesnaye scharf: »Rufen Sie den Chief an. Ich brauche höchste Umdrehungen!«

Laidlaw schüttelte sich wie ein Jagdhund. »Signal ist bestätigt, Sir!«

»Heute morgen können Sie sich noch nützlich machen, Signalmaat.«

Laidlaw blickte müde auf die vorbeiziehenden Frachter. »Sir?«

»Mittschiffs! Recht so!« Chesnaye sah Laidlaw scharf an. »Lassen Sie die großen Gefechtsflaggen setzen!«

Überall auf dem Schiff sah die Besatzung mit Ehrfurcht und Erstaunen die riesigen Kriegsflaggen an den Rahnocken und der Gaffel auswehen.

Sogar unten im Maschinenraum fühlten Kapitänleutnant (Ing.) Tregarth und sein Assistent die neue Kraft, die in den Flurplatten pulsierte und das alte Schiff wie Feuer durchflutete. Tregarth sah auf die Anzeigen und wischte sich die Hände an seinem weißen Overall.

»Ich bin froh, daß ich hier unten sitze«, war sein einziger Kommentar, der aber im Lärm des Maschinenraums unterging.

Vizeadmiral Beaushears biß die Zähne zusammen, um den schrecklichen Schmerz zu unterdrücken. Sein Kopf rollte von einer Seite zur anderen, er konnte nicht sprechen, ohne laut aufzuschreien. Ein Arm stützte seinen Kopf, so daß er den gezackten Ausschnitt des blauen Himmels über sich sehen konnte. Das Loch sah entsetzlich groß aus. Alles übertönte das pfeifende, nervtötende Zischen austretenden Dampfes. Wenn er die Augen schloß, sah sich Beaushears als jungen Fähnrich auf dem Waterloo-Bahnhof in London neben seiner weinenden Mutter stehen. Auch damals war dieses Zischen heißen Dampfes überall zu hören gewesen.

Ein Schatten verdunkelte den Ausschnitt blauen Himmels, und mit trüben Augen erkannte Beaushears Kapitän Colquhoun, der ihn aus weiter Ferne zu betrachten schien.

Der Admiral versuchte sich zu bewegen.

»Harmsworth! Wo zum Teufel ist mein Flaggleutnant?«

Colquhoun blickte den Schiffsarzt an, der die zerschmetterte Schulter des Admirals versorgte. Der Arzt schüttelte langsam den Kopf; es konnte nicht mehr lange dauern. Aus den Ruinen der Brücke waren Schreie zu hören, Füße klapperten über Stahlplatten. Colquhoun wollte hinaus ins Sonnenlicht. Das Schiff, seine geliebte *Aureus*, hatte schlimme Schlagseite. Tausend Dinge mußten erledigt werden, und zwar schnell. Unwillig blickte er zu dem blutüberströmten Leichnam in der Ecke hin, der einmal Leutnant Harmsworth gewesen war. Er grinste selbst noch im Tode.

Beaushears fragte mit schwerer Zunge: »Was geht vor, Colquhoun?«

Der Kommandant lauschte dem Zischen des Dampfs und fühlte die Erschütterungen des gequälten Rumpfes unter seinen Füßen. »Wir sind getroffen worden, Sir. Die Steuerung ist ausgefallen, ich versuche . . .« Er unterbrach sich, als ein Offizier hereinkam. Seine Wange klaffte blutig, er mußte durch einen Splitter verletzt worden sein. Trotzdem brüllte er begeistert: »Sir, die *Saracen* greift an!« Er lehnte sich an die zerfetzten Stahlplatten, als glaubte er seinen eigenen Worten nicht. »Das alte Schlachtroß hält auf den Feind zu!«

Colquhoun eilte nach draußen. Wrackteile seines Schiffes schwammen im ruhigen Wasser, überall hingen Rauchschwaden, aber für ein paar Minuten vergaß er seine Bedrängnis und blickte gebannt zu dem Monitor hinüber.

Er war nur eine Viertelmeile entfernt. Sein plumper Bug rammte sich förmlich durch die blaue See, der schwarze Rauch, der aus seinem Schornstein quoll, verstärkte noch den Eindruck äußerster Anstrengung. Colquhoun sah die riesigen Gefechtsflaggen, die großen Geschützrohre, die sich langsam auf der hohen Barbette zum Feind hin drehten, um sein eigenes geschlagenes Schiff zu schützen. Hinter sich hörte er Beaushears krächzen: »Was gibt es? Was macht dieser Verrückte?«

»Die *Saracen* nimmt es allein mit diesen Bastarden auf!«

Beaushears spannte alle Muskeln an, um den Schmerz zu beherrschen. Die Splitter mußten ihm die Brust weit aufgerissen haben. »Berichten Sie, was Sie sehen, Kapitän, alles!« Jedes Wort war eine Qual für ihn.

Kapitän Colquhoun stöhnte auf, als drei Wassersäulen neben der *Saracen* emporstiegen. »Der Feind hat sie eingegabelt, Sir.« Erregt schlug er mit der Faust auf die Verschanzung. »Jetzt eröffnet sie das Feuer!« Die langen Rohre spuckten Feuer und Rauch, die Luft erzitterte unter der doppelten Detonation. Beaushears ließ sich zurückfallen, plötzlich war er ganz ruhig. Also hatte Chesnaye wieder mal recht gehabt. Er hatte alles vorausgesehen – so wie damals in den Dardanellen. Er schloß die Augen und sah mit unnatürlicher Klarheit wieder die überfüllten Landungsboote vor sich. Die Bilder wurden unscharf und vermischten sich. Wieder hielt der Monitor, damals noch brandneu, unter den großen Gefechtsflaggen auf den Feind zu, aber Royston-Jones war der Kommandant. Leise murmelte der Admiral: »Chesnaye wird heute Bemerkenswertes leisten. Er ist verrückt genug dazu!« Dann rief er laut: »Helen! Um Himmels willen, hilf mir!«

Der Doktor beugte sich zu ihm herab, dann erhob er sich resginierend. »Er ist tot, Sir.«

»Kommen Sie her, Doktor.« Colquhoun schien seinen Admiral schon vergessen zu haben. »Schauen Sie genau hin. So etwas sehen Sie in Ihrem ganzen Leben nicht wieder!«

Das Flaggschiff war durch die leichte Brise gedreht worden. Der Doktor stand an der Verschanzung, als die Kanonen des Monitors wieder feuerten. Hinter seinem hohen Dreibeinmast sah er zum ersten Mal das Schlachtschiff. Es schien den ganzen Horizont auszufüllen, und zu seinen beiden Seiten lauerten zwei Kreuzer. Alle Geschütze des Schlachtschiffs feuerten, um den Monitor wuchsen riesige Wassersäulen empor. Die Kreuzer hatten noch nicht eingegriffen.

»Die *Saracen* liegt noch außerhalb ihrer Reichweite«, erläuterte der Kommandant. »Das Schlachtschiff will die Ehre der Versenkung mit keinem teilen.« Als könne er die Spannung nicht länger aushalten, riß er sich die Mütze vom Kopf und schwenkte sie wild in der Luft. Als er sich abwandte, um sich um sein eigenes Schiff zu kümmern, sah der Doktor, daß er weinte.

Leutnant Norris zog den Kopf zwischen die Schultern, als der Monitor das Feuer eröffnete. Er wollte seine Augen von den

Okularen losreißen, aber das Bild des Schlachtschiffs faszinierte ihn. Er sah zwei silbrige Wasserfontänen vor der grauen Silhouette emporwachsen und leckte sich die trockenen Lippen: »Zu kurz! Achthundert höher!«

Lichter flackerten, und eine Klingel bimmelte im rauchgeschwängerten Leitstand. McGowan saß geduckt auf seinem Stuhl und sprach ins Mikrophon. Am anderen Ende lauschte ihm Lloyd, der Kommandant des großen Turms. Seine fünfzig Untergebenen fütterten die rauchenden Rohre.

»Gerichtet!«

»Feuer!«

Das Schiff schien unter dem Rückstoß zu krängen. Norris glaubte zu spüren, daß sich der Leitstand fast vom Mast lösen wollte. Er hustete, spürte die Druckwelle wie einen Schlag gegen den Körper. Als eine helle Flamme auf dem Vorschiff aufglühte, duckte er sich von den Prismen weg. McGowan packte seinen Arm und befahl: »Beobachten Sie die Einschläge!«

Zitternd preßte Norris die Augen wieder an die Gummipolster und sah gerade noch die kleinen weißen Federn hinter dem fürchterlichen Schiff aufsteigen. Er konnte kaum sprechen.

»Zu weit! Zweihundert tiefer!«

McGowan gab die Anweisung gepreßt weiter. Er wirkte völlig konzentriert und hatte offenbar kein Gefühl für die Gefahr. Daß gerade eine feindliche Granate in ihr Vorschiff eingeschlagen war, schien ihn nicht zu kümmern. In diesem Moment wurde die Luft aus dem Leitstand gesogen, und Norris krümmte sich. Der Monitor erbebte unter dem neuen Einschlag. Norris öffnete mit geschlossenen Augen eine Panzerblende und sog gierig die frische Luft ein. Der Beobachter vor ihm brüllte, seine Augen waren vom Rauch gerötet: »Gerichtet!«

Eine Glocke schrillte, aber Norris konnte nicht mit dem Husten aufhören. Er drehte sich halb nach McGowan um. Der Artillerieoffizier saß zusammengesunken da, ein schier unerschöpflicher Blutstrom lief an seinem Stuhl herunter. Sein Sichtgerät war zersplittert.

Norris griff nach McGowans Jacke. »Um Himmels willen, sagen Sie was!«

Die Glocke schrillte wieder, und der Beobachter sagte scharf: »Den hat's erwischt, Sir!« Wie um den Schrecken noch zu vergrößern, deutete er auf die Blutspritzer ringsum. »Voll durch den Bauch!«

»O mein Gott!« Norris schwankte in seinem Stuhl, als das Schiff wieder getroffen wurde. Der Mast vibrierte, in der Ferne hörte er Flammen prasseln. Das Telefon klingelte, und der Seemann mahnte dringlich: »Sir! Der Kommandant!«

Norris griff nach dem Hörer, den Blick noch immer auf McGowans Leiche gerichtet. Jetzt war er allein. Die vier Seeleute hatten sich umgedreht und starrten ihn an, sogar McGowan schien ihn zu beobachten. Als er schon meinte, verrückt zu werden, drang die Stimme aus dem Hörer an sein Ohr. Er umklammerte ihn, und sein Gesichtsausdruck veränderte sich. Er wirkte jetzt schicksalsergeben. Fast dankbar lauschte er Chesnayes ruhiger, besänftigender Stimme. Nach einiger Zeit nickte er.

»Jawohl, Sir, ich tue mein Bestes.«

Er legte den Hörer auf und drückte die Augen wieder gegen die Okulare. Mit einer ihm fremden, automatenhaften Stimme befahl er: »Ziel verfolgen! Achtung!«

Kapitänleutnant John Erskine stand im Kontrollzentrum, wo alle Schadensmeldungen einliefen. An einem Schott hing der große Plan mit allen wasserdichten Abteilungen, Magazinen, Lagerräumen und den tausend Eckchen, die es im Rumpf des Monitors gab. Vier Seeleute nahmen die Meldungen entgegen.

Oberbootsmann Craig sagte ohne Eile: »Feuer im Steuerbordmagazin der Mittelartillerie, Sir.«

Erskine zwang sich, auf den Plan zu schauen und zu überlegen, welche Feuerstoßtrupps schon am Brandherd sein würden.

Craig nickte einem Vermittler zu: »Schicken Sie Bensons Gruppe hin, schnell!«

Das Deck unter ihren Füßen vibrierte wie eine Stahlfeder. Durch die Ritzen der verschlossenen Tür quollen Rauchfäden.

»Treffer im Achterschiff, Sir!«

Erskine fuhr sich mit den Fingern durchs Haar. Gerne hätte er dieses enge Gefängnis verlassen und wäre zu den Feuerstoßtrupps geeilt. Das wäre immer noch besser, als von hier aus hilflos das langsame Sterben des Schiffes mitzuerleben. Craig meinte: »Da oben muß die Hölle los sein, Sir.«

Wie wahr, dachte Erskine. Der Monitor wurde langsam in Stücke geschossen. Die großen 38-cm-Granaten eines modernen Schlachtschiffs konnten jede noch so starke Panzerung zerbröseln, wenn erst die richtige Entfernung gefunden war. Das Ruder wurde gelegt, Chesnaye versuchte offenbar alles, um dem Gegner das Zielen zu erschweren. Trotzdem – jede Minute brachte die beiden Gegner näher zueinander.

Fähnrich Gayler öffnete die Tür, einen dreckigen Lappen vor den Mund gepreßt. Er war von oben bis unten schmutzig, seine Uniform tropfte. »Das Magazin der 10-cm-Artillerie steht in Flammen, Sir.«

Dafür sah er noch gefaßt aus, dachte Erskine. Wahrscheinlich schützte ihn seine Jugend vor dem Schlimmsten.

»Mr. Joslin möchte das Magazin fluten lassen, Sir«, fuhr Gayler fort und zwinkerte nervös, als wieder zwei Erschütterungen durch das Schiff gingen. Farbsplitter regneten auf ihre Köpfe herab. Erskine schluckte. Das Magazin fluten? Das würde mindestens zwanzig Minuten dauern. Aber abwarten? Er griff zum Telefon. Auf der Brücke beantwortete Fox seine Frage, immer wieder durch das Heulen der Granaten und das Krachen der Einschläge unterbrochen: »Entfernung zwölfhundert Meter, abnehmend.«

»Erbitte Erlaubnis, das Steuerbordmagazin zu fluten. Wir haben dort einen unkontrollierten Brand.«

Heftiges Husten war die Antwort. »Sie werden es kaum glauben, aber das sehen wir sogar von hier aus.« Stille, Fox deckte wohl das Mundstück mit der Hand ab. Dann: »Erlaubnis erteilt!« Klick.

Erskine blickte verdutzt das stumme Telefon an, dann nickte er Craig bestätigend zu.

»Ventile auf! Auf Schlagseite achten, rechtzeitig entsprechend gegenfluten. Wir müssen das Schiff möglichst auf ebenem Kiel halten, der 1. A.O. braucht das für seine Tabellen.«

Gayler wischte sich das schwitzende Gesicht. »Leutnant McGowan ist tot, Sir.«

Erskine wandte sich ab. Barmherziger Gott! Außerhalb dieses Gefängnisses starben Freunde und wurden bekannte Gesichter ausgelöscht wie Kreidezeichnungen von einer Tafel. Mit zusammengebissenen Zähnen sagte er: »Ich gehe nach achtern, um dort nach dem Rechten zu sehen. Melden Sie jeden schweren Schaden direkt an die Brücke!«

Dann war er aus der Tür und bahnte sich einen Weg durch die flammende, rauchende, schreiende Welt draußen. Er hörte das Klingen der Äxte, die verzweifelten Stimmen der Männer, die im Halbdunkel arbeiteten. Einer schrie: »Sanitäter, hierher!«

Eine andere Stimme sagte beschwichtigend: »Bleib still liegen, Fred, gleich kommt Hilfe!«

Unmittelbar danach krachte es dicht neben dem Schiff, und eine Sturzwelle ergoß sich, gemischt mit Pulvergasen, auf die Decks. Ein Unteroffizier rannte in Erskine hinein und blickte ihn wild an, ohne ihn zu erkennen.

»Ich habe schon drei Männer verloren, Sir, und sieben sind verwundet.« Verloren starrte er in den Qualm. »Lange kann das nicht mehr dauern.«

Erskine drückte sich an ihm vorbei und ging weiter Richtung Heck. Leichen lagen zwischen den Trümmern, die Gliedmaßen mit Feuerlöschschläuchen verknotet. Mitten in diesem Chaos saß Wickersley neben einem Verwundeten. Ernst und konzentriert spritzte er ihm Morphium, dann blickte er auf.

»Allerhand los heute«, stellte er fest.

Erskine fühlte sich beschämt. Sogar der Doktor schien alles vergessen zu haben, was vor und nach diesem Tag lag. Seine Hoffnungen auf ein eigenes Schiff und einen Neubeginn zählten nicht mehr. Er hatte alles falsch gemacht, angefangen bei Ann. Inzwischen war sie bestimmt tot, von ihrem brennenden Frachter in die Tiefe gezogen. Er selbst würde ihr bald folgen. Seine Glieder begannen unkontrollierbar zu zittern.

Wickersley stand auf und gab zwei Bahrenträgern ein ungeduldiges Zeichen. »Ich wollte, ich wäre so kühl wie Sie,

Nummer Eins.« Er wischte sich den Mund mit dem Handrükken. »Kein Wunder, daß Sie immer über uns Reservisten spotten.« Damit griff er nach seiner Tasche. »Na ja, hoffentlich sehen wir uns demnächst mal wieder.« Schon war er im Qualm verschwunden.

Erskine blickte ihm verwundert nach, denn die Worte des Doktors hatten ihn wieder ins Gleichgewicht gebracht. Ein Melder bremste neben ihm: »Können Sie mitkommen, Sir? Treffer und Verluste im T/S-Bereich!« Er wollte losrennen, aber Erskine hielt ihn zurück.

»Geh langsam, Junge. Wir wollen doch keine Panik auslösen, nicht wahr?«

Der Seemann sah sein Lächeln und beruhigte sich. Also schien es noch Hoffnung zu geben. Zusammen gingen sie in die Rauchwolke, in deren Mitte es rot züngelte.

Chesnaye duckte sich, als der Wasserschwall über das Brükkenschanzkleid klatschte. Jeder Einschlag war für ihn wie ein Faustschlag in den Magen und jeder direkte Treffer wie eine persönliche Verwundung. Das Wasser um den alten Monitor herum schien zu kochen, denn die letzte Salve war eine perfekte Gabel gewesen. »Backbord zwanzig!« befahl er und betete, daß das gepanzerte Ruderhaus noch unbeschädigt war. Das Schiff begann zu drehen, der große Turm glich die Kursänderung aus. Zum Glück hatte er Norris nach dem ersten Treffer beruhigen können. Erstaunt lauschte er auf die nächste Salve – diesmal ein kleineres Kaliber?

»Die Kreuzer haben Feuer eröffnet, Sir!«

Chesnaye fühlte sein Herz pochen. Sie mußten das Schlachtschiff treffen, bevor der Feind sie aus dem Wasser pustete. Sie *mußten* einfach!

»Mittschiffs!«

Der Turm erzitterte, als zwei weitere Granaten aus den Rohren jagten. Chesnaye drückte sich gegen die Brückenverschanzung und versuchte zu überlegen. Die Männer um ihn herum schrien Befehle. Von Zeit zu Zeit verstummte ein Sprachrohr, aber nach kurzer Frist meldete sich eine andere Stimme wieder, wenn auch verstört. Der Verletzte oder Tote war ersetzt worden. Aber es konnte nicht mehr lange so weitergehen. Sonst würde der Feind erst die *Saracen* und dann den Konvoi zerstören.

Eine weitere Salve. Mehr Spritzwasser und zwei Einschläge in den geschundenen Rumpf.

»Steuerbord zehn!«

Irgendwo in seinem Hirn hallte noch der Schmerz nach, den er gefühlt hatte, als Laidlaw meldete: »Die *Cape Cod* ist gekentert, Sir!« Sogar die drohenden Geschütze des Schlachtschiffs konnten ihn nicht übertönen.

Weitere Splitter pfiffen über die Brücke. Als Chesnaye sich umdrehte, sah er, daß Fox taumelte und fiel, seine Zähne knirschten vor Schmerz. Bouverie kniete neben ihm und blickte sich hilfesuchend um. Fox stieß hervor: »Hau ab, du Idiot!« Er rieb sich die Brust, aus der bei jedem schmerzvollen Atemzug ein Blutstrom quoll. »Rauf an den Kompaß, verdammter Rechtsverdreher, und vergiß nicht, was ich dir beigebracht habe!« Er grinste, als Bouverie aufstand und auf die Kompaßplattform kletterte, dann blickte er zu Chesnaye auf, der neben ihm kniete. »Keine Angst, Skipper, er wird's schon packen.« Seine harten Züge wurden plötzlich weich, er ließ die Stirn an Chesnayes Schulter sinken. »Machen Sie sich keine Vorwürfe, Skipper. Sie hatten recht!« Dann rollte sein Kopf zur Seite.

Chesnaye stand kreidebleich auf. Sie starben alle. Und wofür? Er überquerte die Brücke und blickte durchs Fernglas. Die rauchenden Rohre des Schlachtschiffs sprangen ihm förmlich ins Auge, seine Kanoniere mußten gerade nachladen. Der Boden zitterte, als eine weitere Granate unter ihm explodierte und die Bedienung der Oerlikon zerriß.

Die feindlichen Kreuzer erhöhten jetzt ihre Geschwindigkeit, um zum Todesstoß anzusetzen.

Da sah Chesnaye und konnte es nicht glauben, daß der vordere Turm des Schlachtschiffs in einer riesigen Feuerchrysantheme zerbarst. Er griff nach dem Telefon, nur um Norris wie verrückt kreischen zu hören: »Ein Treffer! Herr im Himmel, endlich ein verfluchter Treffer!«

Eine ihrer Granaten mußte den Turm von oben durchschlagen haben, gerade als die drei Verschlüsse offen waren, weil nachgeladen wurde. Drei 38er Granaten hatten drüben bereitgelegen, um in den rauchenden Schlünden zu verschwinden. Die Granate der *Saracen* und die drei italienischen waren zusammen explodiert und hatten den Turm buchstäblich von der Barbette gerissen. Dabei wurde auch Turm »Berta« blockiert.

Die Kreuzer feuerten weiter. Der ihnen am nächste versuchte, die angeschlagene *Saracen* in engem Bogen zu umfahren. Chesnaye hörte das Wummern ihrer Mittelartillerie, aber es war, als ob sie mit Erbsen schössen. Plötzlich hatte er Royston-Jones' faltiges Gesicht vor Augen, seinen unerschütterlichen Stolz auf das Schiff.

Bouverie unterbrach seine Gedanken: »Das Feuer achtern breitet sich aus, Sir! Sie wollen fluten!«

Müde sagte Chesnaye: »In Ordnung.«

Der Monitor reagierte schon jetzt schwerfällig auf die ständigen Ruderkommandos. Sobald sich das Schlachtschiff von diesem Schlag erholt hatte, würde es mit dem verbliebenen Turm sein Zerstörungswerk vollenden. Auf Gnade konnten sie nicht hoffen.

Chesnaye blickte sich um. Der Dreibeinmast wurde nur noch von seinen Stagen gehalten, der Schornstein blies aus unzähligen Löchern Dampf ab. Durch den Qualm konnte Chesnaye stellenweise das Deck erkennen, es war mit großen Löchern übersät, in denen schwarzes Wasser stand. Sein Schiff fiel also langsam auseinander.

Überall lagen Verwundete und Tote. Auch seine eigene Uniform war blutverschmiert, von einer Verletzung am Kopf. Aber noch hielt das alte Mädchen durch. Ein vor Angst halbverrückter Lehrer lenkte das Feuer, ein Rechtsanwalt stand am Kompaß, bleich aber seltsam sicher. Zu seinen Füßen lag zusammengekrümmt noch immer der Navigationsoffizier. Und was ist mit mir? Chesnayes Blick schweifte über das zusammengeschossene Schiff. Ich habe sie hierher gebracht! Wieder erzitterte die Brücke. Ein Signalgast schrie auf, als ihm ein Arm abgerissen wurde. Chesnaye hörte Wickersleys Stimme in dem Durcheinander und sah, daß Sanitäter die Verwundeten abtransportierten. Die Kreuzer standen jetzt auf beiden Seiten, aber Norris hielt sich an Chesnayes letzten Befehl: »Immer auf das Schlachtschiff zielen, was auch geschieht!«

Ein Seemann schleppte eine leblose Gestalt aus der Backbordnock, es war Danebury, der kleine Fähnrich. Chesnaye mußte sich schütteln, um seinen Alptraum loszuwerden. Es war immer derselbe: ein toter Fähnrich, wie schon vor so vielen Jahren. Ein böser Witz der Geschichte.

Bouverie schluchzte: »Sir! Sir!«

Langsam wandte sich Chesnaye um. Was würde er jetzt wieder sehen müssen? Bouverie stürzte fast auf ihn zu und ergriff Chesnayes Hände. Er schien noch nicht glauben zu können, was er gesehen hatte.

»Sir! Sie drehen ab! *Sie haben genug!*«

Verwirrt hob Chesnaye sein Fernglas wohl zum hundertsten Mal. Der Umriß des Schlachtschiffs hatte sich verändert. Es zeigte ihnen jetzt das Heck, an dem hohes weißes Schraubenwasser aufquoll. Wie mißmutige Jagdhunde, denen man den Knochen entrissen hatte, ließen die Kreuzer von der Beute ab und folgten ihrem Herrn. Sie hatten eine lange, interessante Heimfahrt vor sich.

Chesnaye nickte wortlos und streichelte Bouveries Arm. Noch konnte er nicht sprechen. Alle standen um ihn herum: Wickersley ruhig und ernst, Bouverie grinsend wie ein Schuljunge beim Äpfelklauen, sogar der verwundete Fox schien zu lächeln. Vom Deck unten hörte er Jubelrufe, zuerst leise, dann lauter und lauter. Auch Erskine stand auf der Brücke. Er sah verändert aus, gealtert. Chesnaye spürte, daß er ihm die Hand schüttelte, und hörte ihn immer wieder sagen: »Tut mir leid, Sir. Tut mir leid.«

Was tat ihm leid? Das mit Ann? Wahrscheinlich. Oder das alte zerschlagene Schiff? Er sich selber? Das spielte jetzt alles keine Rolle mehr.

»Signal vom Geleitzerstörer, Sir.« Laidlaws Bart war angesengt, aber unternehmungslustig gesträubt. »Erwarte Ihre Befehle.«

Chesnaye tastete sich nach vorn an die Verschanzung. Durch den Nebel vor seinen müden Augen sah er die schnell kleiner werdenden Silhouetten der gegnerischen Schiffe. Der Stahl war heiß unter seinen Händen. Aber sie hatten es geschafft!

Der Signalmaat fügte aufgeregt hinzu: »Der Zerstörer meldet, daß unsere anderen vier Kreuzer in Sicht sind.« Die Morselampe klapperte weiter. »Sie erbitten Befehle, Sir.«

Chesnaye sagte müde: »Dann sollen sie sich an den ranghöchsten Offizier wenden.«

»Das sind Sie, Sir.«

Chesnaye begriff. Alle blickten ihn an.

»Na, wenn das so ist . . .«

Unabsichtlich hatte sich Laidlaw die für ihn wichtigste Nachricht bis zum Schluß aufgespart: »Schlepper *Goliath* meldet, daß er alle Passagiere der *Cape Cod* an Bord genommen hat. Es wurde mehrfach wiederholt, Sir: *alle* Passagiere.« Laidlaw schien unsicher, was er mit dieser Formulierung anfangen sollte.

Chesnaye wandte sich ab. Für ihn sagte Erskine:

»Danke, Signalmaat.« Dann fuhr er lauter fort: »Setzen Sie bitte folgenden Spruch an den Oberkommandierenden ab: ›Erlaube mir, zu melden . . .‹« Er sah erst Chesnayes breiten Rücken an und dann alle, die um ihn herumstanden. Der Kommandant hatte den Kopf auf die Brückenverschanzung gelegt, als ob er mit dem Schiff sprechen wolle. Erskine fuhr fort: ». . . daß Seiner Majestät Schiff *Saracen* wie befohlen mit dem Konvoi in Malta einlaufen wird.«

Epilog

Dr. Robert Wickersley verließ langsam den Speisesaal seines Klubs und schlenderte in die Bibliothek. Nach den überfüllten Straßen draußen war es hier erfrischend kühl. Das Brausen des Verkehrs wurde durch die dicken alten Ziegelmauern und das ehrwürdige Mobiliar völlig absorbiert. Glücklicherweise war die Bibliothek leer, nur ein livrierter Diener stand wartend da. Er stellte sofort einen kleinen Tisch neben Wickersleys Sessel in der Ecke.

»Guten Abend, Sir. Wie gewöhnlich?«

»Ja, danke, Arthur.«

Wickersley ließ sich in den Sessel sinken und griff nach der Abendzeitung. Die Müdigkeit des langen Arbeitstages war von ihm abgefallen, die Anstrengung, den Krankengeschichten von Leuten zuzuhören, die zuviel Zeit und zuviel Geld hatten, um zu begreifen, was Leiden wirklich hieß. Schockiert stellte er fest, daß seine Hände zu zittern begannen, als er die Zeitung aufschlug. Denn auf der Mittelseite hatte seine verläßliche Sekretärin eine kleine Notiz angestrichen. Er hatte sie schon mehrfach gelesen, sogar im dichten Verkehr, und während des Dinners hatte er an nichts anderes denken können. Aber er hatte dem Schock noch nicht nachgegeben. Jetzt war er endlich allein. Langsam las er die Nachricht noch einmal durch:

Letzte Nacht wurde der Tod von Kapitän Richard Chesnaye, Viktoriakreuz, Royal Navy (Retired), gemeldet. Er starb in seinem Heim in Hampshire an einem Herzanfall, während er vor dem Fernseher saß. Kapitän Chesnaye erhielt das VC für seinen heldenmütigen Einsatz bei der Verteidigung eines Maltakonvois während des letzten Krieges. Er hinterläßt eine Witwe und einen Sohn.

Wickersley faltete die Zeitung zusammen und starrte blicklos das Glas neben seinem Ellbogen an. Das alles war nun dreiundzwanzig Jahre her. Aber in der kühlen, stillen Bibliothek kam es ihm vor, als sei es erst gestern gewesen. In Gedanken sah er ein Bild: »Chesnayes Gesicht vor Flammen und Rauch auf der *Saracen*. Er meinte sogar, seine Stimme zu hören.

Plötzlich sprang er auf und wühlte die ordentlich sortierten Zeitungen und Magazine durch, bis er die *Radio Times* fand. Dann ging er mit dem Finger das Fernsehprogramm durch. Da war sie wieder, die kleine Meldung bei der Vorschau auf den vergangenen Tag:

Heute abend wird den Zuschauern ein kurzer Bericht über den neuesten britischen Atomwaffentest im Pazifik geboten.

Es handelt sich um eine Luft-Boden-Rakete. Der Film entstand in Zusammenarbeit mit der United States Navy und zeigt, wie die Rakete ein verankertes Objekt trifft. Als Ziel diente der Rumpf eines alten britischen Monitors, der früher als Saracen *im Dienst gestanden hatte.*

Wickersley setzte sich schwer und starrte blicklos in die Dunkelheit.

Das Ende hatte sie also wieder vereint.

Bitte beachten Sie
die folgende Seite